LA LETTRE DE MARQUE

DU MÊME AUTEUR
CHEZ POCKET

MAÎTRE À BORD
CAPITAINE DE VAISSEAU
LA « SURPRISE »
EXPÉDITION À L'ÎLE MAURICE
L'ÎLE DE LA DÉSOLATION
FORTUNE DE GUERRE
LA CITADELLE DE LA BALTIQUE
MISSION EN MER IONIENNE
LE PORT DE LA TRAHISON
DE L'AUTRE CÔTÉ DU MONDE
LE REVERS DE LA MÉDAILLE

PATRICK O'BRIAN

Patrick O'Brian est né en Irlande en 1914. Romancier, il est aussi traducteur (on lui doit notamment les traductions en anglais de Joseph Kessel, de Jean Lacouture et de Simone de Beauvoir) et auteur de biographies (Picasso, Joseph Banks) comme d'essais linguistiques.
Il publie son premier roman, *Testimonies*, en 1952. Quelques années plus tard, il écrit en six semaines *The Golden Ocean*, un roman inspiré par l'expédition de l'amiral Anson dans le Pacifique en 1740. C'est en 1969, avec *Maître à bord*, qu'il inaugure les aventures maritimes du capitaine britannique Jack Aubrey et du médecin Stephen Maturin, sur fond de guerres napoléoniennes. Cette grande saga admirablement documentée, qui compte vingt volumes, l'a rendu célèbre dans le monde entier.
Passionné par l'histoire naturelle et la mer, Patrick O'Brian a appris à naviguer dans la tradition de la marine à voile des XVIIIe et XIXe siècles. Il a passé une grande partie de sa vie dans le sud de la France.
Il est décédé à Dublin en janvier 2000.

PATRICK O'BRIAN

LA LETTRE DE MARQUE

Traduction de l'anglais par Florence Herbulot

PRESSES DE LA CITÉ

Titre original :

THE LETTER OF MARQUE

ISBN : 2-266-12187-1

Mariae duodecies sacrum

Chapitre 1

Depuis que Jack Aubrey avait été chassé de la Navy, depuis que son nom, avec son ancienneté désormais inutile, avait été rayé de la liste des capitaines de vaisseau, il lui semblait vivre dans un monde tout à fait différent ; tout restait parfaitement familier, de l'odeur de l'eau de mer et du gréement goudronné à la douce respiration du pont sous ses pieds, mais l'essence même en avait disparu et il n'était qu'un étranger.

D'autres officiers de marine cassés, condamnés par une cour martiale, pouvaient se trouver en plus mauvaise posture : d'ailleurs, il en avait embarqué deux qui ne possédaient pas ensemble le contenu d'un coffre de mer et, par comparaison, Jack était particulièrement favorisé, ce qui aurait dû peut-être réconforter son esprit, mais n'avait aucun effet sur son cœur. Pas plus d'ailleurs que son innocence du crime pour lequel il avait été condamné.

Impossible toutefois de nier qu'il bénéficiait d'une certaine aisance. La Royal Navy ayant vendu la *Surprise*, sa vieille mais si belle frégate, Stephen Maturin l'avait rachetée pour en faire un vaisseau de guerre privé, une « lettre de marque », destiné à croiser contre l'ennemi ; et Jack Aubrey en était le capitaine.

La frégate se trouvait pour l'instant mouillée sur une seule ancre à Shelmerston, petit port perdu doté d'une barre bien gênante et d'un dangereux mascaret, qu'évitaient la Navy et les navires marchands mais que fréquentaient abondamment contrebandiers et corsaires dont on voyait les navires rapides, insolents, prédateurs, se presser le long du quai. Pivotant dans son va-et-vient mécanique le long du côté tribord du gaillard d'arrière, Jack jeta un coup d'œil au village et se demanda une fois de plus ce qui donnait à Shelmerston une telle ressemblance avec les dernières colonies de pirates et de boucaniers qu'il avait vues dans les lointaines Antilles et à Madagascar lorsqu'il naviguait, tout jeune, à bord de cette même *Surprise*. A Shelmerston, pas de cocotiers aux palmes ondulantes, pas de plages de corail scintillant ; mais la ressemblance était là : peut-être venait-elle des grandes tavernes tapageuses, d'une impression générale de négligence et d'argent facile, de la multiplicité des putains et du sentiment qu'il faudrait une presse singulièrement déterminée et bien armée pour se risquer ici. Il remarqua aussi que deux canots venaient vers la *Surprise,* s'efforçant chacun de l'atteindre en premier : mais ni l'un ni l'autre ne contenait le docteur Maturin, le chirurgien du bord (bien peu savaient qu'il en était aussi propriétaire) qui devait embarquer aujourd'hui. L'un des canots était mené par une fort jolie fille aux cheveux rouge sombre, arrivée depuis peu dans la petite ville et qui y prenait grand plaisir ; elle était très populaire auprès des corsaires, qui répondaient à ses cris aigus d'encouragement avec tant d'ardeur que l'un d'eux brisa son aviron. Jack Aubrey, sans avoir jamais été un homme à filles publiques, n'avait rien de chaste et de sa prime jeunesse au jour présent, il avait toujours eu grand bonheur à admirer la beauté : cette fille pleine d'entrain, debout, animée d'une passion très vive, était d'une beauté absurde ; mais aujourd'hui il se contenta d'observer la chose et dit à Tom Pullings, avec une indifférence non feinte :

— Ne laissez pas cette femme monter à bord ; ne prenez que trois des meilleurs.

Jack reprit sa promenade pensive tandis que Pullings, le bosco, le canonnier et Bonden — le patron de canot du capitaine — mettaient les nouveaux venus à l'épreuve. Ils devaient, chronométrés par le sablier du loch, grimper dans les vergues, déferler puis referler un perroquet, redescendre, orienter et pointer l'un des grands canons, tirer avec un mousquet sur une bouteille accrochée à la vergue de misaine puis nouer un double cul de porc avec tête d'alouette, le tout sous les yeux d'une foule de matelots aguerris. Habituellement, armer un navire, un navire du roi, était une affaire difficile, avec le service des enrôlements faisant de son mieux, avec d'humbles prières pour recevoir parfois un contingent de criminels ordinaires venus des pontons, et tous les canots croisant en Manche pour arracher quelques hommes aux navires marchands sur le retour ou pour attaquer les villes de la côte, avec parfois si peu de succès qu'il pouvait manquer jusqu'à une centaine d'hommes lors de l'appareillage. Mais à Shelmerston, l'armement de la *Surprise* se faisait comme au paradis. Non seulement la totalité des vivres et des approvisionnements étaient livrés avant la fin de la marée par les quincailliers pleins de bonne volonté dont les magasins bien garnis se faisaient concurrence le long du quai, mais pour les hommes, pressions, sollicitations, roulements de tambour étaient inutiles. Jack Aubrey était depuis longtemps connu parmi les marins comme un commandant de frégate couronné de succès, un capitaine combattant ayant bénéficié d'une chance exceptionnelle quant aux parts de prises, à tel point qu'on l'avait surnommé Jack Aubrey la Chance ; et la nouvelle que sa frégate, navire remarquable quand il était bien mené, serait transformée en lettre de marque sous son commandement avait attiré en foule les corsaires prêts à offrir leurs services. Il pouvait choisir à loisir, ce qui n'arrivait jamais à bord d'un navire du roi en temps de guerre ; et il ne lui manquait plus que trois hommes sur l'effectif qu'il avait fixé comme idéal. Beaucoup des gabiers et des officiers mariniers étaient d'anciens Surprises libérés quand la frégate avait désarmé, et qui avaient sans doute réussi à échapper depuis lors à la presse. Jack soupçonnait toutefois que plusieurs avaient déserté d'autres navires du roi, et parfois même de connivence avec ses meilleurs amis — Heneage Dundas, par exemple — qui les commandaient ; et puis il y avait aussi son personnel : son valet, son patron de canot et quelques autres qui ne l'avaient jamais quitté. Certains des hommes qu'il ne connaissait pas venaient de navires marchands, mais la plupart étaient des contrebandiers ou des corsaires, excellents marins, robustes, indépendants, peu habitués à la discipline et moins encore à ses formes extérieures et cérémonieuses (quoique presque tous aient été enrôlés de force à un moment ou à un autre), mais ardents et prêts à servir un capitaine qu'ils puissent respecter. Et à ce moment de sa carrière, Jack Aubrey était aux yeux d'un corsaire un capitaine encore plus respectable qu'il n'aurait pu le supposer lui-même : plus mince qu'à un certain moment, il restait particulièrement grand et large d'épaules ; son visage ouvert, vermeil, joyeux, avait pris de l'âge, des rides, et perdu ses rondeurs ; à présent marqué et généralement sombre, il portait une trace de dureté latente, et toute personne habituée aux manières abruptes de la mer comprenait aussitôt que ce n'était pas un visage que l'on pût traiter à la légère ; contrarié, cet homme réagirait sans prévenir, et au diable les conséquences — il était dangereux, car plus rien ne comptait pour lui.

La *Surprise* possédait sans doute un équipage plus efficace, plus professionnel que tout navire de sa taille actuellement à flot, ce qui aurait bien dû remplir de joie le cœur de son capitaine : et d'ailleurs, quand il y réfléchissait, ce fait lui apportait un certain plaisir conscient et toute la joie que son cœur pouvait contenir ; mais cela n'en faisait pas beaucoup. On aurait pu dire que le cœur de Jack Aubrey s'était scellé hermétiquement pour qu'il puisse admettre son infortune sans se briser ; et qu'en se fermant, il avait transformé Jack en eunuque pour ce qui était des émotions. Cette explication eût péché par simplicité ; pourtant, alors qu'autrefois le capitaine Aubrey, comme son héros Nelson et tant de ses contemporains, était quelque peu porté aux larmes — il avait pleuré de joie en tête du mât de son premier commandement ; les larmes avaient parfois mouillé son violon quand il jouait des passages particulièrement émouvants ; et de cruels sanglots l'avaient secoué souvent lors de funérailles de ses compagnons, à terre ou en mer —, il était désormais aussi dur et l'œil aussi sec qu'il fût possible. Il avait quitté Sophie et les enfants à Ashgrove Cottage avec tout juste la gorge serrée, et ses adieux avaient de ce fait semblé bien rudes, et douloureusement froids. Quant au violon, il était toujours enfermé dans son étui de toile cirée, intouché depuis son embarquement.

— Voici les trois meilleurs, monsieur, s'il vous plaît, dit Mr Pullings en ôtant son chapeau. Harvey, Fisher et Whitaker.

Ils se touchèrent le front : trois cousins avec à peu près le même visage capable, tanné, à long nez, trois contrebandiers, excellents marins — nul autre n'aurait pu réussir l'examen bref mais fort sévère — et, les regardant avec une certaine satisfaction mitigée, Aubrey dit :

— Harvey, Fisher et Whitaker, je suis heureux de vous voir à bord. Mais vous avez bien compris que c'est seulement à l'essai et sous réserve d'être acceptés par le chirurgien ? (Il jeta un nouveau coup d'œil vers le rivage, mais ne vit pas le canot du chirurgien.) Et vous avez compris les conditions de paiement, de parts, de discipline et de punitions ?

— Ben oui, monsieur. Que votre patron de canot il nous les a lues.

— Parfait. Vous pouvez embarquer vos coffres.

Il reprit son va-et-vient obstiné, tout en répétant « Harvey, Fisher, Whitaker » : c'était le devoir du capitaine de connaître les noms de ses hommes et un peu de leur histoire, et jusque-là il n'y avait pas eu grand-peine, même sur un vaisseau de ligne avec six ou sept cents hommes. Il connaissait encore, bien sûr, chacun de ses Surprises, compagnons de bord non seulement lors du dernier voyage au cœur du Pacifique, mais parfois depuis bien des années avant cela ; mais les nouveaux hommes lui échappaient honteusement et même pour ses officiers il devait faire un effort. Pas pour Tom Pullings, naturellement, autrefois l'un des aspirants d'Aubrey, aujourd'hui capitaine de frégate de la Royal Navy en demi-solde, sans le moindre défaut mais sans l'espoir d'avoir un jour un navire et qui, en congé de durée indéterminée, l'accompagnait comme premier lieutenant, ni pour le deuxième et le troisième lieutenants, tous deux anciens officiers du roi qu'il avait plus ou moins connus et dont les cours martiales étaient encore présentes à son esprit (West pour un duel et Davidge pour une malheureuse affaire compliquée dans laquelle il avait signé les livres d'un commis malhonnête sans les regarder), mais il ne retrouvait le nom de son bosco, Blockeley, qu'en l'associant avec son corps massif ; fort heureusement aucun charpentier ne refusait jamais d'être appelé Bout-de-bois, ni aucun canonnier Maître canonnier ; et quant aux officiers mariniers encore peu familiers, cela viendrait sûrement avec le temps.

Aller, retour, aller, retour, avec un coup d'œil vers la côte à chaque virage, jusqu'à ce qu'enfin la présence d'algues fort haut sur son câble et le mouvement de l'eau lui disent que s'il n'appareillait pas très vite il allait rater la marée.

— Mr Pullings, nous allons passer de l'autre côté de la barre.

— Bien monsieur, dit Pullings. Mr Blockeley, le monde à lever l'ancre.

Les notes aigres du sifflet du bosco et la ruée des pieds nus suivirent instantanément, preuve absolue du fait que les hommes de Shelmerston étaient parfaitement au courant du tirant d'eau de la frégate et des caractéristiques de leur barre. La tournevire fut armée, les barres de cabestan mises en place et calées aussi vite que s'il n'y avait que des Surprises pour cette manœuvre ; mais quand le cabestan se mit à tourner et la frégate à glisser à travers le port vers son ancre, quelques hommes entamèrent le chant :

Vire, vire, pousse à fond,
Vire, vire, à lever l'ancre,

ce que la *Surprise* n'avait jamais connu de toute sa vie au service du roi, les chants de travail n'étant guère appréciés dans la Navy. Pullings regarda Jack qui hocha la tête et murmura : « Laissez-les chanter. »

Il n'y avait jusqu'à présent pas eu le moindre accrochage entre les anciens Surprises et les nouveaux hommes, et Jack voulait par-dessus tout que cela continue. Pullings et lui avaient déjà fait de leur mieux en mélangeant les hommes dans les quarts et les équipes des canons, mais il ne pouvait douter que le facteur essentiel dans cette relation étrangement paisible entre deux groupes si dissemblables fût cette situation sans précédent : tous les hommes concernés, en particulier les Surprises, en semblaient stupéfaits, incertains de ce qu'ils devaient faire ou penser, car ils n'avaient pas de formules toutes faites à disposition ; et si seulement cela pouvait durer jusqu'à ce qu'un coup de vent de deux ou trois jours en Manche ou, mieux encore, un combat réussi soude finalement son équipage, la *Surprise* aurait de bonnes chances d'être un navire heureux.

— À pic, monsieur, lança West du gaillard d'avant.

— Gabiers de misaine, dit Jack en élevant la voix. M'entendez-vous, holà ?

Il aurait fallu qu'ils soient sourds pour ne pas l'entendre car le « holà » revint clair et fort, renvoyé par les façades des maisons au fond de la baie.

— En haut le monde. (Les haubans se peuplèrent d'hommes pressés.) Déferle et laisse tomber.

Le hunier fut déferlé ; les hommes de babord embraquèrent les écoutes et coururent aux drisses, sans un mot. La vergue monta régulièrement ; le petit hunier se remplit ; la *Surprise* prit juste assez d'erre pour arracher son ancre et, en une courbe pure et calme, elle se dirigea vers la barre, déjà d'une vilaine couleur dans l'eau gris-vert, avec un peu de blanc sur les bords.

— Bien au milieu du chenal, Gillow, dit Jack à l'homme de barre.

— Bien au milieu, monsieur, dit Gillow, un Shelmerstonien, avec un coup d'œil à droite et à gauche et un petit mouvement de la roue, d'un ou deux rayons.

Aussitôt dégagée, la *Surprise* replia ses ailes, laissa tomber son ancre du bossoir, fila une longueur de câble suffisante pour être à l'aise. C'était une opération simple, que Jack avait exécutée mille fois, mais elle se déroulait à la perfection, sans erreur ni désordre, et il en fut heureux. Cela valait mieux, d'ailleurs, car depuis un temps considérable, un sentiment d'indignation devant le retard de Maturin grandissait en lui ; il parvenait, sinon à accepter, du moins à supporter son énorme infortune sans grogner ou se plaindre, mais les petites choses l'irritaient autant qu'avant — ou même beaucoup plus — et il avait préparé une note sèche à l'intention de Stephen, qu'il laisserait à terre, lui fixant un autre rendez-vous sous quinze jours.

— Mr Davidge, dit-il, je descends. Si l'amiral double la pointe, prévenez-moi aussitôt.

L'amiral Russell, qui vivait à Allacombe, la deuxième crique vers le sud, avait envoyé un mot pour dire que si le vent et le temps le permettaient, il se donnerait le plaisir de rendre visite à Mr Aubrey dans le courant de l'après-midi et qu'il espérait que Mr Aubrey viendrait passer la soirée à Allacombe avec lui : il envoyait ses compliments au docteur Maturin, et s'il était à bord il serait heureux de le voir aussi.

— Immédiatement, monsieur, dit Davidge. (Puis, d'un ton plus hésitant :) Comment devons-nous le recevoir, monsieur ?

— Comme sur n'importe quel navire privé, dit Jack. Les tire-veilles, bien sûr, mais rien de plus.

Il avait horreur de singer la Royal Navy ; il avait toujours détesté l'imitation des manières navales à laquelle se complaisaient la Compagnie des Indes orientales et quelques autres grands armements, de même que les gros corsaires les plus ambitieux ; et pour l'instant il était vêtu d'un caban de drap et d'un pantalon de tweed. Par ailleurs, il était absolument décidé à ce que la *Sur-*

prise, quoique privée de flamme de guerre, de dentelles d'or, d'infanterie de marine et de bien d'autres choses, soit tout de même menée comme un navire de guerre pour l'essentiel, et ces deux souhaits ne lui semblaient pas inconciliables.

Il aurait donné tout au monde pour éviter cette rencontre avec Russell. Mais il avait servi comme aspirant sous les ordres de l'amiral ; il avait pour lui le plus grand respect et un très fort sentiment de gratitude, car c'est à l'influence de Russell qu'il devait son brevet de lieutenant. Cette malheureuse invitation avait été formulée et présentée dans la meilleure intention du monde ; elle ne pouvait être décemment refusée ; mais Jack aurait infiniment désiré que Stephen soit là pour l'aider à franchir la soirée. Il avait totalement perdu ses réserves de gaieté mondaine et il craignait la présence d'autres invités, surtout d'invités du monde naval, la sympathie de quiconque, en dehors de ses amis les plus intimes, la civilité distante et dédaigneuse de ceux qui ne l'aimaient pas.

Dans la grand-chambre il appela :

— Killick, Killick, holà !

— Qu'est-ce que c'est ? répondit Killick dans un geignement de mauvaise humeur, de l'endroit où était accrochée la bannette de Jack ; et pour la forme il ajouta : « monsieur ».

— Sortez-moi mon habit vert bouteille et une culotte convenable.

— Que je l'ai là dans les bras, pas vrai ? Et vous pourrez pas l'avoir avant dix minutes, que tous les boutons sont à recoudre.

Ni Killick, ni Bonden n'avaient jamais prononcé le moindre mot à propos du procès et de la condamnation du capitaine Aubrey. Ils possédaient cette immense délicatesse de sentiments pour les choses importantes que Jack, après bien des années d'expérience et de contact étroit, en était venu à attendre des hommes du premier pont ; aucune sympathie manifeste, en dehors de leur présence attentive, et Killick, si possible, encore plus revêche qu'il ne l'était depuis des années, juste pour montrer que rien n'avait changé.

On l'entendait marmonner dans la chambre à coucher : maudite aiguille émoussée ; s'il avait un shilling pour chacun des boutons que cette espèce de grosse vache d'Ashgrove avait mal cousus, il serait riche ; incapable de coudre une tige comme dans la marine ; et en plus le fil était pas du bon vert.

Mais enfin, le capitaine Aubrey fut habillé de vêtements bien brossés, bien repassés, et il reprit sa promenade solitaire habituelle sur le gaillard d'arrière, en regardant tantôt le rivage, tantôt le cap, au sud.

Depuis que Stephen était riche, il souffrait de temps à autre d'accès de radinerie. Pendant la plus grande partie de sa vie il avait été pauvre et parfois extrêmement pauvre mais, sauf quand la pauvreté l'empêchait de satisfaire ses fort simples exigences, il ne pensait guère à l'argent. Mais à présent qu'il avait hérité de son parrain (ami intime de son père, cousin au troisième degré de sa mère, et le dernier d'une race fortunée), à présent que les petits coffres cerclés de fer et si lourds contenant l'or de Don Ramon encombraient à tel point la chambre forte de son banquier qu'on parvenait à peine à en fermer la porte, il se prenait à compter les sous.

Ce matin-là il se trouvait sur une vaste plaine nue légèrement ondulée, marchant vite sur l'herbe rase en direction du soleil levant ; des traquets voletaient des deux côtés, exposant leur plus beau plumage ; là-haut, bien sûr, d'innombrables alouettes ; un vrai bijou que cette journée. Il était venu de Londres par l'omnibus, l'avait quitté à Clotworthy pour pouvoir traverser la campagne jusqu'à Polton Episcopi où son ami le révérend Nathaniel Martin l'attendrait ; de là ils prendraient tous deux le coche pour Shelmerston que la *Surprise* devait quitter à la marée du soir. D'après les calculs de Stephen, cela lui ferait économiser au moins onze shillings et quatre pence. Calculs faux, car malgré ses grandes capacités dans certains domaines tels que la médecine, la chirurgie et l'entomologie, l'arithmétique ne faisait pas partie de ses talents et il lui fallait un ange gardien avec une abaque pour multiplier par douze ; l'erreur n'était cependant pas très grave, car ce n'était pas une affaire d'avarice véritable mais plutôt de conscience ; il trouvait une certaine indécence à la richesse, une indécence que l'on pouvait quelque peu diminuer par des gestes comme celui-là et par un train de vie modeste, apparemment inchangé.

Quelque peu seulement, il devait bien l'admettre, car ces crises étaient spasmodiques et à d'autres moments il se montrait tout à fait incohérent : par exemple il s'était récemment laissé tenter par une paire de demi-bottes d'une souplesse merveilleuse, issue des mains d'un artisan éminent de Saint-James Street, et par le luxe scandaleux de bas en cachemire. Il portait ordinairement de lourds souliers à bouts carrés encore alourdis par des semelles en feuille de plomb, selon le principe que sans le plomb il aurait le pied trop léger ; et il venait d'ailleurs de parcourir les trois premiers miles sur l'herbe à belle allure, prenant un plaisir conscient à l'aisance de ses mouvements et au parfum vert du printemps qui remplissait l'air. Mais à présent, à un furlong devant lui, il y avait un homme, étrangement dressé et sombre dans ce pâle paysage horizontal habité seulement par de lointaines troupes de moutons immobiles et par de hauts nuages blancs venant doucement de l'ouest sud-ouest ; l'homme aussi marchait le long de cette large draille, marquée du passage des troupeaux et des ornières tracées à l'occasion par les roues d'une hutte mobile de berger, mais il marchait beaucoup moins vite et de plus il s'arrêtait de temps à autre pour gesticuler avec véhémence, tandis qu'à d'autres moments il sautait ou bondissait. Depuis que Maturin était à portée de voix il se rendait compte que l'homme parlait, parfois avec ardeur, parfois avec une passion extrême et parfois du ton aigu d'une femme élégante : un homme de classe moyenne, à en juger par sa culotte bleue et son habit bordeaux, et de quelque éducation car à un moment il s'écria « Oh, que les chiens menteurs soient étouffés par leurs excréments ! » dans un grec rapide et sans hésitation ; mais un homme qui bien certainement se croyait seul dans le matin vert et qui serait horriblement mortifié d'être rattrapé par une personne ayant entendu depuis une demi-heure toutes ses exclamations.

Il n'y avait pourtant rien à y faire : les haltes

se faisaient plus fréquentes et si Culotte bleue ne quittait pas bien vite le sentier, Stephen devrait soit le rattraper, soit traîner à cette allure insensée, et risquer d'être en retard à son rendez-vous.

Il essaya de tousser et tenta même de chanter d'une voix rauque, mais rien n'y fit ; il aurait été forcé de le doubler avec le peu d'assurance qui lui restait si Culotte bleue ne s'était pas arrêté et n'avait pas pivoté pour le regarder.

— Avez-vous un message pour moi ? lança-t-il quand Stephen fut à une centaine de pas.

— Non point.

— Je vous demande pardon, monsieur, dit Culotte bleue à Stephen à présent tout proche, mais comme j'attendais un message de Londres et comme j'ai dit chez moi que j'irais visiter mon vallon, j'ai pensé... mais, monsieur, poursuivit-il, rouge de confusion, je crains de vous avoir donné un triste spectacle à déclamer ainsi tout en marchant.

— Pas le moins du monde, monsieur, s'exclama Stephen, j'ai connu bien des parlementaires, bien des avocats qui haranguaient l'air vide sans y accorder la moindre importance, pas la moindre. Et Démosthène ne s'adressait-il pas aux vagues ? C'est là sans doute le comportement naturel de bien des hommes de métier.

— Le fait est que je suis écrivain, dit Culotte bleue quand ils eurent parcouru un peu de chemin.

Et en réponse aux questions polies de Stephen, il déclara qu'il travaillait surtout sur des récits de temps anciens et de manières gothiques.

— Mais quant au nombre que vous me demandez si courtoisement, ajouta-t-il avec un regard triste, il est si réduit que je crains d'avoir honte de le mentionner : je ne crois pas avoir publié plus d'une vingtaine d'œuvres. Non pas, voyez-vous (avec un petit bond), que je n'en aie conçu, travaillé, composé entièrement au moins dix fois plus, sur ce gazon même, d'excellents contes, de remarquables contes qui m'ont fait rire tout haut de plaisir (mais j'avoue être un juge partial). Mais vous devez comprendre, monsieur, que chaque homme a sa manière particulière d'écrire, et la mienne consiste à réciter mes morceaux tout en marchant — j'ai constaté que le mouvement physique disperse les humeurs grossières et encourage la circulation des idées. Mais c'est aussi là que repose le danger : s'il les encourage avec trop de vigueur, si mon morceau est formé à mon entière satisfaction, comme je viens juste à présent de composer le chapitre dans lequel Sophonisbe enferme Roderic comme par jeu dans la cage de fer, et commence à tourner la vis qui fait sortir les pointes de torture, je le considère comme achevé, terminé, et mon esprit, mon imagination ne veulent plus y toucher, refusent même de l'écrire ou, si j'y suis forcé, n'enregistrent qu'un froid catalogue de déclarations improbables. Le seul moyen pour moi de réussir est de parvenir à un quasi-succès, un *coitus interruptus* avec ma muse, si vous me pardonnez l'expression, puis de courir à la maison vers ma plume pour la consommation complète. Je ne peux arriver à faire comprendre ceci à mon libraire : je lui dis que le travail de l'esprit est essentiellement différent du travail manuel ; je lui dis que dans le second cas l'application et l'assiduité peuvent abattre une forêt de bois et transporter un océan d'eau alors que dans le premier... et il me répond que la presse est immobile et qu'il doit recevoir par retour les vingt pages promises. (Culotte bleue répéta son exclamation en grec et ajouta :) Mais c'est ici, monsieur, que nos chemins se séparent, à moins que je ne puisse vous tenter par la vue de mon vallon.

— S'agit-il peut-être d'un vallon druidique, monsieur ? demanda Stephen avec un sourire devant son mouvement de tête.

— Druidique ? Oh non, point du tout. Même si l'on pourrait faire quelque chose avec les druides, *La Malédiction du Druide*, ou *Le Spectre du cromlech*. Non, mon vallon n'est qu'un lieu où je m'assois pour contempler mes outardes.

— Vos outardes, monsieur ! s'exclama Stephen, ses yeux pâles fouillant le visage de l'homme. *Otis tarda* ?

— Elle-même.

— Je n'en ai jamais vu en Angleterre, dit Stephen.

— Effectivement, elles sont devenues très rares : quand j'étais enfant on en voyait de petits troupeaux, ressemblant énormément à des moutons. Mais elles existent encore ; ce sont des créatures d'habitudes et je les ai suivies depuis mon plus jeune âge, comme mon père et mon grand-père le firent avant moi. De mon vallon je peux certainement vous montrer une femelle sur son nid ; et nous avons quelques chances de voir deux ou trois mâles.

— Est-ce très loin, par hasard ?

— Oh, pas à plus d'une heure si nous marchons d'un bon pas ; et j'ai terminé mon chapitre, après tout.

Stephen jeta un coup d'œil à sa montre. Martin, véritable autorité de l'œdicnème criard, lui pardonnerait d'être en retard dans une telle circonstance ; mais Jack Aubrey avait le respect naval du temps — il exigeait ridiculement une ponctualité à la minute près — et l'idée d'affronter un Jack Aubrey de sept pieds de haut, rempli d'un courroux mal contenu pour l'avoir dû attendre deux heures pleines, cent vingt minutes, fit hésiter Stephen ; mais pas très longtemps. « Je louerai une chaise de poste à Polton Episcopi, se dit-il, une chaise et quatre chevaux, ce qui nous fera rattraper le retard. »

Le Marquis de Granby, seule auberge de Polton, avait un banc le long de son mur extérieur, face au soleil de l'après-midi ; et sur ce banc, encadré d'un côté par un rosier grimpant et de l'autre par un chèvrefeuille, somnolait Nathaniel Martin. Des hirondelles, dont les nids en construction prenaient forme sous le rebord du toit, lâchaient sur lui de petites boulettes de boue, de temps à autre, et il était là depuis si longtemps que son épaule gauche en était couverte. À peine conscient de l'impact minuscule, du bruit des ailes et du gazouillis aux trilles pressés des oiseaux, ainsi que de la basse plus lointaine issue d'un pré rempli de vaches derrière la mare à chevaux du Marquis, il ne s'éveilla tout à fait au monde qu'en entendant le cri « Matelot, holà ! ».

— Oh, mon cher Maturin, s'exclama-t-il, comme je suis heureux de vous voir, mais — avec un autre coup d'œil — j'espère qu'il ne vous est arrivé aucun accident ?

Car le visage de Maturin, ordinairement d'un jaune malsain, était à présent entièrement suffusé d'un rose malsain ; il était aussi couvert d'une poussière dans laquelle la sueur en s'écoulant avait tracé des sillons.

— Pas le moins du monde, ami. Je suis si désolé, vraiment, navré que vous ayez dû m'attendre : pardonnez-moi, je vous en prie. (Il s'assit, haletant.) Mais vous dirai-je ce qui m'a retenu ?

— S'il vous plaît, dit Martin, et, dirigeant sa voix vers la fenêtre : Aubergiste, un pot de bière pour le monsieur, s'il vous plaît : une pinte de la bière la plus fraîche que vous puissiez tirer.

— Vous aurez du mal à me croire, mais en regardant entre les longues herbes au bord d'un vallon, nous-mêmes dans le vallon regardant vers l'extérieur, vous me comprenez, j'ai vu une outarde couvant ses œufs à moins de cent yards. Avec la lunette du monsieur, j'ai pu voir son œil, qui est d'un brun jaunâtre brillant. Ensuite, au bout d'un grand moment, elle se leva, s'en fut rejoindre deux mâles monstrueux et un oiseau de l'année et disparut derrière la pente, de sorte que nous avons pu aller regarder son nid sans crainte. Et, Martin, j'ai véritablement entendu les poussins dans ces superbes grands œufs appeler pip-pip, pip-pip, comme un lointain bosco. Sur ma parole et mon honneur.

Martin joignit les mains mais, avant qu'il ait pu prononcer plus qu'un cri inarticulé d'admiration et d'émerveillement, la bière apparut et Stephen poursuivit :

— Aubergiste, veuillez faire préparer une chaise de poste, pour nous conduire à Shelmerston dès que j'aurai bu cette excellente bière, car je suppose que le coche est parti depuis longtemps.

— Dieu vous bénisse, monsieur, dit l'aubergiste, riant d'une telle candeur. Y a pas de chaise à Polton Episcopi et y en a jamais eu. Ah, mon Dieu, non. Et Joe du coche, il doit être à Wakeley maintenant.

— Eh bien dans ce cas, une couple de chevaux, ou un homme avec un cabriolet, ou une charrette.

— Monsieur, vous oubliez que c'est jour de marché à Plashett. Il reste plus un seul cabriolet ou une charrette dans le village. Et pas de chevaux non plus, je crois ; quoique la mule de Waites pourrait peut-être porter deux hommes et le maréchal-ferrant lui a donné sa dose hier soir. Je vais demander à ma femme, Anthony Waites étant son cousin, qu'on pourrait dire.

Une pause, au cours de laquelle on put entendre une voix de femme lancer du haut de l'escalier « Pourquoi qu'ils veulent aller à Shelmerston ? », et l'aubergiste revint avec l'expression satisfaite d'un homme dont les pires craintes se sont réalisées

— Non, messieurs, dit-il. Pas le moindre espoir d'un cheval. Et la mule de Waites est morte.

Ils marchèrent en silence un moment puis Stephen dit :

— Après tout, ce n'est jamais que l'affaire de quelques heures.

— Il y a aussi la question de la marée, observa Martin.

— Grand Dieu, grand Dieu, j'oubliais la marée, dit Stephen, et les marins y sont si attachés.

Un quart de mile plus loin il reprit :

— J'ai peur que mes dernières lettres ne vous aient pas apporté toute l'information que vous pouviez souhaiter.

C'était profondément vrai. Stephen Maturin était depuis si longtemps et si intimement impliqué dans le renseignement naval et politique, sa vie avait à tel point dépendu du secret qu'il répugnait beaucoup à coucher quelque chose par écrit ; et de toute manière c'était un assez mauvais correspondant.

— Pas du tout, dit Martin.

Et Stephen reprit :

— Si j'avais eu de bonnes nouvelles pour vous, croyez-moi, je vous les aurais annoncées aussitôt avec la plus grande joie ; mais je suis obligé de vous dire que votre libelle, votre remarquable libelle contre la luxure et le fouet dans le service, rend pratiquement impossible que l'on vous offre à nouveau d'être aumônier de bord. C'est ce que j'ai entendu à Whitehall même, j'ai le regret de vous le dire.

— C'est ce que l'amiral Caley disait à ma femme voici quelques jours, dit Martin avec un soupir. Il s'étonnait de ma témérité. Pourtant j'ai cru de mon devoir d'élever quelques protestations.

— Certes, ce fut une chose courageuse. À présent je vais vous parler de Mr Aubrey. Vous avez suivi, je pense, son procès et sa condamnation ?

— Oui, bien sûr, et avec la plus grande indignation. Je lui ai écrit deux fois mais j'ai détruit les deux lettres, craignant de m'immiscer et de blesser par une sympathie malvenue. Ce fut une très grave erreur judiciaire. Mr Aubrey serait tout aussi incapable d'imaginer une fraude en Bourse que moi ; et même moins, d'ailleurs, connaissant si peu le monde du commerce, sans parler de la finance.

— Et vous savez qu'il a été chassé du service ?

— Cela ne peut être vrai ! s'exclama Martin, frappé d'immobilité.

Une charrette les dépassa, son conducteur les regardait, bouche ouverte, et se détourna même tout d'une pièce pour pouvoir les observer plus longtemps.

— Son nom a été rayé de la liste des capitaines de vaisseau le vendredi suivant.

— Cela a presque dû le tuer, dit Martin, détournant le visage pour dissimuler son émotion. Le service était tout pour Mr Aubrey, si brave, si honorable, et être ainsi chassé...

— Cela a tué toute sa joie de vivre, dit Stephen.

Ils poursuivirent lentement leur chemin et il ajouta :

— Mais il a beaucoup de courage ; et une épouse admirable...

— Oh, quel réconfort une épouse est pour un homme ! s'exclama Martin, un sourire renaissant sur son visage d'une gravité sincère.

L'épouse de Stephen, Diana, n'était pas un réconfort pour lui, mais une douleur dans son cœur, parfois sourde, parfois d'une acuité presque insupportable, jamais tout à fait absente.

— Il y a beaucoup d'avantages au mariage, dit-il d'un ton posé. Et puis ils ont ces enfants. J'ai de l'espoir pour lui, surtout du fait que lorsqu'on l'a chassé du service, son navire l'a été aussi. Ses amis ont acheté la *Surprise* ; elle est armée en vaisseau de guerre privé et il la commande.

— Le ciel soit loué, Maturin ! La *Surprise,* un corsaire ? Je savais, bien sûr, que la marine devait la vendre, mais je n'avais pas idée que... Je voyais les corsaires comme de petites choses mal famées, un peu pirates, de dix ou douze canons au plus, lougres, bricks et autres.

— Il est vrai que la plupart de ceux qui exercent leur activité dans la Manche répondent à cette description, mais il existe des vaisseaux de guerre privés beaucoup plus importants et qui s'en vont loin. Dans les années quatre-vingt-dix, il y avait un français de cinquante canons qui fit de terribles dégâts dans le commerce d'Orient ; et vous ne pouvez guère avoir oublié ce navire d'une rapidité prodigieuse que nous avons poursuivi jour après jour et bien failli prendre lorsque nous revenions de la Barbade — il portait trente-deux canons.

— Bien sûr, bien sûr : le *Spartan.* Mais il était américain, n'est-ce pas ?

— Et alors ?

— Ce pays est si vaste qu'il vous donne vaguement l'impression que tout y est à plus grande échelle, même les corsaires.

— Écoutez-moi, Martin, dit Stephen après une légère pause. Puis-je vous dire quelque chose ?

— S'il vous plaît.

— Le terme corsaire a des résonances déplaisantes pour le marin et il pourrait être jugé injurieux appliqué à la chère *Surprise.* De toute manière ce n'est pas un corsaire ordinaire, pas du tout. Sur un corsaire ordinaire, les hommes embarquent en sachant que sans prises ils n'ont pas de paie. Ils sont nourris, c'est tout, et l'argent ne peut venir que des prises. Cela les rend insolents, indisciplinés ; ils ont coutume de piller sans la moindre merci et de dépouiller leurs infortunées victimes ; et dans le cas des plus mauvais et brutaux, on dit que les prisonniers qui ne peuvent payer rançon sont jetés par-dessus bord, tandis que le viol et les mauvais traitements sont courants. Sur la *Surprise,* en revanche, tout sera dirigé à la manière navale ; les hommes seront payés ; le capitaine Aubrey ne veut accepter que les matelots qualifiés qu'il considère comme de bon caractère ; et ceux qui ne s'engageront pas à se soumettre à la discipline navale seront refusés. Il appareille aujourd'hui avec son équipage actuel, à l'essai, pour une ou deux brèves croisières — une vers l'ouest et une autre vers le nord, probablement en Baltique — et ceux qui ne conviendront pas seront remis à terre avant le grand voyage. Compte tenu de tout ceci, peut-être seriez-vous bien avisé de la qualifier de vaisseau de guerre privé ou, si cela vous paraît désagréable, de lettre de marque.

— Je vous remercie de cet avertissement et j'essaierai de ne pas offenser ; pourtant j'aurai sans doute fort peu d'occasions de l'appeler quoi que ce soit puisque quelle que soit sa différence par rapport à un simple... à l'un de ces navires peu acceptables, même le vaisseau de guerre privé le mieux tenu ne peut guère avoir besoin d'un aumônier ? ou me trompé-je ?

Le désir ardent qu'on lui dise qu'il se trompait effectivement était si manifeste sur son visage maigre, anxieux d'ecclésiastique sans bénéfice, que Stephen fut désolé d'avoir à dire :

— Hélas, il y a, comme vous savez, une superstition tout à fait absurde chez les marins : ils croient qu'embarquer un pasteur apporte le mauvais sort. Et dans une entreprise de cette espèce tout dépend de la chance. C'est pour cela qu'ils cherchent en si grand nombre à embarquer avec Jack Aubrey la Chance. Mais je n'avais pas l'intention de me jouer de vous quand je vous ai demandé de me retrouver à Polton : mon dessein était d'apprendre si vos projets, vos plans ou vos désirs avaient changé depuis notre dernière rencontre ou si vous seriez d'accord pour que je demande à Mr Aubrey s'il consent à vous nommer assistant chirurgien. Après ces croisières préliminaires, la *Surprise* doit partir pour l'Amérique du Sud et pour un si long voyage il faut évidemment deux hommes de médecine. Vos connaissances médicales dépassent déjà celles de la plupart des aides-chirurgiens ; et je préfère infiniment un assistant qui soit aussi un compagnon civilisé, et un naturaliste par-dessus le marché. Veuillez y réfléchir, s'il vous plaît. Si vous pouviez me donner votre réponse d'ici une quinzaine, à la fin de la première croisière, vous m'obligeriez.

— Cette nomination dépend-elle de Mr Aubrey seul ? demanda Martin, le visage illuminé.

— Effectivement.

— En ce cas, peut-être pourrions-nous courir un peu ? Comme vous voyez, la route est en descente aussi loin que l'œil puisse voir.

— Ho, d'en bas ! lança la vigie en tête de mât

de la *Surprise* : trois vaisseaux... quatre... cinq vaisseaux de ligne par l'avant tribord.

Ils étaient dissimulés du pont par les terres hautes au nord, s'achevant au cap Penlea, mais la vigie, un homme des lieux, les voyait fort bien et il ajouta sur le ton de la conversation :

— Vaisseaux de guerre. Une partie de l'escadre de Brest, je crois. Mais y a pas à s'inquiéter. Y a pas de sloop ni de frégate et ils vont virer de bord.

Sous-entendu, s'ils avaient été accompagnés par des sloops ou des frégates, ils auraient pu en détacher un pour voir ce que l'on pouvait enrôler de force parmi les hommes de ce navire mouillé devant Shelmerston.

Peu après ils surgirent de derrière Penlea : deux 74, puis un trois-ponts, probablement le *Caledonia*, battant le pavillon d'un vice-amiral de l'escadre rouge à la misaine, puis deux autres 74, le dernier presque certainement le *Pompée*. Ils virèrent à la suite et s'en furent vers le large avec la brise à perroquets portante de deux quarts, composant une ligne aussi précise que si elle était tracée à la règle, chaque navire à deux encablures de son matelot d'avant ; dans leur beauté insolente, désinvolte, ils ne pouvaient que toucher le cœur d'un marin, et blesser avec une amertume particulière l'homme exclu de ce monde. Mais cela devait arriver tôt ou tard et Jack fut heureux que le premier choc ne soit pas pire.

Son calvaire particulier comportait de nombreux aspects, dont le moindre n'était pas la certitude aiguë, immédiate et pratique qu'il représentait une proie potentielle pour son propre service ; mais il n'était pas très porté à analyser ses sentiments et une fois l'escadre disparue, il reprit son va-et-vient obstiné jusqu'au moment où, en pivotant, il aperçut un lougre qui hissait sa voile au fond du port. Une petite silhouette agitait quelque chose de blanc à l'étrave : empruntant la lunette de Davidge, il vit que c'était Stephen Maturin. Le lougre vira de bord pour franchir la barre tribord amures et l'on dut écarter Stephen, l'asseoir sur un casier à homards au milieu ; mais il continuait à crier d'une voix mince et rauque et à agiter son mouchoir ; et Jack vit avec surprise qu'il était accompagné du pasteur Martin, venu sans doute en visite.

— Bonden, le docteur sera avec nous très bientôt, ainsi que Mr Martin. Prévenez Padeen au cas où la cabine de son maître aurait besoin d'un nettoyage et préparez-vous à les embarquer tous les deux à pied sec, si possible.

Ces deux messieurs, quoique accoutumés de longue date à la mer, souffraient de quelque incapacité mentale, d'un malheureux défaut de développement qui leur interdisait d'en apprendre les manières ; ils restaient de perpétuels terriens et le docteur Maturin en particulier avait, dans ses tentatives pour monter à bord, réussi plus souvent qu'on ne pouvait le dire à tomber entre un navire et le canot qui le transportait. Mais cette fois ils étaient prêts pour l'accueillir : des bras puissants le hissèrent à bord tout haletant et Jack Aubrey s'exclama :

— Eh quoi, vous voici, docteur, comme je suis heureux de vous voir. Mon cher Mr Martin — en lui serrant la main —, bienvenue à bord une fois de plus. J'espère que vous allez bien ?

Martin avait surtout très froid, il était épuisé et la brise de mer humide avait percé son mince habit pendant le trajet depuis le rivage ; tout en souriant et en disant ce qu'il fallait, il ne pouvait empêcher ses dents de claquer.

— Venez, dit Jack leur montrant le chemin. Laissez-moi vous offrir quelque chose de chaud. Killick, un pot de café, lestement.

— Jack, dit Stephen, je vous demande très humblement pardon d'être en retard ; c'est entièrement de ma faute, vraiment — une effroyable complaisance pour les outardes ; et je vous suis infiniment obligé de nous avoir attendus.

— Pas du tout, dit Jack, je suis engagé auprès de l'amiral Russell pour ce soir et je n'appareillerai pas avant le début du jusant. Killick, Killick, holà : mes compliments au capitaine Pullings, qui est dans la cale, et des amis à lui viennent d'embarquer.

— Avant que ce cher Tom n'apparaisse, dit Stephen, il est un point que je voudrais régler. La *Surprise* a besoin d'un aide-chirurgien, surtout que je serai peut-être obligé de m'absenter une partie du temps dans les débuts. Vous connaissez la compétence de Mr Martin à cet égard. Sous réserve de votre consentement, il a consenti à m'accompagner en tant qu'assistant.

— Comme assistant chirurgien et non comme aumônier ?

— Exactement.

— Je serai certainement très heureux d'avoir à nouveau Mr Martin avec nous, surtout dans le domaine médical. Car je dois vous dire, monsieur — en se tournant vers Martin —, que même sur un navire du roi les hommes n'aiment pas beaucoup avoir un pasteur à bord, et sur une lettre de marque, eh bien, ils sont encore plus enclins aux superstitions païennes et je craindrais que cela ne les dérange beaucoup. Quoique je ne doute pas qu'en cas d'accident ils aiment être ensevelis dans les règles. De sorte qu'aussi longtemps que vous serez noté sur les rôles comme assistant chirurgien, ils profiteront du meilleur des deux mondes.

Pullings vint en hâte, fit l'accueil le plus amical ; Padeen chercha à savoir dans son anglais primitif si le docteur aimerait son gilet de flanelle ; et Davidge envoya dire que le cotre de l'amiral serait bord à bord dans cinq minutes.

Le cotre de l'amiral aborda par babord pour éviter toute cérémonie et, avec un égal manque de pompe, Stephen fut descendu le long du bord comme un sac de pommes de terre.

— C'est fort aimable à vous de m'inviter aussi, monsieur, dit-il, mais je suis honteux d'apparaître ainsi vêtu : je n'ai pas eu un instant pour me changer depuis mon arrivée.

— Vous êtes très bien comme vous êtes, docteur, très bien, vraiment. Il n'y a que moi-même et ma pupille Polly, que vous connaissez, et l'amiral Schank que vous connaissez mieux encore. J'avais espéré l'amiral Henry, qui s'intéresse beaucoup aux questions médicales à présent qu'il en a le loisir ; mais il était engagé ; il a laissé ses meilleurs compliments toutefois et j'ai pour vous sa dernière œuvre, un très joli livre.

Le joli livre avait pour titre *Un récit des moyens par lesquels l'amiral Henry a soigné le rhumatisme, une tendance à la goutte, le tic douloureux, la crampe et autres désordres ; et par lesquels une cataracte de l'œil fut supprimée.* Stephen en regardait les images pendant que Polly, jeune personne délicieuse dont les cheveux noirs et les yeux bleus lui remettaient plus encore Diana en tête, jouait quelques variations sur un thème de Pergolèse quand l'amiral Schank se réveilla et dit :

— Dieu juste, je crois que j'ai dû somnoler. Que disiez-vous, docteur ?

— Nous parlions de ballons, monsieur, et vous essayiez de vous souvenir des détails d'un dispositif que vous aviez imaginé pour éliminer l'inconvénient, l'inconvénient mortel, de monter trop haut.

— Oui, oui, je vais vous le dessiner.

L'amiral (connu dans tout le service sous le surnom de Vieux Palan en raison de sa bannette ingénieuse qui pouvait être inclinée, remontée, abaissée et déplacée d'un point à un autre par l'homme couché dedans, même un invalide de grande faiblesse, avec l'aide de poulies doubles et triples, et aussi de bien d'autres inventions) dessina un ballon avec un réseau de câbles autour de l'enveloppe et expliqua qu'à l'aide d'un système de poulies ce réseau était destiné à diminuer le volume du gaz et donc son pouvoir élévateur.

— Mais quoi qu'il en soit cela n'a pas fonctionné, dit-il. Le seul moyen de ne pas monter trop haut, comme le pauvre Senhouse que l'on n'a plus jamais revu, ou Charlton, qui fut gelé, est de laisser échapper une partie du gaz ; après quoi, si la journée rafraîchit, vous risquez de redescendre avec une force effrayante et d'être réduit en pièces comme le pauvre Crowle, son chien et son chat. Êtes-vous jamais monté en ballon, Maturin ?

— Je suis monté dans l'un d'eux, c'est vrai, au sens que la nacelle me contenait ; mais le ballon était contrariant et n'a pas voulu monter. J'ai donc été obligé de sortir et mon compagnon est parti seul, pour atterrir trois champs plus loin, juste à l'intérieur du comté de Roscommon. Quoique, à présent qu'ils sont revenus tellement à la mode, j'espère faire une autre tentative, et observer de près le vol ascendant des vautours.

— Était-ce un ballon à feu ou un ballon rempli de gaz ?

— Ç'aurait dû être un ballon à feu, mais la tourbe n'était pas assez sèche et ce jour-là une petite bruine parcourait tout le pays, de sorte que tout en soufflant comme Borée nous n'avons jamais réussi à le faire vraiment flotter.

— C'est aussi bien. Si vous étiez montés et si l'enveloppe avait pris feu comme elles le font si souvent, vous auriez passé vos dernières secondes à regretter votre témérité. Ce sont des objets effrayants, dangereux, Maturin ; et si je ne nie pas qu'un ballon à gaz correctement amarré et montant jusqu'à, disons, trois ou quatre mille pieds puisse faire un poste d'observation utile pour un général, j'estime qu'on ne devrait y embarquer que des criminels condamnés.

Une pause. L'amiral Schank dit :

— Qu'est-il arrivé à Aubrey ?

— L'amiral Russell l'a emmené dans la bibliothèque pour lui montrer une maquette de la *Santissima Trinidad*.

— J'aimerais bien qu'il le ramène. L'heure du souper est passée depuis plusieurs minutes, Evans a déjà montré deux fois la tête par la porte, et si je ne suis pas nourri comme j'ai l'habitude de l'être, les vautours ne sont rien à côté de moi : je déchire mes compagnons et je rugis comme les lions de la Tour. Je hais l'imponctualité, pas vous, Maturin ? Polly, ma chère, pensez-vous que votre tuteur se trouve mal ? L'horloge a sonné voici bien longtemps.

Dans la bibliothèque ils étaient perdus dans l'observation de la maquette. L'amiral Russell dit :

— Tous ceux auxquels j'ai parlé conviennent que l'action du ministère contre vous, ou plutôt contre votre père et ses associés, est la plus vilaine chose que le service ait connue depuis le meurtre judiciaire du pauvre Byng. Vous pouvez être sûr que mes amis et moi ferons tout notre possible pour que vous soyez réintégré.

Jack s'inclina et, en dépit de sa certitude que c'était ce que l'on pouvait faire de pire, l'amiral et ses amis appartenant à l'opposition, il aurait exprimé correctement sa reconnaissance si l'amiral n'avait pas levé la main en disant :

— Pas un mot. Ce que je voulais vraiment vous dire, le voici : ne vous morfondez pas ; ne restez pas à l'écart de vos amis, Aubrey. Par les gens qui ne vous connaissent pas bien cela pourrait être interprété comme un sentiment de culpabilité ; et de toute manière cela conduit à ressasser, tomber dans la mélancolie et la neurasthénie. Ne restez pas à l'écart de vos amis. J'en connais plusieurs qui ont été blessés de votre refus, et j'ai entendu parler de quelques autres.

— C'était fort aimable à eux de m'inviter, dit Jack, mais en y allant je les aurais compromis ; et il y a une telle concurrence aujourd'hui pour les navires et les promotions que je ne veux en aucune manière nuire à mes amis face à l'Amirauté. Ce n'est pas la même chose pour vous, monsieur : je sais que vous n'êtes pas à l'affût d'un commandement, et un amiral de l'escadre blanche ayant déjà refusé un titre n'a rien à craindre de quiconque, amirauté ou autre. Mais je suivrai votre conseil, dans la mesure où...

— Oh, monsieur, dit Polly dans la porte, la cuisine est toute en émoi. Le souper était à demi sur la table quand la grande horloge a sonné. À présent, il est à demi reparti, tandis qu'Evans et Mrs Payne se disputent dans le corridor.

— Juste ciel ! s'exclama l'amiral avec un coup d'œil à la pendule de la bibliothèque, un régulateur silencieux. Aubrey, nous devons courir comme des lièvres.

Le souper suivit son aimable cours, et si le soufflé avait vu des jours meilleurs, le bordeaux, un latour, était aussi près de la perfection qu'un homme pût le désirer. Au coup d'horloge suivant, Polly dit bonsoir ; et une fois de plus la grâce particulière de sa révérence, l'inclinaison de sa tête, éveilla chez Stephen une image très vive de Diana, chez qui la grâce tenait lieu de vertu, quoique en fait elle fût habituellement honorable selon ses propres normes, étonnamment rigoureuses à certains égards. Polly rougit joliment quand Stephen lui ouvrit la porte : si jeune encore, c'était un événement fort rare dans son expérience. Quand les messieurs se rassirent, l'amiral Russell tira une lettre de sa poche et dit :

— Aubrey, je sais combien vous vénérez la mémoire de Nelson, aussi ai-je l'intention de vous donner ceci ; et j'espère que cela vous portera bonne chance dans vos voyages. Il me l'a envoyée en l'an trois quand j'étais avec Lord Keith dans l'Oresund et lui en Méditerranée. Je vais d'abord vous la lire, non pas tant par suffisance que parce qu'il écrivait de la main gauche, bien entendu, et vous risqueriez de ne pas la déchiffrer. Après les commencements habituels, il poursuit : « Me voici là, attendant le bon plaisir de ces messieurs de Toulon, et nous n'avons qu'une envie, c'est de venir bord à bord. J'ose dire qu'il y aura quelques chapeaux de trop quand nous en aurons fini. Vous êtes un homme agréable à tout moment et comme le commodore Johnstone le disait du général Meadows, *je ne doute pas que votre compagnie serait délicieuse en un jour de combat pour vos amis, mais diablement mauvaise pour vos ennemis*. Je souhaite, mon cher Russell, que vous me considériez toujours comme l'un des plus sincères parmi les premiers. »

Il la passa toute ouverte à travers la table.

— Oh, quelle aimable lettre ! s'exclama Jack en la regardant avec un air de ravissement non feint. Je ne pense pas qu'on en ait jamais écrit de plus aimable. Est-elle véritablement pour moi, monsieur ? J'en suis excessivement reconnaissant et je la chérirai précieusement — je ne saurais vous dire à quel point. Merci, monsieur, encore et encore.

Il serrait la main de l'amiral d'une poigne de fer.

— Ils pourront dire tout ce qu'ils veulent de Nelson, observa Vieux Palan, ces bonshommes toujours prêts à jeter la première pierre, mais eux-mêmes doivent admettre qu'il écrivait fort bien les choses. Mon neveu Cunningham était l'un de ses jeunes messieurs sur *Agamemnon* et Nelson lui a dit : « Il y a trois choses, jeunes messieurs, que vous devez constamment garder à l'esprit. Premièrement, vous devez toujours implicitement obéir aux ordres sans chercher à vous faire une opinion personnelle sur leur bien-fondé. Deuxièmement, vous devez considérer comme votre ennemi tout homme qui parle mal de votre roi ; et troisièmement vous devez haïr un Français comme vous haïssez le diable. »

— Admirablement exprimé, dit Jack.

— Mais sans doute, dit Stephen qui aimait la France non napoléonienne, il ne peut avoir voulu dire *tous* les Français ?

— Je crois que si, dit Schank.

— C'était peut-être un peu excessif, dit Russell, mais après tout, ses victoires aussi. Et réellement, dans l'ensemble, voyez-vous, il y a fort peu de bon chez les Français. On dit que l'on peut en apprendre beaucoup sur une nation d'après ses expressions proverbiales, et quand les Français veulent décrire quelque chose de fort dégoûtant ils disent « sale comme un peigne », ce qui donne une belle idée de leur propreté personnelle. Quand ils ont l'esprit occupé ailleurs, ils disent qu'ils ont d'autres chats à fouetter : chose vraiment inhumaine. Et quand ils sont sur le point de faire virer de bord un navire, l'ordre est « A Dieu vat », c'est-à-dire « Prenons le risque et espérons en Dieu », ce qui vous donne quelque indication de leurs qualités marines. Je ne saurais rien concevoir de plus criminel.

Jack racontait à l'amiral Schank comment Nelson lui avait une fois demandé de lui passer le sel de la manière la plus civile qu'on pût imaginer, et comment dans une autre occasion il avait dit : « Ne vous souciez pas de manœuvres, attaquez tout droit », et Stephen était sur le point de suggérer qu'il pouvait y avoir quelques bons Français, par exemple ceux qui avaient fait ce sublime bordeaux, quand l'amiral Russell, sortant d'une brève rêverie, dit :

— Non, non. Il peut y avoir des exceptions, mais dans l'ensemble je n'en ai rien à faire, quel que soit leur rang. C'est un capitaine français d'excellente famille, selon leurs règles, qui m'a joué le tour le plus dégoûtant dont j'aie jamais entendu parler en guerre, un tour aussi sale qu'un peigne français.

— Racontez-nous, monsieur, s'il vous plaît, dit Jack tout en caressant discrètement sa lettre.

— Je ne vous en donnerai que le plus bref résumé car si vous voulez appareiller à la renverse je ne dois pas vous retarder. C'est quand j'avais *Hussar* — le vieux *Hussar* — à la fin de la dernière guerre d'Amérique, en quatre-vingt-trois, une jolie petite frégate bien sage, très comparable à votre *Surprise*, quoique un peu moins rapide au près ; Nelson avait *Albemarle* sur la même station et nous nous entendions admirablement. Je croisais un peu au nord du cap Hatteras, dans les sondes — coup de vent frais de nord nord-ouest et temps brumeux de février — et je pris en chasse une voile cap à l'ouest, avec les amures à tribord. Je gagnai sur elle et, en arrivant assez près — un temps diablement brouillé —, j'ai vu qu'elle était sous gréement de fortune, particulièrement bien gréé, et qu'elle avait des trous de boulets dans la hanche. Aussi, quand elle a envoyé une enseigne anglaise à l'envers dans les haubans du grand mât et les couleurs anglaises par-dessus les françaises au mât de pavillon, avons-nous compris qu'elle était la capture de l'un de nos navires, qu'elle avait subi des avaries au cours du combat et que son équipage de prise avait besoin d'aide, qu'elle était en détresse.

— Cela ne pouvait rien vouloir dire d'autre, dit Jack.

— Oh si, cela pouvait, mon cher ami, dit l'amiral, cela pouvait vouloir dire qu'elle était commandée par un moins que rien, un moins que rien sans honneur. Je suis passé sous son vent pour les héler, demander de quoi ils avaient besoin, et en sautant sur les filets de hamac avec mon porte-voix pour qu'ils m'entendent à contre-vent j'ai vu ses ponts chargés d'hommes — rien à voir avec un équipage de prise, mais deux ou trois cents hommes — et au même instant il a sorti ses canons, mettant la barre au vent pour me couper la route, arracher mon beaupré, me prendre en enfilade et m'aborder — il y avait des abordeurs en foule dans son embelle, tous sur la pointe des pieds, tous souriants. Toujours armé de mon porte-voix, j'ai rugi « Au vent toute » et mes hommes ont eu le bon sens de déventer les voiles arrière avant même que j'aie eu le temps de donner l'ordre. Le *Hussar* a obéi aussitôt et la plus grande partie du tir d'enfilade nous a manqués, offensant tout de même mon mât de misaine et emportant la plupart de ses haubans tribord. Nous étions tous les deux déventés, presque bord à bord, et mes hommes jetaient des boulets froids sur les abordeurs — avec un effet prodigieux — tandis que l'infanterie de marine tirait aussi vite qu'elle parvenait à charger. C'est alors que j'ai crié « A l'abordage ! » ce qu'entendant, ce moins que rien a mis la barre au vent, abattu et filé vent arrière. Nous sommes partis à sa poursuite. Après une heure de vif combat, son feu s'est ralenti, il a mis la barre à tribord pour partir au près bâbord amures. Je l'ai suivi pour le bloquer contre le vent, mais hélas, mon mât de misaine était sur le point de passer par-dessus bord, le beaupré aussi, et tant qu'ils n'étaient pas assurés, nous ne pouvions rentrer dans le vent. Nous y avons tout de même réussi finalement, et nous gagnions sur le français quand le temps s'est dégagé : nous avons aperçu au vent un vaisseau de ligne — nous avons bien vite vu que c'était le *Centurion* — et sous le vent un sloop dont nous savions que c'était le *Terrier* ; nous avons donc poursuivi à fond de train et au bout de deux heures nous étions à sa hauteur — nous avons tiré une volée. Il a répondu de deux canons et amené ses couleurs. Le navire s'est révélé être *La Sibylle*, trente-huit canons — mais il en avait jeté une douzaine à la mer pendant la chasse — avec un équipage de trois cent cinquante hommes, sans compter quelques surnuméraires américains, et le moins que rien qui le commandait était le comte de Kergariou — Kergariou de Socmaria, je m'en souviens.

— Que lui avez-vous fait, monsieur ? demanda Jack.

— Chut, dit l'amiral avec un coup d'œil à Schank, Vieux Palan est profondément endormi. Glissons-nous dehors et je vais vous raccompagner à votre navire ; la brise est favorable et vous ne perdrez pas une minute de votre marée.

L'aube trouva la *Surprise* très loin sur ce grand désert gris, son cadre naturel ; une belle brise à perroquets soufflait du sud-ouest, avec des nuages bas, quelques écharpes de pluie et la promesse d'une journée meilleure ; et les perroquets étaient déjà établis malgré l'heure matinale car Jack souhaitait s'écarter du chemin ordinaire des navires circulant entre les différentes stations navales. Il ne souhaitait pas voir le moindre de ses hommes recruté d'office — et aucun officier du roi ne saurait résister à la tentation d'un aussi nombreux équipage de matelots qualifiés, triés sur le volet —, il ne souhaitait pas non plus se voir convoquer à bord d'un navire du roi pour montrer ses papiers, rendre des comptes, être traité, peut-être, avec désinvolture, ou même familiarité, irrespect. Le service n'était pas uniquement constitué d'hommes dotés d'une grande délicatesse naturelle ou acquise, et il avait déjà dû supporter quelques affronts ; il s'y habituerait sans doute avec le temps, mais pour l'instant il restait comme écorché vif.

— Vas-y, Joe, dit le quartier maître en retournant l'ampoulette, et une silhouette emmitouflée se glissa à l'avant pour piquer trois coups du quart du jour.

Le second maître fila le loch et annonça « six nœuds deux brasses », vitesse que peu de navires pouvaient égaler dans de telles conditions et peut-être aucun dépasser.

— Mr West, dit Jack à l'officier de quart, je descends un moment. Je doute que la brise tienne, mais il semble que nous aurons peut-être une journée agréable.

— Effectivement, monsieur, répondit West, baissant la tête pour échapper à une brusque bouffée d'embruns car la *Surprise* courait sud sud-est au plus près et le capot, claquant sur son étrave tribord, volait vers l'arrière, mêlé à la pluie. Quel bonheur d'être à nouveau en mer.

Jack Aubrey à ce stade était trois personnes en une. Il était le capitaine du navire, bien entendu ; et comme aucun homme qu'il pût agréer n'avait fait son apparition parmi les nombreux candidats, il en était aussi le maître, responsable entre autres de la navigation ; et puis il était le commis. Les officiers envoyés en exploration remplaçaient aussi en général le commis du navire qu'ils commandaient, mais ce rôle n'était jamais encore échu à Jack ; en tant que capitaine il avait toujours dû superviser ses commis et signer leurs livres, pourtant il s'étonnait du volume et de la complexité des comptes indispensables, à présent qu'il devait s'y attacher dans le détail.

Il faisait déjà assez clair pour travailler devant

la fenêtre de poupe de la grand-chambre, série de vitres cintrées occupant toute la largeur de la poupe et qui donnaient à Jack un plaisir certain, même au plus profond de son malheur, comme d'ailleurs la chambre elle-même, pièce d'une beauté singulière pratiquement dépourvue de tout angle droit — plancher incurvé, plafond incurvé, flancs inclinés — et qui, avec ses vingt-quatre pieds de largeur et ses quatorze pieds de longueur, lui assurait plus d'espace qu'à tous les autres officiers réunis. Ce n'était pas tout : deux chambres plus petites s'ouvraient sur la grande, servant l'une de salle à manger, l'autre de chambre à coucher. Toutefois la salle à manger était à présent occupée par Stephen Maturin et quand le petit déjeuner arriva, Jack, ayant réglé leur compte à près d'un tiers des factures, bordereaux d'expédition et connaissements, eut un mouvement de tête vers la porte et demanda :

— Le docteur a-t-il bougé ?

— Pas un bruit, monsieur, dit Killick, qu'il était fatigué à mort hier soir, comme un cheval fourbu. Mais peut-être l'odeur va le réveiller comme souvent.

L'odeur, une combinaison de café, de bacon, de saucisses et de pain grillé, l'avait réveillé sous bien des latitudes, car, comme la plupart des marins, Jack Aubrey était profondément conservateur en matière de nourriture et même pour de très longs voyages il réussissait en général, en transportant des poules, des cochons, une chèvre robuste et des sacs de café vert, à déguster à peu près le même petit déjeuner (à l'exception des toasts) à l'équateur ou au-delà des cercles polaires. C'était un repas que Maturin considérait comme la principale prétention de l'Angleterre à la civilisation ; pourtant cette fois même le café ne réussit pas à le réveiller. Pas plus que le nettoyage du gaillard d'arrière immédiatement au-dessus de sa tête, ni le sifflet du rangement des hamacs, à sept coups, ni celui convoquant les hommes au petit déjeuner, à huit coups, avec les rugissements, les beuglements et le bruit de course que cela entraînait toujours. Il resta endormi, malgré la chute graduelle du vent, malgré le virement de bord bâbord amures, en dépit de toutes les manœuvres nécessaires pour hisser, brasser, lover ; et ce n'est que très avant dans le quart du matin qu'il émergea, bâillant et s'étirant, sa culotte débouclée aux genoux et sa perruque à la main.

— Dieu et Marie avec vous, monsieur, dit Padeen qui l'attendait.

— Dieu et Marie et Patrick avec vous, Padeen, dit Stephen.

— Faut-il que j'apporte une chemise propre et l'eau chaude pour vous raser maintenant ?

Stephen réfléchit, passa la main sur son menton râpeux.

— Vous pouvez apporter l'eau, dit-il, le temps est calme, semble-t-il, les mouvements légers, le danger peu considérable. Quant à la chemise, poursuivit-il, élevant la voix pour couvrir la conversation animée d'une équipe au travail onze pouces au-dessus de sa tête, quant à la chemise, j'en ai une déjà et n'ai pas l'intention de l'ôter. Mais vous pouvez demander à Preserved Killick de me faire la faveur d'un pot de café.

Cette dernière phrase fut dite plus fort, et en anglais, car il y avait toute probabilité que Killick, toujours d'une curiosité intense, l'entende.

Quelque temps plus tard, rasé et rafraîchi, le docteur Maturin sortit sur le pont : c'est-à-dire qu'il sortit de sa chambre par la porte avant, suivit le passage conduisant dans l'embelle du navire puis monta l'échelle pour atteindre le gaillard d'arrière où le capitaine, son second, le bosco et le canonnier étaient en consultation. Stephen se fraya un chemin jusqu'au couronnement et s'y appuya, au soleil, regardant vers l'avant sur toute la longueur du navire, près de quarante yards, jusqu'à l'endroit où la levée du beaupré l'allongeait encore ; la journée était effectivement devenue agréable mais la brise faiblissait et en dépit d'un superbe étalage de voilures, la *Surprise* ne filait pas plus de deux ou trois nœuds, son pont à peine incliné.

En surface, rien n'avait changé — là-haut, les courbes familières, blanches, ensoleillées, le gréement tendu et ses ombres sévères — et il lui fallut chercher un moment pour mettre le doigt sur la différence essentielle. Ce n'était pas l'absence des uniformes car, en dehors d'un navire amiral et de quelques autres commandés par des capitaines très imbus des apparences, l'habitude voulait à présent que les officiers portent des vêtements de travail quelconques, sauf lorsqu'ils étaient invités à dîner dans la grand-chambre ou accomplissaient quelque devoir officiel ; et quant aux hommes, ils s'étaient toujours habillés comme ils voulaient. Ce n'était pas non plus l'absence de la flamme de guerre voletant en tête de mât, qu'il n'aurait sûrement pas remarquée. Non : c'était dû en partie à l'absence des habits écarlates de l'infanterie de marine, tache de couleur toujours frappante sur le fond pâle du pont et les variations infinies de la mer, et à celle de la bigaille, mousses ou jeunes messieurs, sur le gaillard d'arrière. Ils ne servaient pas à grand-chose ; ils occupaient une place précieuse ; on avait bien du mal à les rendre attentifs à leur devoir ; mais ils ajoutaient à l'ambiance une certaine allégresse perçante. L'allégresse était présente ; en fait, elle était nettement plus audible — les hommes riaient dans les hunes, le long des passavants et sur le gaillard d'avant — qu'elle ne l'aurait été dans la Royal Navy sous les ordres d'un capitaine aussi rigoureux ; mais sa nature différait. Stephen méditait sur cette autre différence quand Bonden vint à l'arrière pour s'occuper du pavillon, une enseigne rouge, qui s'était emmêlée, et ils échangèrent quelques mots.

— Les hommes sont vraiment très heureux de la lettre de Lord Nelson, monsieur, dit Bonden après avoir discuté de la brise et de la possibilité de prendre des moruettes à la ligne. Ils y voient comme on pourrait dire un signe.

À ce moment, le sifflet du bosco appela Bonden et tous les hommes pour mettre le cotre bleu à la mer et Jack vint vers l'arrière.

— Le bonjour à vous, monsieur, dit Stephen, je suis désolé de ne pas vous avoir vu au petit déjeuner mais j'ai dormi comme cet homme dans Plutarque qui, ayant couru de Marathon à Athènes sans s'arrêter, aurait dormi s'il n'était pas tombé mort, pauvre créature. Le malheureux Martin dort encore, avec ses ampoules. Grand Dieu, comme nous avons trotté, si terriblement désireux de ne pas rater le bateau. Parfois, sur les collines très raides, il me menait par la main.

— Bonjour à vous, docteur, et un bien joli jour,

dit Jack. Mr Martin est à bord, donc ? J'aurais imaginé qu'il rentrerait chez lui pour prendre ses dispositions et nous rejoindre quand nous ferions à nouveau escale à Shelmerston.

— Bien sûr, je n'ai pas eu le temps de vous parler de lui ou de quoi que ce soit d'autre hier après-midi, et cette nuit je dormais avant même que vous soyez descendu. Et même à présent, bien que ceci ne soit pas la table de l'amiral, dit-il à voix basse en regardant la roue qui, sur la *Surprise,* se trouvait juste en avant du mât d'artimon, à dix pas, avec son barreur et le quartier-maître à la gouverne, sans même parler de l'officier de quart près du cabestan et d'un groupe de matelots grimpant dans les haubans pour occuper la hune d'artimon, ce n'est guère un endroit que je choisirais pour une conversation confidentielle.

— Descendons, dit Jack.

— Même ici, dit Stephen dans la grand-chambre, même dans ce qui semble être le véritable cœur de la frégate, il se dit bien peu de choses qui ne soient pas connues, sous une forme plus ou moins déformée, dans tout le navire avant la nuit. Je ne présume pas la moindre malignité, la moindre intention mauvaise d'une seule âme à bord, pourtant il est de fait que les hommes sont déjà au courant de la lettre de Lord Nelson. Ils savent — c'est-à-dire qu'ils croient savoir — que la *Surprise* a été achetée par un syndicat dont j'étais le porte-parole, et qui compte presque certainement parmi ses membres mon ancien patient, le prince William. Et ils savent que Martin a abandonné sa carrière ecclésiastique pour celle de chirurgien, ayant été défroqué pour avoir enfilé... connaissez-vous le terme *enfiler*, Jack ?

— Je crois l'avoir entendu.

— ...la femme de son évêque ; défroqué, et donc incapable de nous porter malchance. Quant à sa présence, je lui ai suggéré de retourner chez lui avec une avance sur sa solde comme vous aviez eu la grande bonté de le faire pour moi voici bien, bien longtemps, et de revenir à bord avec son coffre à notre prochaine escale ; mais il a préféré envoyer l'avance à sa femme et rester à bord. Ses affaires sont dans un état désespéré, j'en ai peur : aucun espoir de bénéfice, aucun d'une aumônerie navale depuis son malheureux libelle, et un beau-père inamical ; et il est en danger d'être arrêté pour dettes s'il y retourne. Par ailleurs, bien que nous ne partions que pour une quinzaine, il est heureux de supporter l'inconvénient de ne pas avoir de chemise de rechange et des chaussures percées pour courir la chance que nous fassions une prise. Je lui ai expliqué notre système de parts, qu'il n'avait pas compris ; et quatre pence le rendraient heureux. Il y a d'autres choses toutefois que je suis fort impatient de vous dire. Imaginez que nous grimpions dans la hune quand ces hommes auront fini ce qu'ils font ?

— Ils en ont encore pour quelque temps, dit Jack, qui était déjà monté dans une hune avec Stephen. Peut-être faire le tour du navire avec votre petit canot après l'exercice des grands canons serait une meilleure idée. De toute manière, je veux vérifier son assiette.

— Avez-vous l'intention d'exercer les grands canons immédiatement ?

— Eh oui. N'avez-vous pas vu le cotre bleu passer par-dessus bord avec les cibles ? À présent que nous sommes dans un coin de mer un peu à l'écart, j'aimerais voir comment les nouveaux s'en tirent avec des munitions. Nous avons l'intention de tirer une demi-douzaine de coups, bâbordais contre tribordais, avant dîner. Il faudra avoir l'œil vif.

— Cibles en place, monsieur, dit Pullings à la porte de la cabine, et il avait vraiment l'œil vif, vif comme celui d'un terrier qui voit un rat, contraste frappant avec Jack Aubrey.

Stephen eut l'impression que son ami ne se soucierait guère de voir les cibles couler tranquillement d'elles-mêmes, et cette impression fut encore renforcée par la première partie de l'exercice. L'effet stimulant de la lettre de Nelson et de la gentillesse de l'amiral était évanoui depuis longtemps ; la taciturnité était revenue. Cette taciturnité ne s'accompagnait pas du moindre manque de rigueur ; Aubrey avait beaucoup trop le sentiment du devoir dû à son navire pour être autre chose qu'exact et pointilleux. Pourtant Stephen observa que même le parfum de la mèche lente, l'éclat du coup de canon, les grincements et la résonance du recul, la fumée de poudre tourbillonnant le long du pont ne l'émouvaient pas vraiment. Il observa aussi que Pullings, qui aimait Jack Aubrey, le regardait avec inquiétude.

Ce que Stephen n'observa pas, c'est que l'exercice des grands canons et de la mousqueterie fut excessivement mauvais, car ces activités se déroulaient habituellement le soir, quand tous les hommes étaient rappelés aux postes de combat, et en tant que chirurgien il était alors très loin en bas, prêt à recevoir les blessés. Faute d'expérience, il était à peu près incapable d'apprécier l'artillerie remarquable de la frégate à une époque antérieure. Jack Aubrey, dès la première apparition de son sens naval, et plus certainement encore dès son premier commandement, avait acquis la conviction que la précision et la rapidité du canon faisaient plus pour la victoire que l'éclat des cuivres : il avait travaillé selon ce principe sur tous ses navires successifs et amené la *Surprise,* son plus long commandement, à un très haut niveau d'excellence. Dans de bonnes conditions, la frégate de Sa Majesté *Surprise* tirait trois volées précises en trois minutes huit secondes, ce qu'à son avis aucun autre navire de la Royal Navy ne pouvait égaler et moins encore surpasser.

La présente *Surprise*, qui n'était plus de Sa Majesté, avait cependant conservé tous ses vieux canons, *Wilful Murder, Jumping Billy, Belcher, Sudden Death, Tom Cribb* et les autres, ainsi qu'une bonne part de ses anciens servants ; mais pour créer un équipage uni, ou plutôt pour éviter que l'animosité et la division ne dépassent le niveau inévitable, Jack et Pullings avaient mélangé les anciens et les nouveaux ; le résultat était pitoyablement lent, maladroit et imprécis. La plupart des matelots corsaires étaient beaucoup plus habitués à aborder leurs adversaires qu'à les combattre à distance (en dehors de toute autre chose, les boulets ne pouvaient que gâcher la marchandise des victimes), et bien peu étaient capables de pointer un canon avec la moindre précision. Les anciens Surprises lancèrent bien des regards nerveux à leur capitaine qui en général se révélait un critique impitoyable ; mais ils ne virent aucune réaction d'aucune sorte, rien qu'une gravité impavide. Une fois seulement il lança quelque chose à l'adresse d'un homme nouveau qui était trop près de son canon :

— L'abordeur du numéro six : James. Écartez-vous ou vous allez perdre le pied dans le recul.

Le dernier coup fut tiré, le dernier canon écouvillonné, rechargé, bourré, refoulé et mis en batterie.

— Eh bien, monsieur, dit Davidge, mal à l'aise.

— Voyons ce qu'ils pourront faire avec les canons bâbord, Mr Davidge, dit Jack.

— Amarrez vos pièces ! lança Davidge. Le monde, à virer.

Les nouveaux venus n'étaient peut-être pas très bons en artillerie mais c'étaient d'excellents marins et ils coururent aussi vite que les Surprises à leur poste sur les écoutes, amures, boulines, bras et balancines. Les cris familiers suivirent : « La barre dessous », « Changez les amures et les écoutes », mais l'ordre « Changez partout » lancé à pleine voix fut immédiatement suivi par un cri perçant de la tête de mât : « Ho, d'en bas. Voile un quart sur l'avant bâbord. »

La voile était visible même du pont, elle venait à bonne allure avec la brise. La vigie avait manifestement regardé plus attentivement l'exercice que son horizon. La *Surprise* abattit ; Jack fit masquer le petit hunier et, lunette en bandoulière, il grimpa dans la hune. De là, on voyait la coque et même sans lunette il put dire ce que c'était : un grand cotre, l'une de ces unités rapides, agiles, très marines, de deux ou trois cents tonneaux, utilisées par les contrebandiers ou ceux qui poursuivaient les contrebandiers. Il était très bien tenu pour un contrebandier ; trop bien tenu ; et bientôt la lunette lui fit voir la flamme de guerre se détachant sur la grand-voile. Il avait l'avantage du vent, mais la *Surprise* serait presque certainement capable de le gagner de vitesse avec vent portant ; toutefois, cela l'entraînerait dans les voies habituelles de navigation, avec le risque d'être arraisonnée par un vaisseau d'un rang supérieur, qui lui volerait beaucoup plus d'hommes qu'un cotre. Et s'échapper au plus près était hors de question ; aucun navire à gréement carré ne peut serrer le vent comme un cotre.

Revenu sur le pont, il dit à l'officier de quart :

— Mr Davidge, nous allons rester en panne jusqu'à ce qu'il arrive et poursuivrons l'exercice après. Soyez prêt à rentrer les huniers et l'enseigne.

Il y eut un murmure, plus qu'un murmure de désapprobation puissante parmi les nouveaux hommes autour des caronades du gaillard, qui n'avaient aucune envie d'être enrôlés de force, et l'un d'eux dit :

— Ce n'est que la *Viper*, monsieur, bien moins rapide que nous devant le vent.

— Silence, là ! s'exclama Davidge, frappant l'homme à la tête avec son porte-voix.

Jack descendit et au bout d'un moment envoya chercher Davidge.

— Oh, Mr Davidge, dit-il, je l'ai dit à West et à Mr Blockeley mais je ne crois pas vous en avoir parlé : je ne veux pas de coups sur ce navire, pas d'insultes ou d'invectives. Il n'y a pas de place pour une carne parmi les officiers d'un vaisseau de guerre privé.

Davidge aurait répondu, mais un coup d'œil au visage de Jack l'arrêta net : si l'on pouvait parler d'une carne d'officier, c'était bien Jack Aubrey à ce moment, tout prêt à cogner sans se soucier des conséquences.

Killick apporta sans rien dire un habit respectable, bleu mais sans rien de naval, dentelles ou boutons ; Jack l'enfila et entreprit de rassembler les papiers qu'il aurait à présenter s'il était appelé à bord. Il leva les yeux en voyant entrer Stephen et lui dit avec un sourire forcé :

— Vous avez aussi un papier, je vois.

— Écoutez-moi, mon frère, dit Stephen en l'attirant vers la fenêtre de poupe, ce n'est pas sans une certaine lutte intérieure que je vous apporte ceci, car il était tacitement entendu que cela devait couvrir uniquement notre voyage en Amérique du Sud. Mais le charpentier me dit que cette *Viper* est commandée par un vantard fanfaron, un lieutenant nommé depuis peu qui est généralement désagréable et tyrannique, et il m'a semblé que si ce jeune chiot se révélait aussi provocant que je crains qu'il ne puisse l'être, vous risqueriez de vous laisser emporter et qu'il n'y aurait pas de voyage en Amérique du Sud, pas de voyage du tout.

— Pardieu, Stephen, dit Jack en lisant le document qui était la lettre de l'Amirauté exemptant d'un enrôlement forcé la totalité de l'équipage du navire, j'admire votre jugement. J'ai regardé la liste navale et *Viper* est commandée par le fils de ce moins que rien de Port Mahon, Dixon. J'aurais pu avoir du mal à éviter de lui flanquer des coups de pied s'il se donnait des airs. Pardieu, à présent, je vais me sentir à l'aise.

Cependant il fallut à Jack Aubrey toute sa maîtrise de soi — et plus même qu'il ne croyait en posséder — pour éviter de flanquer des coups de pied au jeune homme ; car la perte de la presque totalité des émotions agréables laissait la susceptibilité, l'irritation, la colère et la rage intactes ou même renforcées, sauf durant ses longues périodes d'apathie ; et ce n'en était pas une. Quand la *Viper* fut à portée de voix, elle commanda à la *Surprise* de venir sous son vent, d'envoyer son patron à bord avec ses papiers, et plus vite que ça, l'ordre étant souligné par un coup de canon devant son étrave.

Jack y fut conduit à bord du cotre remorqueur de cibles, et en montant à bord de la *Viper* — deux pas seulement pour atteindre le pont, ces navires étant si bas dans l'eau — il salua le gaillard d'arrière ; le jeune homme de quart, un second maître, fit un vague mouvement vers son chapeau et lui dit que le capitaine était occupé : il verrait Mr Aubrey plus tard. Cela dit, il revint à sa conversation avec le secrétaire du capitaine, circulant et bavardant avec une aisance affectée. Les aspirants des cotres étaient célèbres dans le service pour leur mauvaise éducation et ceux de la *Viper* ne dérogeaient pas : appuyés à la lisse, les mains dans les poches, ils guignaient, chuchotaient, ricanaient et guignaient encore. Plus en avant, les officiers mariniers du cotre s'étaient rassemblés, et regardaient avec une désapprobation silencieuse ; et un matelot d'âge moyen qui avait navigué avec Jack bien des années auparavant restait figé près des bittes d'amarrage, une glène de cordage en main, une expression d'horreur totale sur le visage.

Finalement le capitaine de la *Viper* le reçut dans le minuscule compartiment lui servant de chambre. Dixon était assis derrière une table : il n'offrit pas de siège à Aubrey. Il le haïssait depuis ces jours lointains de Minorque et dès l'instant où la *Surprise* était apparue, il avait préparé des remarques sarcastiques de nature particulièrement désobligeante. Mais la vue de la masse de Jack qui le dominait, comblant le maigre espace et d'autant plus massive qu'il lui fallait se pencher sous les barrots très bas, son visage sombre et l'autorité naturelle émanant de lui eurent raison de la résolution du jeune Dixon ; il ne dit rien quand Jack écarta quelques objets d'un coffre et s'assit. C'est seulement après avoir parcouru les documents qu'il dit :

— Je vois que vous avez un équipage très complet, Mr Aubrey. Je vais avoir à vous en soulager d'une bonne vingtaine.

— Ils sont protégés.

— Balivernes. Ils ne peuvent être protégés. Les corsaires ne sont pas protégés.

— Lisez ceci, dit Jack en rassemblant les autres papiers et en se redressant.

Dixon le lut, le relut, leva la feuille dans la lumière pour vérifier le filigrane ; pendant ce temps Jack regardait par le hublot l'équipage de son canot dont les chapeaux couverts de toile huilée montaient et descendaient dans la houle modérée.

— Eh bien, dit enfin Dixon, je suppose qu'il n'y a rien de plus à dire. Vous pouvez aller.

— Qu'avez-vous dit ?

Jack s'était retourné brusquement.

— Je dis qu'il n'y a rien de plus à dire.

— Le bonjour à vous, monsieur.

— Le bonjour à vous, monsieur.

L'équipage de son canot l'accueillit avec des

sourires radieux et quand ils approchèrent de la *Surprise* l'un des hommes de Shelmerston lança à ses amis qui regardaient par-dessus les hamacs :

— Matelots, on est protégés.

— Silence dans le canot ! s'exclama son patron d'une voix scandalisée.

— Silence partout ! lança l'officier de quart quand les acclamations se répandirent.

L'esprit de Jack était trop occupé par le papier de Stephen et ses implications possibles pour qu'il soit très conscient du vacarme et il descendit en hâte. Mais à peine avait-il rangé son dossier qu'un raffut beaucoup plus considérable s'éleva : cependant que la *Viper* faisait porter et s'écartait, tous les hommes de Shelmerston et tous les Surprises déserteurs s'étaient précipités dans les haubans au vent, face au cotre. Le quartier-maître des écoutes lança « un, deux, trois » et ils se mirent tous à hurler « hou, hou, hou » en se frappant le derrière à l'unisson, riant comme des fous.

— Tiens bon ! s'exclama Jack d'une voix de cap Horn. Maudit troupeau de veaux braillards, vous vous croyez au bordel ? Le prochain qui se frappe le cul, je le lui fais arracher au fouet. Mr Pullings, mettez à l'eau immédiatement le petit canot du docteur, s'il vous plaît, et faites préparer trois autres cibles.

— Stephen, dit-il en s'appuyant sur ses avirons à quelque deux cents yards de la frégate, je ne saurais vous dire à quel point je vous suis reconnaissant de cette exemption. Si n'importe lequel de nos anciens compagnons qui ont déserté avait été pris — et je suis sûr que ce pauvre petit esprit de jeune voyou ne les aurait pas épargnés — ils auraient couru le risque d'être pendus ou de recevoir plusieurs centaines de coups de fouet, au minimum. Et nous aurions dû perpétuellement jouer à cache-cache avec les navires du roi ; car si un brin de bon sens peut en général vous tenir à l'écart d'une escadre, on ne peut être aussi sûr des croiseurs. Je pense que je ne dois pas vous demander comment vous l'avez obtenue.

— Je vous le dirai toutefois, dit Stephen, car je vous sais silencieux comme un tombeau quand la discrétion est nécessaire. Au cours de ce voyage en Amérique du Sud, j'espère prendre certains contacts qui pourraient être intéressants pour le gouvernement. L'Amirauté le sait, d'une manière hémi-demi-semi-officielle ; elle sait aussi que je ne peux atteindre l'Amérique du Sud à bord d'un navire dépouillé de ses hommes. C'est pour cela que cette protection a été donnée. J'aurais dû vous le dire plus tôt. D'ailleurs, il y a bien des choses que j'aurais dû vous dire si nous n'avions pas été si loin l'un de l'autre ou si elles avaient pu faire l'objet d'une correspondance. (Stephen fit une pause en observant une mouette lointaine, puis il reprit :) Ecoutez-moi à présent, Jack, pendant que je rassemble mes esprits et que j'essaie de vous mettre au courant de la situation actuelle. C'est difficile, car je ne suis pas maître de ce que je peux révéler, une bonne part de ce que je sais m'ayant été dite en confiance. Et par ailleurs, je n'arrive pas à me souvenir de ce que j'ai pu vous rapporter pendant cette horrible période : les détails sont voilés dans ma mémoire. Toutefois, grosso modo et y compris ce que vous connaissez manifestement, voilà où nous en sommes.

L'argument de votre innocence est que Palmer vous avait grande obligation et que par reconnaissance il vous a dit qu'un traité de paix était en cours de signature, que les cours monteraient à la Bourse et que vous seriez bien avisé d'acheter certaines actions en préparation de cette hausse. L'argument de votre culpabilité était que Palmer n'existait pas du tout et que vous aviez répandu vous-même la rumeur — en bref, que vous aviez manipulé le marché. À l'époque, nous n'avons pas pu produire Palmer, et devant un tel juge, notre affaire était sans espoir. Plus tard, cependant — et j'en viens à présent à une partie dont vous ne connaissez, je crois, rien ou fort peu —, certains de mes associés et moi, aidés par un chasse-voleurs fort intelligent, nous avons trouvé le corps de Palmer.

— Pourquoi, alors...

— Jack, je vous supplie de ne pas me demander d'être plus explicite ou de rompre le fil de mes pensées. Comme je vous l'ai dit, je n'ai pas toute liberté et je dois suivre avec soin mon dessein. (Une autre pause de réflexion ; le canot flottait gentiment dans la houle.) Les commanditaires de Palmer, les hommes qui l'avaient incité à vous tromper, lui ont fait cogner sur la tête ; en tant que cadavre, et cadavre mutilé en plus, légalement inutile, il ne pouvait plus les compromettre. Ces commanditaires étaient des agents français, des Anglais haut placés dans l'administration anglaise, mais dans ce cas leur principal motif était de faire de l'argent. Ils voulaient que le marché soit manipulé, mais manipulé ou apparemment manipulé par quelqu'un d'autre. L'un de ces hommes était Wray — non, Jack, ne m'interrompez pas, je vous en supplie — et, connaissant parfaitement vos mouvements et votre présence à bord du cartel, il a pu arranger la suite des événements avec un succès surprenant. Tout cela fut très évident après l'événement, mais nous aurions pu ne jamais découvrir que Wray et ses amis en étaient les moteurs si un agent français maltraité, un Français dans ce cas, ne les avait pas trahis.

Stephen réfléchit un moment ; puis, fouillant dans sa poche, il en sortit un énorme diamant bleu qui remplissait à demi le creux de sa paume ; il le fit rouler doucement, scintillant dans le soleil, et poursuivit :

— Je vais vous dire ceci, Jack : le Français était ce Duhamel auquel nous avons eu tant à faire à Paris. Diana avait cherché à payer notre rançon avec cette jolie chose qui, selon l'un des points de notre accord, quand nous sommes partis, devait être éventuellement rendue : Duhamel me l'a rapportée. Ensuite, en échange d'un service que j'ai pu lui rendre, non seulement il m'a donné le nom de Wray et de son collègue Ledward, Edward Ledward, mais il leur a tendu un piège aussi élégant que celui que Wray vous avait tendu. Ils étaient tous deux membres de Button, et sous mes yeux (je regardais de la fenêtre de Black) il les a rencontrés dans Saint-James Street, juste devant leur club, leur a donné un paquet de billets de banque et a reçu en échange un rapport sur les mouvements navals et militaires anglais et les relations anglaises avec la cour de Suède. Mes associés et moi avons traversé la rue très vite, mais je suis désolé, amèrement désolé de dire que nous avons tout raté. Quand nous avons demandé à voir Wray et son ami, on nous l'a refusé — ils ne souhaitaient pas recevoir de visiteurs. Malheureusement, l'un de mes compagnons a tenté de forcer le passage : cela a fait du bruit et le temps que nous obtenions le mandat nécessaire, ils s'étaient enfuis, non par les portes de la cuisine ou de l'écurie, car nous y avions posté des hommes, mais par une toute petite lucarne dans le toit et en longeant les parapets jusque chez la Mère Abbott, où l'une des filles les a laissés entrer, pensant que c'était un jeu. Ils ont disparu et jusqu'ici les responsables de l'affaire n'ont pu découvrir où ils se trouvent. Ledward devait avoir quelques soupçons du danger : ses papiers n'ont rien révélé du tout à mes amis et on craint qu'il se soit assuré depuis longtemps une échappatoire intelligente. Wray était moins prudent et d'après ce que l'on a trouvé chez lui, il est clair qu'il était impliqué dans l'affaire de la Bourse et qu'il en a tiré largement profit. De toute manière le rapport qu'ils ont donné à Duhamel est absolument accablant, en particulier du fait que certaines informations ne peuvent être venues que de l'intérieur de l'Amirauté. Voilà. Je pense vous avoir dit tout ce que je peux. Il est presque inutile d'ajouter que mes collègues, qui n'ont jamais imaginé plus qu'un peu d'indiscrétion de votre part avec cette vilaine affaire d'actions et de bons, sont à présent tout à fait convaincus de votre innocence.

Depuis quelques minutes, le cœur de Jack battait avec une force et une rapidité croissantes et lui semblait à présent remplir sa poitrine. Respirant profondément et contrôlant assez bien le ton de sa voix, il dit :

— Cela veut-il dire que je pourrais être réintégré ?

— S'il y avait la moindre justice au monde, j'en suis certain, mon cher, mais vous ne devez pas l'attendre avec la moindre certitude — jamais avec un très grand espoir. Ledward et Wray n'ont pas été pris : nous ne pouvons les traduire en justice. Il n'est pas impossible qu'une personne plus haut placée que l'un et l'autre les protège : l'on constate sans aucun doute une étrange répugnance à bouger... De toute manière, le ministère ne souhaite pas offrir à l'opposition un scandale éclatant qui lui porterait grand tort ; et la raison d'État l'emporte volontiers sur le préjudice infligé à un individu, en particulier un individu sans influence politique : ou même l'inverse, car à cet égard vous me permettrez de dire que le général Aubrey est un lourd embarras. Et d'ailleurs, toute autorité éprouve une extrême répugnance à admettre ses erreurs passées. D'autre part, je crois qu'un ami vous conseillerait de ne pas désespérer ; et surtout de ne pas vous laisser aller à la mélancolie — ne soyez pas oisif, ne soyez pas solitaire, comme le dit le cher Burton. Car l'activité, l'activité navale, est la solution, si solution il y a.

— Je suis désolé d'avoir paru si déprimé ce matin, dit Jack, le fait est... je n'ai pas l'intention de me plaindre, Stephen, mais le fait est que je venais d'avoir un rêve si réel et si véridique que je peux encore à présent le toucher. Ce rêve était que toute l'affaire, le procès et tout ce qui s'est ensuivi, n'était en soi qu'un rêve ; et je crois que c'est mon soulagement énorme, ma joie à le comprendre, mon bonheur immense qui m'a réveillé. Mais même alors j'y étais encore en partie et pendant un moment j'ai recherché en toute confiance mon vieil habit d'uniforme.

Il plongea ses avirons dans l'eau et acheva de faire le tour du navire, en observant attentivement son assiette : sa raison acquiesçait à tout ce que Stephen avait dit mais au plus profond de son être irrationnel, un tout petit éclat commençait d'absorber la pointe extrême de son malheur.

En revenant vers la frégate, il dit :

— Je suis heureux que vous ayez revu Duhamel, je l'aimais bien.

— C'était un homme de bien, et rapporter ce diamant alors qu'il coupait tous les liens avec son propre pays — qu'il partait au Canada — est le plus bel exemple de générosité que j'aie rencontré. Je le regrette beaucoup.

— Il n'est pas mort, le pauvre ?

— Je n'aurais pas cité son nom s'il vivait encore. Heneage Dundas, sur ma caution, devait le transporter en Amérique où il avait l'intention de s'installer sur les rives d'un ruisseau à truites dans la province de Québec. Il avait transformé toute sa fortune non négligeable en or qu'il portait dans une ceinture autour de la taille. Il a embarqué à Spithead par une mer turbulente et, comme je l'ai parfois fait, a glissé entre le canot et le flanc du navire : sa fortune l'a fait couler sans le moindre espoir de récupération.

— J'en suis profondément désolé, dit Jack, tirant un peu plus fort sur les avirons.

Il se demandait s'il devait à présent parler de Diana et de son diamant — il semblait inhumain de ne pas le faire — mais décida que le sujet était vraiment trop délicat. Il risquait fort d'être pris à contre ; il risquait fort de faire souffrir ; et mieux valait garder le silence jusqu'à ce que Stephen la mentionne à nouveau.

Revenu à bord du navire il envoya les nouvelles cibles au large. La bordée bâbord tira à son tour le canon — performance légèrement plus convenable, accompagnée d'un feu roulant de critiques, de conseils et même de compliments du gaillard d'arrière — puis la *Surprise* se laissa aller à deux volées, à portée bien plus courte. Ce fut un feu roulant, les canons tirant l'un après l'autre de l'avant à l'arrière, car les membrures de la frégate étaient trop âgées pour supporter un tir simultané, sauf en cas de grande urgence ; mais un vaisseau de guerre privé devait se fournir de poudre, substance coûteuse, aussi, sur la plupart d'entre eux, les volées, en tir de file ou autres, étaient extrêmement rares ; et tout l'équipage y vit une célébration de leur triomphe sur la *Viper*. La célébration s'acheva avec le capitaine et le canonnier tirant les pièces de chasse, deux longs canons de neuf en bronze très finement percés, portant loin et d'une précision étonnante, propriété personnelle de Jack Aubrey. Ils tirèrent sur les débris flottants de la cible détruite par les volées et si ni l'un ni l'autre n'obtint un résultat spectaculaire, ils soulevèrent des acclamations ferventes. Comme Jack revenait vers l'arrière, en essuyant les marques de poudre sur son visage, Martin dit à Stephen :

— Le capitaine a l'air d'être plus lui-même, ne pensez-vous pas ? Hier soir j'étais vraiment consterné.

La pointe aiguë de son malheur avait peut-être disparu, mais il restait place pour une grande masse d'inquiétudes et de soucis. En dehors même de ses réflexions indispensables et nécessairement importunes sur les complications domestiques et juridiques (il n'était plus le personnage déterminé et optimiste de l'année précédente), Jack n'avait pas entrevu la difficulté, la quasi-impossibilité de recruter l'équipage d'un navire qui soit tout entier de la même qualité. Il ne s'était pas rendu compte à quel point des années de travail en équipe et de pratique constante sur le même canon avec les mêmes partenaires avaient porté les Surprises au-delà du niveau commun. Les corsaires étaient robustes et pleins de bonne volonté ; en exercice à sec — la forme habituelle d'exercice, la poudre étant si chère — ils étaient capables de sortir et rentrer les canons avec beaucoup de force et d'ardeur ; mais manifestement il faudrait des mois ou peut-être des années pour qu'ils acquièrent cette perfection de rythme, de coordination et d'économie d'efforts qui rendait les Surprises si dangereux pour leurs ennemis. D'ici là, Jack pouvait soit rendre les canons à leurs équipes antérieures, soit changer de stratégie et, au lieu de chercher à affaiblir son adversaire à distance en lui arrachant éventuellement un mât de hune, avant de manœuvrer, passer sur son étrave ou sa poupe et lui envoyer un tir d'enfilade, avant d'aborder si nécessaire, il pouvait suivre le conseil de Nelson et les « attaquer tout droit ». Mais ce conseil avait été donné dans le début de la dernière guerre, alors que l'artillerie française et espagnole, la marine française et espagnole étaient très nettement inférieures ; à l'heure actuelle un navire laissant porter par brise légère sur une mer lisse serait exposé, de face et incapable de répliquer, à toute la volée de l'ennemi pendant vingt ou trente minutes, et risquerait fort d'être à tel point endommagé avant de parvenir bord à bord qu'il serait pris à son tour — le mordeur mordu. Par ailleurs, il avait mis au point son système d'attaque lorsqu'il commandait un navire du roi, toujours heureux bien entendu de s'emparer d'un navire marchand ennemi ou d'un corsaire, mais cherchant avant tout à prendre, brûler ou détruire les navires de guerre de l'ennemi. Aujourd'hui la situation était différente : aujourd'hui ses proies principales seraient des navires marchands ou des corsaires, sans dommages si possible ; et il fallait donc une approche différente. Bien sûr, bien sûr, trois fois bien sûr, il serait enchanté de combattre un adversaire de force égale appartenant à la marine française ou américaine, en un combat à mort sans idée de gain financier : pour un corsaire, un navire mis au rebut, s'emparer d'une frégate ennemie serait vraiment la gloire. Malheureusement, la *Surprise*, quoique rapide et très marine, appartenait à une époque antérieure pour ce qui était de la gloire. Il ne restait que cinq frégates de vingt-huit canons dans la Royal Navy et sur ces cinq, quatre étaient désarmées, inutilisées. La plupart des frégates déplaçaient à présent bien plus de mille tonneaux et portaient trente-huit canons de dix-huit livres ainsi que des caronades, et la *Surprise* n'aurait devant elles pas plus de chances que devant un vaisseau de ligne. Elle jaugeait moins de six cents tonneaux ; elle portait des canons de douze livres (et si ses goussets n'avaient pas été spécialement renforcés pour les supporter elle aurait été plus heureuse avec des pièces de neuf) ; et même avec ses effectifs complets, aussi extravagants que sur un navire du roi, elle avait moins de deux cents hommes à opposer aux plus de quatre cents de l'une des grosses frégates américaines. Mais c'était encore une frégate, et pour elle, il n'y aurait aucune gloire à capturer quelque chose d'un rang inférieur, tel qu'un des plus lourds vaisseaux ou un sloop, même à gréement carré.

« Peut-être vaudrait-il mieux revenir aux caronades », se dit-il. À une époque, la *Surprise,* en dehors de ses pièces de chasse, avait été armée entièrement de caronades, petites pièces trapues ressemblant plus à un mortier qu'à un canon, légères (une caronade projetant un boulet de trente-deux livres ne pesait que mille sept cents livres contre les trois mille quatre cents des longs canons de douze livres) et faciles à manœuvrer. Cela donnait au navire une volée d'un poids total de quatre cent cinquante-six livres. Évidemment, ces quatre cent cinquante-six livres ne pouvaient être lancées de manière très précise ni très loin ; c'étaient des armes à courte portée. Mais une caronade n'exigeait pas beaucoup d'habileté de maniement ; et si ses boulets massifs pouvaient provoquer des effets effroyables, ruinant ou même coulant une prise, la même arme chargée à mitraille tranchait le gréement de l'ennemi et dégageait ses ponts avec beaucoup d'efficacité, surtout s'ils étaient encombrés d'hommes prêts à aborder. En comptant quatre cents balles par gargousse, avec une volée de quatorze caronades cela en représentait plus de quatre mille ; et quatre mille balles de fer balayant un pont à mille six cent soixante-quatorze pieds par seconde produisent un effet décourageant, même tirées par des mains inexpertes... C'était peut-être la bonne solution, malgré l'abandon évident de tous les éléments les plus fins d'un combat singulier, la grande précision des manœuvres de mise en position, le tir délibéré des canons les plus précis, séparément, à très longue portée, l'augmentation du rythme de feu à mesure que la portée se raccourcissait pour parvenir au tir à bout portant, vergue à vergue, dans le paroxysme du combat — rugissement incessant dans d'épais nuages de fumée. « Mais tout cela appartient à un monde presque entièrement différent, se dit-il, et je ne peux guère espérer avoir la chance de le connaître à nouveau. Je crois pourtant que je vais ouvrir mon esprit à Stephen. »

En tant que capitaine d'un navire du roi, Jack Aubrey n'avait jamais ouvert son esprit sur de telles questions à quiconque. Il avait toujours été un capitaine silencieux en matière de stratégie, de tactique et de mode d'action : ce n'était pas par théorie mais parce qu'il lui semblait évident qu'un commandant est là pour commander plutôt que pour demander conseil ou présider un comité. Il avait vu des capitaines et des amiraux convoquer un conseil de guerre avec presque toujours pour résultat une prudente retraite ou du moins une absence d'action décisive. Mais la situation n'était plus la même ; il ne commandait plus un navire du roi mais un navire appartenant au docteur Maturin. Il lui semblait peut-être impossible de croire, sauf avec la part tout à fait superficielle de son esprit, que Stephen pût véritablement être propriétaire de la *Surprise*, pourtant c'était un fait, et s'ils n'étaient convenus dès le début que le commandement de la frégate serait effectué à la manière antérieure, le capitaine ayant toute autorité, il estimait qu'un certain niveau de consultation était dû au propriétaire.

— Je ne sais pas grand-chose des combats navals, dit Stephen ayant écouté attentivement l'argument pour et contre les caronades. Car si j'ai été présent à Dieu sait combien, j'y étais presque toujours présent de loin, sous la ligne de flottaison, pour attendre les blessés ou m'occuper d'eux, les pauvres ; et mon point de vue mérite à peine d'être exprimé. Quoi qu'il en soit, pourquoi dans ce cas n'essayez-vous pas de jouer sur les deux tableaux ? Pourquoi ne pas entraîner les nouvelles équipes avec de plus longues périodes de tir des grands canons et ensuite, si cela ne fonctionne pas, passer aux caronades ? Car si je vous ai bien compris, vous êtes déterminé à ne pas constituer des équipes uniquement d'anciens Surprises et d'autres des nouveaux hommes.

— Exactement. Ce serait le meilleur moyen de diviser l'équipage en deux, et une division des plus désagréables en plus — les bons canonniers d'un côté et les imbéciles de l'autre. Il ne peut manquer d'y avoir une certaine jalousie — je m'étonne qu'elle ne soit pas encore apparue, d'ailleurs — et je ferai n'importe quoi pour ne pas l'augmenter : seul un navire heureux peut être efficace au combat. Mais quant à brûler de la poudre sans y regarder, pour voir si les imbéciles peuvent être transformés en bons canonniers, ce serait beaucoup trop coûteux.

— Écoutez-moi, mon cher, dit Stephen, je salue votre désir d'économiser à notre aventure commune le moindre penny, mais je le déplore aussi car il est des économies qui nuisent à leur propre objectif, je vous l'assure, et parfois il me semble que vous rognez et lésinez au-delà du raisonnable — au-delà de ce qui peut vraiment être utile à la cause. Ce n'est pas à moi de vous apprendre votre métier, bien entendu, mais si une douzaine de barils de poudre par jour vous aident à prendre une décision ou l'autre sur un sujet d'une telle importance, faites-moi le plaisir de les utiliser. Vous avez bien souvent offert à ce navire de la poudre payée de votre poche quand vous étiez en fonds après une prise ; et à l'heure actuelle un comptable impartial n'évaluerait pas la dépense à trois poils d'un pou. De toute manière, pour ce qui est des canons et de l'artillerie, vous devez considérer l'immense économie que nous a apportée la connaissance du monde de Tom Pullings. Nous n'avons pas eu à racheter les caronades.

La connaissance du monde terrestre que possédait Tom Pullings était à peu près équivalente à celle de son capitaine, et lui aussi avait été souvent cruellement trompé ; mais il possédait une familiarité intime avec ce que l'on pourrait appeler le monde limicole, celui des officiels mineurs et moyens vivant avec un pied à terre et l'autre en mer — maîtres des arsenaux et leurs aides, gens de l'intendance et des bureaux, et autres — et si pour toute question ordinaire il était aussi honnête que le soleil levant, il considérait comme tant de ses amis la propriété du gouvernement comme un monde à part. Il accompagnait Stephen quand la *Surprise* avait été vendue par la marine ; il avait festoyé avec bon nombre de ses collègues du port ; et dès l'instant où il avait connu avec certitude la nouvelle destination de la frégate, il avait parlé en privé à ceux dont c'était le domaine, soulignant que ses canons étaient totalement démodés — ils ne pourraient jamais être réaffectés —, le deuxième renfort et l'astragale de volée étaient de toute manière différents de ceux des actuelles pièces réglementaires et il ne serait pas surpris d'apprendre qu'après tant d'usage ils étaient en bien mauvais état, tout poreux et bons à mettre à la ferraille. Ses amis l'avaient parfaitement compris, et si l'on n'alla pas jusqu'à payer la *Surprise* pour emporter ses canons à Shelmerston, on lui attribua en guise de gratification une série tout à fait défectueuse de caronades qui constituaient à présent une part de ses cent soixante tonnes de lest, rangées assez haut pour lui donner de la raideur, dans des compartiments à l'avant et à l'arrière de sa première couche de barils.

— C'est bien vrai, dit Jack avec un sourire, et au bout d'un moment il poursuivit : La moralité est une notion assez étrange dans le service, et dans certains cas je serais bien en peine de la définir. Je crois pourtant qu'à peu près tout marin sait exactement où tracer la ligne séparant le cappabar coupable et touchant au pillage des arrangements traditionnels et amicaux ; et en somme, Tom a distribué suffisamment pour que personne n'en soit de sa poche, du moins au prix de la ferraille — il n'y a rien de bien criminel en cela, je crois. Ce qui me rappelle autre chose : les punitions à bord d'un vaisseau de guerre privé. Vous savez ce que je pense du fouet. J'ai horreur d'en donner l'ordre, et il m'était venu en tête de suivre la pratique habituelle sur ce genre de navire et de laisser les hommes décider de la sentence.

— Ils ne risqueraient guère d'être durs pour leurs compagnons, j'imagine, dit Stephen.

— Pourtant ils le sont parfois, voyez-vous. Au cours des grandes mutineries de quatre-vingt-dix-sept, les hommes ont tenu les navires en ordre très strict et si quiconque se comportait mal — je veux dire se comportait mal selon leurs idées — ils gréaient le caillebotis. Des sentences de deux, trois et même quatre douzaines de coups de fouet n'étaient nullement rares.

— Vous avez décidé de ne pas le faire, me semble-t-il.

— Oui, effectivement. J'ai réfléchi que s'il devait y avoir des conflits entre les nouveaux et les anciens — vous savez combien il est difficile pour un équipage mélangé de s'accorder dans les débuts — et si un ancien Surprise était appelé en jugement, ils risqueraient de lui attribuer une punition vraiment rude ; et je ne supporterais pas de voir l'un de mes hommes fouetté comme cela.

— Espérons que tirer constamment les grands canons en fera de meilleurs amis. J'ai souvent observé que la violence extrême de bruit et d'activité va de pair avec le compagnonnage et un moral élevé.

Pour ce qui est de la violence extrême de bruit et d'activité, le chirurgien de la *Surprise* et son assistant furent gâtés au cours des jours suivants. Jack prit Stephen au mot et non seulement la fin du quart du matin fut consacrée au tir réel, mais chaque soir le rappel aux postes de combat vit le navire en branle-bas, rugissant parfois même des deux côtés à la fois, projetant des flammes au milieu d'un nuage de fumée noire, comme un petit volcan autonome.

Martin était un être humain tranquille, de même, pour l'essentiel, que Maturin ; tous deux détestaient ce vacarme énorme — non seulement le fracas répété des explosions, mais le grondement des affûts roulant sur le pont et le tonnerre général des hommes courant à la sainte-barbe et aux réserves de boulets —, tous deux détestaient ces pièces meurtrières en elles-mêmes, et ils supportaient particulièrement mal le prolongement des postes de combat jusque dans le second petit quart, à un moment où le navire atteignait des eaux particulièrement intéressantes du point de vue du naturaliste. Non seulement la *Surprise* faisait un tumulte si infernal qu'il n'était oiseau, méduse mobile ou crabe pélagique qui veuille demeurer en deçà de son horizon, mais ils se trouvaient confinés dans l'amphithéâtre, leur poste en cas de combat et même d'exercice, car il n'était pas rare qu'on leur amène ou qu'on leur apporte un malheureux avec des ecchymoses, brûlures, doigts ou orteils écrasés et même une fois une jambe cassée.

Parfois Stephen se frayait un chemin jusqu'en haut des échelles par le panneau central et jetait un coup d'œil le long du pont affairé : cela lui réchauffait le cœur de voir Jack Aubrey se hâter d'un canon à l'autre dans la fumée, parfois violemment éclairé par les grandes langues de flamme, parfois comme un grand fantôme, conseillant les servants d'un rugissement ferme, tout à fait compétent, poussant les plus maladroits dans la bonne position, saisissant parfois un palan pour aider à mettre en batterie ou un levier pour pointer, toujours avec la même concentration ardente, intense, et un regard de satisfaction grave quand le boulet frappait le but aux acclamations de l'équipe.

Les hommes travaillaient tendus dans cette imitation étroite d'un combat réel, car les canons tiraient si vite qu'ils chauffaient rapidement et devenaient capricieux, bondissant et reculant avec une force terrible. Une fois, *Jumping Billy* rompit ses bragues et son palan de recul, et comme la houle était forte de sud-ouest, cette masse mortelle de canon et d'affût se serait déchaînée sur le pont si Padeen, d'une force immense, ne l'avait pas bloquée avec un anspect jusqu'à ce que ses compagnons puissent l'amarrer. Ils travaillaient le plus vite possible, mais tout ce temps Padeen resta là, sa main excoriée pressée contre le canon brûlant, si chaud que son sang grésillait en courant sur le métal.

Bonden, capitaine de son équipe, le conduisit en bas, pleurant sans retenue sous la douleur, et on put l'entendre le réconforter de la voix forte et distincte qu'on utilise pour les invalides, les étrangers et ceux qui ne sont pas tout à fait en état (et Padeen pour l'instant répondait à tous ces qualificatifs) :

— T'en fais pas, matelot, le docteur va vite te remettre sur pied ; t'es un vrai courageux, toi, dis donc ; tu sens le bifteck grillé, compagnon ; il arrivera peut-être même à sauver ta pauvre main, je crois ; et de toute façon il va t'enlever la douleur.

Et se dressant sur la pointe des pieds, car Padeen était beaucoup plus grand, il essuyait doucement les larmes sur ses joues.

Le docteur traita la douleur, la douleur très intense, par une dose héroïque de laudanum, la teinture alcoolique d'opium, l'une de ses médecines les plus appréciées.

— Ici, dit-il en latin à son assistant, en levant une bouteille de liquide ambré, vous avez ce que l'on a jamais trouvé de plus proche de la panacée. Je l'utilise à l'occasion moi-même et j'ai constaté son efficacité admirable dans les cas d'insomnie, d'anxiété morbide, de blessures douloureuses, de maux de dents, de maux de tête et même de migraines. (Il aurait pu ajouter de peines de cœur, mais il poursuivit :) J'ai, comme vous l'avez vu, adapté la dose au poids du patient et à l'intensité de sa souffrance. Présentement, si Dieu veut, vous verrez le visage de Padeen retrouver sa mansuétude bienveillante habituelle ; et quelques minutes plus tard vous le verrez glisser insensiblement jusqu'au bord d'un coma opiacé. C'est le membre le plus valable de toute la pharmacopée.

— J'en suis sûr, dit Martin. Pourtant, n'y a-t-il pas d'objection à l'opiomanie ? Ne risque-t-elle pas de devenir habituelle ?

— Les objections ne viennent que de rares êtres malheureux, jansénistes pour la plupart, qui condamnent aussi le vin, la bonne chère, la musique et la compagnie des femmes : ils se dressent même contre le café, bonté divine ! Leurs objections sont valables uniquement dans le cas de quelques pauvres âmes à volonté faible, qui deviendraient aussi facilement victimes des liquides alcoolisés et qui sont pratiquement des imbéciles sur le plan moral, souvent dépendants d'autres formes de dépravation ; autrement, ce n'est pas plus néfaste que de fumer le tabac. (Il reboucha son précieux flacon, fit observer qu'il en avait une couple de bonbonnes en réserve pour le remplir et poursuivit :) Voici quelque temps qu'ils ont arrêté leur vacarme infernal, aussi peut-être pourrions-nous aller fumer un cigare sur le gaillard d'arrière. Ils ne peuvent guère voir d'inconvénient à un peu plus de fumée, me semble-t-il. Padeen, comment vous sentez-vous ?

Padeen, l'esprit apaisé par le latin et la douleur par la drogue, sourit mais ne dit rien. Stephen, ayant répété sa question en irlandais sans plus de résultat, demanda à Bonden de veiller à ce qu'il soit soigneusement attaché dans un hamac pour que son pauvre bras ne puisse ballotter, et montra le chemin du gaillard.

Sa vacuité le surprit jusqu'à ce qu'il voie Mr West, perché dans les haubans d'artimon, regarder fixement la grand-hune où le capitaine et Pullings étaient visibles, leurs lunettes parallèles orientées du côté du vent.

— Peut-être ont-ils vu une terne de la Caspienne, dit Martin. Mr Pullings a remarqué la planche dans votre Buffon — je l'avais ouvert dans le carré — et il m'a dit qu'il pensait en avoir vu assez souvent sous ces latitudes.

— Grimpons dans le gréement et allons les surprendre, dit Stephen plein d'une brusque gaieté inhabituelle — c'était vraiment une soirée délicieuse, embaumée, ciel doré dans l'ouest et houle bleu royal, brodée de blanc le long des flancs de la frégate et dans son sillage.

Plusieurs anciens Surprises, patients de Stephen depuis bien des années, se hâtèrent le long du passavant, lançant : « Ne regardez pas en bas, monsieur ; ne vous cramponnez pas aux enfléchures ; tenez les haubans, les câbles épais, des deux mains ; allez-y doucement, monsieur ; ne lâchez pas au roulis quoi que vous fassiez. » D'en bas, des mains inquiètes leur mettaient les pieds au bon endroit, cependant qu'ils grimpaient, toujours plus haut, car la *Surprise* avait un grand mât de navire de trente-six canons ; enfin deux visages enchantés apparurent dans le trou du chat de la hune.

— Pas de mouvements brusques, s'écria Aubrey. Vous n'avez pas encore vos jambes de mer. Ce n'est pas le moment de faire des fantaisies. Donnez-moi la main.

Il hissa sur la plate-forme d'abord Stephen puis Martin et une fois de plus Stephen s'émerveilla de sa force : lui-même ne pesait que cent vingt-cinq livres, ce qui n'était pas grand-chose, mais Martin était d'une stature beaucoup plus robuste. Pourtant il fut hissé sans plus d'efforts que s'il n'était qu'un chien de taille modeste, saisi par la nuque — hissé tout droit par le trou du chat et reposé sur ses pieds.

Ce n'était pas une terne de la Caspienne qu'ils observaient mais une voile, et une voile pas très lointaine.

— Ces sloops de dix-huit canons aiment vraiment se donner l'air important, dit Pullings d'une voix mécontente. Regardez comment il fonce ! Il va bientôt sortir ses ailes de pigeon. Je vous parie une demi-couronne qu'il perdra cette bonnette de petit perroquet dans les cinq minutes.

— Aimeriez-vous lui jeter un coup d'œil, monsieur ? demanda Jack en passant sa lunette à Martin.

Martin y fixa son œil unique, repéra en silence un pétrel tempête et, après une pause, s'exclama :

— Il a tiré un coup de canon ! Je vois la

fumée ! Il n'aurait tout de même pas la témérité de nous attaquer.

— Non, non. Il est des nôtres. (Le bruit du coup les atteignit.) C'est un signal pour nous d'avoir à mettre en panne.

— Ne serait-il pas possible de feindre la surdité et de partir dans l'autre direction ? demanda Stephen qui craignait une nouvelle rencontre.

— La plupart des navires de guerre privés évitent leurs frères publics s'ils ont la possibilité de les semer, dit Jack, et cette idée m'est venue en tête quand nous l'avons aperçu. Mais il a changé de route si vite — lofé de cinq quarts — que je suis sûr qu'il nous a reconnus ; si nous ne mettions pas en panne après un coup de canon (ceci est le second) et qu'il en fasse rapport, nous pourrions fort bien perdre notre lettre de marque. La *Surprise* est si terriblement reconnaissable : c'est ce grand mât qui ne ressemble à rien d'autre — on peut le flairer à dix milles, comme un ours qui a mal à la patte. Tom, je crois qu'il faudra guinder le petit mât de perroquet de rechange pour les croisières ordinaires : nous pourrons toujours renvoyer celui-ci en cas de chasse décidée.

Pullings ne répondit pas : penché de plus en plus bas sur sa lunette, bien calé sur la lisse de hune, il l'ajustait avec précision et s'écria tout à coup :

— Monsieur, monsieur, c'est *Tartarus*.

Jack saisit sa lunette ; au bout d'un instant, d'une voix heureuse pour lui, il dit :

— C'est bien lui. Je distingue cet absurde minot bleu vif. (Un autre coup de canon, et il ajouta :) Il envoie notre numéro. Il ne va pas tarder à signaler : William a toujours aimé l'étamine.

(Orientant sa voix vers le bas, il lança :) Mr West, nous allons nous rapprocher du sloop sous voiles basses, s'il vous plaît, et appelez le maître des signaux. Oui, poursuivit-il à l'intention de ses compagnons dans la hune au moment où une lointaine série de pavillons apparaissait, nous y voici — quelle drissée. Tom, je suppose que vous pouvez encore déchiffrer sans le livre ?

Pullings avait été le lieutenant de signaux de Jack et connaissait encore par cœur presque toute la liste.

— Je vais essayer, monsieur, dit-il, et il épela lentement : *Bienvenue...* répété *Bienvenue... Heureux voir... Prie capitaine souper... Ai message... Espoir...* à présent c'est du télégraphe, P-H-I-Z... Son aspirant des signaux ne sait pas l'orthographe...

Sur le gaillard d'arrière, l'assistant du maître des signaux, un Shelmerstonien, demanda :

— Qu'est-ce qu'il veut dire, ce brick, avec son P-H-I-Z ?

— Il veut dire notre docteur ; que c'est pas un barbier chirurgien ordinaire à deux pence mais un vrai médecin certifié, avec demi-perruque et canne à pommeau d'or.

— Je ne savais pas, dit le Shelmerstonien, le regard fixé sur la hune.

— Tu sais pas grand-chose, matelot, dit le maître des signaux, mais sans méchanceté.

— Le navire qui s'approche est commandé par Mr Babbington, dit Stephen à Martin. Vous vous souvenez de Mr Babbington, au match de cricket ?

— Oh oui, répondit Martin, il a fait plusieurs coups retardés, absolument admirables. Et vous m'avez dit qu'il avait joué pour Hambledon. Je serai très heureux de le revoir.

Il le revit un peu plus tard. Les deux navires étaient en panne, huniers masqués, pas très proches en raison de la mer croissante : *Tartarus,* avec beaucoup de politesse, était passé sous le vent de la frégate, et son capitaine, le visage rouge vif de plaisir et d'excitation, exhortait Jack à ne pas sortir ses canots : *Tartarus* avait des bossoirs de hanche ; *Tartarus* allait mettre un cotre à l'eau en quelques secondes.

— J'en serai très heureux, William, lança Jack d'une voix de conversation qui franchissait sans peine plus de cent yards de mer. Mais ce ne peut être qu'une brève visite : j'ai beaucoup de chemin à courir vers le sud et le temps va sûrement se gâter.

Le cotre toucha l'eau ; on embarqua les invités, et Jack, oubliant un instant qu'il n'était pas en position de donner des ordres, dit à l'aspirant responsable : « Sur bâbord, s'il vous plaît », pour un embarquement sans cérémonie. Mais il se reprit quand le canot crocha et donna la préséance à Pullings et Stephen, tous deux officiers du roi. L'instant d'embarras fut noyé sous l'indignation aiguë du docteur Maturin devant la chaise de gabier qui avait été gréée pour l'amener à bord bien sec et sans soucis :

— Pourquoi cette distinction injurieuse ! s'exclama-t-il. Ne suis-je pas un vieux marin, un loup de mer endurci ?

Mais sa voix se transforma quand on le déposa sur le pont où l'attendait son vieux compagnon de bord James Mowett.

— Quoi, James Mowett, quelle joie, comme je

suis heureux de vous voir. Mais que faites-vous ici ? Je croyais que vous deviez être premier lieutenant de l'*Illustrious* ?

— Je le suis, monsieur, William Babbington me conduit simplement à Gibraltar.

— Bien sûr, bien sûr. Dites-moi, comment va votre livre ?

Le visage particulièrement joyeux de Mowett s'assombrit légèrement.

— Eh bien, monsieur, les éditeurs sont d'infernaux... commença-t-il.

Mais Babbington l'interrompit pour accueillir le docteur à bord et finit, toujours riant et bavardant, par les conduire tous dans la grand-chambre où ils trouvèrent Mrs Wray, jeune femme au teint un peu sombre et à courtes jambes, mais à présent tout à fait jolie dans sa confusion rougissante, mélange de désarroi d'être vue et de joie de voir. Nul ne fut particulièrement surpris : tous les hommes présents se connaissaient de très près depuis bien longtemps — les trois plus jeunes avaient occupé le poste des aspirants du premier commandement de Jack Aubrey — et tous savaient que Babbington était plus attaché à Fanny Harte (ainsi s'appelait-elle avant son mariage avec Wray) qu'à n'importe quelle autre de ses innombrables conquêtes. Ils jugeaient peut-être un peu fort de naviguer ouvertement avec la femme du second secrétaire temporaire du conseil de l'Amirauté, mais tous savaient que Babbington était un riche propriétaire terrien, avec suffisamment de parlementaires dans sa famille pour le protéger de quoi que ce soit en dehors d'une inconduite professionnelle grave, et tous avaient au moins quelque idée de la réputation de Wray. La seule personne vraiment surprise, troublée, inquiète, était Fanny elle-même ; elle était particulièrement terrifiée par Mr Aubrey et s'assit le plus loin possible de lui, coincée dans un angle derrière Stephen. À travers le tapage des voix sonores, il l'entendit chuchoter :

— ...cela paraît si bizarre, n'est-ce pas, presque compromettant, si loin de terre ; je me sens très mal à l'aise ; je suis venue pour ma santé ; le docteur Gordon a positivement insisté pour un bref voyage en mer ; bien sûr, j'ai ma femme de chambre avec moi. Mon Dieu, oh oui, je suis si heureuse de voir le pauvre capitaine Aubrey à peu près bien, quoique, mon Dieu, ce que le pauvre homme a dû supporter et d'ailleurs, il a l'air un peu vieilli maintenant, et qui en serait surpris ; et plutôt sévère — faudra-t-il que je sois assise à côté de lui à souper ? Mais William a une lettre de sa femme et cela l'apaisera peut-être.

— Ma chère Fanny, dit Stephen, il n'a pas besoin d'apaisement, il vous a toujours aimée ; et s'il y avait des pierres à lancer ce n'est certainement pas lui qui irait en saisir une. Mais dites-moi, la dernière fois que nous avons parlé du capitaine Babbington, vous l'avez appelé Charles, ce qui m'a étonné ; peut-être a-t-il plusieurs prénoms au choix et préfère-t-il celui-là aux autres.

— Non, non, dit Fanny, rougissant à nouveau. J'étais toute troublée ce jour-là ; mon esprit, si on peut dire que j'en ai un, était tout en désordre. Nous avions été au bal masqué de Mrs Graham peu de temps auparavant, moi en mouton des Highlands et William en Jeune Prétendant — comme nous avons ri, ah grand Dieu ! J'ai donc continué à l'appeler Charles pendant des jours après cela — il était si beau avec son kilt. Vous allez me prendre pour une pauvre petite idiote, j'en ai peur. Mais quoi qu'il en soit je suis tout à fait enchantée de vous entendre me dire que le capitaine m'aime bien. Je vais m'asseoir à côté de lui, bien tranquille à présent. Grand Dieu, combien j'espère que le pudding à la graisse de rognons sera assez cuit : William a tant insisté là-dessus. Il jure que cela peut se faire en un rien de temps dans un digesteur de Papin ; mais quand j'étais petite fille, la cuisson du pudding prenait toujours des heures et des heures.

Le souper fut un repas joyeux, avec beaucoup de bavardages et de rires ; et sur un plan simplement matériel, il fut fort bienvenu après le régime spartiate de la *Surprise*. La frégate n'avait pas encore de cuisinier du capitaine ni de cuisinier pour le carré ; Jack n'avait embarqué aucuns vivres personnels par économie, Stephen par distraction, le carré par simple pauvreté ; tous vivaient sur les provisions du bord et comme le navire était encore dans ses eaux nationales, ils buvaient non pas le tafia mais la petite bière, plus petite de jour en jour. Le seul luxe de la grand-chambre était le petit déjeuner, auquel Killick avait veillé de sa propre autorité. Pendant le repas, Babbington raconta comment le *Tartarus* avait poursuivi une goélette américaine étonnamment rapide pendant deux jours et une nuit, un certain forceur de blocus tentant d'entrer à Brest ou à Lorient.

— J'ai envoyé en tête de mât les haussières légères et les câblots, comme vous aviez l'habitude de le faire, monsieur, dit-il, et je crois vraiment que nous aurions réussi à l'atteindre si le grand et le petit huniers ne s'étaient pas arrachés de leur ralingue au même moment. Mais du moins nous l'avons renvoyé trois ou quatre cents milles au sud de sa route et il lui faudra refaire tout le trajet avant de retrouver les côtes de France.

— Mr Mowett, lança Stephen pendant une pause, tandis que l'on débarrassait la table pour faire place au pudding et que circulait le vin du pudding — dans ce cas, frontignan et canaries —, vous me parliez de vos éditeurs.

— Oui, monsieur : j'allais vous dire que ce sont les plus infernaux procrastinateurs...

— Oh, quelle horreur ! s'exclama Fanny. Est-ce qu'ils vont dans... dans des maisons spéciales, ou bien...

— Il veut dire qu'ils font traîner, dit Babbington.

— Oh.

— Oui. Le livre devait sortir pour le glorieux anniversaire du 1er juin ; ensuite il a été repoussé à l'anniversaire de Trafalgar ; et à présent on me dit que rien d'autre que l'anniversaire de Camperdown ne saurait vraiment frapper l'esprit du public. Enfin, cela a du moins un avantage : je peux polir ce qui est déjà prêt et j'ai pu ajouter un nouveau morceau que je viens d'écrire.

— Dites-nous ce nouveau morceau, Mowett, dit Pullings.

— Oui, dites-le, ajoutèrent Babbington et Fanny.

— Eh bien, dit Mowett avec un mélange de plaisir et de modestie, c'est un peu long. Aussi, si vous le permettez, madame — avec une inclinaison vers Fanny —, je ne dirai que les derniers vers : il s'agit d'une bataille, et ces lignes sont faites pour montrer le carnage au plus fort.

Très vite sur l'eau bleue, ses voiles déployées,
L'escadre menaçante s'est alors approchée.
Voix aiguë du bosco : « A dégager les ponts ! »
« A dégager les ponts », chaque vaisseau répond.
D'une étrange frayeur soudain les joues pâlissent,
Tous se dressent un instant, perdus, le regard fixe,
Dans un silence affreux, ils regardent, inconscients.

Une explosion quelque part sur l'avant, comme le coup d'un canon de douze livres, l'interrompit, mais juste un instant.

La mort brandit sa faux de navire en navire,
Sur les gaillards d'avant elle assoit son empire
Les démons du carnage y chevauchent les flots
De sang rouge et fumant qui s'écoule en ruisseaux...

— Oh, monsieur, s'il vous plaît ! s'exclama à la porte de la cabine un grand aspirant pâle et terrorisé, les devoirs de Mr Cornwallis, mais le digesteur a explosé.

— Y a-t-il des blessés ? demanda Babbington en se levant.

— Personne n'est vraiment mort, monsieur, je crois, mais...

— Pardonnez-moi, dit Babbington à ses invités, il faut que j'aille voir.

— Combien je hais ces inventions étrangères, dit Fanny dans un silence inquiet.

— Personne n'est mort, dit Babbington en revenant, et le chirurgien dit que leurs brûlures ne sont pas graves — elles guériront en un mois et quelque — mais je suis tout à fait désolé de devoir vous dire, monsieur, que le pudding est répandu à peu près également sur le cuisinier, ses aides et le plafond. Ils ont pensé qu'il cuirait plus vite s'ils mettaient un fer à repasser sur la soupape de sûreté.

— C'est bien dommage pour le pudding, dit Jack quand il fut revenu dans la grand-chambre de la *Surprise*, mais dans l'ensemble, j'ai rarement pris plus de plaisir à un souper. Et si Fanny Harte n'est ni Scylla ni Charybde, ils sont très, très attachés l'un à l'autre, et lorsqu'on a tout dit, c'est cela qui importe vraiment. En descendant vers Pompey, William est passé à Ashgrove Cottage pour demander à Sophie comment elle allait et elle lui a donné une note pour moi au cas où nous nous rencontrerions : tout va bien à la maison et ma belle-mère est moins une épreuve qu'on ne pourrait le craindre. Elle déclare que j'ai été cruellement maltraité et que Sophie et moi méritons toute sa sympathie : ce n'est pas qu'elle ait supposé un instant que je suis innocent, mais elle approuve tout à fait ce qu'elle croit que j'ai fait — si elle en avait la moindre possibilité, elle en ferait certainement autant, de même que toute autre femme ayant le sens de son devoir à l'égard de son capital... Ce n'est sûrement pas *La Marseillaise* que vous êtes en train de jouer ?

Stephen avait son violoncelle entre les genoux et depuis un moment il jouait en sourdine deux ou trois phrases avec des variations — un jeu à demi conscient qui ne l'empêchait ni de parler ni d'écouter.

— Ce n'est pas cela, dit-il, c'est, ou plutôt cela voudrait être, le thème de Mozart qui sans aucun doute rôdait au fond de l'esprit du Français quand il l'a écrite. Pourtant, quelque chose m'échappe...

— Stephen ! s'exclama Jack, plus une note, je vous prie. Je l'ai exactement, si seulement cela ne s'envole pas.

Il dénuda rapidement son étui à violon, l'accorda à la va-vite et plongea tout droit dans la ligne mélodique. Au bout d'un instant, Stephen le rejoignit et quand ils furent tout à fait satisfaits, ils s'arrêtèrent, s'accordèrent avec précision, se passèrent la colophane et revinrent à l'énoncé du thème, à ses variations, inversions, broderies, l'un d'eux partant d'abord dans une bouffée d'improvisation tandis que l'autre suivait, le second en faisant ensuite autant, et jouèrent ainsi longuement jusqu'à ce qu'une embardée jette à moitié Stephen hors de son siège, de sorte que le violoncelle émit un grincement lugubre.

Il se rassit, sans dommage pour les cordes ou l'archet, mais le rythme aisé était rompu et ils ne jouèrent plus.

— Cela vaut d'ailleurs mieux, dit Jack, j'aurais été très vite horriblement hors du jeu. Pendant l'exercice des grands canons, j'ai couru de haut en bas sans m'arrêter, faisant ce qu'une demi-douzaine d'aspirants font en général chacun pour sa série de pièces — je ne m'étais jamais rendu compte à quel point ces petits animaux sont utiles — et je suis à présent tout à fait épuisé. Tenez bon, Stephen ! s'exclama-t-il en rattrapant Maturin qui allait retomber, cette fois tout debout. Qu'avez-vous fait de vos jambes de mer ?

— Ce n'est pas une affaire de jambes de mer, dit Stephen, le navire bouge d'une manière sauvage, débridée. Un crocodile tomberait, dans ces circonstances, s'il n'avait ses ailes.

— J'ai dit que ce serait une mauvaise nuit, dit Jack en s'approchant du baromètre. Mais elle sera peut-être encore plus mauvaise que je ne pensais. Nous ferions mieux de tout ranger ici aussi. Killick, Killick, holà !

— Monsieur ? dit Killick apparu instantanément, une étoffe rembourrée sous le bras.

— Rangez le violoncelle du docteur et mon violon dans la soute à biscuits, avec cet article.

— Bien, monsieur, le violoncelle du docteur et votre violon dans la soute à biscuits, avec l'objet.

Au début de leur mariage, Diana avait fait don à Stephen d'un exemple tout à fait splendide mais sans nom de l'art et de l'ingéniosité d'un ébéniste : cela pouvait être, et c'était en général, un lutrin de musicien, mais divers leviers et rabats le transformaient en un lavabo, un bureau petit mais suffisant, un coffre à médecine et une bibliothèque, et il comportait sept tiroirs ou compartiments secrets ; il contenait aussi un astrolabe, un cadran solaire, un calendrier perpétuel et une quantité de bouteilles en verre taillé, de brosses et de peignes en ivoire ; mais ce qui plaisait vraiment à Killick, c'est que les charnières, trous de serrures, boutons, poignées, bouchons de bouteilles et tous les autres accessoires étaient en or massif. Il en prenait un soin idolâtre — la toile rembourrée n'était que la première de ses trois enveloppes de gros temps — et il jugeait le nom que le capitaine lui donnait impropre, irrespectueux et déplacé. *Objet* était le mot approprié — non pas « de toilette », pas le moindre lien avec pot de chambre, mais ayant au contraire un caractère sacré : objet sacré — et obstinément, depuis des années, Killick s'efforçait de l'imposer.

Jack resta quelques instants à se balancer dans les mouvements de roulis et de tangage : il avait la bouche pincée comme pour siffler mais ce n'était pas du tout de la musique qui lui courait dans l'esprit, plutôt une série de calculs de position, de courants, de force de vent et de tendance de la pression barométrique, tous comparés au passé immédiat avec en arrière-plan les très nombreuses évolutions comparables en cette région de l'Atlantique. Il enfila un caban, se fraya un chemin jusqu'au gaillard d'arrière et réfléchit à nouveau, cette fois plus instinctivement, sous l'impact direct du vent sur la mer. Les mâts de perroquet étaient déjà rentrés, les capots assurés, les contre-hublots en place, et les amarrages avaient été doublés sur les canots en drome. Il dit à Davidge :

— Quand on appellera la bordée bâbord, faites ariser les huniers. Appelez-moi s'il y a un changement de vent. Le capitaine Pullings vous relève, je crois.

— Oui, monsieur.

— Dans ce cas, dites-lui ce que je viens de vous dire. Bonne nuit à vous, Mr Davidge.

— Bonne nuit, monsieur.

Revenu dans la chambre, il observa :

— C'est peut-être le coup de chien dont je parlais, quand je disais qu'un combat ou une tempête rassemblaient merveilleusement un équipage mélangé. J'espère ne pas avoir parlé comme un idiot. J'espère ne pas avoir laissé croire que je souhaitais un coup de chien vraiment mauvais.

— L'arrière-arrière-grand-mère de mon parrain vivait à Ávila, dans une maison que je vous montrerai ainsi qu'à Sophie quand la guerre sera terminée ; elle connaissait sainte Thérèse, et la sainte lui disait qu'il coule plus de larmes pour des prières exaucées que l'on n'en a jamais versé pour des prières refusées.

Chapitre 3

C'était bien le coup de chien demandé ; le vent hala le nord tout en forçant jusqu'à atteindre, le troisième jour, l'est nord-est, d'où il souffla en violent coup de vent pendant deux quarts de suite sans varier le moins du monde ; après quoi, la *Surprise* étant sous misaine au bas ris et voile d'étai de cape sur l'artimon, il se mit à tournicoter de la manière la plus bizarre et avec plus de force encore.

Au creux du quart de minuit, à plus de trois heures du matin et la pluie balayant le pont en rideau presque compact, Tom Pullings quitta sa bannette, enfila son ciré et grimpa l'échelle pour voir comment Davidge s'en sortait. La plus grande partie de la bordée était dans l'embelle, abritée sous le fronteau du gaillard d'avant du plus gros des embruns, de la pluie et de l'eau arrachée à la mer ; les quatre hommes de barre et l'officier debout derrière eux, un bras autour du mât d'artimon, recevaient directement le choc et gardaient la tête baissée pour pouvoir respirer. Davidge était un marin expérimenté, capable, et qui avait rencontré en son temps quelques mers monstrueuses ;

pourtant il répondit à Pullings qui l'interrogeait en rugissant, les mains en porte-voix au ras de son oreille :

— Assez bien, monsieur, je vous remercie, mais j'avais envie d'appeler le capitaine. Chaque fois qu'on rentre un peu dans le vent, la barre a une espèce de sursaut, comme si les drosses glissaient sur le cylindre ou commençaient à s'user.

Pullings se glissa parmi les hommes de barre — tous Shelmerstoniens, en fait —, saisit les poignées de la roue, attendit que la frégate remonte après une forte lame qui avait repoussé son étrave sous le vent, sentit l'hésitation familière, sourit et lança :

— Ce n'est qu'un de ses petits caprices dans ce genre de temps. Elle l'a toujours fait. On peut le laisser dormir en paix.

À ce moment, une série particulièrement prolongée et violente d'éclairs illumina les nuages noirs et bas, le navire ruisselant ; un énorme coup de tonnerre éclata presque à portée de main ; le vent tourna sans le moindre avertissement, remplit la voile d'étai à l'éclater et fit lofer la *Surprise* de quatre quarts, la poussant à vitesse considérable dans une lame extrêmement haute. Au premier plongeon, tout le gaillard d'avant s'enfonça profondément dans l'eau verte. Le navire tangua sous un tel angle et avec tant de force que Jack, assommé de sommeil dans sa bannette après trente-six heures sur le pont, fut violemment projeté contre les barrots au-dessus de sa tête.

« J'ai bien l'impression qu'elle ne remontera plus », se dit Pullings : la lueur de la lampe d'habitacle montra la même attente grave de la fin dernière sur le visage des hommes de barre. Tout parut se dérouler très lentement : le beaupré et une partie du gaillard surgirent, noirs comme une baleine dans les tourbillons blancs ; l'énorme masse d'eau emplissant l'embelle déferla vers l'arrière, inondant le gaillard et défonçant la cloison de la chambre. Dans les éclairs à peu près continus, on put voir les hommes de quart se cramponner en grappes aux lignes de vie gréées depuis longtemps de l'avant à l'arrière entre les canons ; et avant que l'eau se soit écoulée par les dalots du gaillard, on vit Jack Aubrey grimper l'échelle en chemise de nuit.

— Répond-elle ? s'écria-t-il, et sans attendre la réponse il prit la barre.

Le courant subtil des vibrations entre les poussées des vagues successives sur le gouvernail lui indiqua que tout allait bien : son navire gouvernait, comme il l'avait toujours fait. Mais quand il baissa la tête pour regarder le compas, son sang tombant sur le verre rougit la lampe d'habitacle.

— Vous êtes blessé, monsieur, dit Pullings.

— Au diable, dit Jack en poussant sur la roue pour vider les voiles. À ferler la misaine. Ho là-bas, de l'avant, remuez-vous. Du monde aux cargue-fonds de misaine.

Ce fut en fait le dernier des plus effrayants caprices de cette tempête. Au changement de quart, le vent, revenu à l'est nord-est, balaya les nuages qui cachaient la lune et fit apparaître une vision assez lugubre — bâton de foc, vergue de civadière et minots emportés, beaupré et vergue de misaine fendus, bôme de brigantine cassée, ainsi que bon nombre de cordages —, lugubre, mais nullement désespérée ; aucun homme ne s'était perdu, fort peu d'eau avait pénétré en bas, et si la grand-chambre était nue, humide, austère et, sans sa cloison, privée de toute intimité, à l'heure du petit déjeuner la frégate filait honorablement cinq nœuds sous hunier seul dans un coup de vent modéré et mollissant ; les feux de la cuisine étaient en pleine action et Killick avait retrouvé son moulin à café dans les fonds, où une rafale déraisonnable l'avait projeté quand l'aide-charpentier était descendu sonder la sentine.

Jack Aubrey avait autour de la tête un bandage ensanglanté qui lui cachait un œil ; il portait habituellement ses longs cheveux jaunes sagement nattés et resserrés avec un large ruban sur la nuque, mais il n'avait pas encore eu le temps de laver tout le sang coagulé qui s'y était accumulé et ses boucles raidies se dressaient dans toutes les directions, lui donnant un aspect tout à fait inhumain ; il était pourtant satisfait de la manière dont l'équipage s'était comporté — pas de plainte sur la nourriture alors qu'ils étaient réduits aux biscuits, fromage et petite bière depuis trois jours, pas de réticence quand on leur demandait de manœuvrer, pas de tentative pour se cacher en bas, pas de regards narquois — et son œil unique avait une expression bienveillante.

— Il est assez remarquable, observa-t-il au petit déjeuner, qu'au cours de tant d'années de mer je n'aie encore jamais rencontré un charpentier incompétent. Des boscos, oui, parce qu'ils jouent souvent aux tyrans et rendent les hommes maladroits. Et même des canonniers, que l'on ne peut pas toujours convaincre d'accepter le moindre changement. Mais pas des charpentiers : ils semblent être nés avec leur métier chevillé au corps. Notre Mr Bentley a presque fini le minot bâbord et le beaupré est déjà jumelé ; nous pouvons... pourquoi diable gueulent-ils comme ça dans l'embelle ?

En se penchant pour regarder vers l'avant sous le long surplomb du gaillard, il vit les hommes chargés de réparer l'amarrage des canots, tous debout et criant à l'intention de la vigie en tête de mât.

— Je vous demande pardon de ne pas avoir frappé, monsieur, dit Pullings entré en courant, mais il n'y a rien sur quoi frapper. Une voile, monsieur, coque noyée, sous le vent.

— Coque noyée ? Dans ce cas nous avons le temps de finir notre café, dit Jack. Asseyez-vous, Tom, et laissez-moi vous en verser une tasse. Il a un goût un peu bizarre mais du moins il est chaud et humide.

— Chaud et humide certes, monsieur, dit Pullings, et à Maturin : J'ai peur que vous n'ayez eu une nuit bien fatigante, docteur. Votre chambre est vraiment un foutoir épouvantable, si vous me permettez l'expression.

— A un moment je me suis trouvé fort mal à l'aise, je dois l'admettre, dit Stephen. Il me paraissait dans mon rêve que quelque main criminelle avait laissé la porte ouverte et que j'allais être exposé à l'humidité atmosphérique. Mais ensuite je me suis rendu compte qu'il n'y avait pas de porte du tout, mon esprit s'est calmé et j'ai pu dormir.

Immédiatement après le petit déjeuner, la *Surprise* guinda ses mâts de perroquet. Il était vite apparu que la chasse n'était pas de très grande importance ; pourtant Jack entreprit d'augmenter méthodiquement la voilure jusqu'à ce que la frégate lève une belle vague d'étrave et que l'eau se mette à chanter le long de ses flancs en une longue courbe, traçant un sillage aussi droit et urgent que si elle était à la poursuite du galion de Manille. Avec le vent à présent par la hanche tribord, elle pouvait tout juste porter des bonnettes basses au vent. C'était la première fois que Jack la faisait vraiment marcher depuis qu'ils avaient quitté Shelmerston ; la première fois que les nouveaux matelots voyaient de quoi elle pouvait être capable. La vitesse plaisait à tous à bord, et non seulement la vitesse mais la vaillance du navire — la manière dont il prenait les lames sous l'étrave et les rejetait de côté. Le vent, quoique plus modéré, soufflait à présent en travers du courant et de la houle restante, qu'il hachait vilainement ; cependant la *Surprise* courait dans cette mer courte et irrégulière avec une aisance sans pareille et quand on fila le loch à quatre coups du quart du matin, que dix nœuds défilèrent du touret, ce fut une acclamation universelle.

On ne pouvait guère envisager de difficultés ; cependant Jack fit envoyer les hommes dîner de bonne heure, bordée par bordée ; et la plupart revinrent très vite avec en main ce qu'ils pouvaient transporter, pour ne rien perdre. Le chassé avait été reconnu assez vite comme un voilier à gréement longitudinal, en avarie, et plus il se rapprochait, plus la probabilité que ce fût la goélette échappée à Babbington augmentait. Le mât de misaine était sain et portait voile basse, petit hunier et une belle série de focs, tandis que son équipage travaillait dur à gréer un grand mât de fortune. Mais ce fut en vain : même s'il réussissait à établir une grand-voile, on l'aurait bientôt rattrapé. Intacte et au louvoyage, la goélette avait pu battre le *Tartarus* ; mais endommagée et surtout aux allures portantes, elle ne pouvait espérer l'emporter sur la *Surprise*.

— C'est donc une goélette, dit Martin tandis qu'ils l'observaient du gaillard d'avant. Comment le savez-vous ?

— Elle a deux mâts. Ils essaient à présent de mettre en place le deuxième.

— Mais les bricks, ketchs, lougres, galiotes et dogres ont aussi deux mâts. Quelle est la différence ?

— Courlis et corlieux ont une similitude générale et l'un comme l'autre ont deux ailes ; mais sauf pour l'observateur le plus superficiel, la différence est évidente.

— Il y a une différence de taille, de marque à la tête et de voix.

— À l'exception de la voix, c'est à peu près la même chose pour ces navires à deux mâts. L'œil accoutumé, dit Stephen non sans une certaine suffisance, distingue immédiatement l'équivalent des marques à la tête, des barres alaires et des pieds semi-palmés.

— Peut-être y viendrai-je avec le temps, dit Martin, mais il y a aussi les lougres, charbonniers, harenguiers. (Il réfléchit un moment et poursuivit :) Toutefois, il est quand même assez curieux qu'en dehors de quelques bateaux de pêche au pilchard au large du Lizard et de deux vaisseaux de guerre, ce soit le premier navire que nous apercevions depuis tant de jours. Je me souviens de la Manche comme fort encombrée de navigation —

vastes convois, parfois sur plusieurs milles, et navires isolés ou en petits groupes.

— Je crois, dit Maturin, que pour le marin les chemins sont tracés à travers l'océan selon le vent et le temps : il les suit avec aussi peu de souci ou de réflexion qu'un chrétien descendant Sackville Street, traversant le pont Carlisle, passant devant Trinity College pour atteindre Stephen's Green, repaire des dryades, chacun de ces lieux plus élégant que le précédent. Le capitaine Aubrey, en revanche, a pris soin d'éviter ces chemins ; comme le font d'ailleurs les contrebandiers que ce désagréable cotre recherchait. Je ne doute guère que ce navire là-bas, cette goélette, soit l'un d'entre eux.

En ceci, le docteur Maturin se trompait : certes la goélette était construite pour la vitesse et aurait fort bien pu transporter de la contrebande ; mais un œil plus perspicace aurait vu que tandis que son petit équipage s'affairait furieusement sur les galhaubans et la vergue de grand-hunier, un autre groupe d'hommes et trois femmes étaient rassemblés au couronnement, faisaient des signes et appelaient — image parfaite d'une prise recapturée, ou plutôt d'une prise sur le point d'être recapturée.

La *Surprise* se rapprocha et vint bord à bord, déventant les voiles de la goélette : elle tira un coup de canon au vent et la goélette amena ses couleurs.

— Compagnons, dit Jack Aubrey d'une voix forte, vous connaissez tous les termes de notre accord : si l'un de vous s'oublie au point de voler un prisonnier ou de le maltraiter, ou de piller la goélette, il sera chassé de ce navire. Mettez à l'eau le cotre bleu.

Il s'avéra en fait que la goélette, le *Merlin*, n'était pas une prise recapturée ; non plus, quoi que pût dire son capitaine — un Américain francophone de Louisiane — qu'un corsaire indépendant : d'après les témoignages terriblement prolixes mais concordants des prisonniers libérés, il apparut qu'elle était la conserve d'un navire beaucoup plus formidable, le *Spartan*, armé par un consortium franco-américain pour s'attaquer au commerce antillais des Alliés.

Jack connaissait fort bien le *Spartan* pour l'avoir poursuivi deux jours et deux nuits par temps beau et mauvais, très mauvais. Il avait la plus haute opinion de son capitaine en tant que marin, mais fut pourtant étonné d'apprendre qu'il avait capturé pas moins de cinq prises au cours de cette croisière — deux navires sucriers de Port Royal dont la lenteur les avait séparés de leur convoi dans la nuit et trois autres navires des Indes occidentales avec des cargaisons de plus grande valeur encore, indigo, café, bois de campêche, ébène, mûrier des teinturiers et cuir, qui, étant rapides à la voile, avaient tenté seuls leur chance — et plus étonné encore d'apprendre qu'ils étaient tous les cinq au mouillage dans le port de Horta, à Fayal, tandis que les capitaines, les épouses de ceux qui naviguaient dans le confort marital et les courtiers avaient été renvoyés en France à bord de la goélette pour y prendre les arrangements nécessaires afin de payer leur rançon personnelle, celle de leur navire et celle de leur cargaison.

— Pourquoi, au nom du ciel, n'est-il pas rentré chez lui aussi vite qu'il le pouvait avec un butin aussi prodigieux ? demanda Jack. Je n'ai jamais entendu parler d'un navire privé qui obtienne un résultat aussi stupéfiant en une brève croisière ; pas plus qu'en une longue, d'ailleurs.

La réponse était assez évidente, mais personne ne la découvrit avant le soir. Le capitaine de la goélette ne révéla rien et son petit équipage en était bien incapable, ignorant totalement le plan général, cependant que l'esprit de Jack et de Pullings était beaucoup trop occupé avec les anciens prisonniers, les nouveaux prisonniers et le réarmement de la prise.

Le capitaine américain, les marchands et leurs épouses avaient aussitôt embarqué sur la *Surprise* et en temps normal, par simple décence, Jack les aurait invités à dîner — l'heure des officiers approchait rapidement. Mais pour l'instant il n'avait pas de chambre pour les nourrir ; ni rien qu'il pût mettre sur la table si la chambre avait existé.

— Monsieur Dupont, monsieur, dit-il au capitaine américain conduit à l'arrière pour, dans une intimité raisonnable, montrer les papiers du *Merlin*, vous pourriez m'obliger extrêmement si vous y consentiez.

— Je serais heureux de faire tout ce qui est en mon pouvoir, monsieur, répondit Dupont, scrutant d'un air de doute le personnage qui lui faisait face : les capitaines corsaires avaient une solide réputation de rapacité brutale et Jack Aubrey, grand, maigre, pas lavé, le menton hérissé de poils jaunes, son bandage encore plus sanglant du fait de son activité récente et ses cheveux raidis de sang séché encadrant son visage comme une horrible perruque de femme teinte, était une silhouette dont les épouses des marchands s'étaient détournées avec une horreur silencieuse, malgré leur habitude de la mer. Tout ce qui pourrait être à la portée de mes faibles moyens.

— Le fait est que nous sommes à court de provisions. Pour le bien du navire et pour le mien, je serais désolé d'être obligé de vous offrir ainsi qu'à ces dames un dîner constitué de bœuf salé, de pois secs et de bière si petite qu'elle est à peine buvable.

— Je suis à vos ordres, monsieur, je vous en prie ! s'exclama Dupont qui avait craint quelque chose de beaucoup plus désagréable. Mes vivres ne sont pas négligeables, bien que le thé soit à peu près terminé ; et mon cuisinier, s'il est noir, n'est pas sans compétences — je l'ai racheté à un homme qui avait le culte de son ventre.

C'était là certes culte bien erroné, mais après un tel coup de vent et tant de jours où ils avaient été pratiquement réduits aux biscuits du bord, le capitaine et les officiers de la *Surprise* y virent quelque avantage. Même leurs hôtes furent agréablement surpris, car si l'homme noir les avait toujours bien traités, il se déchaîna soudain de manière extraordinaire : son vol-au-vent fit ouvrir très grand les yeux aux dames, et sa tarte aux pommes fut digne de chez Fladong.

Les Surprises l'attribuèrent à son bonheur et à sa gratitude car à peine avait-il embarqué que Killick, naturellement chargé de ce genre de chose en tant que valet du capitaine, le prit par le bras et lui dit lentement, pensant que peut-être il ne comprenait pas : « Toi homme libre maintenant, hourra », faisant le geste d'être libéré de menottes pour indiquer que dès l'instant où le Noir avait posé le pied sur un navire anglais, il n'était plus esclave.

— Toi (en lui touchant la poitrine) homme libre.

— Pardonnez-moi, monsieur, dit le Noir, je m'appelle Smith.

Mais il parlait si doucement, pour ne pas offenser, qu'au milieu des acclamations joyeuses ses paroles n'eurent pas la moindre influence sur l'opinion publique.

Le festin se déroula dans le carré, avec Jack Aubrey à présent nettoyé et présentable à une extrémité de la longue table et Pullings à l'autre ; et quand il fut enfin terminé, Stephen et l'homme assis à sa droite allèrent se promener du côté sous le vent du gaillard d'arrière, fumant de petits cigares de papier à la manière espagnole. Ils conversaient en espagnol, d'ailleurs, car le compagnon de Stephen, Jaime Guzmán, était un Espagnol, originaire d'Ávila en Vieille Castille, associé de la firme de Cadix qui avait acheté la plus grande part du mûrier des teinturiers embarqué sur le *William and Mary* capturé : il pouvait dans une certaine mesure parler un anglais commercial, mais n'avait pas depuis bien longtemps échangé une parole avec les autres prisonniers. De nature communicative, mais depuis des semaines privé de la parole, il bavardait à présent avec une volubilité presque inquiétante.

— Ces femmes, ces femmes odieuses, odieuses, dit-il, la fumée lui sortant de la bouche et du nez, n'ont jamais voulu m'accorder ce plaisir, même pendant le voyage d'aller. Chattes lubriques. Mais même en dehors de cela, je les ai toutes trouvées profondément désagréables. À un moment j'ai pensé les aider à s'améliorer ; puis j'ai réfléchi que quiconque lave la tête d'un âne perd son temps et son savon. Aucune de ces personnes n'aurait jamais été reçue à Ávila : la grand-mère de votre parrain n'aurait jamais consenti à les recevoir.

Un compte rendu de l'Ávila de la jeunesse de Guzmán déboucha sur des observations concernant la ville d'Almadén, où le frère de Guzmán surveillait le côté commercial des mines de mercure, et sur Cadix où Guzmán résidait à présent, ville profondément dépravée et abandonnée.

— Comme vous-même, don Estebán, dit-il, je suis un vieux chrétien assagi et j'aime beaucoup le jambon ; mais il n'y a pour ainsi dire pas la possibilité d'avoir du jambon à Cadix. Et pourquoi cela ? C'est parce que sous le prétexte d'être nouveaux chrétiens, les gens sont tous à demi maures ou à demi juifs. Impossible de traiter avec eux, comme mon pauvre frère s'en est aperçu. Ils sont effroyablement déshonnêtes, fourbes, cupides et, comme la plupart des Andalous, cruellement avides de gain.

— Qui veut s'enrichir en un an sera pendu en six mois, observa Stephen.

— Ils ne sauraient être pendus trop tôt ou trop souvent, dit Guzmán. Prenez par exemple le cas de mon pauvre frère. Le vif-argent doit être envoyé au Nouveau Monde, bien entendu : ils ne sauraient extraire l'or sans lui. Quand l'Angleterre et l'Espagne étaient en guerre, on l'envoyait en frégate ; mais de temps à autre elles étaient capturées par la tricherie des méchants employés de Cadix qui disaient aux Juifs de Gibraltar l'heure du départ et même le nombre de sacs — car vous devez savoir, don Estebán, que le vif-argent est emballé dans des sacs en peau de mouton de cinquante livres chacun. À présent que la guerre a changé, aucune frégate n'est plus disponible, les vaisseaux de ligne moins encore ; aussi, ayant attendu des années, mon pauvre frère, pressé et harcelé de tous côtés, a affrété le plus puissant et le plus sérieux des corsaires de la côte, un navire nommé *Azul*, à peu près de la même taille que celui-ci, pour en transporter cent cinquante tonnes à Carthagène. Cent cinquante tonnes, don Estebán, six mille sacs ! Pouvez-vous imaginer six mille sacs de vif-argent ? (Ils firent plusieurs va-et-vient, en imaginant six mille sacs, puis Guzmán poursuivit :) Mais j'ai peur que la même méchanceté ne soit entrée en jeu. Le *Spartan* sait très bien que l'*Azul* devait appareiller voici huit jours et faire escale aux Açores. C'est pour cela qu'il attend. Peut-être l'a-t-il déjà capturé. Mais le principal est ceci — et je le sais parce que les jeunes officiers du *Spartan* étaient loin d'être aussi discrets que Mr Dupont : à la fin du mois, la frégate américaine *Constitution* et un sloop passeront aux Açores, en revenant du Sud : le *Spartan* et sa flottille de prises les rejoindront et regagneront les États-Unis en sécurité.

Jack Aubrey possédait la vertu rare de savoir écouter un récit sans interrompre ; cette fois, il attendit même l'épilogue :

— Je vous dis tout ceci, Jack, comme je l'ai reçu. J'ai des raisons de croire que les paroles de Guzmán à propos des Juifs de Gibraltar sont erronées — il appelle le retour du Saint-Office de tout son zèle ardent — mais je ne crois pas du tout improbable que cette entreprise franco-américaine soit au courant de la présente expédition de mercure. Et il me semble que la bonne foi de Guzmán ne saurait être mise en doute. Que pensez-vous de ses observations à propos de la *Constitution* ?

— Si Mr Hull l'a toujours, elle sera probablement aussi exacte qu'il est humainement possible ; dans leur marine il a la réputation d'être aussi ponctuel que le vieux Chronos. Nous ne pouvons même pas la regarder, bien entendu : elle porte quarante-quatre pièces de vingt-quatre livres, tire une volée de sept cent soixante-huit livres et a des échantillonnages de vaisseau de ligne. On l'appelle Flancs d'acier. Toutefois...

Sa voix se tut peu à peu et son esprit s'attacha à étudier une carte de l'Atlantique entre 35 et 50 degrés nord, avec les Açores au milieu. Le *Spartan* devait croiser entre São Miguel et Santa Maria, au vent, pour avoir l'avantage du vent quand l'*Azul* apparaîtrait ; et à cette époque de l'année, au vent, cela voulait dire à l'ouest ou un peu au nord de l'ouest. Le coup de chien récent pouvait fort bien avoir obligé l'*Azul* à prendre la cape, mais il pouvait aussi l'avoir fait avancer ; d'autre part, il avait certainement retardé la *Constitution,* facteur essentiel dans le plan qui commençait à se former dans son esprit — le plan consistant à inciter le *Spartan* à croire que la *Surprise* était l'*Azul*, au moins assez longtemps pour qu'ils puissent en venir à s'accrocher. Les dates, le temps récent, la vitesse probable d'un *Azul* efficace mais sans sentiment d'urgence et la position réelle de la *Surprise* se présentèrent à Jack dans l'ordre ; il lui apparut que si la brise restait favorable et si le navire pouvait couvrir cent vingt-cinq milles par jour, il subsistait une possibilité d'être sur place en temps utile. Une possibilité pas très forte, mais valant du moins beaucoup d'efforts.

« Si la brise restait favorable ». Le baromètre avait récemment fait des montées et des descentes erratiques et l'on ne pouvait faire la moindre prévision : la seule chose possible était de poursuivre, sans prévision, et sans plus tarder.

Une fois de plus, Stephen entendit les mots « il n'y a pas une minute à perdre », puis Jack monta en courant sur le pont engager Pullings à mettre tout l'équipage à réarmer le *Merlin* avec la plus grande rapidité. Au retour, il dit :

— Stephen, voudriez-vous avoir la bonté d'interpréter pendant que j'interroge ce monsieur à propos de l'*Azul* ?

De par ses relations et son métier, Guzmán en savait beaucoup plus sur les navires qu'un terrien ordinaire et quand il déclara que l'*Azul* avait trois mâts, qu'il était gréé en trois-mâts barque et qu'il jaugeait environ cinq cents tonneaux, il fut tout à fait convaincant. De même pour sa description d'un navire peint d'un joli bleu, avec ses sabords noirs ressemblant tout à fait à ceux d'un vaisseau de guerre ; mais ces paroles rendirent Jack Aubrey fort pensif. Gréer la *Surprise* en trois-mâts barque ne présentait pas de difficulté, puisqu'il s'agissait simplement de dégréer la vergue de la voile barrée d'artimon et du hunier d'artimon pour qu'elle ne porte que des voiles longitudinales sur ce mât ; mais cette croisière était prévue comme un simple voyage d'essai et il n'y avait pas beaucoup de réserves à bord. Des sabords noirs, c'était très bien, ils étaient déjà ainsi, n'ayant jamais abandonné le principe du damier Nelson, mais les flancs bleus... c'était une tout autre affaire.

— Faites passer pour Mr Bentley, lança-t-il, et quand le charpentier apparut : Mr Bentley, que possédons-nous en peinture bleue ?

— Peinture bleue, monsieur ? Nous en avons juste assez pour redonner au cotre bleu une couple de couches, étalées minces, fort minces.

Jack réfléchit un moment puis dit à Stephen :

— Demandez, s'il vous plaît, si le bleu est clair ou foncé.

Et quand il apparut que l'*Azul* était pâle, pâle comme le ciel du petit matin, il se tourna vers le charpentier pour savoir ce qu'ils avaient comme réserves de peinture blanche. La réponse fut presque aussi décourageante : cinquante petites livres, et encore.

— Bon, bon, dit Jack, nous ferons ce que nous pourrons. Dites-moi, Mr Bentley, comment va la goélette ?

— Oh, monsieur, dit le charpentier aussitôt illuminé, notre second petit mât de hune de rechange, avec un baril fixé au pied et un peu de garniture à l'étambrai, lui a fait le plus joli grand mât qu'on puisse imaginer. Le bosco est justement en train de raidir les haubans et dès qu'ils seront enfléchés nous pourrons guinder un très élégant mât de hune.

— Vous avez été bien affairés, Mr Bentley, vous et votre équipe.

— Affairés, monsieur ? Les abeilles ne sont rien à côté.

Les abeilles ne furent rien à côté le lendemain non plus car, au cours de ses promenades nocturnes sur le pont, Jack avait trouvé une solution au problème de la modification de l'aspect extérieur de la *Surprise.* Plusieurs couches de bleu, bien épaisses, seraient nécessaires pour couvrir les larges bandes noires au-dessus et au-dessous de la ceinture blanche où se détachaient les sabords noirs, et toute la peinture qu'il possédait n'irait pas au-delà d'une seule couche sur la moitié d'un côté : une couche suffirait sur le blanc, elle ne servirait à rien sur le noir. Mais la peinture prend sur la toile. La peinture prend admirablement sur la toile blanche ; et sur une toile blanche un esprit ingénieux peut couvrir beaucoup de surface avec très peu de peinture bleu clair.

Aussitôt que les hommes hors quart furent appelés, aux premières lueurs du petit matin, il eut une longue conférence avec le voilier pour découvrir exactement ce qu'il y avait de plus fin, de plus blanc et de moins indispensable dans la soute à voiles. Il fallut sacrifier un peu de bonne toile numéro huit, mais la plupart de ce qu'ils choisirent était de pauvres étoffes minces, tout juste bonnes à réparer perroquets ou cacatois ; car la *Surprise* avait été vendue avec tout son équipement et ses voilures, blanchies au soleil et usées dans le Pacifique tropical au cours de son dernier armement.

Quand les ponts furent secs — car rien d'autre qu'un combat imminent n'aurait pu suspendre le nettoyage de ce navire presque impeccable —, la toile fut étalée, mesurée, remesurée, essayée contre les parois, marquée avec beaucoup de précision, essayée à nouveau et finalement découpée et peinte. Le travail se faisait sur le gaillard d'arrière, un gaillard d'arrière abrité avec beaucoup de soin. Étant donné la grosseur de la mer et la vitesse indispensable, il n'était pas question d'accrocher des échafaudages sur les flancs, de fixer la toile et de la peindre en place ; le gaillard d'avant était trop confiné et l'embelle, avec ses bômes et tous les canots amarrés en drome, avait trop peu de place libre, cependant que les passavants étaient sans cesse utilisés car cet admirable vent de nord nord-est avait refusé de manière étonnante dans le courant de la nuit (le temps était très instable) et si c'était encore un bon coup de vent à perroquets, il n'était plus portant que d'un quart, de sorte qu'il fallait sans cesse régler bras et boulines, et barrer avec beaucoup de soin pour tirer le meilleur parti de la frégate.

Quand Stephen surgit sur le pont, par conséquent, il trouva la partie arrière du navire particulièrement encombrée, particulièrement affairée. Comme cela lui arrivait souvent, il avait passé une bonne part de la nuit éveillé à penser à Diana et à voir en esprit des images d'elle, très claires, en particulier une où elle lançait son cheval contre une barrière monstrueuse dont beaucoup d'hommes se détournaient et qu'elle franchissait sans jamais s'arrêter ; puis vers deux heures il avait bu sa potion habituelle, avait dormi tard et s'était levé tout abruti. Le café l'avait fait un peu revivre et il serait resté plus longtemps à le déguster si un coup d'œil à sa montre ne lui avait pas dit qu'il devait être à ses devoirs, à visiter l'infirmerie avec Martin tandis que Padeen, son aide-infirmier actuel, tapait sur un chaudron de cuivre au pied du mât et chantait

Rassemblez-vous, les malades,
Pour l'inspection du bon docteur,

car s'il bégayait épouvantablement dans la vie de tous les jours, il chantait assez bien.

Mais d'abord, Stephen voulait regarder le ciel, souhaiter le bonjour à ses compagnons et voir si le *Merlin* était à proximité : à peine avait-il escaladé l'échelle, à peine avait-il reçu plus qu'une impression générale de chaleur, de soleil brillant, de ciel superbe et d'une foule de voiles blanches aveuglantes grimpant à son assaut qu'un cri de désapprobation universelle effaça le sourire de son visage.

— Monsieur, monsieur, sortez de là, monsieur.

— Reculez, docteur, pour l'amour du ciel, reculez.

— Il va tomber dans le pot.

Les nouveaux matelots étaient aussi véhéments que les vieux Surprises et beaucoup plus brutaux — l'un d'eux l'appela « grand veau » — car ils avaient très vite compris ce qui se préparait et rien n'aurait pu dépasser leur ardeur à combattre le *Spartan* ni leur zèle à préparer le combat, tout hypothétique qu'il pût être.

— Tenez bon, dit Jack en le saisissant par les coudes. Ne bougez pas. Padeen, Padeen, holà, apportez d'autres souliers pour votre maître. M'entendez-vous ?

Les autres souliers vinrent. Stephen les chaussa, regarda les bandes peintes en bleu qui s'étendaient jusqu'au couronnement, les visages sévères mais moins implacables tournés vers lui et dit à Jack :

— Oh, comme je suis désolé. Je n'aurais jamais dû regarder le ciel. (Ensuite, au bout d'un moment :) Padeen, c'est à nouveau la figure, je crois.

C'était bien la figure. La joue de la pauvre créature était si enflée que la peau brillait, et il ne répondit que d'un grognement.

On piqua cinq coups. Padeen tapa sur son chaudron et chanta son morceau d'une voix étranglée ; mais bien que la *Surprise* eût à son bord le nombre habituel d'hypocondres, l'activité sur le pont était si intense, ardente et résolue que pas un seul patient ne se rendit à l'infirmerie, à l'exception de Padeen lui-même. Stephen et Martin le regardèrent tristement : ils soupçonnaient depuis quelque temps une dent incluse, mais il n'y avait rien que l'un ou l'autre pût faire, et le docteur Maturin, ayant pris le pouls de Padeen et regardé à nouveau dans sa bouche et sa gorge, lui versa une dose généreuse de son médicament habituel, lui enserra le visage dans un pansement noué sur la tête en oreilles de lapin et le dispensa de tout travail.

— C'est à peu près votre panacée, observa Martin en parlant du laudanum.

— Du moins, cela fait quelque chose, dit Stephen en haussant les épaules et en ouvrant les mains. Et nous sommes si impuissants... J'ai rencontré un mot remarquable l'autre jour, tout nouveau pour moi : psychopannychie, le sommeil nocturne de l'âme. Je suppose qu'il vous est de longtemps familier, depuis vos études en théologie.

— Je l'associe au nom de Gauden, dit Martin, je crois qu'il jugeait la notion erronée.

— Je l'associe à la pensée du confort, dit Stephen en caressant sa bouteille. Un confort profond, durable ; quoique j'admette ne pas savoir si l'état lui-même est d'une doctrine saine ou non.

Irons-nous sur le gaillard d'avant ? Je ne pense pas qu'ils nous persécuteront jusque-là.

Ils ne le firent pas : ils étaient bien trop occupés à préparer leur toile à voile et à peindre la bande blanche du côté au vent du navire, au moins en avant des porte-haubans de misaine, en se penchant dangereusement hors des sabords. Le pont du gaillard d'avant était incliné de onze ou douze degrés vers le soleil et la chaleur était merveilleusement agréable après un long hiver anglais désolé.

— Mer bleue, ciel bleu, nuages blancs, voiles blanches, un éclat général : que pourrait-il y avoir de plus plaisant ? dit Stephen. Un peu de mousse joyeuse venue de la vague d'étrave n'a pas d'importance. Et même elle est rafraîchissante. Et le soleil pénètre jusqu'au fond des os.

Après le dîner, repas hâtif, décousu, consommé avec peu d'appétit, les hommes retournèrent à leurs travaux, les chirurgiens à leur contemplation, cette fois assis sur de confortables paillets. Le *Merlin*, qui naviguait sagement dans le sillage de la frégate depuis l'aube, à une encablure, la rattrapa, filant huit nœuds contre les six de la *Surprise* car il était beaucoup plus rapide près du vent et, venant bord à bord, annonça que ses hommes prenaient du maquereau aussi vite qu'ils pouvaient retirer les lignes. Mais même ceci, amusement favori des marins — apprécié surtout dans les périodes de vivres réduites —, ne put les détourner de leur tâche. Plusieurs des nouveaux matelots savaient faire la navigation ; la plupart des vieux Surprises avaient une idée assez claire de l'endroit où le navire devrait se trouver pour avoir une chance de découvrir le *Spartan* en temps voulu ; ils avaient tous vu les officiers prendre la méridienne et ils avaient tous, avec beaucoup de satisfaction, entendu Davidge dire « Midi, monsieur, s'il vous plaît, et 43° 55' nord », tandis que le capitaine répondait « Merci, Mr Davidge, notez midi ».

Cela voulait dire que pour la latitude ils n'avaient guère que six degrés à parcourir en trois jours ; peut-être fallait-il encore faire un peu d'ouest, mais malgré cela une vitesse moyenne de cinq nœuds devrait convenir tout à fait ; et jusque-là aucun coup de loch n'avait fait apparaître un chiffre inférieur à six. Ils pourraient être au combat, avec beaucoup d'avantages à la clé, le jeudi ; gâcher leurs chances de s'en prendre au *Spartan* pour quelques maquereaux, des maquereaux espagnols, en plus, serait vraiment stupide.

Malgré cela, entre deux coups de pinceau, Bonden courut à l'avant avec un panier de lignes de pêche ; Stephen et Martin, se partageant les bandes d'un mouchoir rouge comme appât, se mirent à pêcher. Ils avaient à demi rempli le panier, ils avaient aperçu des bonites poursuivant les maquereaux et leurs espoirs fleurissaient, quand résonna le cri lugubre « Homme à la mer ! ».

— Choquez les écoutes ! lança Jack en sautant par-dessus les bandes peintes et jusque sur les hamacs dans leurs filets.

Les hommes se frayèrent un chemin avec la plus grande rapidité, mais toujours avec le plus grand soin, pour rejoindre leurs cordages, et en moins d'une minute on entendit résonner les voiles battant et ralinguant qui se vidaient de vent — un bruit horrible. Jack avait les yeux fixés sur l'homme, un peintre qui s'était penché un peu trop loin, et vit qu'il nageait ; il vit aussi le *Merlin* pousser la barre à bâbord et mettre à l'eau le canot accroché dans ses bossoirs de poupe, et il reboutonna l'habit qu'il était sur le point d'ôter.

— Masquez le petit hunier, dit-il, et la *Surprise* ralentit — étrange sensation de mort après cette vie rythmée par l'urgence.

Le canot du *Merlin*, avec à son bord l'homme rescapé, la rattrapa et, averti par des cris véhéments de ne pas toucher les côtés, s'accrocha à l'arrière. Pullings monta par l'échelle de poupe, puis quelques sacs le suivirent, et enfin l'objet détrempé de leur sollicitude, un Surprise d'un certain âge nommé Plaice, Joe Plaice : il ne fut pas bienvenu à bord malgré les nombreux amis et parents qu'il avait sur la frégate ; on ne le félicita pas d'être vivant.

— Je suis sûr que ce maladroit a aussi lâché son foutu pinceau, dit l'un de ses compagnons comme il passait, tout courbé de honte.

— Vous feriez mieux d'aller vous changer, Plaice, dit Jack froidement, si vos habitudes extravagantes vous ont laissé quelques habits secs.

Et, élevant la voix, il donna la série d'ordres qui remirent progressivement le navire en route — toute manœuvre brutale aurait mis en péril les perroquets, quoique en réalité la brise eût déjà un air déplaisant de vouloir faiblir.

— Comment manœuvre-t-il, Tom ? demanda Jack avec un mouvement de menton vers le *Merlin*.

— Oh, aussi bien qu'on peut le souhaiter, monsieur, dit Pullings. Sec, marin et facile à barrer. Mais, monsieur, les dames font un raffut cruel :

elles insistent pour être conduites immédiatement en Angleterre, vont nous signaler, vont nous faire avoir des ennuis, nous serons déportés à Botany Bay.

— J'ai cru effectivement les entendre crier quand vous nous avez appelés à propos des maquereaux, dit Jack. Vous pouvez leur dire que ce sera bientôt fini. Nous ne pouvons pas rester plus longtemps que jeudi, à moins de nous mettre à manger nos ceintures et la semelle de nos souliers. Je vais être obligé de mettre le monde à la portion congrue dès demain de toute façon : demi-rations. Et même si nous restions ici, je ne pense pas que nous aurions la moindre chance de trouver notre homme plus tard que jeudi. En fait, jeudi est vraiment la limite extrême, peut-être même au-delà.

— Quant aux ceintures et aux semelles, monsieur, j'ai pris la liberté d'apporter quelques réconforts dans ces sacs. Ce sont des offrandes volontaires, ajouta-t-il, voyant le regard réservé de Jack et sentant que le terme « pillage » lui avait peut-être effleuré l'esprit.

— Merci, Tom, dit Jack absent. (Il se dirigea vers l'avant en sifflant et gratta le galhauban.) Si le vent revient au nord et force comme je l'espère et le demande...

— Amen, monsieur, dit Pullings, grattant lui aussi le galhauban.

— ...nous vous laisserons probablement en arrière. Ne forcez pas au-delà du raisonnable pour rester proche — n'allez pas au-delà des huniers — mais rendez-vous par 37° 30' nord, 25° 30' ouest. Et merci pour les réconforts.

— 37° 30’ nord, 25° 30’ ouest, bien, monsieur, dit Pullings en passant par-dessus la dunette.

Mais en dépit des sifflements et grattages de galhauban — et il n’y avait pas un matelot à bord qui ne suive pas l’exemple de son capitaine — le vent mollit de façon écœurante tout au long du jour et de la nuit, de sorte que le *Merlin,* loin d’être laissé en arrière, fut obligé de tout rentrer à l’exception d’un petit hunier à deux ris pour rester en position.

— C’est vraiment stupéfiant, dit Davidge au carré, mais j’aurais juré que le vent allait haler le nord, d’après l’aspect de la journée. Le capitaine aussi, malgré les caprices du baromètre. Mais peut-être que boire à la santé de Borée pourrait arranger les choses.

Il versa à la louche le punch dans les verres — parmi les réconforts de Pullings, il y avait une bouteille de brandy pour chacun des officiers — et dit :

— Messieurs, à Borée.

— À Borée, dit West. Mais qu’il reste décent et modéré. Pas de hunier au bas ris dans le quart de minuit.

— À Borée, vraiment, dit Stephen. Mais s’il devait être absent, par exemple une heure pendant la matinée, Mr Aubrey aurait la consolation d’aller nager, Mr Martin et moi celle de recueillir des spécimens avec le canot. Nous avons traversé cet après-midi une flottille de méduses inconnues, dont aucune n’était atteignable avec le filet à main.

— Nous vous sommes très reconnaissants de vos maquereaux et de vos bonites, dit West, mais je ne pense pas qu’il y ait à bord un seul homme qui donnerait un mille de progression vers le sud pour toutes les méduses du monde ; non, pas même cent yards, même si vous mettiez dans la balance un baril d'huîtres pour chaque table.

Le soleil du mardi, se levant au-dessus d'une mer opalescente à peine ridée à la surface sauf là où le canot traçait son sillage minuscule, éclaira les deux chirurgiens, le regard plongé dans les profondeurs translucides ou recueillant de petits organismes et des algues flottantes. Jack Aubrey, en fait, ne se consola pas en allant nager, quoiqu'il en eût bien envie après une nuit d'insomnie à tenter de pousser le navire dans la brise mourante par la force de sa volonté, tandis que le loch, filé une ampoulette sur deux, tirait de moins en moins de sa ligne, pas même un nœud unique pour finir, en dépit de toute l'aide que pouvait lui donner le quartier-maître.

Il n'alla pas nager. Dès qu'il y eut assez de lumière, il fit mettre en place des échafaudages le long des flancs et, peu après le petit déjeuner, le navire, malgré toutes ses voiles pendantes, était à nouveau affairé comme une ruche.

— C'est parfait, lança-t-il par-dessus l'eau immobile à Pullings, à bord du *Merlin*, par le travers à un quart de mille et pivotant tout en s'éloignant lentement, en dérive. C'est exactement ce que j'ai demandé dans mes prières.

— Que Dieu vous pardonne, murmura Killick quelques pieds au-dessous de lui, dans la grand-chambre remise en état.

— À présent nous pouvons terminer la bande noire supérieure et nous occuper de l'inférieure : nous atteignons le cuivre.

Quelques-uns des hommes les plus simples de Shelmerston le prirent peut-être au pied de la lettre, mais ceux qui avaient longtemps navigué avec le capitaine Aubrey se contentèrent d'un hochement de tête ou d'un petit sourire intime ; ils savaient fort bien qu'à certains moments un officier responsable se devait de parler comme cela, de même qu'un pasteur devait prêcher le dimanche. Ils ne le crurent pas un instant ; mais cela ne pouvait nuire en rien à leur ardeur ; et si le calme, quart après quart, avait émoussé leur premier enthousiasme, ils poursuivirent leurs travaux avec obstination. S'il y avait la moindre chance de conduire la barque à la hauteur des Açores pour jeudi, ce ne serait pas leur faute si elle n'était pas prête ; et d'ailleurs à midi les deux bandes noires inférieures étaient revêtues de tissu à voile bien fixé par une rangée de clous de cuivre serrés, au-dessus et au-dessous de la flottaison, les canons dans les deux cas ayant été rassemblés de l'autre côté pour faire gîter la frégate. Les dernières gouttes de peinture bleue avaient été étalées, raclées parcimonieusement pour couvrir le plus de surface possible ; le bleu ne suffisait pas tout à fait mais ce n'était pas grave car il se fondait dans une bordure mêlant crasse et graisse de cuisine, comme à l'habitude sur un navire en mer. De toute manière, Guzmán annonça du canot de Stephen que l'*Azul* et la frégate se ressemblaient désormais autant que deux petits pois sortis de la même cosse.

Il ne restait plus qu'à transformer la frégate en trois-mâts barque et à ranger sur le pont son mât de grand perroquet, très haut et trop reconnaissable, mais c'était une opération que Jack avait l'intention de repousser jusqu'au dernier moment, car ce nouveau gréement réduirait sa vitesse et pour l'instant la vitesse était indispensable.

Elle était indispensable, c'est vrai, et à midi le navire gisait immobile, n'ayant pas couvert quatre-vingts milles depuis la dernière observation. Plus cruelle, encore bien plus cruelle fut la brise quand elle arriva enfin, murmurante, de sud, exactement de face et forçant d'heure en heure.

La *Surprise* louvoya consciencieusement, bord sur bord ; mais c'est la mort au cœur que les hommes brassaient les lourdes vergues et réglaient les voiles le plus finement possible.

Stephen et Martin montèrent sur le pont au second cri de « Tout le monde à virer » après une séance prolongée avec leurs crustacés pélagiques, dont certains tout à fait inconnus et certainement ignorés de la science.

— Quel plaisir d'avancer à nouveau, s'exclama Stephen, comme le navire file !

Il entrevit chez Jack Aubrey un regard noir d'exaspération contenue, des lèvres crispées ; il remarqua les visages sombres des matelots dans l'embelle et à l'arrière, le silence général ; et au cri de « La barre dessous », il murmura « Redescendons ».

Ils s'occupèrent à dessiner leurs spécimens à la lumière de la grande fenêtre de poupe et quand Killick entra, Stephen lui demanda :

— S'il vous plaît, Killick, quelle est la situation générale ?

— Eh bien monsieur, dit Killick, pour autant que je voie, on ferait aussi bien de tout remballer et de rentrer à la maison ; on est là à se battre pour faire du plus près, à lutter, souffrir, tout le monde à virer de bord une ampoulette sur deux ;

et qu'est-ce qu'on gagne ? Pas plus d'un mille de sud à l'heure. Et si le vent force, si on est obligé de rentrer les perroquets, on perdra du terrain. La barque marche bien, mais elle dérive quand même un peu ; et si ça se met à souffler dur, eh bien même, elle perdra du terrain.

— Mais en fait, dit Martin, si ce vent nous retient, il doit en faire autant pour l'*Azul*.

— Oh ! s'exclama Killick avec une sorte de hululement, mais vous voyez donc pas que l'*Azul*, comme on l'appelle, fait cap à l'ouest ? Pas au sud comme nous, mais à l'ouest ? Pour aller de Cadix à São Miguel ? Il a donc ce vent-là par le travers, par son *travers* (en montrant du doigt le flanc du navire pour bien faire passer ce qu'il voulait dire) et ces bougres-là sont avec toutes les écoutes bordées à l'arrière, debout, bras croisés, à cracher sous le vent comme s'ils avaient créé le monde, à filer six ou sept nœuds facile comme bonsoir madame, en emportant notre prise licite...

L'indignation l'étouffait.

C'est pourtant ce même Killick qui se tenait près de la bannette de Stephen le lendemain matin, mercredi, le visage illuminé, secouant les cordages auxquels le lit était accroché et répétant :

— Les compliments du capitaine, et le docteur voudrait-il voir une vision magnifique... Les compliments du capitaine, et le docteur voudrait-il voir...

En descendant de sa bannette, Stephen constata que le pont était incliné d'au moins vingt-cinq degrés ; prudemment appuyé à la cloison, il enfila sa culotte, se blottit dans un vieux manteau et émergea dans une journée superbe.

La *Surprise* était fort inclinée, de l'eau blanche bouillonnant le long de sa lisse sous le vent et jaillissant de son bossoir ; la brise vive était un peu trop sur l'avant pour que les bonnettes portent mais avec la vieille habitude de Jack d'envoyer en tête de mât câblots et aussières légères comme pataras supplémentaires, elle était pourtant sous perroquets et fonçait à une vitesse splendide — matelots heureux tout au long du passavant au vent, rires sur le gaillard d'avant.

— Vous voici, docteur ! s'exclama Jack. Le bonjour à vous. N'est-ce pas charmant ? La brise a viré dans un grain noir peu après que vous êtes allé vous coucher et s'est mise à souffler de l'ouest par sud pendant le quart du jour ; et je crois bien qu'elle va haler jusqu'au nord de l'ouest. Mais venez avec moi... attention où vous mettez les pieds. (Il le conduisit tout clignant et engourdi jusqu'au couronnement et dit :) Là. Voilà pourquoi je vous ai réveillé.

D'abord Stephen ne vit rien de spécial, puis il se rendit compte que la mer proche, sous le vent, était remplie, absolument remplie de baleines : un immense banc de cachalots allant dans une direction, passant au-dessus, au-dessous, autour et au milieu d'un banc de baleines franches allant dans l'autre sens. Partout où il regardait, d'énormes formes sombres s'élevaient, soufflaient, parfois en surface, plus souvent plongeant d'un coup et, ce faisant, montraient bien leurs énormes nageoires de queue au-dessus de la surface. Certaines étaient si proches qu'il pouvait entendre leur souffle, leur respiration violente, presque explosive, et leur inspiration profonde.

— Grand Dieu, grand Dieu, dit-il enfin, quelle splendeur de la création.

— Je suis si heureux que vous les ayez vues, dit Jack. Dans cinq minutes ç'aurait été trop tard.

— Combien j'aurais voulu envoyer chercher Martin.

— Oh, il est déjà debout. Il est dans la hune d'artimon, comme vous voyez.

Il s'y trouvait, l'intrépide, et ils agitèrent leurs mouchoirs de poche pour se saluer ; en rangeant le sien, Stephen regarda discrètement le soleil. Il était du côté gauche, pas très loin au-dessus de l'horizon ; le navire courait donc vers le sud tant désiré et il pouvait sans risque dire :

— Je vous fais toutes mes félicitations pour ce vent favorable.

— Merci beaucoup, dit Jack, souriant mais hochant la tête. Mieux vaut tard que jamais, effectivement. Allons boire notre café.

— Vous n'avez que peu d'espoir, j'en ai peur, dit Stephen dans la chambre, maintenant tant bien que mal l'équilibre de sa tasse.

— Pas beaucoup, je l'avoue. Mais si le vent hale le nord et si seulement il veut bien tenir, il y a juste une petite chance que nous puissions couvrir la distance. Si rien ne casse, acheva-t-il en touchant la table.

Rien n'avait cassé au moment de la méridienne, quand on constata que la *Surprise* avait couvert quatre-vingt-sept milles vers le sud, presque en totalité depuis le quart du jour. Le vent, quoique légèrement moins fort, continuait à tourner et peu après l'heure du dîner, les premières bonnettes au vent apparurent. Tous les hommes surveillaient avec la plus grande attention la façon dont elles portaient ; et peu après, quand on fila le loch, l'annonce « dix nœuds et trois brasses, monsieur, s'il vous plaît » fut accueillie par un gloussement satisfait tout au long du passavant au vent et jusqu'au gaillard.

Le navire était comblé d'un espoir ravivé, exubérant : seul Padeen ne le partageait pas. Au matin, Stephen lui avait fait un cataplasme, rien de plus, espérant traiter par ce moyen un éventuel abcès ; il l'avait nourri à midi de soupe avec une cuiller et renouvelé le cataplasme ; mais durant le quart de l'après-midi la douleur empira et Padeen, sortant de son hamac, alla jusqu'au coffre de médecine, se versa une dose de laudanum et resta à examiner la bouteille, un long flacon mince marqué sur le côté. Ayant réfléchi entre deux spasmes de douleur, il glissa la bouteille sous sa jaquette et s'en fut dans la cabine de Mr Martin : il n'y avait personne dans cette partie du navire, mais même s'il y avait eu quelqu'un, il aurait passé inaperçu car il s'occupait de Mr Martin comme du docteur. Parvenu là, il prit la bouteille de brandy de Martin, emplit la bouteille de laudanum jusqu'à la marque précédente, compléta le brandy avec de l'eau et replaça les bouteilles dans leurs coffrets et lui-même dans son hamac. Il était tout à fait seul, non seulement parce que la plupart des hommes prenaient un tel plaisir à sentir courir la frégate, mais aussi parce que le cri de la vigie « Voile à l'horizon » avait fait monter en courant tous ceux qui étaient occupés ailleurs, dans les cales, la soute aux câbles ou la gatte.

La voile était déjà visible du pont, à quelque cinq milles sous le vent, mais la *Surprise* portait tant de toile et le gaillard d'avant était si régulièrement balayé par l'eau verte qu'il était peu facile de la voir clairement même depuis les hunes ; toutefois, perché très haut dans les barres de hune du grand mât, au-dessus du perroquet — poste qui lui était familier depuis sa jeunesse, passée sur ce même navire comme aspirant —, Jack commandait tout le cercle de l'horizon. L'étranger, quoique gréé carré, n'était certainement pas le *Spartan* : en dehors de toute autre chose, il était beaucoup trop au nord. En dépit de son pavillon espagnol, c'était probablement un navire anglais, à poupe carrée et construit en Angleterre : très probablement un navire des Indes occidentales. Il faisait force de voile depuis qu'ils s'étaient aperçus l'un l'autre et à présent, sous les yeux de Jack, son mât de hune d'artimon fut emporté et il partit en abattée dans un horrible désordre de toile.

Si elle l'avait voulu, la *Surprise* aurait pu lofer et se retrouver à ses côtés en une demi-heure ; mais même s'il y avait eu la moindre chance que ce soit une prise licite, cette demi-heure était trop précieuse pour être gaspillée. Il hocha la tête, pivota sur ses barres de hune et braqua sa lunette vers le nord. Le *Merlin* était en vue pendant le quart du matin ; à présent il n'en restait pas la moindre trace à l'horizon.

Jack revint sur le pont, les minces haubans de perroquet se courbant sous son poids, et quand il descendit des filets de hamac sur une caronade puis sur le gaillard d'arrière, l'équipage du navire observa son visage en silence. Il s'approcha de l'habitacle, regarda le compas et dit : « C'est bon comme ça. Pas plus haut. » Pas de changement de cap. Il y eut un certain soupir, une sorte d'acquiescement attristé — un son général ressemblant un peu à l'expiration de deux ou trois baleines assez proches — mais pas le moindre soupçon de désaccord ou de mécontentement.

Pendant l'après-midi, le vent perdit encore un peu de sa force mais continua d'adonner, pour se fixer au nord-ouest par ouest, presque sur la hanche ; et à mesure qu'il mollissait, la *Surprise* envoyait de la toile : bonnettes hautes et basses, cacatois, le hunier de civadière si rarement utilisé mais si utile, tous les focs qui voulaient bien porter et un nuage de voiles d'étai. C'était un noble spectacle, emplissant tous les hommes de plaisir comme une chose excellente en elle-même, pas seulement comme le moyen de parvenir à un but. Jack envisageait les contre-cacatois quand le soleil, atteignant dans l'ouest un épais banc de nuages, loin sur tribord, indiqua clairement que cela ne devait pas se faire. Bien au contraire : il faudrait rentrer beaucoup de toile avant le prochain quart pour que la violence soudaine du vent ne risque pas de l'obliger à appeler tout le monde sur le pont au milieu de la nuit ; car si la brise semblait fermement accrochée au nord-ouest, elle pourrait bien changer en force. Une nuit tranquille était de la toute première importance. Tous les matelots avaient travaillé dur depuis le début du méchant coup de chien de la semaine passée et si en général leur moral était encore très haut, cela n'avait rien à voir avec une chasse de trois jours, ennemi en vue, capable de maintenir les hommes à l'œuvre sans repos ni nourriture ; et il voyait des signes manifestes d'épuisement. Son propre patron de canot, par exemple, semblait gris et vieux. Les gabiers avaient déjà assez peu de sommeil à prendre sans qu'il soit interrompu pendant leur quart de repos ; et c'était d'autant plus vrai avant un combat.

La probabilité d'un combat pour le lendemain n'avait jamais été que faible, elle l'était encore plus à présent ; mais il aurait fallu être imbécile pour la réduire plus encore, la réduire au point de l'annuler, après s'être donné tant de peine et avoir si bien marché. Par ailleurs, il ne s'agissait pas non plus d'être trop prudent : pour que cette chance ait la moindre possibilité d'exister il fallait que la *Surprise* se trouve quelque part au vent entre São Miguel et Santa Maria. « Toutes ces choses doivent être pesées l'une par rapport à l'autre », pensait-il tout en faisant son va-et-vient ; et le résultat de cette pesée fut que la *Surprise* s'enfonça dans la nuit sous ses perroquets alors qu'ordinairement elle les aurait ferlés et aurait pris un ris dans ses huniers. Elle avait remarquablement bien marché aujourd'hui et si elle ne filait que cinq nœuds régulièrement pendant la nuit elle aurait encore couvert ses deux cents milles de midi à midi : au petit jour il devait trouver son atterrissage par l'avant tribord, la haute pointe rocheuse est de São Miguel.

— Jack, dit Stephen en levant les yeux de son papier à musique quand la porte de la chambre s'ouvrit, je viens de terminer la transposition d'un duo de Sammartini pour violon et violoncelle. Voudriez-vous l'essayer après souper ? Killick nous promet de la purée de pois venue de la cuisine, suivie de ses toasts au fromage.

— Est-ce long ?

— Non point.

— Dans ce cas j'en serais heureux. Mais j'ai l'intention de me coucher de bonne heure. Comme Tom est parti avec la goélette, je prendrai le quart de minuit.

Comme beaucoup de marins, Jack Aubrey avait acquis très tôt l'habitude de s'endormir aussitôt la tête posée sur l'oreiller ; mais cette nuit-là il resta éveillé, du moins en partie. Ce n'était pas que son esprit se torturât encore avec le souvenir détaillé de sa disgrâce, ni avec les procès prolongés et potentiellement ruineux qui le menaçaient, mais plutôt que, très fatigué physiquement et mentalement, il glissait à la surface du présent immédiat ; il écoutait le son de l'eau contre le flanc du navire et la voix composite, omniprésente, issue du vent dans le gréement tendu et des mouvements de la coque, tandis qu'en même temps et plus consciemment il suivait le motif de la musique qu'ils avaient jouée, somnolant par moments mais entendant toujours les coups de cloche en succession, et toujours conscient de l'état du vent. C'était une situation étrange, très rare chez lui, presque aussi reposante que le sommeil et beaucoup plus proche du bonheur tranquille que tout ce qu'il avait connu depuis son procès.

Il était debout et habillé quand Bonden vint l'appeler et il monta directement sur le pont.

— Bonjour, Mr West, dit-il en regardant la lune gibbeuse, très claire dans un ciel légèrement pommelé.

— Bonjour, monsieur, dit West. Tout va bien,

quoique la brise ait un peu molli. Votre relève est d'une précision remarquable.

— Tourne l'ampoulette, dit le quartier-maître à la gouverne, et Plaice, reconnaissable à son reniflement, s'en alla vers l'avant piquer huit coups.

Pendant le changement de quart, Jack étudia la table de loch. Le vent n'avait pas varié d'un quart en direction, mais, comme il le savait fort bien, il avait molli et les valeurs données par le loch étaient plus souvent inférieures à six nœuds que supérieures.

La nuit était tiède bien que la brise fût au nord de l'ouest et en allant vers l'arrière, jusqu'au couronnement, il vit avec plaisir le sillage lumineux, longue trace phosphorescente, la première qu'il ait vue de l'année.

Il écouta les rapports habituels : six pouces d'eau dans la sentine — très modeste, vraiment, après un tel coup de chien ; mais la *Surprise* avait toujours été un navire sec. Et le dernier coup de loch : presque sept nœuds. Peut-être le vent reprenait-il.

Le quart n'aurait pu être plus paisible : pas la moindre demande de toucher bras ou écoutes, pas le moindre mouvement que ceux des barreurs, des quartiers-maîtres et des vigies lançant leurs appels, la manœuvre du loch, les coups à la cloche. De temps à autre un homme passait à l'avant vers les poulaines, mais la plupart restaient rassemblés dans l'embelle, quelques-uns bavardant à voix basse, le plus grand nombre choisissant une planche accueillante pour somnoler.

Jack passa la plus grande partie du quart à regarder le sillage hypnotisant qui se déroulait mille après mille, ou à observer la course des étoiles familières. La brise fraîchissait de temps à autre et à un moment il put noter sept nœuds deux brasses sur la table de loch, sans que cela nécessite jamais un changement de voilure ou n'altère cette navigation de rêve, éclairée par la lune et les étoiles, sur une mer sombre, sauf à y ajouter une certaine satisfaction profonde.

Il transmit le quart à Davidge et aux bâbordais à quatre heures du matin, donna l'ordre qu'on l'appelle avec les hommes hors quart, descendit et plongea tout droit dans son profond sommeil habituel.

Aux premières lueurs du jour, il remonta sur le pont. La brise était à peu près comme il l'avait laissée, quoique un peu plus ouest, le ciel clair, sauf des nuages et de la brume sur tribord. Les hommes hors quart s'étaient déjà rassemblés autour des pompes — groupes bouffis, crasseux, pas encore lavés ou brossés — et loin au-dessus de l'horizon bâbord, Vénus, levée depuis peu dans son éden bleu pâle, semblait par contraste d'autant plus pure. Ayant souhaité le bonjour au gaillard d'arrière, Jack dit :

— Mr Davidge, faites simplement passer les ponts au faubert ce matin, lavés et séchés. Et puis, avec les hommes hors quart — pomper ne leur prendra pas dix minutes —, je pense que nous allons pouvoir renvoyer de la toile.

C'était l'un des avantages d'un équipage de cette sorte : à l'exception remarquable du chirurgien et de son assistant, tous les hommes hors quart étaient des marins capables en même temps que tout à fait qualifiés dans leur métier — le voilier et ses aides, l'armurier, les aides canonniers, les hommes du charpentier, le tonnelier et les autres spécialistes. Un autre avantage, se dit Jack Aubrey en se frayant un chemin par le gréement au vent vers la grand-hune et au-delà, grimpant aisément, sans hâte, ne pensant pas plus à son cheminement aérien qu'un homme montant chez lui vers son grenier, un autre avantage était l'ardeur singulière des hommes à plaire, non par discipline imposée mais pour éviter d'être rejetés — une chose qu'il n'avait jamais connue dans sa vie navale. D'ici une heure à peu près, on sifflerait la sortie des hamacs qui se trouveraient rangés dans leurs filets, proprement roulés, en cinq ou six minutes, sans coups, jurons ou invectives : bien peu de navires du roi pouvaient en dire autant.

— Bonjour, Webster, dit-il à la vigie dans les barres de perroquet.

— Bonjour, monsieur, dit Webster, descendant de quelques pas dans les haubans sous le vent pour lui laisser les barres traversières. Rien à l'ouest que je puisse distinguer, mais peut-être avec votre lunette...

C'était une excellente lunette, une Dolland achromatique ; assis sur les barres traversières, Jack la mit soigneusement au point sur l'horizon occidental, dont il balaya tout le demi-cercle. Mais là où São Miguel aurait dû se trouver, il n'y avait qu'un banc de nuages, sombres, maussades, gris-pourpre et impénétrables. Au bout d'un moment, il referma la lunette, l'accrocha à son épaule, fit un signe à la vigie et regagna le pont.

Là, tandis que son esprit vérifiait encore et encore les chiffres de la marche de la nuit, il entreprit d'envoyer de la toile. Bien avant le rangement des hamacs, la *Surprise* filait un peu plus de huit nœuds, et quand il descendit pour refaire ses calculs sur papier et les transférer sur la carte, en introduisant diverses variations pour la dérive et l'erreur, il se dit : « Etre aussi inquiet est absurde. Je deviens une parfaite vieille femme ».

— Ho, d'en bas ! lança Webster de la tête du mât, terre à trois quarts par l'avant tribord.

Sa voix aigre perça le bruit général des deux bordées en mouvement et bavardant beaucoup plus qu'il n'était habituel sur un navire du roi : elle pénétra par la porte ouverte de la grand-chambre, et Jack, la carte devant lui et un compas répétiteur dans le barrot au-dessus de sa tête, vit que la pointe Ribeira de São Miguel devait effectivement se trouver au sud-ouest par sud, exactement trois quarts par l'avant tribord.

Un coup sur le montant de porte et West entra.

— La terre, monsieur, dit-il, à trois quarts par l'avant tribord. Je l'ai aperçue du pont pendant un instant — la brume se lève — et elle m'a semblé à une dizaine de lieues.

— Merci, Mr West, dit Jack, je vais venir regarder cela tout de suite.

Un moment plus tard, le sifflet du bosco appela les hommes au petit déjeuner et comme s'il avait attendu ce bruit, Stephen entra avec hâte.

— Par le ciel, Jack, dit-il, parlant assez fort pour couvrir le tonnerre étouffé des pas, de quelle terre s'agit-il ? Pas de notre vieil ami le cap Frivole, j'espère ?

— À moins que le cap Frivole ne se trouve exactement au sud-ouest par sud à environ dix lieues, ceci devrait être la pointe nord-est de São Miguel, dit Jack en montrant la carte où sa règle matérialisait le gisement.

— Pourtant, vous ne semblez pas transporté ?

— Je suis content, certes. Mais non, je ne suis pas ce que l'on pourrait appeler transporté. Les sentiments sont chose étrange : ils vont et viennent. Et de toute manière ceci n'est qu'un petit pas ; il y a encore beaucoup de chemin à faire.

— S'il vous plaît, messieurs, dit Killick, voilà une couple de poissons volants tout frais, tout juste embarqués, et qu'il faut manger chauds.

— Il y a une onctuosité charmante dans un poisson volant vraiment frais, dit Stephen en attaquant son assiette. Puis-je vous demander de me passer la corbeille à pain ? Dites-moi, Jack, vous ai-je bien entendu dire la pointe nord-est de l'île ?

— Oui, on l'appelle Ribeira. Il y a une grande croix au sommet du cap, comme j'espère que nous le verrons d'ici une heure ou deux.

— Pourtant j'avais supposé que si nous avions la chance de découvrir São Miguel, cette miette de terre dans le vaste océan, nous en suivrions le flanc ouest pour atteindre un point à mi-chemin entre São Miguel et Santa Maria, quoique un peu au vent.

— C'est le point que nous visons, bien sûr. Mais nous devons l'atteindre par l'est, comme si nous venions de Cadix. Mon idée est de descendre jusqu'à 37° 30' nord ou un peu au-delà et ensuite, en évitant les Formigas, de faire route à l'ouest, en tirant lentement des bords comme si nous voulions faire escale à Horta, dans l'espoir que le *Spartan* nous attende. Ou plutôt qu'il attende l'*Azul*.

— À combien estimez-vous nos chances à l'heure actuelle ?

— Tout ou presque dépend du vent de sud qui

nous a contrariés mardi. S'il a soufflé jusqu'ici, et pas assez fort pour obliger *Azul* à prendre la cape, il l'aura poussé vers l'ouest et nous arriverons trop tard. S'il n'a pas soufflé ici, ou s'il était plus d'ouest, dévié par les îles, nous pourrons peut-être encore trouver le *Spartan* en attente. Mais quoi qu'il en soit, vous verrez São Miguel, et si nous passons à proximité des petites îles basses et des récifs des Formigas, vous y trouverez peut-être des algues et des créatures prodigieusement curieuses. Dites-moi, Stephen, reprit-il après une pause, et il allait poursuivre : « Avez-vous parfois l'impression que ce que vous faites n'est pas tout à fait réel — que vous jouez un rôle — et que ce qui paraît être le présent n'a pas vraiment d'importance ? Est-ce bien habituel ? Ou est-ce quelque chose de malsain, le début d'un dérangement d'esprit ? », mais il lui apparut que cela pourrait être trop proche d'une plainte et il dit à la place : Comment va votre Padeen ?

— Son visage est encore pitoyablement enflé mais il a beaucoup de courage.

— Aimeriez-vous un autre poisson volant, monsieur ? demanda Killick. Ils tombent à bord en troupes.

Tout au long du quart du matin, quand il n'était pas occupé à régler les voiles ou à faire, sans tirer, un exercice des grands canons, la plus grande part de l'équipage du navire regarda São Miguel qui peu à peu se faisait plus proche, plus clair ; à midi, par le travers, la grande croix au sommet du cap se dessina bien nettement sur le ciel.

La brise avait tourné vers l'ouest ; en même temps, elle avait molli, de sorte que le dernier coup de loch n'indiqua que cinq nœuds. Mais cela ne découragea personne car l'observation méridienne — qui fut écoutée très ouvertement, sans la moindre dissimulation — montra qu'ils avaient couvert deux cent dix milles de midi à midi. À nouveau, joie générale ; et à nouveau Padeen ne l'entendit pas, étant tout en bas dans l'infirmerie à renfermer le laudanum toujours plus dilué.

— Après dîner, nous devons penser à gréer l'artimon comme sur un trois-mâts barque, dit Jack à l'officier de quart. Mr Blockeley a tout organisé dans sa tête et il a mis de côté les cordages nécessaires et les poulies : je ne pense pas que cela prendra bien longtemps.

Il fallait aussi changer le grand mât de perroquet ; dès que le dîner fut terminé, la mise en place des espars nécessaires commença, travail bien fastidieux car il fallut d'abord mettre à l'eau, accrochés à la grand-vergue et à la vergue de misaine, les canots qui étaient amarrés par-dessus les espars. Stephen et Martin, doués d'un génie singulier pour se mettre en travers pendant les manœuvres de cette sorte mais qui n'avaient aucune envie de descendre par une telle journée, surtout à proximité d'autant d'oiseaux nichant sur les falaises, emportèrent sur le gaillard d'avant leurs paillets et leurs lignes de pêche.

— Comme nous allons plus lentement, observa Martin.

— J'ai fait la même remarque au capitaine, dit Stephen, mais il m'a recommandé de ne pas m'inquiéter : c'est uniquement parce que nous sommes sous le vent de l'île. D'ici une heure à peu près, nous courrons à nouveau aussi joyeusement.

Le temps que la gigue, la pinasse et la yole

soient en remorque, la *Surprise* avait doublé la pointe Madrugada et là, vent arrière sur une route qui couperait bientôt la sienne, courait un thonier de São Miguel aux joyeuses couleurs.

— À masquer le petit hunier, dit Jack.

La *Surprise* perdit presque toute sa vitesse. Le thonier changea de route en réponse à cette invitation manifeste.

— Faites passer pour le docteur. (Et quand celui-ci vint :) Docteur, je suis sûr que vous parlez portugais.

— Je le connais assez bien.

— Dans ce cas, faites-moi le plaisir d'acheter du poisson s'ils en ont, dit Jack, et ensuite de leur demander exactement quel vent ils ont eu ici cette semaine ; vous pouvez demander des nouvelles du *Spartan* si vous le jugez bon. Mais c'est le vent qui compte surtout, et particulièrement le vent de mardi. Était-il de sud ? Était-il fort ?

Le bateau vint bord à bord : on fit monter des paniers de poissons — des bonites argentées de trois pieds de long — et l'on fit descendre des pièces, comptées bien haut pour qu'il n'y ait pas d'erreur. Suivit une conversation décousue entre Maturin et le bateau tandis que West et Davidge faisaient mettre à l'eau la chaloupe et les deux cotres.

Jack descendit, et c'est là que Stephen lui donna les mauvaises nouvelles : le vent avait soufflé fort de sud le mardi, et l'oncle du thonier avait vu un trois-mâts barque passer vers l'ouest hier, comme s'il venait de Cadix pour aller à Fayal. Il est vrai que le vieux monsieur n'avait ni nommé ni décrit le navire, sauf à remarquer qu'il portait les couleurs espagnoles.

— Bon, bon, dit Jack, ce n'était jamais qu'un très grand coup de hasard. Quoi qu'il en soit, nous allons boire un pot de petite bière pour célébrer les poissons : il n'y a rien de mieux qu'un steak de bonite grillé. Killick, Killick, holà : donnez-nous deux pots de bière et un biscuit pour faire passer.

La bière fraîche n'était pas désagréable à cette heure du jour et en la buvant Jack observa :

— Si j'étais un homme superstitieux, je dirais que je me suis porté malchance en chantant si fort et si allégrement notre parcours d'hier, en me vantant d'un atterrissage si exact et si rapide.

— Je ne vous ai jamais entendu vous vanter.

— Non, mais la chance m'a entendu. Croyez-moi, Stephen, il y a plus de choses dans tout cela que les récits de vieilles femmes et la crainte de passer sous les échelles. Il me semble qu'il faut traiter le destin, ou la fortune, ou quel que soit le nom qu'on lui donne, avec le respect voulu. Un homme ne doit pas fanfaronner ou trop s'avancer mais il ne doit pas non plus désespérer, c'est mal élevé ; aussi, même si vous devez rire derrière mon dos, j'ai l'intention d'exécuter toute la manœuvre de changement de gréement et de croiser entre São Miguel et Santa Maria pour le reste de la journée. Demain, ayant fait les choses comme il faut, nous rentrerons à la maison ; et si vous le souhaitez, nous irons aux Formigas pour vous y débarquer une demi-marée.

La *Surprise*, à présent transformée en trois-mâts barque à flancs bleu pâle, remonta lentement au vent entre les deux îles. Vers le milieu du premier petit quart, elle se trouvait dans la position que son capitaine avait jugée idéale ; mais elle ne vit pas le *Spartan*. On ne s'attendait d'ailleurs pas à le voir, car bon nombre des hommes pouvant au moins suivre un peu de portugais, leurs connaissances combinées les avaient amenés à une conclusion exacte, et c'était sans doute une preuve de leur respect pour Jack Aubrey si le changement de gréement de la frégate avait été exécuté avec tant de précision et de rapidité, et s'il n'y avait ni mollesse ni murmures aux actuelles manœuvres de louvoyage — une pénible série d'allées et venues, plus lentes, beaucoup plus longues, mais pas très différentes de celles que son capitaine couvrait mille après mille entre le couronnement et un certain piton à œil, juste en arrière du passavant, un piton que son talon en pivotant avait depuis longtemps poli jusqu'à l'éclat de l'argent.

Le soir, pas d'appel aux postes de combat : dans ce genre de cas, le deuxième petit quart était habituellement réservé à la musique et à la danse sur le gaillard d'avant, mais aujourd'hui, les hommes restaient assis dans la tiédeur du soir, à bavarder tranquillement.

Le soleil se coucha, laissant un moment le ciel tout rose derrière lui ; on crocha les hamacs, on prit le quart, et le navire s'installa dans sa routine pour la nuit, faisant lentement route tantôt vers le nord, tantôt vers le sud sous huniers arisés, tirant ses canots derrière lui. Selon les termes de sa loi personnelle, Jack Aubrey aurait dû les faire remonter à bord ; mais comme tous les changements réalisés l'après-midi devaient être inversés le lendemain pour le voyage de retour et comme les hommes fatigués, démoralisés, auraient à faire ce travail inutile deux fois, il laissa les choses en l'état.

Assis derrière son bureau dans la grand-chambre, il commença une nouvelle page de la lettre feuilleton qu'il écrivait à Sophie, sorte de journal privé dont il lui faisait part.

« Nous voici, ma très chère Sophie, au sud de São Miguel sur une mer tiède comme du lait : combien j'espère que vous avez un temps moitié aussi doux que le nôtre. Si c'est vrai, la rose jaune du mur sud fleurira bellement.

« J'espère la voir d'ici une semaine à peu près car nous faisons demi-tour demain. Notre voyage n'a pas été aussi fortuné que je l'espérais, mais, comme je vous l'ai dit, nous avons une jolie petite prise avec le *Merlin*, et les nouveaux matelots se mettent particulièrement bien en place.

« Stephen dit qu'il a rarement vu un équipage en meilleure santé — pas un homme sur sa liste à l'exception du pauvre Padeen, avec sa rage de dents —, ce qu'il attribue au fait qu'ils ont bien peu de chose à manger et rien à boire que de la petite bière. Pour l'instant, Mr Martin et lui sont dans les canots en remorque, à pêcher des insectes lumineux avec de petits filets à main et des tamis, et je dois avouer... »

La lettre s'arrêta là : il venait d'entendre quelque chose ressemblant si fort au bruit du canon qu'il posa la plume. Un instant plus tard, le bruit se renouvela et il monta sur le pont en courant. Davidge et West avaient posé leur lunette sur la lisse bâbord :

— Juste par le travers, monsieur, dit West, et ça recommence.

Brillant sous l'obscurité du ciel dans l'est, Jack aperçut l'éclat des canons, largement séparés.

— Ils sont à dix milles, dit Davidge quand le son les atteignit enfin.

— Et au moins à un demi-mille l'un de l'autre, dit West.

Longue pause pendant qu'ils étudiaient l'horizon oriental avec la plus extrême intensité, une pause durant laquelle le canon de gauche tira deux fois et celui de droite, plus au sud, trois fois.

— Mr Davidge, mettez le navire vent arrière, dit Jack.

— Dois-je faire rentrer les canots, monsieur ? demanda Davidge.

— Pas encore, mais rembarquez le docteur, s'il vous plaît, dit Jack en se hâtant de descendre chercher sa lunette.

Le navire pivota lentement dans la douce brise, se fixa cap plein est ; de la vergue de misaine, Jack commandait une vaste étendue de mer. Il avait très vite compris, et il en était tout à fait certain à présent, ce qu'il avait dans sa lunette de nuit ; c'était un combat entre deux navires, le poursuivant à un demi-mille dans le sillage de l'autre, et tous deux tirant délibérément de leurs pièces de chasse : deux canons d'étrave d'un côté, deux canons de poupe de l'autre et peut-être un troisième sur le gaillard d'arrière. La lune ne se lèverait pas avant quelques heures mais le zénith diffusait encore assez de lumière et en observant l'éclat du canon avec une lunette parfaitement réglée, il détermina que la chasse était un trois-mâts barque. L'éclat du canon du gaillard — il avait vraiment un canon monté sur son gaillard d'arrière — éclaira la brigantine et mit en relief l'absence de hunier d'artimon. Il le vérifia deux fois puis lança :

— Ho, d'en bas, ho, du pont. Le monde en haut, à faire voile !

Il pouvait fort bien s'agir de navires, l'un français et l'autre anglais, ou l'un américain et l'autre anglais, ou encore français et espagnol, et sa conviction intime que le chassé était l'*Azul* et le chasseur le *Spartan* ne s'appuyait peut-être sur rien d'autre que son souhait ardent qu'il en soit ainsi ; mais le gréement de trois-mâts barque pour un navire de guerre était pratiquement inconnu dans la Royal Navy et très rare dans les autres. Et de toute manière, s'il avait tort, cela ne lui coûterait pas plus qu'une nuit de repos.

Sous ses pieds, le sifflet du bosco résonnait et trillait, il entendait les cris : « Réveillez-vous, les dormeurs ! Debout, debout, les fainéants ! »

Il descendit de la vergue et prit la gouverne : il savait très exactement ce que la *Surprise* aimait par ce genre de brise — la seule allure à laquelle son absence actuelle de hunier d'artimon ne serait pas un inconvénient — et très vite elle fut plein vent arrière sous civadière, misaine avec bonnette des deux côtés, grand hunier et grand perroquet tous deux encadrés de bonnettes et un grand cacatois par-dessus.

— Et les canots, monsieur ? demanda Davidge avec inquiétude. Voulez-vous qu'on les remonte ?

— Non. Avec ce vent arrière cela nous ferait perdre plus de temps que l'on n'en gagnerait. Mais vous avez embarqué le docteur, je vois. Docteur, aimeriez-vous venir dans la hune de misaine et voir ce qui se passe ? Bonden, donnez la main au docteur et apportez-moi ma lunette rapprochante dans son étui.

Avec le petit hunier ferlé, la hune de misaine offrait une vue parfaite.

— Là, dit Jack, l'avez-vous vu ? Il n'a pas de hunier d'artimon : cela veut dire que c'est un trois-mâts barque, car avec le vent par le travers ou juste un peu en arrière, il établirait certainement son hunier d'artimon s'il en avait un. Il n'y a aucun doute. Vous dirais-je ce qui s'est passé, à mon avis, toujours en supposant que ma folle hypothèse soit juste ?

— S'il vous plaît.

— Je pense que l'*Azul* a pris la cape ce mardi, que le *Spartan* a fait de l'est à sa recherche, en montant un peu plus au nord qu'il ne fallait, et qu'ils sont arrivés en vue l'un de l'autre tard cet après-midi. L'*Azul* a lofé et s'est enfui à l'allure qui, je suppose, est la meilleure pour lui ; mais le *Spartan,* plus rapide, est parvenu à portée voici un petit moment. Depuis lors ils tirent de leurs pièces de chasse très régulièrement dans l'espoir de se faire quelque avarie.

— Quelle est la suite probable, à votre avis ?

— Si l'*Azul* ne réussit pas à lui arracher quelque chose, le *Spartan* va le rattraper et ce sont leurs volées qui entreront en jeu : à ce moment tout dépendra de la qualité de leur artillerie. Mais si le *Spartan* peut parvenir assez près sans avoir perdu un espar important, ses caronades de quarante-deux livres feront cracher son étoupe au trois-mâts barque. Cela ne fait aucun doute.

— Nous n'allons pas rester spectateurs oisifs, sans doute.

— J'espère bien que non. Je doute que nous

puissions les rattraper avant que le *Spartan* — c'est ainsi que je l'appelle — ne rattrape l'*Azul* car nous sommes exactement vent arrière, allure peu favorable à n'importe quel navire, même la *Surprise*. Mais avec la moindre chance nous devrions pouvoir l'engager peu de temps après : en effet, comme vous voyez, à mesure qu'ils se déplacent vers le sud et que nous les suivons, nous amenons la brise plus sur notre hanche et nous pourrons envoyer plus de toile. Nous pourrons l'engager et peut-être le capturer. (Une pause.) Je suis heureux toutefois que nous n'ayons pas remplacé nos longs canons par les caronades comme j'y avais pensé : je préfère de beaucoup le poivrer à distance que de venir trop près de ses pilonneurs de quarante-deux livres. Si nous avons à poursuivre je larguerai les canots, avec Bonden et quelques bons matelots dans la pinasse. Mais bien sûr, voyez-vous, il y a des centaines de possibilités. L'*Azul* pourrait lofer, couper la route au *Spartan*, le tirer en enfilade et l'aborder dans la fumée. Il peut se passer des centaines de choses.

Ils étaient silencieux à présent, comme tous les hommes entassés sur le gaillard d'avant sous leurs pieds, observant le combat lointain qui glissait lentement sur la mer dans une nuit rendue plus noire par l'éclat des canons. À un moment le poursuivant fit une embardée pour lancer une volée complète et l'éclat énorme montra qu'il était gréé carré.

— Le *Spartan*, pour cent livres, marmonna Jack.

— Qu'est-ce que cette lunette rapprochante ? demanda Stephen.

— Oh, dit Jack d'un ton absent, c'est une

lunette avec une lentille à mi-chemin qui est divisée en deux pour vous donner deux images. Quand elles se séparent, le navire s'éloigne. Quand elles se chevauchent, c'est qu'il se rapproche.

Une heure, une heure et demie passèrent et lentement, lentement, le poursuivant rattrapa la distance perdue dans l'embardée puis se mit à gagner du terrain. Il tirait à présent de ses canons avant ; et à présent, de la *Surprise,* il n'était plus qu'à mi-chemin de l'horizon.

Le vacarme et l'écho des coups de canon se firent presque continus à mesure que les deux navires se rapprochaient ; la fumée s'enroulait en nuages compacts juste à l'arrière de l'*Azul.* Car c'était bien l'*Azul.* Dans l'éclat de la volée du *Spartan*, volée prolongée, feu roulant, Jack avait aperçu ses flancs pâles dans sa lunette. Le *Spartan* était un demi-mille au vent et se rapprochait encore quand tout à coup l'*Azul* sembla mettre la barre toute au vent, pivotant avec une vitesse extravagante comme pour filer vent arrière puis revenant en partie sur l'autre bord. Le *Spartan* tira aussitôt sur sa poupe exposée mais il parut à Jack que la portée était trop grande pour que les caronades soient très efficaces ; le *Spartan* n'était d'ailleurs pas manœuvré aussi bien qu'il s'y serait attendu après leur dernière rencontre. Il poursuivit sa route un temps infini avant que les voiles ne soient réglées pour l'entraîner à la poursuite de l'*Azul.*

— Le trois-mâts barque va peut-être s'en tirer, dit Jack à mi-voix. Le *Spartan* a peut-être perdu un espar.

Mais quelque chose n'allait pas. L'*Azul* ne semblait pas fuir du tout. Il le saisit dans la lunette :

l'image était fixe, le navire immobile. De plus, des lumières couraient sur son pont et alors que le *Spartan* enfin laissait porter pour se rapprocher, l'*Azul* mit un canot à l'eau. Deux canots.

— Pardieu, s'écria Jack, il s'est échoué sur les Formigas.

Tout ce temps, la chasse s'était déplacée vers le sud et il avait modifié sa voilure en conséquence ; à présent il réduisit aux seules basses voiles, misaine et grand-voile, ce que la frégate pût porter de plus discret, et modifia le cap d'un demi-quart.

Debout, là, les mains étreignant le bord de la hune, il observa la poursuite du combat, maintenant beaucoup plus proche. La lune se leva, éclairant les grandes écharpes de fumée blanche, et à sa stupéfaction il vit le *Spartan* s'approcher pour lancer ses grappins et aborder l'*Azul* sur l'autre flanc, le flanc tribord, à l'opposé de la *Surprise*.

Descendu promptement sur le pont, il fit ouvrir le coffre d'armes, éteindre les rares lumières qui restaient ; puis il se hâta vers l'étrave. Très loin sur l'eau, la canonnade atteignait son sommet : trois volées complètes de chacun des navires, les deux dernières presque simultanées, puis un ou deux canons, quelques coups de mousquet et de pistolet ; puis le silence, et Jack aperçut des hommes qui sautaient des sabords éclairés de l'*Azul* dans les canots, sur le flanc bâbord. Il les vit s'écarter, apparemment dissimulés à la vue du *Spartan*.

Revenu sur le gaillard d'arrière, il éleva la voix et lança : « Tout le monde à l'arrière. »

Quand les hommes furent rassemblés, il leur dit :

— Compagnons, l'*Azul* s'est échoué sur les Formigas. Le *Spartan* est amarré bord à bord. Nous allons nous emparer de lui et de sa prise avec les canots. Mr West, l'armurier va distribuer pistolets, coutelas ou haches d'abordage, au choix de chacun. Je montrerai le chemin avec la chaloupe, suivi par Mr Smith dans le cotre bleu et Mr Blockeley dans le cotre rouge et nous allons aborder l'*Azul* — l'*Azul*, attention — par les porte-haubans de misaine ; Mr Davidge prendra la pinasse, Mr Buntley la gigue et Mr Kane la yole et ils aborderont l'*Azul* par les porte-haubans d'artimon. Les canots doivent rester ensemble, amarrés l'un derrière l'autre. Nous abordons l'*Azul*, nous traversons son pont — souvenez-vous du pont de Nelson ! — et nous nous occupons des Spartans, en les prenant par l'avant et par l'arrière. Pas un bruit, pas un bruit en approchant, mais donnez de la voix dès que vous serez à bord : une fois embarqués, le mot de passe est « Surprise ». Attention (il éleva la voix au premier murmure), pas un cri, pas un bruit jusqu'à ce que nous y soyons. Mr West, je suis désolé de dire que vous devez rester à bord avec dix hommes, et vous approcher quand je vous ferai un signal avec trois lanternes ; mais pas à moins d'un demi-mille. Départ dans cinq minutes.

Il descendit chercher son épée et ses pistolets, écrire des ordres pour West au cas où il serait assommé, ou si l'expédition se terminait en désastre, puis descendit dans la chaloupe. L'obscurité était remplie de murmures, ce qui accentuait l'extraordinaire sentiment d'ardeur qu'il ressentait autour de lui ; il avait participé à bien des coups de main, mais jamais dans une attente aussi fervente. Fervente n'était d'ailleurs pas tout à fait le mot approprié. « Prêt ? » dit-il à voix basse à chaque canot tour à tour, et chacun répondit : « Prêt, bien, monsieur. » « Nage », dit-il.

La houle de sud était douce, la brise les poussait ; et les canots coururent vite sur l'eau, sans le moindre bruit en dehors du grincement des bancs et des tolets, du gargouillis des avirons dans l'eau. Plus près, plus près, encore plus près, les canots tout proches l'un de l'autre : sur les cent derniers yards, Jack fut presque certain qu'un coup de mitraille allait venir de la batterie bien éclairée de l'*Azul* où l'on voyait circuler des hommes. Il se pencha en avant et dit à voix basse :

— Arrache maintenant, arrache, et croche dedans !

Il libéra son épée et quand Bonden amena la chaloupe doucement sous les porte-haubans de l'*Azul* il y sauta, passa par-dessus la lisse, bondit avec un hurlement énorme sur le gaillard d'avant, vide à l'exception de trois corps. Il fut aussitôt poussé en avant par la foule des hommes montés après lui en même temps qu'il entendait les acclamations bruyantes de l'autre division montant à bord et rugissant :

— Surprise ! Surprise !

Quelques visages horrifiés surgirent par l'étroit panneau brillamment éclairé et disparurent aussitôt.

— Par là, par là. La main dessus ! s'écria Jack courant sur le passavant et par-dessus les amarres des grappins pour sauter sur le *Spartan*. L'attaque était totalement, profondément inattendue mais vingt-cinq ou trente Spartans s'opposèrent à eux sur le gaillard d'arrière, groupe résolu, serré, avec en main les armes qu'ils avaient eu le temps de saisir. Une balle de mousquet arracha l'épée de la main de Jack, la pointe d'une pique lui laboura le côté du cou et un petit homme bref et lourd le cogna sous le menton, le rejetant en arrière sur un cadavre. Il se redressa en se tortillant de côté, abattit le petit homme d'un coup de pistolet, saisit un lourd morceau de lisse de six pieds de long et se jeta sur le groupe avec une force terrifiante. Ils reculèrent, se gênant les uns les autres, et il les balaya d'un grand mouvement qui en abattit trois. Il allait frapper encore, à revers, quand Davidge lui saisit le bras en criant :

— Monsieur, monsieur, ils se rendent, monsieur !

— Vraiment, dit Jack le souffle lourd, son visage perdant peu à peu la pâleur d'une fureur presque démente. Tant mieux. Tiens bon. Arrêtez le combat, là-bas (ceci à l'intention d'une échauffourée sur le gaillard d'avant).

Il jeta son arme — on aurait cru un grand montant de porte en chêne — et dit :

— Où est leur capitaine ?

— Mort, monsieur, dit Davidge. Tué par l'*Azul*. Voici le seul officier qui reste.

— Répondez-vous de vos hommes, monsieur ? dit Jack au jeune homme blafard qui lui faisait face.

— Oui, monsieur.

— Dans ce cas, ils doivent descendre immédiatement dans la cale à l'exception des blessés. Où sont les hommes de l'*Azul* ?

— Ils sont partis avec les canots, monsieur, avant que nous n'abordions. Il n'en restait pas beaucoup.

— Mr Davidge, prenez trois lanternes dans la batterie, s'il vous plaît, et accrochez-les dans les haubans.

Les lanternes éclairèrent une scène de destruction considérable. L'artillerie de l'*Azul* avait dû être d'une grande précision, et le poids des boulets du *Spartan* à brève portée ne pouvait que détruire tout ce qu'ils touchaient. Le nombre de morts était forcément très élevé, surtout dans l'entrepont ; mais à ce qu'il put voir en circulant parmi les corps, aucun de ses hommes n'avait été tué, même si Webster était plié en deux, haletant avec une blessure au ventre, tandis que les aides du canonnier mettaient une écharpe à son bras sanglant.

— Monsieur, dit le jeune homme, puis-je vous supplier de larguer le trois-mâts barque ? Il ne flottera pas plus de cinq minutes. Nous attendions simplement d'avoir embarqué les derniers sacs de vif-argent.

— Je suis désolé que vous ayez manqué cela, Tom, dit Jack Aubrey prenant son petit déjeuner dans sa grand-chambre avec Pullings, qui, exact au rendez-vous, était apparu peu après le lever du soleil. Ce fut la plus jolie petite surprise que vous puissiez imaginer. Il n'y avait pas d'autre moyen de le faire car je n'allais certainement pas conduire la frégate parmi ces rochers dans la nuit. Des rochers tout à fait horribles : l'*Azul* a coulé dans dix brasses d'eau peu après que nous avons embarqué ses blessés. Comment ce jeune idiot a réussi à venir bord à bord sans toucher, je ne le comprendrai jamais.

— Mais je suis désolé que vous ayez été blessé, monsieur, dit Pullings, j'espère seulement que ce n'est pas aussi mauvais que cela en a l'air.

— Non, non. Ce n'est rien : le docteur lui-même dit que ce n'est rien, et je ne l'ai même pas senti sur le moment — un coup de pique, un coup de pique en oblique. Nous avons fort peu souffert. Mais juste ciel, comme ils se sont abîmés l'un l'autre, le *Spartan* et l'*Azul* ; le plus sanglant petit combat que j'aie jamais vu — les batteries de tous les deux étaient inondées de sang. Inondées. Il ne restait que deux chaloupes d'Azuls capables de marcher. Je ne pense pas que nous ayons pris plus d'une quarantaine de Spartans en dehors des blessés. Il est vrai qu'ils avaient envoyé beaucoup d'hommes à bord de leurs cinq grosses prises, mais pourtant ce fut une boucherie effroyable.

— Voici le bosco, monsieur, dit Killick.

— Asseyez-vous, Mr Blockeley, dit Jack. Ce que je voulais vous demander c'est si nous avons beaucoup de pavillons français ?

— Pas plus de trois ou quatre, monsieur, je crois.

— Dans ce cas, vous pourriez envisager d'en faire quelques autres. Je ne dis pas que vous ayez à en faire quelques autres, Mr Blockeley, car cela pourrait être un peu trop ambitieux ; je dis simplement que vous pourriez avoir cette idée à l'esprit.

— Bien, monsieur. L'idée à l'esprit, monsieur, dit le bosco qui prit congé.

— Maintenant, Tom, dit Jack, pour en revenir à ces prises, il n'y a pas une minute à perdre. Le docteur va nous maudire, je sais (avec un mouvement de tête par la fenêtre de poupe vers un îlot sur lequel Stephen et Martin se déplaçaient à quatre pattes, ayant laissé les blessés aux soins de leurs chirurgiens respectifs), mais dès que le *Spartan* sera en état de faire voile — et il est très bien équipé en cordages et réserves de toutes sortes — nous devrons courir vers Fayal aussi vite que possible, en fonçant à épuiser tout le monde, car la fin du mois et la *Constitution* se rapprochent de jour en jour. Nous devons courir vers Fayal : les cinq prises du *Spartan* y sont au mouillage dans la rade de Horta. Le *Spartan* apparaît au large, accompagné de quelque chose qui ressemble beaucoup à l'*Azul*. Bien sûr, le *Spartan* ne veut pas descendre au fond de cette longue baie et perdre du temps à ressortir ; mais le *Merlin*, le *Merlin* qu'ils connaissent bien, s'approche, tire deux coups de canon et donne le signal du départ ; ils filent leur câble et nous rejoignent bien au large, où nous transbordons les équipages de prise et emmenons tout le monde à la maison, en envoyant les couleurs françaises à bord de chacun de ces navires pour tromper la *Constitution* si elle se montre à l'horizon. Comprenez-vous ce que je veux dire, Tom ?

Chapitre 4

Dans le magasin d'un apothicaire, le docteur Maturin et son assistant vérifiaient leurs achats pour le coffre de médecine de la *Surprise*.

— En dehors de la soupe séchée, du double rétracteur et d'une couple de forceps de secours pour les balles de mousquet, que nous trouverons chez Ramsden, je crois bien que c'est tout, dit Stephen.

— Vous n'avez pas oublié le laudanum ?

— Non point. Il en reste une quantité raisonnable à bord ; mais je vous remercie de me l'avoir rappelé.

La quantité raisonnable se trouvait en bonbonnes de onze gallons garnies d'osier, représentant chacune plus de quinze mille doses hospitalières ordinaires, et Stephen s'y arrêta avec quelque complaisance.

— La teinture alcoolique d'opium administrée à bon escient est l'une des meilleures drogues que nous possédions, observa-t-il, et je m'attache particulièrement à ne pas en manquer. Parfois d'ailleurs je l'utilise moi-même comme aimable sédatif. Et pourtant, ajouta-t-il en parcourant à nouveau sa liste, tenue dans la lumière, et pourtant, voyez-vous, Martin, je constate que ses effets diminuent. Mr Cooper, comment allez-vous ?

— Et vous, monsieur, comment allez-vous ? répondit le droguiste avec un plaisir inhabituel dans la voix et sur son visage jaune édenté.

— De façon *surprenante,* me semble-t-il, ha, ha, ha ! Quand on m'a dit que le chirurgien de la *Surprise* était dans la boutique, j'ai dit à Mrs C. : « Je vais descendre et présenter au docteur Maturin mes félicitations pour les *surprises* de son voyage prospère. — Oh, Cooper, m'a-t-elle dit, vous ne prendriez pas la liberté de faire de l'esprit avec le docteur ? — Ma chère, lui ai-je dit, nous nous connaissons depuis bien des années ; il ne s'offusquera pas de ma petite plaisanterie. Aussi, je vous félicite, je vous félicite de tout mon cœur. »

— Merci, Mr Cooper, dit Stephen en lui serrant la main. Je vous suis obligé de vos aimables congratulations.

Quand ils furent à nouveau dans la rue, il poursuivit :

— Ses effets diminuent de manière remarquable : je n'y comprends rien. Mr Cooper est la régularité même à tous égards et j'ai utilisé sa teinture voyage après voyage — toujours la même, toujours égale à elle-même, toujours extraite avec un brandy convenable plutôt qu'avec de l'alcool pur. La réponse doit être ailleurs, mais où, je ne saurais le dire ; aussi, comme je suis résolu à ne jamais dépasser une dose modérée, sauf en cas de grande urgence, je dois me résigner à une nuit sans sommeil de temps à autre.

— Que considérez-vous comme une dose

modérée, Maturin ? demanda Martin par pure curiosité.

Il savait que la quantité habituelle était vingt-cinq gouttes et il avait vu Stephen en donner soixante à Padeen pour effacer une douleur extrême ; mais il savait aussi que l'usage habituel pouvait conduire à un degré de tolérance considérable et il souhaitait savoir où se situait ce degré.

— Oh, rien de prodigieux du tout pour une personne accoutumée à la substance. Pas plus de... pas plus de, disons, mille gouttes ou à peu près.

Martin étouffa son exclamation horrifiée et, pour en dissimuler jusqu'au soupçon, il héla un fiacre qui passait.

— Mais voyons, dit Stephen, la pluie s'est arrêtée, le ciel est clair et nous n'avons qu'un mile, un mile impérial à couvrir : collègue, ceci n'est-il pas proche de l'extravagance ?

— Mon cher Maturin, si vous aviez été aussi pauvre, et aussi pauvre aussi longtemps que moi, vous vous délecteriez tout autant de la pompe de la grande vie, votre fortune enfin faite. Venez, c'est un bien pauvre cœur qui ne se réjouit jamais.

— Eh bien, dit Stephen, déposant d'abord son paquet dans la voiture avant d'y grimper, j'espère que vous n'allez pas devenir trop fier.

Ils s'arrêtèrent chez Ramsden pour commander le reste des fournitures et se séparèrent, Martin ayant à assortir un coupon de soie pour sa femme et Stephen allant à son club.

Les portiers du Black étaient hommes discrets, mais on ne pouvait se tromper à leur sourire entendu, à leurs petits signes ou au plaisir avec lequel ils lui souhaitèrent le bonjour et lui remirent une note amicale de Sir Joseph Blaine, redevenu le chef véritable du Renseignement naval, qui lui souhaitait la bienvenue à Londres et confirmait un rendez-vous pour le soir même.

— La demie de six heures, dit Stephen, regardant d'un œil la grande horloge Tompion du hall. J'ai le temps d'aller demander à Mrs Broad comment elle se porte. (Au portier, il dit :) Ben, gardez je vous prie ce paquet jusqu'à mon retour et ne me laissez pas l'oublier en allant voir Sir Joseph. (Puis, au cocher du fiacre :) Connaissez-vous les Grapes, sur le territoire de liberté du Savoy ?

— La pension qui a brûlé et que l'on reconstruit ?

— Cet endroit même.

Si la journée avait été brumeuse comme elle l'était souvent si près du fleuve, ou la soirée plus avancée, les Grapes auraient effectivement pu être le même endroit, car elles avaient été reconstruites sans le plus petit changement et Stephen aurait su retrouver sa chambre les yeux bandés ; mais les briques neuves n'avaient pas encore eu le temps d'acquérir leur manteau de crasse londonienne, et les fenêtres de l'étage supérieur, sans vitres, donnaient à l'endroit un air sinistre qu'il ne méritait certes pas ; ce n'est qu'une fois entré dans l'arrière-salle qu'il se sentit vraiment chez lui. Là, tout avait toujours été d'une propreté impeccable et en dehors de l'odeur de plâtre frais, toute cette nouveauté ne changeait rien. C'était une auberge qu'il connaissait particulièrement bien — il y avait gardé une chambre pendant des années — une auberge tranquille, commode pour aller à la Royal Society, aux Entomologistes et quelques autres sociétés savantes, et dont il estimait particulièrement la patronne.

À ce moment, toutefois, son estime pour Mrs Broad fut quelque peu ébranlée par le son de sa voix, plusieurs étages au-dessus, élevée en une harangue fort aiguë et passionnée. Les criailleries des femmes le mettaient toujours mal à l'aise et il se tint là, les mains derrière le dos, la tête courbée, une expression malheureuse sur le visage ; l'effet était à peu près le même sur les deux vitriers qui descendaient à présent l'escalier, répondant d'un ton soumis au torrent qui les suivait et les surplombait : « Oui, madame ; certainement, madame ; tout de suite, madame, sans faute. » Dans la porte, ils redressèrent leur chapeau de papier sur leur tête, échangèrent un regard exténué et s'en furent en hâte et en silence.

On entendit Mrs Broad descendre en marmonnant : « Mauvais chiens, paresseux, radicaux, jacobins, bons à rien, manants » et en entrant dans l'arrière-salle, sa voix s'éleva presque au niveau antérieur :

— Non, monsieur, on ne peut pas vous servir, la maison n'est pas encore ouverte et ne le sera jamais avec ces monstres vicieux. Oh grand Dieu, c'est le docteur ! Par le ciel, monsieur, asseyez-vous, s'il vous plaît.

Son cordial visage habituel s'épanouit comme le soleil sortant d'un nuage pourpre sombre, et elle tendit ses petits bras grassouillets vers un fauteuil :

— Et vous êtes donc en ville, monsieur ? Nous avons lu des choses sur vous dans les journaux et il y avait des affiches et un transparent dans la vitrine de Gosling. Mon Dieu, quels événements ! Combien j'espère que personne n'a été blessé...

Et le cher capitaine ? Ah, j'en pleurerais d'exaspération : cet infâme vaurien m'a promis les fenêtres d'en haut, les fenêtres de votre chambre aussi, voici trois semaines — *trois semaines* — et vous voilà, et pas de fenêtres. Et la pluie qui rentre et qui détruit les beaux planchers polis par les filles : tout ce qu'il faut pour faire pleurer une femme. Mais vous êtes là et vous n'avez rien à la main. Que puis-je vous apporter, monsieur, pour boire à la santé des nouvelles Grapes ?

— Pour bénir la maison et la maîtresse de maison, Mrs Broad, dit Stephen, je boirais volontiers une goutte de whiskey d'Irlande.

Mrs Broad revint, un peu plus calme, avec des verres et un gâteau sur un plateau — du cordial au cassis pour elle, sa gorge étant un peu irritée — et sous le bras un paquet enveloppé de papier de soie ; et comme ils étaient assis des deux côtés du feu après la bénédiction solennelle du docteur Maturin, Mrs Broad lui demanda très gentiment s'il avait reçu des nouvelles du Nord.

Diana et elle s'étaient efforcées de maintenir Stephen en bonne santé, correctement nourri, vêtu de linge propre et de vêtements bien brossés correspondant à sa position, et au cours de cette campagne prolongée et souvent vaine elles étaient devenues amies : en fait elles s'étaient plu dès le début. Mrs Broad avait une idée assez claire de l'état des choses entre le docteur et Mrs Maturin, mais la fiction tacite voulait que Diana soit partie dans le Nord pour sa santé pendant que Stephen arpentait les mers.

— Je n'en ai pas, dit Stephen. Mais il se pourrait que j'aille dans ces régions très bientôt.

— J'en ai reçu au dernier Jour de la Vierge,

dit Mrs Broad. Un monsieur de la légation m'a apporté ceci (elle déballait une poupée suédoise vêtue d'une pelisse de fourrure) et la note disait que je devais dire au docteur qu'il y avait un caban imperméable commandé pour lui chez Swainton, qu'elle avait oublié de lui signaler. Il avait fallu le faire tisser spécialement, mais il devait être prêt maintenant. La pelisse est en vraie zibeline, ajouta-t-elle en lissant les vêtements de la poupée et ses cheveux jaune vif.

— Vraiment, dit Stephen qui s'était levé et regardait dans la rue par la fenêtre de côté, en zibeline, vraiment ?

Comme il aurait mieux valu qu'il rompe nettement avec Diana au lieu de se promener avec cet énorme et ridicule diamant dans sa poche, comme un talisman, et tout son esprit galvanisé en entendant son nom : il avait amputé bien des membres dans le passé, et pas seulement au sens littéral. Sur le trottoir de l'autre côté, il vit son vieil ami le chien du boucher assis dans sa porte, qui se grattait l'oreille avec une persévérance toute canine.

Il prit un morceau du gâteau et sortit. Le chien s'arrêta patte en l'air, jeta de gauche à droite un regard myope, remua le nez, le vit et traversa la rue en saluant et remuant la queue. Stephen lui caressa la tête qu'il dressait avec un horrible sourire, observa à regret la pellicule que l'âge étendait sur ses yeux, tâta ses flancs massifs au poil tacheté et lui offrit le morceau de gâteau. Le chien le prit gentiment par le bord extrême et ils se séparèrent, le chien retournant à sa boutique où, après un coup d'œil tout autour de lui, il déposa le gâteau intact derrière un tas d'ordures et se coucha ; tandis que Stephen revenu aux Grapes disait à Mrs Broad :

— Pour ce qui est de ma chambre, ne vous tourmentez pas un instant. Ce n'est pas pour moi que je suis venu mais pour Padeen, mon valet. On doit l'opérer demain à l'hôpital Guy — un grand arrachage de dents, bien difficile hélas — et je ne voudrais pas qu'il reste dans la salle commune. Vous avez une pièce en bas, j'en suis sûr.

— Des dents à arracher, oh le pauvre homme ! Bien sûr, il y a la petite chambre sous la vôtre, qui est prête dès maintenant ; ou Deb peut aller s'installer chez Lucy, ce qui serait encore mieux parce qu'il aurait plus d'air.

— C'est un brave jeune homme, Mrs Broad, du comté de Clare en Irlande ; il ne parle pas beaucoup l'anglais et le peu qu'il dit c'est avec un terrible bégaiement, de sorte qu'il lui faut cinq minutes pour sortir le premier mot, et bien souvent ce n'est pas le bon. Mais il est docile comme un agneau et parfaitement sobre. À présent, je dois vous quitter, voyez-vous, car j'ai rendez-vous de l'autre côté du parc.

Son itinéraire le conduisit par le Strand encombré jusqu'à Charing Cross encore plus encombré où, au confluent de trois flux de circulation ardente, un cheval de trait était tombé, provoquant la stagnation des chariots, fardiers et coches autour desquels cavaliers, chaises à porteurs et véhicules légers se frayaient un chemin parmi les piétons cependant que le charretier impavide, assis sur la tête de l'animal, attendait que son petit gamin ait réussi à défaire les boucles indispensables. C'était une foule de bonne humeur que Stephen traversa lentement ; ceux qui entouraient le gamin et le cheval étaient prodigues en conseils facétieux et l'on y trouvait une extraordinaire diversité de population, ponctuée d'uniformes, rouges pour la plupart : un flot de vie bien revigorant, particulièrement pour un homme tout juste revenu de la mer ; pourtant on s'y poussait, on s'y bousculait beaucoup et ce n'est pas sans soulagement qu'il déboucha dans le parc puis, après être passé au club Black pour chercher son paquet, qu'il rejoignit Shepherd Market où Sir Joseph vivait dans une maison discrète à porte verte, encadrée d'une paire d'étranges éteignoirs et avec un heurtoir couleur d'or bruni en forme de dauphin.

Il leva la main vers la queue de la splendide créature mais avant qu'il ne puisse la toucher, la porte s'ouvrit d'un coup et Sir Joseph l'accueillit, sa large figure pâle montrant plus d'émotion joyeuse que la plupart de ses collègues ne l'auraient cru possible.

— Bienvenue, bienvenue au voyageur de retour ! s'exclama-t-il. Je vous ai observé de la fenêtre du salon. Entrez, mon cher Maturin, entrez.

Il le conduisit à l'étage, dans la bibliothèque, la pièce la plus agréable de la maison, toute garnie de livres et de meubles d'entomologiste à tiroirs plats, l'assit dans un fauteuil confortable d'un côté du feu tandis qu'il s'installait de l'autre, et l'observa avec un plaisir renouvelé jusqu'à ce que la première question de Stephen : « Quelles nouvelles de Wray et Ledward ? », efface l'expression de son visage.

— On les a vus à Paris, répondit-il. Je suis honteux d'avouer qu'ils se sont esquivés. Vous pourrez dire qu'avec tous nos services en alerte, nous devons être une belle troupe de maladroits pour les avoir laissés sortir du pays ; et je ne saurais nier que notre tout premier mouvement, au Button même, a été mené d'une manière horriblement maladroite. Mais les faits sont là : dès qu'il a été question de la *totalité* de nos services, toutes sortes de possibilités se sont présentées, en dehors de la simple stupidité.

Stephen regarda Blaine un moment : il connaissait assez bien son chef pour se rendre compte qu'il avait l'intention de lui transmettre non seulement son manque de confiance dans la discrétion et la compétence de certains des services de Renseignement actifs dans le royaume, mais aussi sa conviction que Ledward et Wray avaient au moins un collègue et protecteur très haut placé, quelque part dans le gouvernement. Considérant la chose comme entendue entre eux, il se contenta de dire :

— Mais toutefois vous êtes à présent et de nouveau maître chez vous, je crois.

— Je l'espère effectivement, dit Sir Joseph en souriant, mais le service a été à demi détruit, comme vous le savez fort bien, et il faut tout reconstruire à nouveau. Par ailleurs, si ma position à l'Amirauté est aujourd'hui plus forte que jamais, je suis loin d'être satisfait de certains de nos partenaires et correspondants et... je ne vous proposerai certainement aucune mission sur le continent pour le moment. De toute manière, vos observations quant aux possibilités en Amérique du Sud auraient beaucoup plus de valeur.

— Je vous pose ces questions indiscrètes en partie parce que je suis étroitement concerné, mais aussi parce qu'elles pèsent directement sur la réintégration du capitaine Aubrey.

— Jack Aubrey la Chance, dit Blaine, souriant à nouveau d'un plaisir intense. Pardieu, a-t-on jamais entendu parler d'une chose pareille ? Dans quel état avez-vous laissé le cher homme ?

— Au sein de sa famille, et heureux pour ce qui est de sa fortune ; mais, vous le savez, cela ne pèse guère pour lui en comparaison avec sa réintégration dans la liste navale.

— Quant à la procédure formelle, elle ne peut évidemment pas commencer avant que le tribunal ait condamné Wray et Ledward et qu'Aubrey ait été pardonné pour ce qu'il n'a jamais fait — avant que la condamnation soit supprimée. Il y a aussi les procédures informelles et en ce qui concerne celles-ci, il a tout mon appui, naturellement ; mais même pour ce qui est des faveurs, mon appui a bien peu de force, et dans une affaire de cette sorte, il n'en a pas la moindre. Aubrey a d'autres partisans, dont certains de beaucoup plus grande valeur, mais d'autres, comme le duc et quelques-uns des amiraux les plus whigs, qui pourraient lui faire plus de mal que de bien. En revanche il règne dans le service et dans l'opinion publique le sentiment général qu'il a été affreusement maltraité. Les réjouissances devant son succès actuel en sont une preuve évidente. À propos, savez-vous que le comité n'a pas voulu accepter sa démission du club ?

— Je ne le savais pas. Mais dites-moi, ce succès actuel n'aura-t-il pas un effet, n'aidera-t-il pas à provoquer une modification du point de vue officiel ? Il a été assez frappant, bonté divine, comme vous l'avez observé vous-même.

— Une modification ? Oh, mon Dieu non. Pour l'esprit officiel, le succès d'un corsaire n'a aucune importance sur le plan national, le plan de la Royal Navy. Non. On a fait une bourde abominable ; tout le monde le sait ; et quand l'actuelle génération de personnalités officielles aura disparu (dans peut-être vingt ans), et bien entendu le ministère actuel, il est probable qu'un certain geste pourra être fait. Mais pour l'instant, Wray ne peut être traduit devant un tribunal — ce serait extrêmement embarrassant pour le ministère s'il l'était, ajouterai-je, et que toute cette série de scandales soit exposée —, le blâme ne peut donc être déplacé, et le seul moyen qui permettrait de sauver la face officielle serait une action d'une importance nationale évidente, qui pourrait justifier un pardon royal, ou une révision, une réintégration. Si par exemple le capitaine Aubrey engageait le combat avec un navire de la marine française ou américaine que l'on puisse faire apparaître comme de force égale ou supérieure et s'il parvenait soit à le capturer soit à être gravement blessé, ou les deux, il serait concevable qu'il puisse être réintégré d'ici un an et quelque, plutôt que, disons, au deuxième ou troisième prochain couronnement. Autrement, rien à faire car, comme je l'ai dit, ou comme je voulais le dire, les actions du corsaire portent en elles-mêmes leur récompense ; et, grand Dieu du ciel, quelle récompense dans ce cas ! Eh quoi, Maturin, avec le vif-argent à son cours actuel, il doit être l'un des marins les plus riches du moment, sans même parler du reste du butin. Mais à celui qui possède, il sera donné encore : j'ai entendu dire que les marchands des Indes occidentales vont lui offrir un service de table en argent, en reconnaissance de la prise du *Spartan*.

— Certes, il n'a plus à craindre d'être arrêté

pour dettes. D'autant plus que dès son retour chez lui, il a appris que la cour d'appel avait tranché en sa faveur une affaire importante et cruelle, avec Dieu sait combien de frais. L'affaire qui l'opposait aux héritiers et ayants droit d'un épouvantable bandit, depuis bien des années, depuis que le...

— Grand Dieu, quel coup de maître ce fut ! dit Sir Joseph à nouveau, sans écouter mais le regard perdu dans le feu. On ne parle que de cela dans le service, on ne parle que de cela en ville — Jack Aubrey la Chance part pour une croisière d'essai en une période de pénurie : rien à prendre depuis des mois que de petits heus, des lougres ou parfois un chasse-marée — et revient avec sept grosses prises bien grasses à sa suite et la précieuse cargaison d'une huitième gonflant sa cale à la faire éclater.

— Ha, ha, ha ! Cela me fait chaud au cœur d'y penser. (Blaine y pensa un moment, tout en gloussant pour lui-même, puis ajouta :) Dites-moi, Maturin, comment avez-vous incité les prises du *Spartan* à sortir de Horta ?

— J'ai interrogé, comme à l'habitude, les prisonniers parlant français, et en découvrant que l'un d'entre eux était le maître des signaux du *Spartan* je l'ai pris à part et lui ai représenté que, s'il me disait quels étaient les pavillons convenus — car comme vous savez, Horta est tout au fond d'une baie profonde et bien ennuyeuse, et nous étions certains que les parties communiqueraient à grande distance —, que s'il me le disait, il aurait sa liberté et une récompense mais que s'il ne me le disait pas, il lui faudrait supporter les conséquences de son refus, que je n'ai pas spécifiées. Il a ri, dit qu'il serait toujours heureux de m'obliger à un tel tarif, et de gagner autant pour si peu, et avec bonne conscience, en plus, car c'était simplement le vieux Blue Peter avec un coup de canon au vent, que nous aurions certainement essayé pour commencer. Et c'était vrai : la goélette est entrée par brise presque contraire, a agité le pavillon, tiré un coup de canon et ils sont sortis de là aussi vite qu'ils ont pu.

— Cela a dû vous réjouir le cœur, ha, ha, ha !

— Nous nous sommes réjouis, certes, mais ce fut fort discret, de crainte d'un mot, d'un regard ou d'un geste malencontreux. Nous étions sur la pointe des pieds, tout étant si précaire et révocable, et la glace si mince ; il fallut s'emparer tour à tour de chacune des prises et envoyer à leur bord un équipage de nos hommes, ce qui nous a laissés avec une foule terriblement nombreuse de prisonniers furieux, déterminés, et bien peu d'hommes pour les maintenir en bas et mener le navire en même temps. Deux des prises, *John Busby* et *Pretty Anne,* étaient si sacrément bornées, lentes et stupides, qu'il fallut les remorquer, et à tout moment la *Constitution* risquait d'apparaître ; oh, ce fut un temps bien cruel, malgré le vent favorable pour la plupart ; nous n'avons pas respiré à l'aise avant de franchir la barre de Shelmerston, où nous avons largué la remorque, tiré tous les grands canons, et envoyé à terre pour faire la fête.

— Les hommes devaient être enchantés du capitaine Aubrey.

— Ils l'étaient, c'est vrai : ils ont envoyé le grand pavois et l'ont acclamé tout au long du chemin jusqu'à la plage ; et à l'exception des quelques-uns qu'il a renvoyés pour pillage ou mauvaise conduite, il est à peu près adoré à Shelmerston.

— Il aurait été acclamé dans les rues ici aussi s'il était venu, dit Blaine. Il y a eu des affiches et des placards par douzaines : j'en ai gardé quelques-uns pour vous.

Il alla vers un tas de papiers empilés sur une table basse et comme il les triait, Stephen remarqua qu'il laissait tomber un prospectus de couleur portant l'image d'un ballon. Les ballons étaient présents dans l'esprit de Stephen depuis qu'il avait traversé Pall Mall en venant : des ouvriers y réparaient les conduites portant le gaz de houille jusqu'aux réverbères, et il s'était demandé si cette substance puante ne pourrait pas être utilisée à la place de l'hydrogène, plus dangereux encore. Il en aurait fait la remarque si Sir Joseph n'avait pas très vite recouvert et poussé le prospectus sous la table. Au lieu de cela, il attrapa son paquet et dit :

— Aubrey n'a pas voulu venir en ville lui-même mais il m'a prié de vous remettre ceci avec ses compliments. C'est le casernet, le livre de bord du *Spartan*, et je pense que vous y trouverez des informations de valeur à propos d'agents français et américains : il transportait souvent les deux. Et en faisant le paquet j'y ai inclus mes interrogatoires des prisonniers, qui ne sont pas sans intérêt.

— Comme c'est obligeant de la part de Mr Aubrey, dit Blaine, prenant le paquet avec empressement. Soyez aimable de le remercier très sincèrement de ma part, et mes compliments respectueux, si vous le jugez approprié, à son épouse dont je me souviens, pour l'avoir vue à Bath, comme de l'une des plus jolies jeunes femmes que j'aie jamais rencontrées. Pardonnez-moi un moment pendant que je parcours ce livre pour juillet de l'année dernière où je crois...

Sir Joseph ne dit pas ce qu'il croyait mais c'était manifestement une chose indigne ; pendant qu'il tournait les pages sous la lampe à abat-jour vert, Stephen s'appuya au dossier de son fauteuil pour regarder la lueur du feu jouer sur le garde-cendres en laiton, le tapis de Turquie et, plus loin, sur les livres bien alignés, rangée sur rangée de reliures de veau ou de maroquin, sous les décors de plâtre particulièrement élégants et légers du plafond. Il avait connu dans sa jeunesse des plafonds gothiques et même romans (capables de conserver l'humidité de l'hiver tout au long des torrides étés catalans) et dans sa brève vie conjugale avec Diana, à moins d'un furlong de là, dans Half-Moon Street, il avait connu les plafonds compliqués accompagnant les petites chaises dorées et les nombreuses réceptions ; mais il avait passé la plus grande partie de sa vie dans des logements bizarres, des auberges, des navires. Il n'avait jamais connu l'élégance tranquille, sobre, éminemment confortable et bien réglée d'une pièce comme celle-ci. Même Melbury Lodge, la maison qu'il avait partagée avec Jack Aubrey pendant quelque temps au cours de la paix, en était dépourvue, et il envisageait les conditions nécessaires à sa création quand la gouvernante entra pour dire que s'il plaisait à Sir Joseph, le souper serait servi dans cinq minutes.

Un souper élégant, éminemment confortable et d'une sobriété raisonnable : le homard simplement bouilli, favori de Blaine, avec un verre de muscadet ; des ris de veau aux asperges avec un charmant petit bordeaux ; et une tarte aux framboises. Pendant le repas, Stephen livra à nouveau le combat à la manière navale habituelle, avec de petits morceaux de pain sur la nappe ; il décrivit une fois de plus l'extase des Surprises quand, toutes lunettes braquées, ils avaient vu les prises filer leur câble et sortir du port de Horta, « comme des agneaux allant à l'abattoir » ainsi qu'Aubrey l'avait observé ; et une fois de plus, Sir Joseph s'exclama :

— Grand Dieu, quel coup de maître ! Le vif-argent à lui seul aurait payé dix fois le navire. Et pas de part d'amiral ! Mais cette cupidité indirecte et ce ravissement du gain me rendent vulgaire : pardonnez-moi, Maturin. J'espère et je veux croire que cette brusque fortune ne viendra pas entraver le projet sud-américain.

— Jamais de la vie. Aubrey ne saurait vivre heureux à terre, quelle que soit sa fortune, tant qu'il ne sera pas réintégré dans la liste. Et même si ce n'était pas le cas, il a fort élégamment déclaré qu'il est entièrement lié au navire pour ce voyage — qu'il souhaite le faire de toute manière — et il me supplie de le lui vendre une fois que ce sera terminé. Mon assistant, Mr Martin, dont vous vous souvenez peut-être...

— L'aumônier qui a écrit le malheureux libelle sur les abus navals ?

— Exactement, et un remarquable ornithologue... a exprimé le même sentiment d'obligation, d'engagement, bien qu'il soit marié depuis peu et qu'il possède à présent ce qu'il lui plaît d'appeler une fortune, suffisamment pour vivre dans le confort ; ce que je trouve fort honnête de leur part à tous deux.

— Je n'en doute pas. Cher Maturin, pardonnez-moi si je redeviens grossier et si je parle d'argent. Je sais fort bien que ce n'est pas un sujet convenable, mais c'en est un que je trouve étrangement intéressant et j'aimerais particulièrement savoir ce que Mr Martin considère comme une fortune.

— Le montant du capital m'échappe, mais mon banquier ici à Londres, que nous avons consulté, a déclaré que si c'était placé en Fonds cela rapporterait deux cent vingt-cinq livres par an, laissant quelques centaines en plus pour l'équipement et les menus plaisirs.

— Eh bien, cela représente plus que le revenu d'un pasteur de campagne moyen, je crois ; certainement beaucoup plus qu'un vicaire ne peut espérer ! Dieu le bénisse. À ce taux, il sera bientôt archevêque.

— Je ne crois pas vous suivre tout à fait, Blaine.

— Dans la gaieté de mon cœur, j'ai parlé plaisamment, peut-être trop plaisamment quand il s'agit d'un office sacré : mais il est de fait que le révérend Blackburne, archevêque d'York au temps de mon père, avait été boucanier dans le golfe du Mexique. Et après tout, Mr Martin et vous serez dans les mêmes latitudes. Retournerons-nous dans la bibliothèque ? J'ai là une bouteille de tokay que j'aimerais vous faire goûter après notre café ; et Mrs Barlow va nous apporter quelques petits gâteaux.

En leur absence, Mrs Barlow, ou le robuste Noir qui était le seul autre serviteur en résidence, avait préparé le feu. Le fil de la conversation ayant été rompu, Stephen et Blaine restèrent un certain temps à le regarder comme une paire de chats. Puis Stephen dit :

— Je regrette extrêmement la mort de Duhamel.

— Moi aussi, dit Blaine, un homme de remarquable compétence.

— Et rectitude, dit Stephen. Je ne vous l'ai pas dit à l'époque, mais il m'a rapporté le diamant que Diana avait été obligée de laisser à Paris, la pierre nommée Blue Peter.

Il le tira de sa poche.

— Je me souviens qu'un soir où vous avez eu la bonté de m'inviter à dîner, elle le portait en pendentif. Et je me souviens très clairement des circonstances dans lesquelles il a été laissé à Paris. Je ne m'attendais pas à le revoir jamais. Quel joyau énorme et magnifique : mais, Maturin, ne devrait-il pas reposer dans la chambre forte d'une banque ?

— Peut-être le devrait-il, dit Stephen, et après une pause : J'ai tourné cette question dans ma tête et j'ai décidé, si je peux être autorisé à prolonger l'exemption d'enrôlement forcé accordée au navire, d'aller en Suède et de rendre la pierre avant de partir pour l'Amérique du Sud.

— Certainement, dit Sir Joseph.

— Dites-moi, Blaine, dit Stephen, le regardant bien droit de ses yeux pâles, avez-vous la moindre information sur la situation là-bas ?

— Je n'ai fait aucune enquête sur Mrs Maturin du point de vue du Renseignement, pas la moindre enquête à titre professionnel, dit Blaine non sans sévérité. Pas la moindre. Mais à titre non officiel, en tant qu'être social ordinaire, j'ai évidemment entendu les potins ordinaires de la ville, et parfois un peu plus.

— Les potins déclarent qu'en conséquence de mon infidélité méditerranéenne, elle s'est enfuie en Suède avec Jagiello, n'est-ce pas ?

— Oui, dit Blaine en le regardant avec attention.

— Pouvez-vous me dire quelque chose de Jagiello, par hasard ?

— Oui, je le peux. Du point de vue du Renseignement, il est parfaitement sain : son influence, comme vous pouvez l'imaginer, est négligeable, mais le peu qu'il en a est totalement en faveur de l'alliance avec nous. Ce qui se rapporte de plus près à la question immédiate est que je peux vous dire une chose qui n'a rien à voir avec les potins ordinaires, une chose que j'ai apprise d'un homme de la légation : il semble que Jagiello soit sur le point d'épouser une jeune dame suédoise. J'ai également compris, bien que ceci n'ait pas été directement exprimé, je ne peux donc affirmer que mes hypothèses soient exactes et elles pourraient fort bien être fausses, j'ai également compris que les relations entre lui et Mrs Maturin n'étaient pas de la nature... n'étaient pas ce que l'on considérait habituellement qu'elles fussent. Par ailleurs, je ne pense pas qu'il y ait beaucoup de place pour l'erreur si je dis qu'à l'heure actuelle elle est loin d'être riche ; quoique évidemment on puisse aussi faire des ascensions en ballon par simple esprit d'aventure.

Il se dirigea vers la table basse, fouilla dessous et en sortit le prospectus qu'il avait dissimulé. L'image montrait un ballon bleu parmi des nuages tout gonflés, entouré de grands oiseaux rouges, peut-être des aigles ; dans la nacelle du ballon une femme avec des cheveux jaunes et des joues rouges, montée sur un cheval bleu, brandissait des drapeaux anglais et suédois bien raides, et du texte exclamatif sous l'image surgissait le nom Diana Villiers, répété trois fois en capitale, avec des points d'admiration avant et après. C'était le nom sous lequel Stephen l'avait d'abord connue, et c'est ainsi qu'il l'appelait habituellement en esprit, car leur mariage à bord d'un navire de guerre, sans le moindre prêtre en vue, n'avait pas été plus convaincant pour lui que pour elle.

Il étudia un moment l'image, le dessin précis des cordes enveloppant le ballon et retenant la nacelle, la silhouette figée et son visage sans expression, la posture pétrifiée, théâtrale ; chose absurde, il y avait là quelque chose de Diana. Superbe cavalière, elle n'aurait bien sûr jamais monté de cette manière, même sur un hybride bleu d'âne et de mule, ni pris une pose aussi mélodramatique, mais l'improbabilité même, le symbole du cheval et le manque total de préoccupation chez le personnage avaient avec elle un lien réel.

— Merci, Blaine, dit-il au bout d'un moment. Je vous suis profondément obligé de cette information. Y a-t-il autre chose, si ténu que ce soit, que vous pourriez ajouter ?

— Non. Rien du tout. Mais vous pouvez considérer l'absence de tout commérage ou rumeur dans un lieu tel que la Suède d'aujourd'hui comme relativement significatif.

Stephen hocha la tête, étudia à nouveau le prospectus et réussit à discerner quelque peu le sens du texte suédois.

— J'aimerais beaucoup faire une ascension en ballon, dit-il.

— Quand j'étais en France avant la guerre, dit Blaine, j'ai regardé Pilâtre de Rozier et un ami monter. Ils avaient deux ballons, une petite montgolfière juste au-dessus de la nacelle et un plus gros rempli de gaz par-dessus. Ils se sont élevés à bonne vitesse mais parvenus à trois ou quatre mille pieds, toute la chose a pris feu : Icare n'aurait pu être plus réduit en pièces.

Sir Joseph regretta ces paroles à peine prononcées, mais aucune explication, aucun adoucissement n'aurait pu faire mieux que les aggraver, aussi il se leva, alla chercher le vin dans un coin et leur en versa un verre à chacun.

Ils devisèrent de tokay et de vin en général jusqu'à ce que la bouteille fût à demi vide puis Stephen dit :

— Vous avez parlé de la Suède d'aujourd'hui comme remarquablement animée de rumeurs.

— Cela n'a rien de vraiment surprenant, si l'on y réfléchit : Bernadotte peut bien avoir été élu prince héritier et s'être ensuite retourné contre Napoléon, il reste français et les Français ne désespèrent pas de le faire à nouveau tourner casaque. Ils peuvent lui offrir la Finlande, la Poméranie — des quantités de terres — et ils ont prise sur lui : une demi-douzaine d'enfants naturels à Pau, Marseille et Paris. Et si cela ne suffit pas, il reste toujours la famille royale légitime, les Vasa exclus, qui ont beaucoup de partisans et qui pourraient mettre sur pied un coup d'État. Par ailleurs, le traité d'Åbo est fort détesté par les meilleures catégories de Suédois. Et bien entendu les Russes et les Danois sont aussi directement intéressés, de même que les États allemands du Nord ; aussi, en dépit des alliances actuelles, Stockholm est-elle remplie d'agents d'une espèce ou d'une autre, qui tentent d'influencer Bernadotte, son entourage, ses conseillers et ses divers adversaires réels ou potentiels ; et leurs actions ou leurs prétendues actions donnent naissance à une quantité merveilleuse de bavardages. Ce n'est pas notre département, Dieu merci — j'ai vu Castlereagh ployer sous le poids des rapports — mais naturellement nous en entendons une bonne part.

La petite pendule murale en argent sonna un coup et Stephen se leva.

— Vous n'allez pas abandonner une bouteille à mi-marée ! s'exclama Blaine. Asseyez-vous, quelle honte.

Stephen se rassit, mais pour lui le vin aurait pu être du cacao ; et quand le dernier verre fut versé, il dit :

— Vous raconterai-je un étrange exemple du pouvoir de l'argent ?

— S'il vous plaît.

— Mon valet, Padeen, que vous connaissez, a une dent incluse dont il souffre énormément. L'opération dépasse mes capacités et quand je l'ai conduit chez le meilleur arracheur de dents de Plymouth, rien n'a pu le convaincre d'ouvrir la bouche ; il préférait supporter la douleur. Mais à présent que je l'ai amené à Londres, pour être opéré par Mr Cullis de l'hôpital Guy, la situation est transformée : il ouvre la bouche joyeusement, il se laisse tâter, percer et sonder sans un cri ; et ce n'est pas parce que Cullis est sergent-dentiste du prince régent, ce qui ne veut rien dire du tout dans le comté de Clare, mais parce que l'opération doit coûter sept guinées, avec une demi-guinée pour le panseur. La dépense d'une telle somme, plus que Padeen n'en avait jamais vu de sa vie avant le coup de maître de la *Surprise*, non seulement confère à un homme un certain statut, mais doit nécessairement impliquer un extraordinaire degré de bien-être.

— Voulez-vous dire qu'il ne vous attend pas en bas ? demanda Blaine qui pouvait parfois être bien décevant. Voulez-vous dire que vous allez rentrer chez vous seul ? Et avec cet absurde énorme diamant dans votre poche par-dessus le marché ? J'entends d'ici l'assurance décliner toute responsabilité dans un tel cas.

— Quelle assurance ?

— Vous ne me direz pas qu'il n'est pas assuré ?

— Je pourrais.

— Vous allez ensuite me dire que le navire n'est pas couvert non plus.

— Ah, dit Stephen frappé par cette idée, il existe aussi une assurance maritime, effectivement : j'en ai souvent entendu parler. Peut-être devrais-je prendre certaines dispositions.

Sir Joseph leva les bras au ciel, mais se contenta de dire :

— Venez. Je vais vous accompagner jusqu'à l'angle de Piccadilly. On y trouve toujours un petit groupe de porte-lanternes. Deux vous raccompagneront chez vous et deux me ramèneront ici. (Et pendant qu'ils marchaient il ajouta :) Quand j'ai parlé de Mr Aubrey et d'un combat avec un navire national de force à peu près égale, voici un moment, ce n'était pas des paroles aussi en l'air qu'elles pouvaient en avoir l'apparence. Je pense avoir raison de supposer qu'il connaît particulièrement bien le port de Saint-Martin, n'est-ce pas ?

— Il en a fait deux fois le relevé, et le blocus pendant très longtemps.

— Il pourrait y avoir une possibilité. Pouvez-vous rester en ville toute une semaine ?

— Certainement. Et on peut toujours me trouver au Black. Mais de toute manière nous devons nous rencontrer à nouveau au dîner du club de la Royal Society, jeudi, avant mon exposé. J'y amènerai Mr Martin.

— Je serai fort heureux de le rencontrer.

La rencontre fut effectivement heureuse des deux côtés. Stephen plaça Martin entre lui et Sir Joseph, et tous deux bavardèrent activement jusqu'au début des toasts. Martin n'avait pas, comme il en convint, porté autant d'attention qu'il l'aurait dû aux coléoptères, mais par la nature des choses, il en savait plus sur les habitudes sinon les formes des familles sud-américaines, les ayant observées de près sur leur sol natif ; les insectes, surtout les insectes lumineux, ainsi que le projet de Blaine pour une nouvelle classification fondée sur des principes véritablement scientifiques, furent leur unique sujet de conversation.

À la réunion de la Royal Society, qui eut lieu peu après, Stephen lut son exposé sur l'ostéologie des oiseaux plongeurs, de son habituelle voix marmonnante et sourde ; quand ce fut terminé, et quand les membres capables à la fois de l'entendre et de le comprendre l'eurent félicité, Blaine l'accompagna jusqu'à la grande cour et, le prenant à part, lui demanda des nouvelles de Padeen.

— Oh, ce fut une affaire absolument effroyable, dit Stephen. Je remercie Dieu de ne pas l'avoir tentée moi-même. La dent visible a dû être brisée et les morceaux de nerfs que l'on pouvait voir arrachés un par un. Il l'a supporté bien mieux que je n'en aurais été capable, mais il subsiste une très forte douleur. Je la réduis du mieux que je peux avec la teinture alcoolique d'opium ; et il manifeste effectivement un remarquable courage.

— Il en a eu pour ses sept guinées, le pauvre bougre, dit Blaine. (Puis, d'un autre ton :) Puisque nous parlons de marins, il ne pourrait être nuisible que notre ami se tînt prêt à appareiller pour un bref voyage dans un délai plus bref encore.

— Faut-il que je lui envoie un exprès ?

— Si vous pouvez le faire suffisamment évasif : ceci pourrait n'être qu'une fausse interprétation — de la frime. Mais ce serait pitié de ne pas être prêt si cela devait s'avérer.

Ashgrove Cottage n'aurait jamais pu être considéré comme une résidence d'agrément, implanté bas comme il l'était sur une pente humide et froide, face au nord, sur un sol pauvre, spongieux, sans moyen d'accès qu'un chemin creux, envahi de boue une bonne partie de l'année et impraticable après de fortes pluies. Pourtant, du haut de la pente, près de l'observatoire, on pouvait voir Portsmouth, Spithead, l'île de Wight, la Manche au-delà et toute la masse des navires ; qui plus est, au cours des marées hautes de sa fortune, Jack Aubrey avait fait de considérables plantations et il avait plus que doublé la taille de la maison. Les maigres terres broussailleuses d'autrefois étaient à présent, pour la plus grande part, décemment revêtues de jeunes bois, et si le cottage lui-même ne pouvait rivaliser avec la noble cour d'écurie, la double remise à voitures et les rangées de box à chevaux, il possédait quelques pièces fort confortables. Dans l'une d'elles, réservée au petit déjeuner, Jack Aubrey et Sophie partageaient amicalement un pot de café supplémentaire. Plusieurs années avaient passé depuis que Sir Joseph l'avait vue pour la première fois à Bath, mais on pouvait encore la décrire comme l'une des plus jolies jeunes femmes de sa connaissance, car si la vie avec un mari quelque peu difficile, turbulent et trop optimiste, n'ayant pratiquement aucun sens des affaires, un mari qui parfois s'en allait pour plusieurs années de suite, faisant de son mieux pour mettre en péril sa vie et ses membres dans les mers lointaines, et la naissance de trois enfants l'avaient mise à rude épreuve, tandis que le procès infâme et la disgrâce subie par Jack avaient assourdi son éclat, elle gardait intacte la beauté singulière de sa silhouette, de ses yeux, de ses cheveux ; par ailleurs l'intense activité mentale et spirituelle nécessaire pour maintenir leur foyer en ordre pendant les absences de Jack et traiter avec des hommes d'affaires parfois peu scrupuleux avait effacé de son expression toute trace de fadeur ou de vulnérabilité. Mais la récente marée d'or qui avait rendu la vie à la maison — c'était difficile à croire, mais voici à peine quelque temps cette pièce chaleureuse, lumineuse, joyeuse et habitée était comme beaucoup d'autres, fermée, verrouillée et drapée de toiles — avait aussi fait merveille pour sa peau : elle avait un teint de jeune fille.

Mais Sophie Aubrey n'était pas sotte. Tout en sachant qu'à moins d'une défaite dans l'éternelle guerre et d'une banqueroute de l'État, ils ne risquaient guère d'avoir à nouveau de sérieux soucis matériels, elle savait aussi que Jack ne serait jamais vraiment heureux à moins que son nom soit réintroduit dans la Liste navale. Il était assez joyeux en surface, heureux d'être avec elle et les enfants, et, bien entendu, cette libération d'une inquiétude et de poursuites judiciaires apparemment interminables avait eu grand effet ; mais elle savait parfaitement bien que son appétit de vivre était beaucoup, beaucoup plus faible qu'il ne l'avait été — un exemple parmi d'autres, les écuries ne contenaient que deux tristes chevaux utilitaires, et il n'avait pas l'intention de chasser — et que pour bien des aspects de son existence, il restait comme écorché. Ils recevaient fort peu et dînaient rarement dehors : en partie parce que bon nombre de ses vieux compagnons étaient en mer, mais plus encore parce qu'il refusait toutes les invitations, sauf d'hommes envers lesquels il était particulièrement obligé ou qui lui avaient montré leur amitié sans doute possible lors de son procès.

Il était facilement blessé et, quelque temps auparavant, Sophie avait eu des moments difficiles avec les représentants du comité des marchands des Indes occidentales qui lui avaient parlé de leur présent, ou plutôt des armes et des inscriptions qui devaient être gravées dessus, car l'argenterie se trouvait déjà dans le magasin de Storr. Elle les avait suppliés d'omettre « anciennement de la Royal Navy », « autrefois navire de Sa Majesté », et la mention répétée du terme corsaire ; mais ces messieurs étaient si heureux de leur composition et si fortement enclins à penser qu'on ne pouvait l'améliorer qu'elle doutait du moindre changement.

Un groupe de matelots passa devant la fenêtre, en route pour traiter le salon à la mode navale : c'est-à-dire le vider entièrement, frotter et polir toutes choses visibles puis remettre tous les meubles en place, chaises, tables et bibliothèques, exactement au carré. Comme, dans le cours normal des événements, ils le faisaient quotidiennement pour les quartiers de leur capitaine en mer, il leur paraissait naturel d'en faire autant dans sa maison à terre ; et depuis la fin de leur semaine de permission et de débauche épaisse à Shelmerston, ils avaient repeint toutes les boiseries d'Ashgrove et blanchi toutes les pierres bordant l'allée d'entrée et les sentiers du jardin.

À peine avaient-ils disparu qu'un merle se mit à chanter sur un arbre à l'autre bout de la pelouse. Il était assez loin mais, malgré tous ses inconvénients, le cottage avait le mérite d'être un endroit raisonnablement tranquille et on entendait l'oiseau dans toute sa glorieuse pureté.

— Comme je voudrais pouvoir chanter comme lui, murmura Jack éperdu d'admiration.

— Mon très cher amour, dit Sophie en lui pressant la main, vous chantez beaucoup, beaucoup mieux.

L'oiseau s'arrêta au milieu d'une phrase et l'on put entendre les enfants hurler et brailler en se rapprochant.

— Viens donc, George, espèce de petit niguedouille à gros cul. Lestement, lestement, là. Allons ! lançait Charlotte.

— Mais je viens, pas vrai ? Et vous devez m'attendre, criait George perdu dans le lointain.

— Charlotte, ne rugis pas comme ça si près de la maison, ce n'est pas convenable et en plus on va t'entendre, dit Fanny, elle aussi d'une voix à couvrir la tempête.

Un étranger aurait pu juger leur conversation brutale et grossière en même temps qu'horriblement bruyante ; mais les enfants avaient été élevés surtout par les matelots qui remplaçaient les serviteurs ordinaires à Ashgrove et quand ils étaient seuls, ils parlaient généralement la langue du premier pont. Leurs injures étaient presque toujours de pure convention et ils étaient en fait très attachés les uns aux autres, ce qui fut évident quand ils apparurent à la fenêtre, chacune des filles tenant son petit frère par la main et tous trois bondissant sur place de bonheur.

— C'est arrivé, c'est arrivé, criaient-ils, mais pas tout à fait ensemble : un bruit discordant.

— C'est arrivé, monsieur, c'est arrivé, madame ! s'écria Killick ouvrant grand la porte.

Il remplissait ce qu'il considérait comme les fonctions d'un maître d'hôtel à Ashgrove ; et à son avis, un maître d'hôtel avait parfaitement le droit de sourire et de montrer du pouce par-dessus l'épaule.

— Que c'est dans un chariot couvert avec deux bonshommes avec des tromblons en plus du cocher dans la cour de l'écurie, monsieur. Il y avait un monsieur avec eux, pour faire un discours, mais il s'est saoulé, pardonnez-moi, pris de liqueur à Godalming, alors ils sont venus seuls.

Le discours est écrit sur un papier de toute façon et vous pourrez le lire vous-même. Ils demandent si vous voulez qu'ils apportent les caisses ici, monsieur.

— Non, dit Jack. Conduisez-les dans la cuisine — mais qu'ils déchargent leurs tromblons avant de mettre le pied dans la maison — et donnez-leur de la bière, du pain, du fromage, du jambon et du pâté de porc. Et puis, Bonden et vous, apportez les caisses ici avec un tournevis et une petite pince-monseigneur.

Les caisses vinrent, escortées par les enfants criant « Oh papa, est-ce qu'on peut les ouvrir maintenant ? » depuis le couloir de la cuisine.

— George, dit son père en regardant les caisses proprement scellées et cerclées dont le couvercle portait *J. Aubrey, Ashgrove Cottage, Hants, Esquire, ATTENTION TRÈS FRAGILE*, sautez jusqu'à la chambre de votre grand-mère comme un gentil garçon et dites-lui que quelque chose vient d'arriver de Londres.

Avant que Mrs Williams pût endosser un vêtement convenable, arranger ses cheveux et négocier l'escalier, le couvercle de la première caisse avait sauté, et une quantité extraordinaire de paille et de copeaux de bois avait envahi les trois quarts de la pièce ; elle s'exclama d'horreur, sa voix puissante remplissant tout l'espace. Mais Jack Aubrey avait atteint les couches de papier de soie qui dissimulaient le cœur de l'affaire et ses mains cherchaient un interstice entre les paquets bien serrés. Sophie l'observait, la terreur au cœur, tandis qu'il saisissait au milieu un objet encombrant, le dégageait doucement, dévoilait sa forme étincelante — une soupière. D'un ton qui noya tout à fait l'indignation de Mrs Williams, il dit « Attendez une minute, madame » et passa la chose à son épouse. La soupière, objet très ornementé dans le style moderne, était si lourde que Sophie faillit bien la laisser tomber ; saisissant l'autre poignée, elle arrêta sa chute : avant même de l'avoir attrapée, elle vit que l'inscription était ce qu'elle avait souhaité. Elle la lut tout haut : *Au très éminent et distingué capitaine naval John Aubrey, Esquire, ce service est offert par l'Association des Marchands des Indes Occidentales en gratitude pour son soutien inébranlable et la protection du commerce du pays (son sang vital) sous toutes les latitudes et au cours des deux guerres, et en reconnaissance particulière de sa brillante capture d'un vaisseau de guerre privé particulièrement déterminé et rapace, le* Spartan, *le plus grand de sa classe.* Sous cette tirade on pouvait lire les mots *Debellare superbos,* encadrés par deux « lions rampants », tout debout, la patte tendue.

— Très bien dit ! s'exclama Mrs Williams. « Son sang vital » est très bien dit. Je vous félicite, Mr Aubrey.

Elle lui serra la main avec une cordialité réelle et, prenant la soupière des mains de sa fille, observa :

— Elle doit bien peser cent cinquante onces.

— Oh, monsieur ! s'écria Charlotte dressée sur la pointe des pieds pour regarder dans la caisse, je crois qu'il y en a une autre exactement pareille, s'il vous plaît, s'il vous plaît, est-ce que je peux la sortir ?

— Mais oui, ma chère, faites-le, dit Jack.

— C'est beaucoup trop lourd et délicat pour un enfant, dit Mrs Williams, se poussant au premier rang et saisissant la seconde soupière. Mais elle peut prendre le couvercle que je vois tout à côté.

— Est-ce que je peux essayer aussi, Papa ? chuchota Fanny en lui tirant la manche.

La simple justice l'exigeait, et très vite le déballage se transforma en une sorte de pêche au trésor, chacun plongeant à son tour et lançant ou même criant le nom de sa prise — saucière, petite louche, grande louche, plat, couvercle, un monstrueux centre de table, et ainsi de suite jusqu'aux dizaines d'assiettes grandes et petites — jusqu'à ce que les tables débordent et qu'on ne puisse marcher nulle part sans écraser paille ou copeaux dans le tapis, sans même parler du papier de soie et du coton de joaillier ; l'endroit ressemblait fort à un repaire de bandits idéalisé, car les marchands des Indes occidentales avaient fait les choses avec élégance, beaucoup d'élégance.

— Vous serez obligé de prendre un ou deux aides pour le polissage, dit Jack à Killick qui regardait partout avec une sorte de ravissement imbécile devant le nombre de surfaces qu'il allait pouvoir attaquer à la poudre de craie et à la peau de chamois : comme bien des marins, il avait une passion pour le métal brillant, et avait déjà réduit la première vaisselle plate de Jack à quelque chose d'assez proche du papier d'argent.

— À présent il va falloir laver tout cela à l'eau chaude et au savon à cause des mains sales des enfants, dit Mrs Williams, et quand tout sera bien sec, il faudra l'envelopper de drap et l'enfermer dans la chambre forte. C'est bien trop beau pour qu'on s'en serve.

— Charlotte, dit Jack, voici une cuiller pour vous, rien que pour vous ; et une autre pour Fanny.

— Oh merci, monsieur, s'exclamèrent-elles, faisant la révérence et rougissant de plaisir : elles étaient jumelles et l'unisson parfait de leurs cris, de leurs expressions, de leurs mouvements et de leur rougeur était particulièrement absurde et touchant.

— Et voilà pour vous, George, il vous en faudra une quand vous embarquerez sur votre premier navire.

Mrs Williams exprima son point de vue sur l'éducation navale ; il était familier à Jack Aubrey, suite à de fréquentes répétitions depuis que George portait une culotte, mais il l'entendit d'un esprit détaché.

— Maman, dit Fanny en regardant l'inscription de la première soupière, vous avez oublié *Debellare superbos,* tout en bas, qu'est-ce que ça veut dire ?

— C'est du latin, ma chère, dit Sophie, et c'est tout ce que je sais. Il faudra que vous attendiez le docteur Maturin ou Miss O'Mara.

Miss O'Mara, fille d'un officier tué à Aboukir, était la gouvernante promise dont le nom assombrissait en général les joues des petites filles d'une lourde appréhension chaque fois qu'on le mentionnait ; mais cette fois Fanny le remarqua à peine.

— Je demanderai à papa, dit-elle.

— Ho, du salon ! lança Dray que sa botte boueuse (il n'en avait qu'une, l'autre jambe étant de bois) confinait à la cuisine.

— Ho ! répondit Killick d'une voix portant tout aussi loin.

— Un exprès pour le capitaine.

— Il y a un exprès pour vous, monsieur, dit Killick.

— Un exprès ! Oh, qu'est-ce que cela peut être ? s'exclama Mrs Williams, portant son mouchoir à ses lèvres.

— Sautez jusqu'à la cuisine et allez le chercher, voulez-vous, George, dit Jack.

— Le garçon est tombé de son cheval dans le chemin et il est couvert de sang, dit George en revenant, avec une certaine satisfaction. La lettre aussi.

Jack s'approcha du profond bow-window, et dans le silence suscité par l'étonnement (un exprès était un événement fort rare à Ashgrove Cottage) il entendit sa belle-mère chuchoter à Sophie : « Quel désastreux mauvais présage. Combien j'espère que ce n'est pas pour dire que la banque de Mr Aubrey a fait faillite. Du sang sur la lettre ! Je suis certaine que c'est pour dire que la banque de Mr Aubrey a fait faillite. Il n'y a plus de banque en sécurité aujourd'hui ; elles font toutes faillite l'une après l'autre. »

Jack réfléchit une minute. Il était vrai que le peu de réparations nécessitées par la *Surprise* était bien avancé et si Tom Pullings, brave, solide, sérieux, avait été à bord, il eût pu être sûr de trouver la frégate prête à prendre la mer sous quelques heures. Mais Tom ne devait revenir que mardi et si Davidge et West étaient des officiers capables, expérimentés, il ne les connaissait pas très bien et ne pouvait se fier à leur seul jugement quant aux préparatifs d'un combat ; car Stephen n'aurait pas parlé d'un bref voyage ou d'un délai plus bref encore s'il n'y avait pas eu probabilité de combat à la fin.

Tout en soupesant les possibilités, il se rendit compte que son silence et les chuchotements ridicules de Mrs Williams jetaient un voile sur l'occasion ; les enfants avaient pris un air solennel.

— Sophie, dit-il en mettant la note dans sa poche, je crois que je descendrai voir le navire demain matin plutôt que d'attendre jusqu'à mardi. Mais entre-temps, nous allons transporter toutes ces choses dans la salle à manger et les étaler comme si nous donnions un banquet.

Avec deux rallonges, la table de salle à manger pouvait recevoir quatorze personnes confortablement, et ces quatorze personnes avaient besoin d'une quantité d'argenterie prodigieuse. Bien que le service fût plus bulbeux, chargé et tarabiscoté que ce que Jack ou Sophie auraient choisi, même à demi dressée, la table était fort somptueuse, d'une manière assez ostentatoire, surtout du fait que les rideaux avaient été tirés et les chandelles allumées pour mieux en faire jouer l'éclat ; les enfants circulaient encore, chargés comme des fourmis, pleins de bonheur, quand on entendit des roues à l'extérieur et qu'en regardant entre les rideaux, ils aperçurent une chaise et quatre chevaux.

Stephen descendit de la voiture, tout courbé et ankylosé par son long voyage, puis Padeen, portant un sac ; les enfants sortirent en trombe, tout excités et criant beaucoup trop fort : « Le docteur Maturin est arrivé en chaise à quatre, et l'un des chevaux est couvert d'écume et Padeen a encore un bandage autour de la figure. »

— Stephen, s'exclama Jack, descendant les marches en courant, comme je suis heureux de vous voir, vous n'auriez pu choisir un meilleur moment ; nous sommes sur le point d'organiser un banquet. Padeen, j'espère que vous allez mieux ? Killick va vous aider à transporter les sacs du docteur dans sa chambre.

La chaise de poste s'en alla pour attendre à l'auberge de la Chèvre et du Compas jusqu'à ce que le postillon reçoive ses ordres, et Stephen entra, embrassa Sophie et les deux petits visages tendus vers lui puis échangea des courbettes avec George.

— Je suis heureux de vous trouver ici, dit-il à Jack encore dehors. Je craignais que vous ne soyez descendu à Shelmerston hier ou même le jour d'avant.

— Je n'ai reçu votre exprès qu'il y a une heure à peu près.

— Bon après-midi à vous, madame, dit Stephen en s'inclinant devant Mrs Williams dans le salon. Pouvez-vous croire une telle chose ? J'envoie un exprès de la ville de Londres, rien de moins — pas d'un lointain Ballymahon ou Cambridge-en-Tourbière —, voici deux jours, et il n'arrive que deux heures avant moi. Une livre seize shillings et huit pence en pure perte, sans parler d'une demi-couronne pour le garçon.

— Oh, je ne le crois que trop, monsieur, s'écria Mrs Williams. Tout cela fait partie des desseins du ministère pour ruiner le pays. Nous sommes gouvernés à présent par des monstres, monsieur. Des monstres.

— J'ai une cuiller d'argent tout à moi, monsieur, dit George avec un sourire. Aimeriez-vous la voir ?

— Sophie, dit Jack, voici la plus merveilleuse occasion pour baptiser le nouveau service. Stephen n'a pas dîné. Nous n'avons pas dîné. Tout est en place ou presque, que diable, pour une inspection d'amiral. Ne pourrions-nous préparer un ou deux plats simples — il y a une tête de porc marinée qui est prête, je le sais — et dîner dans la gloire ?

— Mais oui, bien sûr, mon chéri, dit Sophie sans hésitation. Donnez-moi une heure et il y aura au moins quelque chose sous chacun des couvercles.

— Entre-temps, Stephen, passons au fumoir pour boire un verre de madère ; et je suis sûr que vous aimeriez un cigare après votre voyage. (Dans le fumoir il dit :) Votre Padeen a l'air d'avoir fait la guerre. L'opération a-t-elle été très douloureuse ?

— Elle l'a été. Extrêmement douloureuse et prolongée. Mais il a reçu les coups et les bosses que vous avez observés dans un combat au Black. Dans la pièce où les valets des membres se reposent, trois hommes se sont moqués de son bandage et lui ont demandé si son père était un âne ou un lapin. Il les a totalement détruits. Cassé la jambe de l'un — tibia et péroné, une fracture double —, jeté l'autre tout entier dans la grande cheminée à l'ancienne qu'ils ont là-bas et l'y a maintenu un moment, et poursuivi le troisième jusqu'à ce qu'il saute dans le lac de Saint-James Park, où Padeen n'a pas voulu le suivre à cause de son bel habit noir. Fort heureusement, quelques-uns des membres du club sont magistrats dans le Middlesex et j'ai pu le tirer de là.

— Il n'est pas bon de le tarabuster. C'est le genre d'agneau qui dort avec le lion sous une peau de loup. Je l'ai vu aborder le *Spartan* avec ardeur.

— C'est vrai, c'est vrai. (Stephen s'approcha du feu, alluma son cigare et dit :) Ecoutez-moi, Jack ; nous avons la possibilité d'une véritable action navale, et j'entends par là l'attaque d'une frégate de la marine française. On m'assure que le succès ou même un échec honorable dans une telle rencontre pourrait avoir un effet favorable sur votre éventuelle réintégration dans la liste des capitaines de vaisseau.

— Pardieu, je donnerais mon bras droit pour cela, dit Jack.

— Je vous en prie, ne dites pas de telles choses, mon cher, dit Stephen, c'est tenter le sort. Mon ami ne donne évidemment aucune garantie mais il est de fait que pour l'esprit officiel un combat avec un vaisseau national compte, alors qu'un combat tout aussi sévère avec un vaisseau privé ne compte pas. Voici très brièvement quelle est la situation : parmi les navires qui se trouvent à Saint-Martin, il y a une frégate neuve nommée *Diane*, de trente canons. Elle a été conçue et armée pour un voyage en Amérique du Sud, en particulier au Chili et au Pérou, un peu comme le nôtre, et peut-être dans les mers du Sud pour y harceler nos baleiniers. Ses vivres sont presque tous embarqués, de même que les représentants français plus ou moins officiels ; et elle doit appareiller à la renverse, dans la nuit du treize, à la nouvelle lune, pour être sortie de la Manche avant le jour. Elle-même et quelques autres navires ont été bloqués à Saint-Martin depuis un certain temps par une petite escadre côtière qui comprenait la *Nymph*, parfaitement capable de s'en prendre à elle et à n'importe lequel des bricks ou des canonnières qui pourraient sortir à son aide. Mais les exigences de la situation actuelle sont telles qu'au cours de cette période critique ni la *Nymph*, ni la *Bacchante*, qui l'accompagne fréquemment, ne peuvent être détournées d'une opération plus importante ailleurs, et l'escadre se trouve réduite au *Tartarus* et au vieux *Dolphin*. On a tenté de dissimuler cette déficience par la présence de l'avitailleur *Camel* et d'un autre navire, mais l'ennemi, au courant de nos faits et gestes, entend bien exécuter son plan. Il est donc venu à l'esprit de mon ami que si la *Surprise* intervenait, cela pourrait être à l'avantage de toutes les personnes concernées.

— Pardieu, Stephen, dit Jack en lui serrant la main, vous n'auriez pu m'apporter meilleure nouvelle. Puis-je en parler à Sophie ?

— Non monsieur, vous ne le pouvez pas ; ni à personne d'autre avant que nous soyons en mer ou sur le point de lever notre dérape — je veux dire ancrer l'apique. Mais écoutez-moi, Jack voulez-vous ? J'ai pris sur moi de donner votre consentement...

— Et vous avez bien fait, ha, ha, ha !

— ...à cette opération, à cette tentative d'opération, et à l'aspect officiel quelque peu tortueux qu'elle doit prendre. Nous avons loué ou nolisé le navire à la Couronne, et l'Amirauté a fourni un document pour faire face à la situation si un officier se montrait difficile ou légaliste. Comme le cher William Babbington est actuellement l'officier le plus ancien présent sur les lieux, les perspectives de désaccord semblent relativement lointaines ; mais mieux vaut avoir le papier, qui peut d'ailleurs être la meilleure couverture ou protection pour notre voyage en Amérique du Sud. Il commence : *Par les Commissaires pour exécuter l'office du Lord Grand Amiral de Grande-Bretagne, etc.* et il est adressé *Aux officiers supérieurs,* capitaines et commandants des navires et vaisseaux de Sa Majesté auxquels ceci sera présenté. En voici la suite : *Etant donné que nous avons commandé à John Aubrey, Esquire, d'effectuer avec le navire* Surprise *affrété par Sa Majesté un service particulier, vous êtes par les présentes requis et sommé de ne pas demander à voir les instructions qu'il a reçues de nous pour l'exécution dudit service, ni sous aucun prétexte de le retarder mais au contraire de lui fournir toute assistance dont il peut avoir besoin, en vue de lui permettre de mettre lesdites instructions à exécution.* C'est signé par Melville et deux autres des Lords de l'Amirauté, et sur leur ordre par ce noir voleur de Croker. Et comme vous voyez, c'est daté et frappé du sceau.

Jack prit le papier avec autant de respect que s'il avait saisi une substance infiniment plus sacrée : des larmes lui montèrent aux yeux, et Stephen, sachant à quel point les Anglais ont tendance à manifester une émotion embarrassante, dit d'une voix rude :

— Mais je dois toutefois vous dire que la *Diane* est commandée par un officier exceptionnellement capable, le frère de ce Jean-Jacques Lucas qui a combattu si noblement à Trafalgar avec le *Redoutable.* Il a été autorisé à choisir son équipage et l'a entraîné selon les méthodes de son frère : leur agilité pour les changements de voilure et ainsi de suite surprend les observateurs qualifiés, et plus encore la rapidité et la précision de leur mousqueterie et de leur artillerie. Le navire aura probablement à bord quelques civils et leurs papiers, et ce serait un coup de maître si nous pouvions les saisir intacts. À présent, avez-vous un plan, une carte de cet endroit pour que nous puissions l'étudier ?

— J'ai celle que j'ai dressée, dit Jack, la seconde. Voulez-vous que nous allions dans ce que j'appelle bêtement la bibliothèque ? Apportez votre verre.

Jack Aubrey était étonnamment précis et méthodique dans les affaires de cet ordre et en moins de deux minutes il étala sur la table de la bibliothèque une feuille légèrement jaunie, en observant qu'il l'avait faite avec Mr Donaldson, le maître du *Bellerophon*, le meilleur hydrographe de la Navy, durant l'année quatre-vingt-dix-sept : la variation du compas avait changé de trente et une secondes vers l'est depuis lors et quelques-unes des sondes devraient être révisées, mais il se sentait capable de conduire son navire au mouillage sous la batterie sans pilote.

La carte montrait un port étroit et profond, large de moins d'un quart de mille à l'entrée et profond de deux milles, avec une batterie de six canons tout au fond, et l'entrée rétrécie par un brise-lames. Les deux rives étaient assez abruptes mais celle du côté sud, qui s'achevait en un cap élevé portant un phare, était beaucoup plus haute sauf à sa jonction avec la terre ferme, isthme très bas gardé par des fortifications considérables. La ville s'étendait sur la plus grande partie du cap, à l'est du phare et de l'autre côté du port ; les navires de guerre étaient amarrés le long d'un beau quai de pierre, du côté sud du port ; les navires marchands se trouvaient généralement, mais pas toujours, de l'autre côté, tandis que les petites embarcations et les bateaux de pêche restaient dans le fond. La ville comptait peut-être quatre ou cinq mille habitants en plus de la garnison, et il y avait trois églises. Et puis, bien entendu, le fameux chantier naval et les magasins.

— C'est là, dit Jack en montrant l'isthme, que nous avons débarqué au début de la guerre. Nous les avons pris par-derrière, avons brûlé le chantier et un navire de vingt canons en construction. Grand Dieu, quel feu d'artifice ! Goudron, peinture, bois et toile à voile, tous en feu dans un fort vent de sud ; on y voyait assez pour lire, facile comme bonsoir madame. C'est après cette affaire qu'ils ont installé la batterie. Comme vous voyez, ces bancs de sable rendent assez difficile l'entrée et la sortie pour un navire calant autant qu'une frégate ; comme la *Diane,* ne voulant pas se retrouver au milieu de la principale escadre du large, bien au nord, doit très vite faire route au sud-ouest, c'est par ici qu'il faut qu'elle sorte à marée basse, et c'est là (montrant l'autre côté du cap) que nous devons l'attendre, tous feux éteints. Nous l'appelons cap Baleine.

Il ajouta quelques remarques sur les brises probables, les marées et l'effet du vent sur celles-ci.

Finalement, quand Stephen eut bien en tête le port, ses approches et les collines environnantes, Jack rangea la carte et resta planté devant la fenêtre à regarder la pente conduisant à son petit observatoire astronomique avec son dôme de cuivre. L'opinion de ses enfants était pour lui, il le constatait, d'une importance énorme : le plaisir d'exhiber l'argenterie des marchands des Indes occidentales avait été beaucoup plus grand, d'un poids beaucoup plus considérable qu'il ne l'aurait jamais imaginé sans l'avoir expérimenté. Ils savaient quelque chose de ce qui s'était passé,

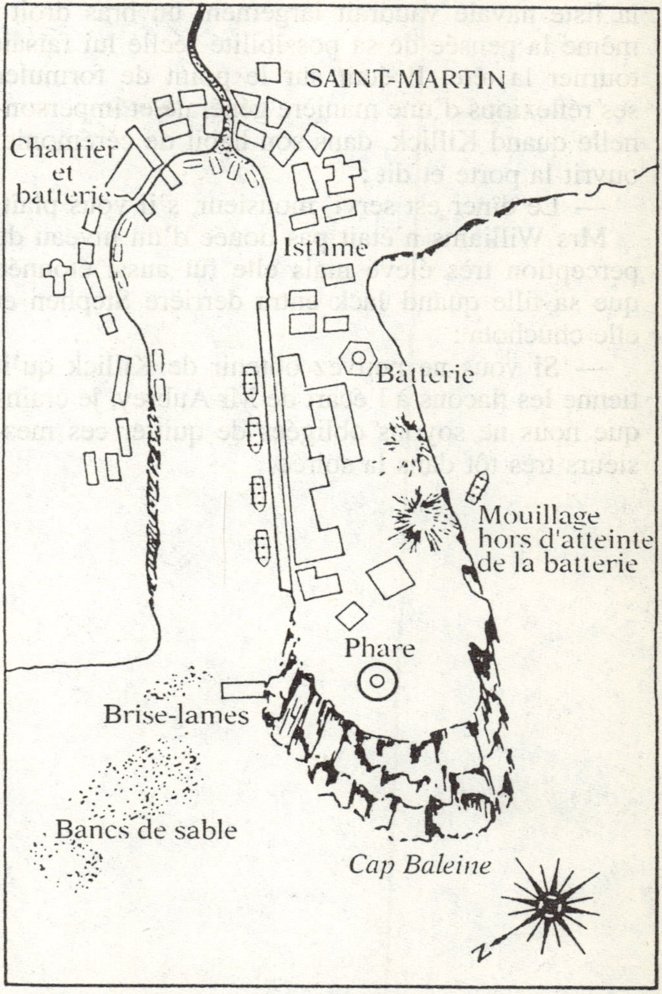
SAINT-MARTIN
Chantier
et
batterie
Isthme
Batterie
Mouillage
hors d'atteinte
de la batterie
Phare
Brise-lames
Bancs de sable
Cap Baleine
N

mais Jack ne connaissait pas leur savoir exact ou ce qu'ils en pensaient ; il était pourtant persuadé que de ce point de vue seul, la réintégration sur la liste navale vaudrait largement un bras droit : même la pensée de sa possibilité réelle lui faisait tourner la tête. Il était sur le point de formuler ses réflexions d'une manière générale et impersonnelle quand Killick, dans son habit de cérémonie, ouvrit la porte et dit :

— Le dîner est servi, monsieur, s'il vous plaît.

Mrs Williams n'était pas douée d'un niveau de perception très élevé mais elle fut aussi étonnée que sa fille quand Jack entra derrière Stephen et elle chuchota :

— Si vous ne pouvez obtenir de Killick qu'il tienne les flacons à l'écart de Mr Aubrey, je crains que nous ne soyons obligées de quitter ces messieurs très tôt dans la soirée.

Chapitre 5

Jack Aubrey avait toujours détesté cette pratique, relativement courante dans la Navy, d'embarquer sans avertissement et de prendre son équipage par surprise ; mais cette fois, ne disposant ni d'un canot de la frégate ni d'un patron de canot, il n'avait pas le choix. Et il en fut heureux, car tandis qu'un canot de Shelmerston le conduisait à bord avec Stephen, il vit que la *Surprise* était, sans la moindre simulation, un modèle d'activité. Les échafaudages étaient accrochés sur les flancs ; les dernières traces de peinture bleue avaient disparu sous une belle couche de blanc ; Mr Blockeley et ses aides circulaient dans le gréement comme d'énormes araignées, remplaçant les filoirs et garnissant les plus grandes estropes de gaines de cuir rouge, détail très coquet ; et si l'assiette de la frégate n'était pas exactement ce qu'il aurait souhaité — elle était un peu sur le nez — elle avait déjà manifestement embarqué la plus grande partie de son eau. L'eau de Shelmerston, la meilleure au sud de la Tamise pour partir loin à l'étranger, n'était pas facilement accessible et pendant son absence, les Surprises avaient dû faire de nombreux voyages avec les canots.

Tout en contemplant son navire, il écoutait d'une demi-oreille le canotier dont le fils — comme tant d'autres dans la petite ville — souhaitait énormément embarquer avec le capitaine Aubrey : c'était un vrai matelot, il avait fait trois voyages à Canton et un à Botany Bay, il était qualifié depuis le premier, et particulièrement habile au violon ; sobre aussi, et pas du tout querelleur sauf sur le pont de l'ennemi ; Église d'Angleterre et (avec emphase) toujours obéissant aux ordres.

— Oui, dit Jack, je suis sûr que c'est un bon jeune homme. Mais nous avons tous les matelots qu'il nous faut, voyez-vous. Tout de même, quand le reste de l'argent des prises sera arrivé et partagé, il y aura peut-être quelques vides à combler : je crois que certains hommes ont l'intention de se mettre à leur compte ou d'acheter des tavernes.

— Et les mauvais bougres que vous avez renvoyés, Votre Honneur ?

— Par le ciel, leur place était remplie le soir même. Non, que votre fils vienne me voir, moi ou le capitaine Pullings, quand tout sera réglé, d'ici une quinzaine, et nous verrons ce qu'on peut faire. Quel est son nom ?

— Abel Hayes, monsieur, s'il vous plaît. Abel. Pas Seth, dit le canotier avec un regard particulièrement significatif, signification totalement perdue pour Jack, qui dit :

— Faites-moi faire le tour du navire, s'il vous plaît, avant d'aborder.

Le canot passa sur l'arrière de la frégate à une encablure et remonta le long de son flanc tribord immaculé : immaculé, sauf pour le nom Seth peint, clair et net, sur la bande blanche, au milieu, entre les sabords noirs des canons douze et quatorze. Jack ne fit aucune observation mais son visage, qui avait retrouvé un peu de son habituelle roseur joyeuse pendant le voyage, se durcit, redevenant gris et sans humour.

— Porte-haubans bâbord, dit-il après une pause.

Arrivé là, il monta en courant jusqu'au gaillard d'arrière qu'il salua, tout gaillard d'arrière ayant, moins de trois cents ans plus tôt, porté un crucifix : le salut fut rendu par Davidge et West, et par Martin qui était arrivé le samedi afin d'éviter de voyager un dimanche, ce qui ne troublait ni Jack ni Stephen. Tous trois étaient beaucoup mieux habillés que quand ils avaient embarqué pour la première fois et manifestement beaucoup plus prospères ; mais tous avaient une expression anxieuse, marquée par les soucis.

— Bonsoir, messieurs, dit Jack, je descends. Mr Davidge, je serai heureux d'entendre votre rapport dans cinq minutes.

Il y avait plusieurs lettres et messages pour lui dans la chambre, pour la plupart des demandes d'embarquement, mais d'autres qui apportaient les félicitations et les bons vœux de vieux compagnons de bord, certains venus d'aussi loin que l'hôpital de Greenwich. Il en lisait encore un quand Davidge entra et dit :

— Monsieur, je suis très ennuyé d'avoir à vous annoncer une mutinerie à bord.

— Une mutinerie, ah bon ? Mais d'après l'aspect du navire, je présume qu'elle est loin d'être générale.

Il avait effectivement remarqué l'absence de

bavardages joyeux et de rires en montant à bord, et la présence de regards moroses et craintifs ; mais rien qui ressemblât à de la mauvaise volonté. Depuis sa jeunesse il avait connu plusieurs mutineries, en dehors même des grands mouvements de Spithead et du Nore, et il avait entendu parler de beaucoup d'autres — elles étaient étonnamment courantes dans la Navy — mais jamais à bord d'un navire prospère, occupé, avec quantité de permissions et tous les délices que pouvait apporter l'argent juste à portée de main.

— Quels sont les hommes en cause ?

— Slade, les frères Brampton, Mould, Hinckley, Auden et Vaggers, monsieur.

— Ah, mon Dieu.

C'était parmi les meilleurs des Shelmerstoniens, deux d'entre eux quartiers-maîtres, un aide canonnier, les autres excellents matelots, des hommes tranquilles et solides : des marins de valeur.

— Asseyez-vous, Mr Davidge, et faites-moi un bref compte rendu de l'affaire.

Davidge était toutefois incapable de faire un bref compte rendu qui fut aussi suivi, cohérent et complet ; son esprit ne travaillait pas de cette manière-là. C'était un officier compétent qui n'hésitait pas à donner une série rapide d'ordres pour faire face à une situation dangereuse par mauvais temps avec une côte sous le vent, mais son récit divaguait fortement et Jack n'était nullement certain d'en avoir saisi l'ensemble quand les répétitions et les parenthèses de Davidge s'achevèrent avec embarras. Ce qu'il avait compris, c'est que le dimanche matin les sept hommes, qui étaient tous sethiens — « Que sont les sethiens, Mr Davidge ? — Oh, une sorte de méthodistes ou de membres d'une autre secte, je crois, monsieur, je ne suis pas entré dans le détail » —, des sethiens de Old Shelmerston, village situé un peu à l'intérieur des terres, s'étaient rendus dans leur maison de réunion. Ils avaient ensuite dîné à terre et, en revenant à bord, quelques-uns, ou tous, étaient sortis sur l'échafaudage encore accroché au flanc tribord et avaient peint le mot choquant.

Davidge ne l'avait pas remarqué immédiatement car le carré avait invité à dîner Mrs Martin, venue à bord pour la première fois. Mais en revenant de raccompagner les Martin à terre, il avait évidemment aperçu ce mot, visible de très loin, le navire ayant pivoté à la renverse, et il en avait immédiatement ordonné la suppression. Personne ne semblait savoir qui l'avait fait ; personne ne semblait disposé à le gratter ou à le repeindre ; des excuses sans fin : les pinceaux étaient nettoyés ; c'était dimanche ; les meilleurs habits ; on allait aux poulaines ; les entrailles dérangées par un crabe. Finalement Auden avait reconnu avoir peint le nom. Il refusait de l'enlever, disant qu'il ne pouvait en conscience le faire, et il était soutenu en cela par les six autres. Il n'était ni violent, ni impoli — pas de langage grossier —, il n'était pas non plus manifestement ivre, mais lui et les autres avaient déclaré que si l'un des hommes tentait d'ôter le nom, son premier coup de brosse serait le dernier. Davidge et West n'avaient pas été soutenus par le bosco, le canonnier ou le charpentier, moins encore par les autres matelots qui, sans être le moins du monde séditieux, avaient dit très clairement qu'ils ne feraient rien qui pût porter malchance au navire. De crainte d'empirer encore la situation, Davidge n'avait donc plus donné d'ordres clairs et directs : faute d'infanterie de marine, bien sûr, il n'avait pas non plus mis les sept hommes aux fers. Comme le Code de Justice navale ne s'appliquait pas et que le navire n'était pas en mer, ni lui ni West ne savaient exactement quoi faire. Il avait toutefois suspendu les hommes de toute tâche en attendant l'arrivée du capitaine et leur avait interdit de monter sur le pont. Peut-être aurait-il dû les envoyer immédiatement à terre ; s'il avait mal fait, il en était terriblement désolé ; mais il en appelait au jugement du capitaine Aubrey.

— Avez-vous consulté Mr Martin ? demanda Jack.

— Non, monsieur, il n'a embarqué que quelques minutes avant vous.

— Je vois. En fait, je pense que vous vous êtes tiré honorablement d'une situation difficile. Demandez, s'il vous plaît, aux docteurs s'ils peuvent m'accorder une minute.

Au cours de sa brève attente, diverses possibilités lui traversèrent l'esprit, mais les arguments pour et contre chacune restaient absolument équilibrés quand la porte de la chambre s'ouvrit.

— Mr Martin, dit-il, vous avez certainement entendu parler de notre ennui actuel. Dites-moi s'il vous plaît tout ce que vous pourrez à propos de ces sethiens. Je n'en ai jamais entendu parler.

— Eh bien, monsieur, ils descendent des gnostiques valentiniens, mais la descendance est si longue, lointaine et obscure qu'il ne servirait pas à grand-chose de la retracer. Sous leur forme actuelle, ce sont de petites communautés indépendantes sans, je crois, le moindre organe directeur ; mais il est difficile d'en être certain car ils ont si longtemps couru le risque d'une persécution en tant qu'hérétiques qu'ils sont naturellement réservés ; et ils conservent quelque chose d'une société secrète. Ils croient que Caïn et Abel ont été engendrés par des anges, alors que Seth qui, vous vous en souviendrez, naquit après le meurtre d'Abel, fut la création pure et directe du Tout-Puissant et non seulement l'ancêtre d'Abraham et de tous les hommes vivant aujourd'hui, mais le prototype de Notre Seigneur. Ils ont pour lui la plus profonde vénération et croient qu'il veille sur les sethiens avec un soin particulier. Mais ils ont bien mauvaise opinion des anges, étant convaincus que par leurs... comment pourrais-je l'exprimer ? par leurs impuretés mutuelles, ils ont provoqué le déluge de Noé, lequel aurait dû faire disparaître tous leurs descendants, mais certains se sont glissés dans l'arche, et c'est eux et non Seth qui sont les ancêtres des méchants.

— Il est bizarre que je n'en aie jamais entendu parler le moins du monde. Sont-ils souvent marins ?

— J'imagine que non. La plupart des quelques-uns que j'ai rencontrés ou dont j'ai entendu parler vivent en petits groupes dispersés au fin fond des campagnes de notre pays de l'ouest. Ils gravent parfois le nom de Seth sur leur maison ; et ils se rangent en deux écoles, hostiles l'une à l'autre, la vieille école qui écrit le S à l'envers et la nouvelle qui l'écrit comme nous. En dehors de cela et d'une répugnance à payer la dîme, ils ont la réputation d'être fort unis et d'être honnêtes, sobres et fiables, un peu comme les quakers. Mais, au contraire des quakers, ils n'ont pas de haine pour la guerre.

— Mais ce sont des chrétiens, n'est-ce pas ?

— Quant à cela, dit Martin en regardant Stephen, il en est parmi les gnostiques qui surprendraient saint Pierre.

— Les valentiniens furent assez bons pour dire que les chrétiens pourraient être sauvés, observa Stephen. Peut-être pourrions-nous leur retourner le compliment.

— De toute manière, dit Martin, ces gens ont laissé la gnose de Valentin infiniment loin derrière eux : elle est pratiquement oubliée. Leurs livres saints sont les nôtres. Je pense que nous pouvons sans aucun doute les appeler chrétiens, quoique un peu hétérodoxes quant à certains points de doctrine.

— Je suis heureux de l'entendre ; et je vous suis obligé, monsieur, de tout ce que vous venez de me dire. Maturin, quelque observation vous reviendrait-elle à l'esprit ?

— Pas un mot. Ce n'est pas à moi d'enseigner à Martin la théologie alors qu'il est bachelier en religion.

— Dans ce cas, allons faire quelques pas sur le pont, après quoi je parlerai aux sethiens.

Il fit sa promenade ; la soirée était délicieuse ; mais il n'avait pas encore décidé exactement de sa ligne de conduite quand il regagna la chambre et fit appeler les mutins. En matière de relations humaines, il n'était pas un Machiavel et c'est avec une parfaite sincérité qu'il leur dit :

— Nous voici avec une belle affaire, ma parole. Au nom du diable... au nom de Dieu, qu'est-ce qui a pu vous conduire à peindre Seth sur le flanc du navire ?

Les sept hommes étaient là debout, alignés en

travers sur la toile à carreaux couvrant le plancher ; la lumière de la grande fenêtre de poupe tombait en plein sur eux, et Jack, debout à contre-jour, les voyait en pleine clarté : des hommes graves, solides, oppressés par l'occasion et peut-être un peu alarmés, mais pas renfrognés et moins encore haineux.

— Allons, dit-il, Slade, vous êtes le plus vieux, dites-moi comment cela s'est fait.

Slade regarda, à droite et à gauche, ses compagnons qui tous hochèrent la tête et il commença avec son accent rocailleux du pays de l'Ouest :

— Eh bien, monsieur, nous sommes ce qu'on appelle des sethiens.

— Oui, Mr Martin vient de m'en parler : de respectables chrétiens.

— C'est exact, monsieur, et dimanche nous sommes allés à notre maison de réunion à Old Shelmerston.

— Juste après le maréchal-ferrant, dit le frère Brampton le plus simplet.

— Et là, il nous est venu en tête que Seth (tous levèrent d'un geste brusque le pouce de la main droite vers le haut et le côté à ce nom) avait été particulièrement bon pour nous au dernier voyage.

— C'est bien vrai, dirent ses compagnons.

— Et ensuite, pendant que nous mangions notre dîner au William, nous avons considéré comment, depuis la nuit des temps, notre peuple avait toujours écrit ce nom sur leurs maisons, après un bienfait particulier, en manière de ce qu'on appelle un témoin de merci. Et quand on est revenu on l'a mis sur le navire.

— Je vois. Mais quand on vous a dit de l'enlever, vous ne l'avez pas fait.

— Non, monsieur. Pour nous, le nom est sacré. Il ne doit jamais être touché. Il n'y a pas un seul d'entre nous qui pourrait y porter la main.

— C'est bien vrai, dirent ses compagnons.

— Je comprends votre point de vue, dit Jack, mais dites-moi, en mangeant votre dîner, qu'avez-vous bu ?

— On n'était pas ivres, monsieur, dit Slade.

— C'est ce qu'on m'a dit. Mais vous n'avez pas mangé à sec et il est bien probable qu'avec de l'or dans vos poches vous n'avez pas bu de l'eau ou du petit-lait : qu'avez-vous bu, exactement ?

Leur récit, empreint dans ce cas d'une précision religieuse, aboutit à un peu plus de deux pintes de bière ou de cidre pour chaque homme, sauf Slade et Auden qui avaient partagé une bouteille de vin.

— C'est assez modéré, en conscience, dit Jack. Pourtant, il est surprenant de voir comment une couple de verres de vin peut affecter le jugement d'un homme sans qu'il s'en rende compte. Si vous n'aviez pas bu de vin, vous auriez réfléchi que la *Surprise* est un navire de guerre privé et se doit par conséquent de passer inaperçue et de tromper l'ennemi. Mais comment peut-elle passer inaperçue ou tromper l'ennemi avec ce nom peint clairement sur son flanc ? Et encore, tout chrétien sait qu'il ne doit pas faire aux autres ce qu'il ne voudrait pas qu'on lui fasse. Vous avez une centaine de compagnons de bord et plus : faut-il qu'ils soient privés de la chance de toucher de l'argent de prise à cause de votre coutume particulière ? Clairement, ce n'est pas juste, honnête ou loyal. Le nom doit disparaître. Non, non, poursuivit-il devant leur regard sombre et obstiné. Je ne veux pas dire qu'il faut le gratter ou le repeindre ni même le toucher. Nous allons le recouvrir d'un morceau de belle toile à voile comme nous l'avons fait quand nous courions vers São Miguel. Ensuite, peut-être peindrons-nous la toile pour la protéger en cas de mauvais temps ; mais le nom restera là. Son influence restera donc là. Après tout, elle était déjà là quand nous avons repeint la barque en bleu.

Il vit la plupart des hommes hocher la tête de son côté et ensuite, quand Slade regarda de droite à gauche, ils acquiescèrent tous à l'unisson.

— Eh bien, monsieur, dit-il, si c'est comme ça que ça doit être, on est bien satisfaits ; et on vous remercie, monsieur, pour nous avoir écoutés.

— J'aurais été désolé de me priver de bons marins, dit Jack. Mais il reste pourtant une chose à faire. Vous avez groumé avec Mr Davidge, et refusé d'obéir. Vous devez lui demander pardon.

Après quelques instants d'hésitation, les hommes se regardant les uns et les autres, incertains, Auden dit :

— L'ennui c'est que c'est un monsieur tellement bien, monsieur ; nous, on n'est que des gens simples et on ne saurait pas quoi lui dire.

— Vous devez aller vers lui, dit Jack, et ôter votre chapeau comme il faut et l'un d'entre vous doit dire : « Nous vous demandons pardon, monsieur, pour avoir groumé et refusé d'obéir. »

— C'est un petit peu gênant de ne pas avoir Killick ici avant demain, dit Jack Aubrey à Stephen en lui servant un grand morceau du pâté de veau et de jambon que Sophie avait emballé pour leur souper, mais je n'aurais pas voulu pour cent livres qu'il soit ici ce soir. Il est assez enclin à écouter aux portes, comme vous le savez, et si j'ai parlé en totale sincérité aux sethiens, j'aurais eu du mal à discuter de devoir moral et d'autres choses avec lui à portée de voix.

— Quand verrons-nous les hommes venus d'Ashgrove ? demanda Stephen.

— Vers quatre heures de l'après-midi, j'espère, si tout va bien et si le coche ne verse pas. À peu près en même temps que Pullings.

— Eh bien, voilà une nouvelle sombre et sinistre, sur mon âme. J'ai oublié de prendre une chemise propre, et j'avais oublié de changer celle-ci la semaine dernière, et dans leur débordement d'orgueil et de gloire, à présent qu'ils ont deux guinées à faire sonner, le carré a l'intention de nous inviter à dîner demain pour qu'on puisse vous présenter à Mrs Martin. J'ai beaucoup d'estime pour elle et je ne voudrais pas avoir l'air d'une crapule échappée des territoires de liberté. Il regarda le poignet de sa chemise, quelque peu crasseux avant leur longue nuit dans la chaise graisseuse et qui à présent faisait honte au navire.

— Vous êtes impayable, Stephen, dit Jack, après toutes ces années en mer, vous n'avez encore pas la moindre notion de la vie à bord. Donnez votre chemise à n'importe quel vieux Surprise que vous avez guéri de la vérole ou de la colique, n'importe quel nom qui vous vient à l'esprit — Warren, Hurst, Farrell, n'importe qui — et il vous la lavera à l'eau douce du charnier, la séchera dans la cuisine et vous la rendra demain matin. Entre-temps vous circulerez en robe de chambre. Je suis impatient de voir enfin Mrs Martin, surtout que vous exprimez si rarement votre estime pour une femme. À quoi ressemble-t-elle ?

— Oh, elle n'a pas la moindre prétention à la beauté. Elle n'a de prétention d'aucune sorte, d'ailleurs, intellectuelle, artistique ou sociale. Elle n'est ni grande, ni mince et il lui arrive de porter des lunettes ; mais elle est parfaitement bien élevée et possède une si bonne nature et un tel fonds d'humour qu'elle est un compagnon de grande valeur.

— Je me souviens vous avoir entendu dire qu'elle a soigné Martin avec dévotion quand vous lui aviez ouvert le ventre. Je serais heureux que cette rencontre se fasse à l'heure du dîner car quelques heures plus tard, ce serait trop tard et je ne voudrais pas avoir l'air de ne pas lui porter attention. Mais dès que Pullings, Bonden, Killick et les autres seront à bord, je pense que nous pourrons appareiller : il y aura peut-être encore quelques vivres à embarquer, et il se peut que je réussisse à trouver un cuisinier ; mais cette marée ou la prochaine nous verra en Manche.

— Vous m'étonnez, mon frère : je suis stupéfait. La *Diane* n'appareillera que le treize. Aujourd'hui, si je ne me trompe, nous sommes le quatre. En moins de temps que cela nous pourrions rejoindre à la nage Saint-Martin, ou plutôt le point de l'océan où vous avez l'intention de l'intercepter.

Jack déboucha une autre bouteille de vin et, au bout d'un moment, il dit :

— Dans la nuit, pendant notre voyage, j'ai retourné la chose dans tous les sens ; et j'y ai pensé depuis, en gardant en tête ce que vous m'avez dit de son commandant et de son équipage trié sur le volet. Il me semble donc qu'au lieu d'attendre au large du cap qu'il vienne à nous, avec toutes les chances de temps bouché, brise incertaine, avantage du vent et ainsi de suite, le plus sage est que nous allions à lui. Par ailleurs, il est tout à fait probable qu'une corvette ou un brick l'accompagnera jusqu'à la sortie de la Manche. Quand l'artillerie française est bonne, elle est très bonne ; et si la vieille *Surprise* pouvait le faire, avec notre équipage actuel, nous sommes incapables de tirer des deux côtés à la fois aussi bien que je le souhaiterais.

— Pourquoi dans ce cas n'engagez-vous pas plus d'hommes, bonté divine ? Ne nous suivent-ils pas dans les rues en suppliant qu'on les prenne ?

— Croyez-moi, Stephen, cela ne marcherait pas. Vous ne pouvez faire un canonnier en une semaine ni même en beaucoup de semaines. Et de plus nous ne pouvons pas sortir dans la rue et siffler pour avoir de l'infanterie de marine. Vous me direz que ce ne sont que des soldats, ce qui est parfaitement vrai, mais ce sont des hommes solides, entraînés, disciplinés, et la trentaine que nous avions d'habitude étaient très efficaces au combat. Souvenez-vous simplement de leur feu de mousqueterie.

Stephen eut un moment envie de demander pourquoi la *Surprise* n'avait pas un équipage au complet, avec l'équivalent de cette infanterie de marine, quel que soit le nom qu'on pourrait lui donner ; mais la réponse était évidente : en cela comme en bien d'autres choses, Jack économisait les fonds de son ami.

— Seigneur tout-puissant, dit Jack avec un sourire, je vous ai dit il y a un instant que j'étais parfaitement sincère en parlant comme je l'ai fait aux sethiens ; et sans aucun doute je pensais chaque mot que je leur ai dit. Mais j'ose dire que le fait que je n'avais absolument aucune envie de me séparer de sept excellents matelots m'a rendu un peu plus conciliant que je n'aurais pu l'être avec un équipage au complet et le Code de Justice navale derrière moi. Par contre, il faut évidemment noter que trop de sévérité dans un cas de ce genre est exactement ce qui peut troubler l'équipage d'un navire, bien plus que des carnes d'officiers, un excès de fouet et l'absence de permissions — bien plus.

— Vous avez agi pour le mieux, c'est indéniable : les hommes iraient à l'échafaud pour des noms beaucoup moins respectables que celui de Seth, dit Stephen. Vous avez donc l'intention d'appareiller, je vois.

— Oui, car il me semble que la meilleure chose à faire est un coup de main pour s'en emparer — pour essayer de s'en emparer — de nuit. On peut croiser à la recherche d'un navire avec beaucoup d'assiduité, tout près de terre, et le manquer ; mais si l'on entre dans son port avant qu'il appareille on est au moins sûr de le trouver, ce qui est le commencement indispensable de n'importe quel combat.

— Je ne saurais le nier, mon frère.

— Aussi, voyez-vous, j'ai l'intention de lever l'ancre demain au plus tard, de dire aux hommes ce que nous allons faire, de leur faire comprendre la forme, la nature, les sondages et les relèvements de Saint-Martin sur une vaste grande carte que je vais dessiner, pour montrer exactement où se trouve la *Diane* et où nous nous mettrons, et ensuite de descendre à Polcombe ou dans n'importe laquelle de ces gentilles petites criques solitaires, selon le temps, de mouiller le navire et de pratiquer le coup de main avec les canots nuit après nuit, jusqu'à ce que chaque homme sache exactement où il doit être et ce qu'il doit faire.

— J'applaudis votre projet des deux mains, dit Stephen, et si au cours de ces exercices le navire pouvait se retenir de toute communication avec la terre, comme ce serait merveilleux : les plans de cette sorte sont si facilement réduits à néant, en particulier sur une côte de contrebande où les allées et venues sont multiples. Peut-être serait-il déplacé de suggérer qu'on engage quelques hommes solides et désespérés juste pour cette opération ?

— Je suis tout à fait d'accord avec vous pour les communications, et j'avais la même idée en tête ; mais quant à engager des hommes de main, je suis sûr que William et ses compagnons nous fourniront tous les volontaires que leurs canots pourront contenir — des hommes accoutumés à la discipline navale. Ma seule crainte est (il toussa) qu'il n'y en ait trop, et qu'ils ne parlent ou fassent du bruit.

Même fort peu de vin, comme il l'avait dit un peu plus tôt, peut affecter le jugement d'un homme, et il avait été sur le point d'avouer sa peur horrible que le zèle et l'amitié de Babbington — une amitié infiniment abusée, dans ce cas — ne le conduisent à se joindre à l'expédition : car alors, en cas de succès, la *Diane* serait « prise par le capitaine Babbington du *Tartarus*, avec l'aide des canots des autres navires de guerre placés sous son commandement, et d'un corsaire ». L'offre qu'il craignait ne pourrait être refusée car, si la *Diane* était capturée, l'action ferait de William Babbington non plus un capitaine de frégate mais un capitaine de vaisseau, étape essentielle vers son pavillon et un commandement supérieur. Jack avait été sur le point de le dire à Stephen, mais c'était impossible. Il fallait que William le voie de lui-même, ou pas du tout. Jack n'avait pas le moindre doute quant à la loyauté affectueuse de William — il l'avait amplement démontrée — mais un excellent cœur ne s'accompagne pas nécessairement d'une intelligence brillante, capable d'évaluer instantanément les valeurs relatives de la quasi-certitude d'une promotion, d'une part, et de la possibilité lointaine d'une réintégration, de l'autre. Pourtant, Babbington, avec de bonnes relations et une forte influence au Parlement, était à peu près certain d'une promotion prochaine, de toute manière, alors qu'une telle occasion pourrait ne jamais plus se présenter à Jack tout au long de sa vie. Il regarda à travers la table Stephen, qui dit :

— Ces exercices nocturnes dont vous parlez sont une idée remarquable.

— J'espère qu'ils le démontreront. Du moins cela vaut mieux que de nous précipiter comme un taureau dans un magasin de porcelaine sans plan. Pour le *Spartan* ce n'était pas la même chose. Là, il s'agissait simplement d'assommer l'ennemi au corps à corps. Ici nous devons non seulement assommer l'ennemi mais faire sortir son navire du port sous le feu de ses batteries et des navires de guerre qui pourront être là. Cela doit se faire proprement ou pas du tout. Dites-moi, Stephen, diriez-vous que William Babbington a l'esprit vif et rapide ?

Stephen faillit rire ; reniflant d'amusement, il dit :

— J'aime beaucoup William Babbington, mais je ne pense pas que quiconque puisse qualifier son esprit, son entendement, son intellect de vif ou rapide, sauf peut-être Mrs Wray. Dans les rudes sports de la guerre et les périls immédiats de l'océan, il est sans doute très vif ; mais pour une appréciation rapide de questions plus complexes, peut-être vaudrait-il mieux chercher ailleurs. Pour ces exercices nocturnes auxquels vous pensez, toutefois, bondissant d'un point clairement défini à un autre dans le noir et l'humidité, avec un objectif précis, il conviendrait admirablement. Comme je vous l'ai dit, j'y vois une idée remarquable.

Le point de vue du docteur Maturin était partagé par tous les matelots. Ils étudièrent la grande carte, que Jack avait tracée à la craie entre le mât d'artimon et le couronnement, avec la plus grande attention, cependant que le navire courait vers Polcombe sous voilure modeste ; plusieurs des hommes avaient été à Saint-Martin pendant la paix et ils confirmèrent que la disposition générale du port, du chantier et des chenaux navigables n'avait pas changé. Comme tous les hommes présents, ils furent d'accord avec Jack que la seule partie inquiétante de l'approche était le brise-lames protégeant le port de la houle d'ouest ; il était enraciné du côté sud, sous la falaise du phare, et des sentinelles patrouillaient sur son rempart. Les canots devaient nécessairement passer à portée de voix. Mais, fort heureusement, la *Surprise* avait à bord deux hommes de Jersey, Duchamp et Chevènement.

— Et si nous sommes hélés, dit Jack, ils pourront sortir quelque chose de rapide et de bref comme « des hommes et des vivres pour *Diane* ».

Quand ils atteignirent Polcombe, la brise leur fit défaut mais ils firent entrer la frégate en remorque, à l'étale, si loin qu'ils auraient certainement à la remorquer pour sortir, car les hautes falaises arrêtaient toute brise qui aurait pu lui permettre d'appareiller à la voile tandis que la marée portait violemment sur les récifs d'Old Scratch, l'île rocheuse gardant l'embouchure de la crique — on aurait presque pu parler d'une petite baie — et la protégeant des fortes mers de sud et de sud-ouest. Là, surveillés par un millier de moutons perchés tout là-haut sur le gazon et par un berger lunatique, ils la mouillèrent avec des croupières sur ses câbles et entreprirent de poser des bouées limitant le port de Saint-Martin, d'après les distances et les angles que le lieutenant Aubrey avait mesurés si exactement tant d'années auparavant. Ils réussirent même à placer avec une précision tolérable des marques représentant la pointe du cap, avec le phare au sommet, et le brise-lames avec son rempart si gênant : cela les conduisit assez tard le soir, mais le moral des hommes était si haut que les canots se rassemblèrent autour de la chaloupe de Jack et, avec une liberté née de la bonne humeur générale, de l'obscurité montante et de leur distance du navire, les hommes insistèrent pour qu'il les laisse s'écarter jusqu'à l'endroit où la *Surprise* se trouverait, au large, et qu'il les autorise ensuite à « faire un essai ».

— Très bien, dit-il, mais il faut que ce soit fait

dans les règles : une ligne de l'avant à l'arrière ; nagez régulièrement, sans bruit et bien sec pour ne pas mouiller les amorces de vos compagnons ; pas un mot, pas un seul maudit murmure ; nous n'allons pas à la foire et le premier homme à parler pourra rentrer à la nage.

Les canots s'écartèrent au large jusqu'à ce que Jack eût l'impression qu'ils se trouvaient exactement où il voudrait mouiller son navire derrière le cap Baleine. Là, il expliqua clairement, et redit trois fois sans la moindre variation, où chaque canot devait aborder et ce que chaque groupe d'hommes devait faire ; et il répéta son injonction de silence avec plus d'emphase encore. Les étoiles commençaient d'apparaître dans le ciel clair ; avec Véga et Arcturus comme compas, il guida la file de canots jusqu'à la marque indiquant le cap puis, après un parcours en baïonnette, vers le brise-lames où Duchamp lança « Des hommes pour la *Diane* », et tout droit vers le navire sans méfiance. Ils nagèrent sagement, mille après mille, ils nagèrent tranquillement — la marée commençait tout juste à monter — jusqu'à ce qu'enfin Jack chuchote « largue et arrache » : les canots, libérés de la ligne qui les avait maintenus ensemble, se jetèrent vers les points d'attaque, les poulaines, les porte-haubans de misaine, de grand mât, d'artimon et l'échelle de poupe, et envahirent le navire simultanément avec un rugissement terrible. Un groupe des jeunes gabiers les plus actifs se précipita dans le gréement pour déferler les voiles basses et les huniers ; Padeen et un Noir tout aussi puissant se jetèrent sur les câbles et se tinrent prêts, chacun armé d'une hache hypothétique ; deux quartiers-maîtres saisirent la barre ; Jack

Aubrey se précipita dans la chambre, moins pour imiter la saisie du capitaine, de ses passagers civils et de leurs papiers que pour vérifier l'heure.

— Je crois que nous avons mis une heure et quarante-trois minutes, dit-il, mais je ne suis pas sûr du départ. La prochaine fois je prendrai une lanterne sourde. Notre hurlement était-il inattendu ?

— Entièrement, dit Stephen.

— Une surprise totale, dit Martin.

— Avez-vous été terrifiés ?

— Peut-être l'eussions-nous été s'il y avait eu moins de joyeuseté. Le gloussement rauque du vieux Plaice se reconnaissait de loin.

— Une attaque soudaine et silencieuse, dit Martin, ne serait-elle pas plus déconcertante encore ? Une violence sans provocation, sans annonce, contraire à tout contrat social, qui exige au moins un cri de défi ou de méfiance ? Mais quoi qu'il en soit, l'assaut a terrifié votre nouveau cuisinier, monsieur. Nous lui parlions d'un pilaf pour votre souper quand le rugissement a éclaté : il a lancé un cri dans ce qui était peut-être de l'arménien et s'est précipité hors de la pièce, rampant de manière inhumaine.

— Un pilaf ? Quelle idée admirable ! J'adore un bon pilaf. Nous ferez-vous le plaisir de votre compagnie, Mr Martin ?

Les quelques jours suivants furent remarquablement heureux. La routine ordinaire était réduite au minimum et en dehors d'attaquer le navire deux fois par nuit, les hommes consacraient beaucoup d'efforts ardents et concentrés à s'entraîner au maniement du coutelas, de la hache d'abordage et du pistolet. Le reste du temps — c'était des jours ensoleillés — ils flânaient sur le gaillard d'avant ou les passavants avec une tranquille liberté, bien rare à bord d'un navire de guerre public ou privé. Cela surprit beaucoup les guetteurs venus rejoindre les moutons tout là-haut. Les hameaux proches apprirent qu'un pirate était mouillé dans la crique de Polcombe, dans l'intention de razzier la campagne et d'emporter toutes les jeunes filles en Barbarie. À cela, les jeunes personnes de plusieurs milles à la ronde se hâtèrent au bord du précipice, pour examiner leurs ravisseurs et peut-être implorer leur merci ; cependant qu'un cotre des douanes soupçonnant des biens de contrebande, ayant tenté d'entrer, dut se soumettre à l'humiliation totale d'être tiré de la pointe du récif d'Old Scratch par deux câbles, épissés bout à bout et tournés sur le cabestan de la *Surprise*.

Jack avait une activité physique extrême, ce qui lui convenait à merveille : pendant les attaques nocturnes, il prenait souvent le petit canot personnel de Stephen et accompagnait la file des canots, portant une attention soutenue au style de nage de chacun et chronométrant les différentes étapes de l'opération à la seconde. Et après le premier assaut, qui avait été lancé surtout pour le plaisir, il organisa une certaine résistance. Les défenseurs ne se voyaient accorder rien de plus mortel que des fauberts, mais le retard qu'ils réussissaient à provoquer lui donna une évaluation un peu plus fine de la durée probable. En toute justice, les équipes étaient changées et mélangées, demi-bordée par demi-bordée, et deux fois par nuit Jack Aubrey attaquait ou défendait. Tous les hommes dépensaient une quantité d'énergie immense, et leur capitaine, comme de juste, plus encore. C'était un nageur puissant ; au cours de sa carrière navale il n'avait pratiquement passé aucun armement sans sauver de la noyade un soldat ou un matelot, de sorte qu'il y avait à bord à présent au moins une demi-douzaine de vieux Surprises qui auraient péri sans lui ; mais cette fois il se surpassa, car en repoussant les abordeurs, ses compagnons et lui les jetaient souvent à la mer : en une seule nuit il en repêcha cinq — sans fioritures : rien de plus qu'un long bras comme d'un singe qui, des porte-haubans ou du plat-bord d'un canot, les saisissait et les remontait d'un bloc.

Cette intense activité lui faisait un bien physique immense, évidemment — son grand corps puissant exigeait beaucoup plus que la vie quotidienne à bord ne pouvait en général lui offrir — mais faisait plus de bien encore à son cœur et à son esprit blessés, car il n'avait pas de temps pour se perdre dans les misères de l'introspection, ni pour les fantasmes parallèles d'un succès irréaliste qui cherchaient si souvent à s'exprimer.

La combinaison lui avait rendu une part de l'appétit qu'il avait avant le procès : le contraire eût été bien dommage car Killick avait avitaillé son capitaine d'une façon qu'il jugeait appropriée pour leur nouvelle fortune, et le cuisinier du capitaine, Adi, aurait fait honneur au navire amiral de Lucullus. C'était un petit homme gris-brun, doux et timide, rond et graisseux, à la larme facile : il était totalement inutile comme combattant car aucune parole, bonne ou méchante, ne pouvait le conduire à attaquer ou défendre le navire ; mais il connaissait toute la gamme de la cuisine navale, de Constantinople à Gibraltar ; et si ses tartelettes à la crème étaient plus exotiques que britanniques, elles descendaient à merveille ; et il était également capable de produire un pudding à la graisse de rognons tout à fait honorable.

Pour Maturin aussi ces journées étaient d'heureuses vacances. Il ne pouvait rien faire pour ses projets futurs, étant aussi hors de portée de Londres que s'il se trouvait dans le Pacifique ; si Diana n'était jamais très loin de son esprit — il portait son talisman dans la poche de sa culotte —, sa principale occupation présente était de prendre le soleil, autant que sa maigre carcasse pouvait en absorber. Il en avait été tellement privé au cours du long hiver anglais que durant ces journées scintillantes il regrettait tout moment passé dans l'entrepont ou à l'ombre.

Heureusement pour Martin et lui, qui ne faisaient partie d'aucune équipe d'abordeurs ou de défenseurs et qui sans cela seraient restés à se ronger, il y avait Old Scratch, un délice tant pour le naturaliste que pour l'adorateur du soleil. Autrefois on y avait introduit moutons et lapins : les moutons avaient disparu depuis longtemps mais les lapins étaient toujours là et c'est sur leurs gazons méridionaux, tondus très ras, que Stephen se prélassait quand Martin et lui n'étaient pas absorbés par d'autres merveilles — les mares laissées par la marée, les phoques qui se reproduisaient dans les grottes du côté nord, les plantes rares comme la vermentille mitrée, les macareux nichant dans les terriers de lapins et les pétrels tempête que l'on pouvait entendre ronronner à leur manière amicale au fin fond de leurs trous musqués.

C'est par l'une de ces après-midi parfaites, avec une longue houle de sud-ouest battant à coups lents, profonds et mesurés la face extérieure d'Old Scratch, qu'assis sur l'herbe ils observaient la série de petites vagues suivant chaque impact qui se répandaient dans la crique en demi-cercles au rayon croissant, s'affaiblissant avec une régularité parfaite jusqu'à venir lécher les flancs du navire, et créant un dessin en éventail d'une beauté inhabituelle.

— Ce navire, observa Martin, contient un nombre étonnant de croyances. Sans doute d'autres de la même taille en contiennent tout autant, mais sûrement pas aussi variées, car je dois avouer que si j'étais préparé aux gnostiques, anabaptistes, sethiens, muggletoniens et même aux disciples de Joanna Southcott, avec par-ci par-là un juif ou un mahométan, j'ai été tout à fait pris à contre en constatant que nous avons à bord un adorateur du diable.

— Un véritable, littéral, évident adorateur du diable ?

— Oui. Il n'aime pas mentionner le nom du démon, sauf en un murmure caché derrière sa main, mais il l'appelle le Paon. Ils ont dans leur temple une image d'un paon.

— Serait-il indiscret de vous demander lequel de nos compagnons professe ces vues excentriques ?

— Pas du tout, pas du tout. Il ne m'a pas parlé en confidence. C'est Adi, le cuisinier du capitaine.

— Je le supposais arménien, chrétien grégorien.

— Moi aussi ; mais il semble qu'en fait ce soit

un Dasni, de la région située entre l'Arménie et le Kurdistan.

— Ne croit-il pas du tout en Dieu, cet animal ?

— Oh, que si. Lui et son peuple croient que Dieu a créé le monde ; ils considèrent Notre Seigneur comme de nature divine ; ils reconnaissent Mahomet comme prophète, et Abraham et les patriarches ; mais ils disent que Dieu pardonna à Satan après sa chute et lui rendit sa place. À leurs yeux c'est le diable qui règne pour tout ce qui concerne les affaires du monde, ce serait donc une perte de temps d'adorer quelqu'un d'autre.

— Pourtant, il semble un petit homme aimable et doux ; et il est certainement le meilleur cuisinier du monde.

— Oui : il me montrait comment préparer le vrai loukoum — Deborah l'aime de façon presque scandaleuse — de la plus aimable manière, tout en me racontant cela. Il a parlé aussi des montagnes désolées du pays dasni, où le peuple vit dans des maisons en partie souterraines, persécuté par les Arméniens d'un côté et les Kurdes de l'autre. Mais les familles semblent très aimantes et unies, et sont soutenues par une très forte affection qui s'étend jusqu'au parent le plus lointain. Il est évident que les Dasnis ne pratiquent pas ce qu'ils prêchent.

— Qui le fait, en réalité ? Si Adi avait une connaissance précise du credo que nous professons de suivre, et s'il le comparait avec la manière dont nous vivons, il pourrait nous considérer avec autant de surprise que nous le considérons.

Stephen faillit demander à Martin s'il ne percevait pas une certaine analogie entre l'opinion des Dasnis et celle des sethiens à l'égard des anges, mais il était tout abruti de confort et de chaleur solaire et se contenta de dire :

— Voici un macareux qui arrive avec trois poissons dans son bec ; je n'arrive pas à comprendre comment il réussit à capturer le deuxième et le troisième.

Martin n'avait pas de suggestion utile à proposer ; ils restèrent assis en silence à regarder le soleil jusqu'à ce qu'il disparaisse derrière le cap lointain, puis se tournèrent d'un commun accord pour observer le navire, qui accomplissait l'une des plus étranges manœuvres de la vie maritime. Mettre les canots à l'eau, d'abord en les dégageant de leur chantier pour les pousser à l'extérieur des parois et les faire descendre avec des palans gréés sur la grand-vergue et la vergue de misaine, est toujours une affaire laborieuse, accompagnée de toute éternité par quantité de cris, de vacarme et d'éclaboussures, renforcés dans ce cas par l'habitude des Shelmerstoniens de chanter bien fort ho-hisse-hé-ho chaque fois qu'ils tiraient sur un garant. Par une nuit tranquille, avec la brise portant vers la terre, et même très loin au large, ce tapage pourrait bien réduire à néant l'incursion la mieux préparée et la plus silencieuse par ailleurs, et Jack Aubrey s'efforçait de réaliser l'opération sans bruit ; mais cela allait étrangement à l'encontre de toutes les règles, à l'encontre des habitudes et des coutumes, ce qui rendait les hommes lents, nerveux et maladroits — si maladroits en fait que l'arrière de la chaloupe tomba avec un plouf épouvantable tandis que son étrave était encore à une brasse de la mer et que l'énorme rugissement du capitaine « Ho devant ! À larguer ce maudit garant » remplit la crique avant d'être noyé par des hurlements de rire plus forts encore, d'abord étouffés, réprimés, puis incontrôlables et tout à fait généralisés.

Ce fut presque le dernier soleil que Stephen vit à Polcombe et presque le dernier rire qu'il entendit. Le mauvais temps s'en vint par le sud-ouest, apportant la pluie, parfois forte, parfois très forte, presque aveuglante ; une mer forte aussi, transformée par la marée montante en grands rouleaux solennels et hachée par le jusant en un désagréable clapot court. Tout au long de cette période, les Surprises et leurs officiers continuèrent d'attaquer ou de défendre leur navire deux fois par nuit : mais aborder en ciré ou en toile huilée, dans à peine un rayon de lumière, après avoir ramé aller et retour sur une mer aussi pénible, n'était pas une petite affaire ; et après plusieurs accidents et une noyade manquée de peu, Jack fut obligé de réduire à la fois le trajet de sortie et la défense.

Pourtant les accidents augmentèrent : pour l'essentiel, entorses, tibias cruellement écorchés et côtes cassées, quand les hommes tombaient des flancs mouillés et glissants de la frégate dans les canots, mais aussi quelques os méchamment rompus comme le fémur du jeune Thomas Edwards, fracture double qui rendit Stephen et Martin fort pensifs. C'était l'un des gabiers dont la tâche consistait à monter dans le gréement dès l'instant où il serait à bord, à sortir sur les vergues et à larguer les huniers, mais il ne s'était pas attendu à ce que les défenseurs remontent les marchepieds et il était parti à la renverse, tombant tout droit jusqu'à ce que l'étai d'artimon l'arrête juste au-dessus du gaillard d'arrière, lui sauvant la vie mais lui cassant la jambe.

Stephen et Martin se relayaient dans l'infirmerie, et nuit après nuit, dans cette atmosphère humide et fétide (car les panneaux étaient fermés la plupart du temps), les blessés descendaient, aucun aussi grave que le jeune Edwards dont la jambe devrait être amputée au premier signe de gangrène, mais aucun négligeable.

Le temps passant, Maturin s'était tout à fait dégoûté des exercices et il s'émerveillait que même Jack, avec tant de choses dans la balance, persiste dans cet inconfort, cette humidité, ce danger et ce froid révoltant, alors que tous les hommes avaient déjà accompli tous les mouvements dans toute leur variété et un si grand nombre de fois. Il s'émerveillait plus encore que les matelots, qui n'avaient que de l'argent à gagner, et probablement pas beaucoup d'ailleurs — bien moins de toute manière qu'à leur dernière et glorieuse sortie —, s'y donnent avec tant de zèle ; sans gaieté à présent, mais apparemment avec la même vigueur.

Il en fit la remarque à Martin tandis qu'ils étaient assis de chaque côté de Tom Edwards, Stephen avec la main gauche posée sur la blessure, cherchant à repérer le froid de la gangrène, et la main droite prenant le pouls du patient, un pouls régulier, ferme et plein d'espoir ; il la fit en latin, et dans la même langue, ou plutôt dans sa version anglaise si comique, Martin répondit :

— Peut-être êtes-vous si habitué à votre ami que vous ne voyez plus combien il est un grand homme pour les marins. S'il est capable de bondir et sauter la nuit sous la pluie battante, défiant les éléments, ils auraient honte de ne pas en faire autant, bien que j'en aie vu quelques-uns presque pleurer au second assaut, ou quand on leur demande de répéter une fois encore l'exercice du coutelas. Je doute qu'ils en feraient autant pour quiconque. C'est une qualité que certains hommes possèdent.

— Je pense que vous avez tout à fait raison, dit Stephen, mais s'il devait me demander de sortir dans un canot à rames par une nuit comme celle-ci, même enveloppé de vêtements imperméables et portant une jaquette de bouchons, je refuserais.

— Je n'en aurais jamais le courage moral. Que dites-vous de cette jambe ?

— J'ai grand espoir, dit Stephen. (Il se pencha sur la blessure pour la flairer.) Grand espoir, vraiment. (Et en anglais, à Edwards :) Vous vous remettez très bien, cher. Jusqu'ici je suis très satisfait. Mr Martin, je vais dans ma cabine. S'il y a des blessés au second abordage, n'hésitez pas à m'appeler. Je ne dormirai pas.

Le docteur Maturin était peut-être satisfait de la double fracture mais il ne l'était d'à peu près rien d'autre. Le temps, qui ressemblait à présent à celui du sud du cap Horn, mais sans aucune chance d'albatros, l'avait séparé d'Old Scratch juste au moment où les œufs de l'huîtrier pie allaient éclore ; son laudanum faisait de moins en moins d'effet, et comme il était décidé à ne pas augmenter sa dose habituelle, il passait la plus grande partie de la nuit en songeries pas toujours heureuses ; et il était mécontent de Padeen. Il ne voyait en fait pas beaucoup son valet, fort occupé à jouer son rôle d'abordeur à la hache, mais ce qu'il en voyait lui déplaisait. Peu auparavant il avait par hasard rencontré Padeen revenant de son coffre de mer, qui était rangé en bas, avec une bouteille de brandy sous sa jaquette. Pour autant que son bégaiement lui permît de se faire comprendre, il avait dit que « ce n'était qu'une bouteille » mais sa rougeur de jeune fille proclamait qu'elle était entièrement remplie de culpabilité.

L'alcool n'était pas autorisé à bord d'un navire du roi, sauf sous la forme du tafia officiel ; Stephen ne savait pas ce qu'il en était à bord d'un corsaire et ne s'en souciait pas ; mais il savait ce que la boisson pouvait faire à ses compatriotes et depuis lors il s'efforçait de trouver un moyen d'en détourner Padeen, jusque-là très sobre. Déjà le comportement du jeune homme avait changé ; quoiqu'il eût toujours une tenue absolument correcte, il semblait approcher de quelque chose comme de l'assurance — qualité peu appréciable au sens irlandais du terme — avec parfois une étrange exaltation rêveuse.

En fait, Padeen était à présent un mangeur ou plutôt un buveur d'opium confirmé, à raison de soixante gouttes par jour. Etant à terre, il avait fait quelques tentatives pour se procurer une réserve propre mais comme il n'avait saisi du nom que teinture et comme il était incapable de lire ou d'écrire, il n'avait pas réussi. « Il y a des centaines de teintures, matelot, lui avaient dit les pharmaciens. Laquelle voulez-vous ? » Et il n'avait pu répondre. L'alcool était plus facile. Très tôt dans sa rencontre avec la teinture, il avait entendu le docteur Maturin observer qu'elle était combinée avec un brandy respectable, et désormais c'est avec ce que les meilleurs vendeurs de liqueurs pouvaient fournir que la dose de Stephen était progressivement diluée : progressivement, mais si graduellement qu'il n'en soupçonnait rien, pas plus qu'il ne soupçonnait la possibilité que le coffre de médecine pût être ouvert. Pourtant, avec une force très supérieure à la moyenne, rien n'était plus facile. La *Surprise* avait d'abord été la frégate française *Unité*, et son coffre de médecine, prévu à la construction, avait une porte massive montée sur des gonds à la manière française : un homme particulièrement robuste pouvait, en la soulevant, la sortir de ses charnières.

L'insatisfaction de Stephen disparut toutefois au matin. Il se leva très tôt et la tête claire, chose rare pour lui quoique un peu moins inhabituelle à présent que la force de sa potion nocturne était tellement diminuée. Un rapide tour dans l'infirmerie lui montra que la jambe d'Edwards était presque certainement sauvée et qu'aucun des autres cas ne s'accompagnait d'une urgence particulière, et il monta sur le pont ; il y trouva l'air tiède et calme, le ciel pur, avec les restes de la nuit au-dessus de la terre et toute la coupe du côté est d'un violet délicat se dégradant jusqu'au bleu pâle sur l'horizon. Les fauberts étaient en activité, ils progressaient vers lui ; ils avaient déjà atteint le fronteau de dunette, et Tom Pullings, officier de quart, était assis sur le cabestan, ses pantalons roulés, à l'abri du flot.

— Bonjour, docteur, dit-il, venez me rejoindre en terrain neutre.

— Bonjour à vous, capitaine Pullings, mon cher, dit Stephen, mais je vois que mon petit canot est attaché à ces grues à l'arrière et j'ai une grande envie...

Les formes de la *Surprise* ne lui permettaient pas d'avoir les bossoirs de hanche que l'on commençait à utiliser partout et qui équipaient tous les navires modernes de sa taille, mais elle en avait une paire à la poupe, qui à présent retenaient le canot du docteur.

— Tiens bon, les fauberts, à mettre à l'eau le canot, s'écria Pullings. Docteur, embarquez au milieu et asseyez-vous tranquillement. Joliment, là ; joliment, maintenant.

Ils le déposèrent gentiment sur l'eau lisse et il s'en alla vers Old Scratch à l'aviron — c'est-à-dire en ramant à sa manière bizarre, face à la direction où il voulait aller et en poussant sur les avirons : il s'en justifiait en déclarant qu'il valait beaucoup mieux regarder fermement vers l'avenir que contempler sans cesse le passé ; mais en fait c'était le seul moyen qui lui permettait de ne pas tourner en rond.

L'île n'avait pas détesté le mauvais temps : loin de là. Personne, certes, n'aurait pu dire qu'elle était poussiéreuse auparavant ou avait besoin d'un coup de balai, mais elle donnait à présent une impression de brillance et de propreté extraordinaire : le gazon avait pris une teinte verte beaucoup, beaucoup plus vive et, le soleil ayant monté suffisamment pour envoyer ses rayons par-dessus la falaise qui formait le côté mer, les pâquerettes ouvraient leurs petites figures innocentes par milliers innombrables, leur première aventure, un délice pour le cœur. Il monta la pente jusqu'à l'arête rocheuse : là, étalée devant lui et des deux côtés, c'était la mer, immensément vaste et calme. Il n'était pas très haut, mais assez pour que les macareux affairés, se hâtant vers le large ou revenant avec leur prise, paraissent tout petits sous ses pieds quand il s'assit dans les statices, les jambes pendantes dans le vide. Il contempla quelque temps les oiseaux : quelques pingouins torda et guillemots en plus des macareux ; remarquablement peu de mouettes de n'importe quelle sorte ; les parents huîtriers pies (il était sûr de la santé des poussins, ayant vu les coquilles bien propres dont ils étaient sortis) ; quelques pigeons et une petite bande de craves. Puis son regard s'égara sur la mer et les chemins qui se dessinaient à sa surface prodigieuse, n'obéissant apparemment à aucun plan et ne conduisant nulle part, et il sentit se lever dans son cœur ce bonheur qu'il avait connu souvent étant gamin, et même maintenant à de longs intervalles, surtout à l'aube : le bleu nacré de la mer n'en était pas la source (bien qu'il s'en réjouît), ni les mille autres circonstances qu'il pouvait nommer, mais autre chose de totalement gratuit. Un coin de son esprit l'incitait à s'informer de la nature de ce sentiment, mais il y rechignait tout à fait, en partie par crainte du blasphème (les mots « état de grâce » étaient pires que grotesques, appliqués à un homme dans sa situation), mais plus encore par désir de ne rien faire qui pût le troubler.

Cette importunité était à peine née qu'elle disparut. Un pigeon, planant placidement devant lui, fit un brusque détour et partit en volant très vite vers le nord ; un faucon pèlerin, plongeant de très haut avec un bruit de fusée, arracha un nuage de plumes au pigeon et l'emporta vers la falaise de terre ferme, derrière la *Surprise*. Tandis qu'il observait le vol plus lourd mais toujours rapide du faucon, il entendit piquer huit coups à bord, puis le sifflet lointain convoquant les hommes au petit déjeuner et le rugissement beaucoup plus soutenu des marins affamés : quelques instants plus tard il vit Jack Aubrey, nu comme un ver, plonger de la dunette et nager vers Old Scratch, ses longs cheveux jaunes flottant derrière lui. À mi-chemin, il fut rejoint par deux phoques, animaux d'une curiosité intense, qui parfois plongeaient et ressortaient devant lui pour le regarder en face, presque à portée de main.

— Je vous félicite de votre rencontre avec les phoques, mon frère, dit Stephen quand Jack sortit de l'eau sur la petite plage dorée où le canot gisait à présent très haut, au sec, inamovible. D'après l'opinion universelle des meilleurs et des plus sages, rien n'est plus fortuné que la compagnie des phoques.

— Je les ai toujours beaucoup aimés, dit Jack, assis sur le plat-bord pour s'égoutter. S'ils pouvaient parler, je suis sûr qu'ils diraient quelque chose d'aimable. Mais, Stephen, avez-vous oublié le petit déjeuner ?

— Non point. Mon esprit jouait avec des pensées de café, de porridge, de boudin blanc, de bacon, de toasts, de marmelade et encore de café, depuis un temps considérable.

— Pourtant vous n'auriez rien eu de tout cela jusque bien après le dîner, voyez-vous, car votre canot est échoué et je doute que vous puissiez nager aussi loin.

— La mer s'est retirée ! s'exclama Stephen. Je suis stupéfait.

— On me dit qu'elle le fait deux fois par jour dans ces régions. C'est ce que l'on appelle techniquement la marée.

— Eh quoi, allez au diable, Jack Aubrey, dit Stephen qui avait été élevé sur les rives de la

Méditerranée, mer sans marées. (Il se frappa le front de la main et s'exclama :) Il doit y avoir ici quelque imbécillité, quelque faiblesse. Mais peut-être m'habituerai-je à la marée avec le temps. Dites-moi, Jack, auriez-vous remarqué que le canot était comme qui dirait bloqué sur cette île, et alors sauté dans la mer ?

— Je crois que ce fut assez généralement observé à bord. Venez, mettez la main sur le plat-bord et nous allons le descendre. Je sens presque le café d'ici.

Vers la fin de leur second pot, Stephen entendit un violon aigrelet, pas très loin vers l'avant, et après ses premiers grincements, la voix profonde des Shelmerstoniens chantant

Vire, vire, et vire donc, ohé, vire donc,
Vire, vire, et vire donc, ohé, tout est bon.

Quelque part à la frontière de sa mémoire, il avait dû entendre et tout juste saisi le cri « En haut le monde, à déraper l'ancre » et le sifflet familier, car il dit à présent :

— J'ai le sentiment que ces créatures sont en train de lever l'ancre.

— Oh, Stephen, s'exclama Jack, je vous demande infiniment pardon. J'avais l'intention de vous en parler dès que nous avons embarqué, mais la faim me l'a fait oublier. L'idée est à présent de lever l'ancre, de sortir en remorque avec la fin du jusant et de faire route à l'est avec le peu de brise qu'il y a. Qu'en pensez-vous ?

— Mon opinion sur le sujet aurait autant de

valeur que la vôtre sur l'amputation de la jambe du jeune Edwards, qui, dirai-je par parenthèse, a toutes les chances de la garder, si Dieu veut ; mais je me rends compte que vous parlez par pure complaisance. Ma seule observation est que comme la *Diane* doit appareiller le treize, j'attendais et je craignais au moins encore deux de ces nuits infernales.

— Oui, dit Jack. Elle doit appareiller le treize. Mais vous savez comme nous avons été souvent bloqués par le vent de ce côté de la Manche, surtout à Plymouth, et cela me briserait le cœur d'arriver trop tard. Qui plus est, il m'est venu à l'esprit pendant le quart de minuit que si les officiers et les aspirants de la *Diane* ressemblent le moins du monde aux nôtres, ils passeront la nuit du douze avec leurs amis à terre, ce qui devrait rendre notre coup de main sinon plus facile, du moins un peu moins difficile. Et moins sanglant, peut-être beaucoup moins sanglant.

— Eh bien, tant mieux. Avez-vous envisagé comment vous allez vous y prendre ?

— Je n'ai guère fait autre chose depuis notre départ de Shelmerston. Comme vous le savez, je crois, l'escadre se tient près de terre le jour et au large la nuit. J'espère les rencontrer au large pendant la nuit du onze et conférer avec Babbington. Si nous nous mettons d'accord, ils se rapprocheront à l'aube comme d'habitude et nous resterons un peu plus au large, où nous passerons la journée à remplacer les longs canons par les caronades. Le soir du douze ils se retirent, tout éclairés ; nous les rejoignons, nous recevons leurs volontaires et nous nous rapprochons, tous feux éteints, pour mouiller l'ancre par vingt brasses d'eau à peu près à la hauteur du phare, assez près mais juste hors de portée du feu direct du fort. Mais avant cela la file des canots se sera détachée dans la nuit et dès qu'ils nous donneront le signal nous commencerons à bombarder l'extrémité est de la ville, comme si nous allions débarquer sur l'isthme, ainsi que nous l'avons fait auparavant, et brûler le chantier. Et pendant que nous tirons aussi vite que nous pouvons charger — tir à blanc, pour ne pas démolir les maisons des gens sur leur tête, ce que j'ai toujours trouvé de mauvais goût — les canots font leur travail. Voilà comment je vois les grandes lignes ; mais il est impossible de définir les détails avant que Babbington ait donné son avis. D'ailleurs il est possible qu'il ne soit pas d'accord avec le plan général.

— Vous n'iriez pas douter de la bonne volonté de William Babbington, bonté divine !

— Non, dit Jack, et, après une pause : Non. Mais la situation n'est pas ce qu'elle était quand il était mon subordonné direct.

Dans le silence, Stephen entendit le cri venu de l'étrave : « A pic, monsieur », et la réponse beaucoup plus forte venue du cabestan : « Paré à déraper. »

Peu après, Tom Pullings apparut tout souriant et annonça que les ancres étaient dérapées, que la chaloupe et les deux cotres avaient pris la remorque et qu'il y avait toute apparence d'une brise d'ouest au large.

— Très bien, dit Jack. À vous le soin, s'il vous plaît, Mr Pullings. (Puis avec un peu d'hésitation et un sourire réticent :) Portante — la brise est portante pour la France.

Chapitre 6

En cette brumeuse soirée du jeudi, la vigie dans le gréement de la *Surprise* lança tout à coup, de la vergue de misaine :

— Ho, d'en bas, je crois que je les ai vus !

— Où donc ? demanda Jack.

— Un quart par l'avant tribord. Pas à plus de deux ou trois milles.

Le navire était sous voiles basses, la brise inconstante et faible à deux quarts de la hanche ; il n'y avait donc pas grand-chose à voir des hunes, aussi Jack, accrochant sa lunette de nuit en bandoulière, grimpa dans les haubans raidis par la rosée jusqu'aux barres traversières du grand mât. Il regarda un certain temps, sans rien voir, jusqu'à ce que la brume s'ouvre : là, beaucoup plus près qu'il ne s'y attendait, une ligne de quatre navires exactement espacés, tous au plus près bâbord amures : c'était sans aucun doute l'escadre de Saint-Martin. Par cette soirée chaude et sur cette mer calme, la plupart de leurs sabords étaient ouverts et brillaient de lumière : comptant les sabords, il eut le temps de voir que le troisième navire de la ligne était le *Tartarus*, dix-huit canons, avant que la brume les voilât et qu'ils ne fussent plus que quatre barres jaunes, de plus en plus confuses, puis tout à fait disparues. Quand ils réapparurent, tous les sabords avant étaient sombres, car on avait piqué huit coups et à bord du *Tartarus* il ne restait plus à voir qu'un ou deux hublots éclairés, un sabord de la chambre et la lanterne de poupe. On piqua huit coups sur la vieille cloche de la *Surprise* ; Jack entendit l'aide bosco siffler par le panneau l'extinction des feux et il atteignit le pont au moment où la bordée de quart montait.

— Quelqu'un a dû secouer l'ampoulette à bord de *Tartarus,* dit-il à Pullings après avoir indiqué le cap. Ils ont deux ou trois bonnes minutes d'avance sur nous. (Et en entrant dans la chambre :) Grand Dieu, Stephen, je suis tellement soulagé. L'escadre est au nord-est, coque visible, et nous leur parlerons sous une heure.

— Je suis si content que votre incertitude soit levée, dit Stephen en levant les yeux de la partition qu'il corrigeait. Maintenant, peut-être vous installerez-vous pour manger en paix votre souper : à moins évidemment que vous ne préfériez attendre pour inviter William Babbington et Fanny Wray. Adi a préparé une superbe bouillabaisse, il y en aura suffisamment pour quatre ou même pour six.

— Non. Le conseil de guerre doit obligatoirement avoir lieu à bord du *Tartarus*.

— Tout à fait juste. Et de toute manière, un peu de nourriture à présent contribuerait à calmer vos esprits. Vous étiez en bien triste état, mon frère ; je vous ai rarement vu si impatient.

— Eh quoi, dit Jack souriant, tout en se laissant tomber dans son fauteuil, je pense que tout capitaine aurait trouvé la journée d'aujourd'hui éprouvante.

Il faillit tenter de faire comprendre à Stephen une partie des difficultés que la *Surprise* avait dû affronter — manque de vent presque tout le jour et forts courants contraires ; la marée de vive-eau était proche et dans ces régions le flot était très fort, de sorte que si la frégate semblait avancer à bonne allure en remorque derrière tous ses canots, les hommes ramant comme des héros, ce mouvement ne se faisait que par rapport à la surface tandis que la masse de la mer, avec le navire et les canots, glissait en fait en arrière par rapport à la terre invisible, pendant des heures de suite ; et par là-dessous, comme une houle de fond dans l'esprit de Jack, gisait la crainte que la *Diane*, consciente de la faiblesse réelle de l'escadre qui faisait son blocus, n'ait appareillé depuis plusieurs jours. Il y avait eu aussi la couverture de nuages et la bruine — pas d'observation méridienne, pas de vue de la côte pour vérifier une position qui devait être exacte pour la rencontre nocturne, rien qu'une estime horriblement compliquée par les courants et les changements de cap fréquents pour profiter des brises légères et variables. De surcroît il y avait l'absence de toute certitude quant à la route de Babbington pour cette nuit : si la *Surprise* ratait l'escadre, il lui faudrait la chercher près de terre le lendemain matin, devant Saint-Martin, en vue de tous les Français, marins, soldats ou civils possédant une lunette, perdant ainsi ce qui lui apparaissait comme l'élément essentiel et peut-être même décisif : l'effet de surprise. Mais c'était là des régions où Stephen ne pouvait le suivre :

aucune personne dépourvue d'éducation nautique ne saurait comprendre la subtilité des frustrations contre lesquelles il avait dû lutter ; aucune personne n'ayant pas la connaissance intime de la mer ne pouvait comprendre l'infinité de détails pouvant mal tourner dans un voyage aussi simple que celui-là, ou l'importance infinie qu'ils tournent tous bien — non que, dans le cas présent, le fait qu'ils aient tous bien tourné et qu'il ait rejoint l'escadre au large constitue un succès en soi, mais c'était une condition nécessaire du succès ; et le soulagement d'avoir atteint au moins ce stade était une chose que seul un autre homme ayant autant à perdre pouvait embrasser pleinement.

Mais il était désolé d'avoir laissé voir son impatience — sa fureur presque étouffante par moments — et, tendant la main vers la carafe de madère, il dit :

— Je vais vous dire, Stephen : mangeons notre bouillabaisse après avoir bu un verre de ce vin et ensuite, jusqu'à ce que nous rejoignions le *Tartarus*, jouons votre morceau.

— Fort bien, dit Maturin, un plaisir tout simple rayonnant sur son visage en général peu simple. Killick, holà. Holà. Que le festin paraisse dès qu'Adi aura frit ses croûtons.

Le morceau, des variations de Stephen sur un thème de Haydn, était correct et coulant mais sans intérêt particulier jusqu'à la dernière page, où Stephen et Haydn se retrouvaient en une phrase étrangement hésitante dont les deux temps de silence étaient particulièrement émouvants. Le violon la joua d'abord et, pendant que le violoncelle répondait, ils entendirent à une distance modérée l'appel :

« Ho du navire, quel navire êtes-vous ? » Et la réponse à pleine voix juste au-dessus d'eux : « *Surprise.* »

Le violoncelle fit sa pause, acheva la phrase, et tous deux se retrouvèrent pour s'acheminer vers la fin. La porte s'ouvrit sur Pullings, qui apportait les nouvelles : Jack hocha la tête et ils jouèrent jusqu'au final profondément satisfaisant.

— *Tartarus* est juste à notre vent, monsieur, dit Pullings quand ils reposèrent leurs archets.

— Je suis particulièrement heureux de l'entendre, dit Jack. Mettez à l'eau, s'il vous plaît, le petit canot du docteur — Stephen, vous voulez bien me prêter votre canot ? — et Bonden m'y conduira. Killick, mon bon habit bleu. (Il prit dans le coffre sa carte de Saint-Martin et dit à mi-voix :) Stephen, ne devriez-vous pas venir aussi ?

— Je ne crois pas, dit Stephen, je ne dois pas afficher le lien ténu que j'ai avec le Renseignement ; s'il y a des détails à mettre au point dans ce domaine, nous pourrons les arranger entre nous. Mais j'aimerais accompagner l'attaque cette fois, si vous convenez de la faire.

— Bienvenue à bord à nouveau, monsieur ! s'exclama Babbington, double bienvenue, car je ne pensais pas vous rencontrer à cette marée.

— Vous avez bien failli ne pas me voir, dit Jack Aubrey, une aiguille dans une botte de foin ne supporterait pas la comparaison par une nuit aussi épaisse ; mais un point fait à temps vous en épargne cent, comme vous le savez fort bien, et nous sommes partis de bonne heure. Descendrons-nous ?

Dans la petite chambre de Babbington, il jeta rapidement un coup d'œil alentour, cherchant des traces de Fanny Wray, mais ne vit rien à l'exception d'un morceau de toile à voile avec les mots « Dieu Protège nos Marins » au point de croix un peu hésitant.

— Vous m'attendiez donc, dit-il.

— Oui, monsieur. Un cotre a apporté un mot de l'amiral disant qu'il était possible, si le vent et le temps le permettaient, que vous apparaissiez le treize, et que je devais coopérer avec vous pour toute opération que vous pourriez envisager contre la *Diane*, à présent amarrée à Saint-Martin.

— Elle y est donc toujours ? Elle n'a pas appareillé ?

— Oh non, monsieur. Elle est le long du quai, amarrée tête et queue sur des bollards. Elle n'a pas l'intention d'appareiller avant la nouvelle lune, la nuit du treize.

— Vous en êtes certain, William ? Qu'elle y soit, je veux dire.

— Oh oui, monsieur. Quand nous nous rapprochons de terre le matin, je monte souvent au mât pour la regarder. Elle a ses vergues croisées depuis une semaine et plus. Et quant au treize... eh bien, nous n'ennuyons jamais les bateaux de pêche et il y en a quelques-uns qui nous apportent des crabes, des homards et des soles merveilleuses, en venant du côté du large au crépuscule, avant que nous nous écartions pour la nuit. Ils savent parfaitement ce que vaut le pauvre vieux *Dolphin*, malgré tout son mastic, sa peinture fraîche et ses dorures, ils savent exactement comment le transport *Camel* et l'avitailleur *Vulture* sont armés, et ils nous supplient de rester bien au large le treize et de ne rien voir, car la *Diane* est toute neuve, rapide, a des échantillonnages de navire de quarante canons, est lourdement armée, coulerait n'importe lequel d'entre nous d'une seule volée — un équipage admirablement entraîné aux grands canons comme à la mousqueterie, ses hunes remplies de tireurs comme ceux du *Redoutable* qui ont tué Lord Nelson. Et de toute manière une corvette lourde doit l'attendre au large du cap et l'accompagner bien au-delà des sondes, pour le cas où elle rencontrerait *Euryalus* qui doit revenir de Gibraltar vers le milieu du mois. Ils exagèrent peut-être un peu le sort qui nous guette mais je crois qu'ils parlent vraiment par gentillesse. Ils aiment beaucoup Fanny qui faisait l'essentiel de nos conversations en français — un accent superbe, tout à fait celui de Paris, me dit-on.

— Aurai-je le plaisir de la voir ce soir ?

— Oh non, monsieur. Je l'ai renvoyée à terre avec le cotre. Je ne pouvais vraiment pas en conscience l'entraîner dans un combat, n'est-ce pas, monsieur ? Je me souviens clairement, quoique cela date d'un siècle, quand nous étions sur la *Sophie*, avoir entendu le docteur dire qu'il n'y a rien de pire pour le corps féminin que les coups de canon. Je suis désolé qu'il ne soit pas venu.

— Il a pensé qu'il ne serait pas à sa place dans un conseil de guerre.

— J'aurais aimé vous dire à tous deux ma bonne nouvelle. Mais peut-être aurez-vous la bonté de la lui dire de ma part.

— J'en serai fort heureux, si vous me dites de quoi il s'agit.

— Eh bien, monsieur — j'ai honte de le mentionner avant d'autres choses beaucoup plus importantes, mais le fait est que je vais être nommé capitaine de vaisseau. (Il rit de pur bonheur en ajoutant :) Avec ancienneté du premier du mois prochain.

Jack sauta sur ses pieds — une vie passée en mer protégeant malgré tout sa tête des barrots très bas — et saisit la main de Babbington :

— Je vous en félicite de tout mon cœur, William ! s'exclama-t-il, je n'ai rien entendu qui me donne autant de plaisir depuis bien des jours. Ne pourrions-nous boire un verre à votre pavillon à venir ?

Tout en buvant, Babbington dit :

— Je sais fort bien que c'est surtout pour des raisons parlementaires — avez-vous vu qu'ils ont élevé mon oncle Gardner à la pairie, la semaine dernière ? Grand Dieu, le ministère doit avoir bien des difficultés — et pourtant cela me rend merveilleusement heureux. Cela rend cette chère Fanny très heureuse aussi.

— J'en suis bien certain. Mais ne parlez pas autant de ces affaires parlementaires. Vous êtes un bien meilleur marin et un bien meilleur officier qu'au moins la moitié des hommes de la liste.

— Vous êtes trop bon, monsieur, beaucoup trop bon. Mais je ne vais pas continuer à babiller de mes affaires personnelles. Puis-je vous demander, monsieur, si vous envisagez une action contre la *Diane,* et dans ce cas comment je peux coopérer avec vous au mieux ?

— Oui, j'envisage sans aucun doute une action

— je l'envisage très sérieusement, depuis un certain temps. Je vais vous donner les grandes lignes de mon plan, et je peux vous parler sans la moindre réserve, à présent que vous allez être promu. Pourtant, je vais vous dire, William : vous êtes l'officier du roi le plus ancien de cette escadre et s'il y a quoi que ce soit dans mon projet que vous n'aimez pas, pour vos navires ou vos hommes, dites-le-moi franchement. Nous pouvons régler cela entre nous avant le conseil.

— Très bien, monsieur. Mais il serait fort étonnant que nous ne soyons pas d'accord.

Jack le regarda avec affection. Ce que disait Babbington était vrai, mais c'était encore plus totalement vrai à présent qu'il était certain de sa promotion.

— Eh bien, commença-t-il, mon idée est un coup de main, d'autant plus depuis que vous m'avez parlé de la corvette qui doit rencontrer la *Diane* au large du cap. (Il étala sa carte.) Si vous avez un maître intelligent dans cette escadre, William, demandez-lui de vérifier ces sondes : ce sont les seules choses qui peuvent avoir changé. Nous allons mouiller la *Surprise* ici (montrant du doigt le flanc sud du cap Baleine) avec un croupiat sur son câble ; et si nous la plaçons exactement où il faut — quand nous en viendrons aux détails, il faudra me donner l'état exact des marées près de terre pour le douze...

— Le douze, monsieur ?

— Oui. J'espère que la nuit précédant l'appareillage la plupart des officiers seront fort occupés à arroser leur départ à terre, ce qui leur évitera de se faire assommer ou d'encourager leurs hommes à des mesures extrêmes.

— Brillant, dit Babbington qui ne pouvait envisager qu'un marin passe autrement la nuit précédant l'appareillage, du haut en bas de la Manche.

— Si nous plaçons la *Surprise* juste au bon endroit, cette élévation de terrain la protégera du fort qui couvre l'isthme. Nous mouillons, disons, aux trois quarts du flot. Les canots s'en vont faire le tour du cap. Ils pourront être interpellés au brise-lames. Ils passeront probablement, mais s'ils ne le font pas et que nous entendons tirer le mousquet, nous commençons à bombarder l'isthme, ou plutôt c'est Tom Pullings qui le fait, car moi j'ai l'intention de mener le coup de main. Il le fait de toute manière si les canots et moi nous envoyons une fusée bleue indiquant que nous sommes sur le point d'aborder. Il tire comme un diable, ce qui détourne l'attention de l'ennemi — c'est par l'isthme que nous avons envahi la dernière fois — et donne aux canots le temps de couper les amarres de la *Diane,* de la dégager à la voile des batteries qui sont au fond de la baie si la brise est favorable ou de la sortir en remorque si elle ne l'est pas. D'ailleurs, de toute manière nous la remorquerons car ce genre de chose doit se faire très vite. À ce moment, la marée devrait juste commencer à descendre, ce qui nous aidera beaucoup. Ce que je voudrais pour votre escadre, c'est que ses navires soient à proximité, en cas d'urgence, et nous fournissent quatre canots pour aider au remorquage.

— Ne pourrons-nous aborder aussi ?

— Non, William : du moins pas dans le premier assaut. Les Surprises se sont entraînés à tous les détails de l'abordage d'une frégate deux fois par nuit depuis, me semble-t-il, la nuit des temps ;

ils savent exactement ce qu'ils ont à faire — chaque homme a sa tâche — et la présence d'autres personnes ne pourrait que les distraire. Mais bien sûr, si les Dianes se révèlent trop coriaces, nous pourrons toujours appeler à l'aide.

Babbington réfléchit quelques instants, en regardant de temps à autre son ancien capitaine.

— Eh bien, monsieur, dit-il enfin, ce plan me paraît parfait et je ne saurais suggérer la moindre amélioration. Voulez-vous que j'appelle à présent les autres capitaines ?

— S'il vous plaît, William. Il y a une chose que j'ai failli oublier : quand vous vous approcherez de terre demain, je resterai au large. Ensuite, demain soir, prenez soin de vous écarter particulièrement bien éclairé : quand vous serez assez loin, je passerai à proximité, tous feux éteints, et prendrai vos canots en remorque au passage. J'ai à peine besoin de dire que si n'importe lequel de vos homardiers entend parler de la présence de la *Surprise*, nous pourrons aussi bien rentrer à la maison plutôt que de nous glisser jusque là-bas sous voiles basses dans l'espoir de prendre la *Diane* au dépourvu.

— J'y veillerai, monsieur.

— Mais discrètement, William, discrètement. Ne les traitez pas mal, ne les chassez pas ou ils flaireront que quelque chose ne va pas.

— Je bavarderai avec eux moi-même et ne laisserai personne leur parler.

Il sortit sur le pont pour donner l'ordre des signaux et quand il revint, Jack lui dit :

— Je me souviens du docteur parlant des femmes et du canon : c'était au large du cap Creus, durant la dernière guerre, quand nous avons pris un sloop français chargé de poudre. Le patron avait emmené sa femme avec lui et elle allait avoir un bébé — le docteur l'a accouchée. Mon Dieu, c'était des jours heureux. L'amiral nous donnait croisière sur croisière.

— Et nous prenions prise sur prise. Ah, c'était magnifique. Et ensuite il y a eu le *Cacafuego* ! Vous souvenez-vous comment nous autres tribordais, nous étions noirci la figure dans les cuisines pour aborder en hurlant comme des chats échaudés ? Mowett avait écrit un poème là-dessus.

Ils bavardaient encore allégrement de la dernière guerre quand le premier des canots vint bord à bord, suivi presque immédiatement par les autres.

— Monsieur, dit Babbington après les bruits de réception habituels, l'annonce de l'aspirant et l'entrée de la procession descendant l'échelle, monsieur, permettez-moi de vous présenter le capitaine Griffiths, du *Dolphin*, Mr Leigh, capitaine du *Camel*, et Mr Strype, du *Vulture*.

— Bonsoir, messieurs, dit Jack en les regardant avec attention.

Griffiths, petit homme à l'œil brillant et à la tête ronde, un très jeune commandant nommé depuis peu sur un très vieux sloop qui n'aurait pas dû être en mer ; Leigh, lieutenant d'un certain âge, manchot et assez grand, sans le moindre espoir de promotion, plus heureux à commander un transport qu'à vivre à terre avec une famille nombreuse et moins de cent livres par an ; Strype, de l'avitailleur *Vulture*, silencieux et pâle au point d'être presque inexistant — l'uniforme du roi semblait étrange sur lui.

— Messieurs, dit Babbington, et Jack fut étonné

de la tranquille autorité naturelle avec laquelle il parlait — étonné, tant leur conversation avait fait revivre le petit garçon du poste des aspirants de la *Sophie*, auquel il fallait encore dire comment se moucher —, j'ai reçu l'ordre de coopérer avec Mr Aubrey de la *Surprise* dans une opération qu'il a l'intention de faire contre la *Diane*. Je vais lui demander de nous donner pour votre information les grandes lignes de son plan, mais je dois d'abord observer que lui et moi sommes en parfait accord quant à la stratégie générale. Vous aurez donc la bonté d'écouter sans faire de commentaires jusqu'à ce qu'il vous demande vos observations, qui porteront uniquement sur des points tels que les courants, les sondes ou les dispositions de l'ennemi pour lesquelles vous pourriez avoir des informations particulières. Mr Aubrey, monsieur, permettez-moi de rapprocher un peu la lampe.

Jack décrivit son plan une fois de plus, indiquant au fur et à mesure les différentes positions sur la carte, et termina par :

— ...Si l'un des officiers présents a des questions à poser ou des observations à faire, je serai heureux de les entendre.

Il y eut un long silence, rompu seulement par le clapotement de la mer contre les flancs du *Tartarus*, jusqu'à ce que le lieutenant grisonnant se dresse et, plaçant son crochet sur le brise-lames, dise :

— La seule observation que j'aie à faire c'est qu'à marée montante et à l'étale, il y a un courant qui porte contre le rempart ici. J'ai vu plusieurs fois de petites embarcations se repousser du mur ou le raser en entrant dans le port. Il pourra peut-être vous être utile de l'avoir présent à l'esprit pour les canots, monsieur, s'ils souhaitent passer inaperçus.

— Merci, monsieur, dit Jack, c'est un détail de grande valeur. Capitaine Griffiths, vous vouliez parler ?

— Seulement pour dire qu'avec la permission du capitaine Babbington, je serais heureux de prendre le commandement des canots de l'escadre, monsieur.

Babbington réagit aussitôt :

— Mr Aubrey et moi sommes convenus que les capitaines resteraient à bord de leur navire. L'escadre se rapprochera peu après le début de l'opération et il peut y avoir des décisions importantes à prendre au cas où... si tout ne va pas pour le mieux.

« Soyez béni, William, dit Jack en lui-même, je ne vous aurais pas cru si rapide. » Et à haute voix, en réponse à la question non posée mais qui flottait dans la chambre :

— Le capitaine Pullings, qui m'accompagne comme volontaire et qui est l'officier du roi le plus ancien dans ces eaux, prendra le commandement de la *Surprise* en mon absence. Mr Strype, avez-vous une remarque à faire ?

— Oui, dit Strype (et pour la première fois on se rendit compte qu'il était ivre, pâle d'une ivresse au gin solitaire), comment intervenons-nous pour les parts de prise ?

Ceci fut dit avec un regard sournois, entendu, cynique, et les autres rougirent de honte. Jack le regarda froidement :

— C'est peut-être vendre l'ours... c'est peut-être compter les ours... (Il hésita.) De toute manière, la question est prématurée et risque de porter malchance, poursuivit-il. Elle sera résolue, bien entendu, selon les coutumes maritimes. Ceux qui remorquent font part égale avec ceux qui abordent.

— C'est correct, dit Leigh. C'était ainsi pendant la dernière guerre et, avant cela, pendant la guerre américaine.

— Et puisque nous sommes revenus au sujet des canots, poursuivit Jack, je serai plus précis. Le capitaine Babbington et moi sommes convenus que le mieux serait de détacher le plus grand des canots appartenant à chacun des navires, chaloupe, grand canot ou pinasse. Ils doivent être armés au complet avec des nageurs de secours pour une longue tirée et les hommes doivent avoir les armes nécessaires pour l'abordage, quoique j'espère qu'ils n'y seront pas appelés. Ils doivent être équipés de grappins et de tout le matériel voulu, et le mieux serait qu'ils soient commandés par le bosco ou par un des plus vieux seconds maîtres. Chose plus importante encore, il faut leur faire comprendre que le silence est absolument essentiel — protection sur les dames de nage ou les tolets, naturellement, mais surtout pas de bavardage : pas un mot. Les canots demeurent avirons parés quand je les largue et ne bougent ni ne parlent avant qu'on les appelle par leur nom, soit pour remorquer, soit pour aider à surmonter une résistance. Comme ils peuvent être amenés à aborder, ils doivent avoir des brassards blancs, qu'ils enfileront au dernier moment comme les Surprises : le mot de passe est « Joyeux Noël » et la réponse « Bonne Année ». Je crois que c'est tout, messieurs.

Il se dressa : il avait vu beaucoup trop de réunions de cette espèce rendues vagues et obscures par l'interminable discussion de points n'ayant pratiquement rien à faire avec le problème essentiel, et il lui semblait préférable de maintenir son plan sous sa forme la plus simple. Pourtant, quand les capitaines furent partis, il s'assit avec Babbington et le maître du *Tartarus* pour vérifier sondes et gisements ainsi que l'ordre des navires français le long du quai : un brick sans valeur, deux canonnières armées de pièces de trente-deux livres, la *Diane*, et deux navires marchands de bonne taille récemment remontés du fond du bassin, probablement dans l'intention de se glisser dehors dans le sillage de la frégate. Ils les dessinèrent en quatre copies, ainsi que les hauts fonds à éviter en quittant le port, rédigèrent une liste des étapes successives de l'opération dans le langage le plus simple et le moins ambigu qu'ils purent imaginer. Quand les copies furent achevées, Jack Aubrey dit :

— Voilà. Je pense que nous avons fait tout le possible. Si vous voulez distribuer ceci en même temps que vos ordres, William, et laisser vos capitaines les étudier toute la journée demain, les apprendre par cœur eux-mêmes et les enseigner aux équipages des canots jusqu'à ce qu'ils les sachent à la perfection, vous me rendrez grand service. À présent je vais vous quitter et conduire ma frégate un peu plus au large. Je prendrai vos canots en remorque demain au passage et si tout va bien, j'espère vous revoir vers minuit ou peu après. Mais sinon, William, si je sabote l'affaire, vous ne devez pas — je répète : *vous ne devez pas* — me suivre ou laisser l'un de vos navires le faire. Si cette affaire traîne assez longtemps pour que les Français reprennent leurs esprits et constatent qu'après tout il n'y a pas d'invasion sur l'isthme, ils arroseront la passe d'un tel feu qu'aucun navire ne pourra en sortir vivant. J'ai dit la même chose à Tom Pullings et il l'a accepté.

— Eh bien, monsieur, dit Babbington de mauvais gré, je ferai ce que vous me dites. Mais mon Dieu, combien je voudrais aller avec vous.

Pendant le bref retour vers la *Surprise*, Jack étudia le ciel avec beaucoup d'attention : ses voiles de brume, encore à peine visibles, se dissipaient rapidement et très haut il était presque clair, avec quelques traces de cirrus légers venus de l'est sud-ouest et passant doucement sur les étoiles.

— J'espère que ça ne va pas se gâter avant demain matin, dit-il à Bonden pour conjurer le mauvais sort.

— Jamais de la vie, monsieur, dit Bonden, j'ai jamais vu plus belle nuit.

Ayant donné les ordres qui conduiraient pendant deux heures la *Surprise* vers le nord-ouest, où elle demeurerait à faire le va-et-vient le reste de la nuit, Jack descendit. La chambre était éclairée mais vide ; Stephen s'était déjà couché, laissant quelques notes médicales, trois livres avec des marque-pages en place, une partition à demi écrite et, à côté d'une loupe, trois biscuits de Naples déjà attaqués par les rats. Jack jeta les biscuits par le hublot, prit la loupe et étudia son baromètre : il avait monté d'un dixième de pouce et le mercure montrait une convexité très nette, ce qui confirma son opinion. Il ouvrit son bureau où sa lettre feuilleton à Sophie était encore étalée, de la veille, s'assit puis écrivit : « Ma chérie, je reviens tout juste du *Tartarus*. William est nommé capitaine de vaisseau ! Il en est si heureux et moi aussi —

c'est la plus belle nuit que j'aie jamais vue, avec brise d'ouest sud-ouest ou un peu plus sud et un baromètre qui monte tout doucement. Que Dieu vous bénisse, ma chérie : je suis sur le point de me coucher — la journée a été assez affairée et j'espère que demain elle le sera plus encore. » Sur ce, il alluma sa lanterne et alla se coucher. La lanterne s'accrochait dans un petit équipet à portée de main de sa bannette et, son volet presque entièrement fermé, ne produisait qu'un rayon étroit, très doux, qui éclairait deux pieds du plafond. Il contempla le barrot pendant deux minutes à peu près, l'esprit en paix : il lui semblait avoir fait tout ce qu'il devait faire et que si le temps s'y prêtait il avait pour le lendemain une bonne chance de réussite — l'entreprise était parfaitement justifiable même si beaucoup moins de choses en avaient dépendu ; il l'aurait tentée en toutes circonstances. Il savait que ses collègues étaient faillibles, que l'ordre le plus simple pouvait être mal compris ou désobéi, et que la malchance grotesque pouvait toujours intervenir. Mais à présent les dés étaient jetés, il fallait respecter leur décision. Les yeux fixés sur le barrot, il avait vaguement conscience des bruits de la vie du navire faisant route au nord-ouest avec une légère mer arrière, du bourdonnement heureux du gréement bien réglé (tendu, mais pas trop), du craquement occasionnel de la roue et de l'arôme complexe, composé de planches bien grattées, de brise de mer fraîche, d'eau des fonds, de cordages goudronnés, de peinture et de toile à voile humide.

Dans la fin de la matinée, le douze, journée grise et paisible avec petite brise stable à l'ouest sud-ouest, le seul endroit confortable à bord de la *Surprise* était la hune d'artimon. Les ponts étaient encombrés de groupes fort occupés à sortir les dernières caronades de la cale pour redescendre à leur place les grands canons et à tout amarrer en préparation du bombardement de la nuit prochaine ; car non seulement les caronades tiraient beaucoup plus vite que les canons, faisant donc au total beaucoup plus de bruit, mais il suffisait d'une couple d'hommes pour les faire fonctionner, alors que les grands canons exigeaient des équipes de six ou huit servants. La chambre était occupée par le capitaine, ses officiers et les patrons des canots qui mettaient au point toute une série de détails. Les hommes de médecine étaient donc montés assez tôt avec livres, télescopes et pièces d'échecs. Il y avait un échiquier proprement gravé dans le plancher de la hune : après avoir joué un jeu relativement peu agressif qui s'était terminé par une partie nulle, ils étaient à présent étendus sur les bonnettes pliées.

Parmi un petit groupe d'oiseaux de mer remontant lentement contre le vent, les ailes faisant un angle marqué, Stephen avait repéré ce qui était presque certainement *Larus canus*, assez commun dans les régions ouest de l'Irlande, où il avait passé une partie de sa jeunesse, et où il nichait en grande quantité sur les falaises et les plages les plus solitaires, mais relativement rare dans ces eaux ; il était sur le point de dire « Je crois apercevoir un goéland cendré » quand Martin demanda :

— Comment rendriez-vous *peripeteia* ?

— Sûrement par une inversion. Mais vous l'entendez certainement au sens dramatique : ne peut-on dire *peripety* en anglais ? Les Français ont bien *péripétie* ; quoique en vérité ils l'utilisent assez librement, au sens de vicissitudes ordinaires.

— Je pense avoir déjà rencontré *peripety*. Mais ce n'est pas vraiment de la langue courante et je ne crois pas que cela serait fort utile à Mowett. (Il passa à Stephen un petit livre tout mince, la *Poetica* d'Aristote, et dit :) J'ai promis de le lui traduire.

— C'est fort bienveillant de votre part.

— Cela aurait été beaucoup plus bienveillant si j'en avais entrevu la difficulté ; mais je ne l'ai point fait. Je l'avais lu à l'université avec mon professeur, un homme excellent, béni soit-il, un érudit doté d'un don extrême pour faire comprendre et même aimer un texte aux esprits les plus médiocres. Avec son aide, j'en ai saisi l'essence et je l'avais retenue ; mais à présent, le tourner en une langue qui soit à la fois précise et tolérablement aisée, une langue qui puisse être parlée par un chrétien, sera, je le crains, une tâche dépassant mon pouvoir.

— D'après ce dont je me souviens de l'étrange nature de ce livre et de ses nombreux points techniques, ce serait aussi au-delà des miens.

— Vanité et précipitation seront ma perte. Quand Mowett m'a dit qu'il avait l'intention d'écrire une pièce fort ambitieuse intitulée *La Tragédie de l'officier de marine*, fondée sur la carrière du capitaine Aubrey, ses victoires et ses infortunes, je lui ai dit que j'espérais qu'il lui donnerait une fin heureuse. « Cela m'est tout à fait impossible, m'a-t-il dit ; comme c'est une tragédie, il faut qu'elle se termine en désastre. » Je lui ai demandé pardon de ne pas être d'accord mais j'avais l'appui de la plus grande autorité du monde érudit, Aristote lui-même, pour dire que si la tragédie traite nécessairement des actions des hommes et des femmes de grand esprit, d'une manière élevée et sérieuse, elle ne doit pas nécessairement avoir une fin malheureuse ; et je lui citai les lignes que je me suis aventuré à rendre ainsi : *La nature de l'action de la tragédie a toujours exigé que la portée en soit la plus pleine possible sans obscurcir l'intrigue et que le nombre d'événements constituant une suite probable ou nécessaire qui transformera l'état d'un homme du malheur au bonheur ou du bonheur au malheur soit le plus réduit possible*, et je lui ai demandé d'observer que non seulement le passage du mal au bien est éminemment possible en tragédie, mais qu'Aristote le met en premier.

Deux coups. La *Surprise* avait adouci bon nombre des rigueurs de la vie navale : aucun officier ou aide bosco n'incitait les hommes à se mouvoir plus vite à coups de canne ou de cordage ; le rangement des hamacs dans leurs filets tous les matins de beau temps n'était pas une course effrénée ; on ne fouettait personne pour être descendu le dernier de la vergue ; et les hommes circulaient de manière libre, aisée, bavardant ou mâchant du tabac s'ils en avaient envie. Restait la propreté brahmanique ; les quarts et leur relève exacte étaient toujours sacrés ; de même que la cérémonie des repas. Pendant la fin de leur partie d'échecs, au grand dam de leur concentration, le pandémonium des matelots convoqués au dîner à grands coups de sifflet s'était déchaîné sous leurs pieds, avec le cognement bruyant des gamelles et des plats tandis que le bœuf salé sortait de la cuisine, et le tonnerre étouffé des grands pots de bière tirée du tonneau — car le navire n'était pas encore dans les eaux à tafia et les hommes devaient se contenter de leur traditionnel gallon quotidien, en deux fois, que les Surprises amoureux de la tradition servaient encore en grands pots de cuir. Et voilà que sur le cabestan le tambour — qui n'était plus un soldat mais un gabier modérément doué —, après un roulement préliminaire, se lançait dans sa version personnelle de *Roast Beef of Old England*, équivalent de la cloche du dîner pour les officiers, annonçant que bientôt ce dîner serait sur la table.

Ils sautèrent sur leurs pieds et tandis qu'ils rassemblaient livres, papiers, pièces d'échecs, Stephen dit :

— Je suis fort heureux d'entendre ce que vous me dites à propos d'Aristote. J'avais oublié ces mots ou les avais sautés — j'ai lu ce livre d'un esprit superficiel et agacé, l'ayant pris en grippe en ces jours lointains à cause de ses remarques médiocres à propos des oiseaux et pour avoir élevé cette brute vantarde d'Alexandre, un aussi grand fléau que notre Buonaparte — mais évidemment c'était l'homme le plus érudit du monde.

Il se glissa par le trou du chat et comme il était accroché là par les coudes, ses pieds cherchant les haubans, il se dit : « Ce soir est peut-être la vraie péripétie de Jack. Seigneur tout-puissant, combien je prie pour que sa tragédie se termine bien et que... » Là, des mains obligeantes lui saisirent les chevilles pour les guider vers un ferme support.

Dans la chambre, il fut stupéfait de trouver Jack

Aubrey debout qui l'attendait, particulièrement grand, grave et sévère, vêtu d'un bel habit vert bouteille et d'une cravate immaculée tout juste nouée.

— Vraiment, Stephen, vous êtes impayable, dit-il, nous sommes invités à dîner au carré et vous voilà ressemblant à quelque chose envoyé par les pontons prisons. Padeen, holà. Faites passer pour Padeen. (Et à Padeen :) Rasez et brossez votre maître immédiatement : sortez son meilleur habit, culotte de satin noir, bas de soie, souliers à boucles d'argent. Il doit être ici dans cinq minutes.

Cinq minutes plus tard il était là, saignant de trois petites coupures et l'air un peu abasourdi. Jack essuya le sang de son mouchoir, remit bien droit la perruque et le gilet de Stephen et le poussa rapidement vers le carré où ils furent accueillis par leurs hôtes comme trois coups du quart de l'après-midi sonnaient.

Il se trouvait que c'était la première fois que le capitaine de la *Surprise* était invité au carré depuis que la frégate était devenue vaisseau de guerre privé. Avant la capture du *Spartan* et de ses prises, les officiers étaient trop pauvres pour l'inviter, et pendant les journées épuisantes passées à Polcombe toute distraction était impossible. Ce fut par conséquent un repas d'une splendeur inhabituelle, d'autant plus que le cuisinier du carré était décidé à surpasser Adi ; mais bien que la table fût chargée de choses telles que homards, langoustes, crabes, soles et moules de trois manières différentes — le tout obtenu par corruption du *Tartarus* — il y avait entre les convives des espaces désespérément vastes. Jack avait connu cette table pendant bien des années, toujours assez pleine et parfois encombrée d'invités, coude à coude ; mais aujourd'hui il n'y avait pas d'officiers d'infanterie de marine, pas de maître, pas de commis, pas d'aumônier, pas d'invités du poste des aspirants, ni d'autres navires, et il en occupait un côté à lui tout seul, à la droite de Pullings. En face de lui, Stephen et Davidge étaient installés, Martin ayant le pied de la table ; et ce fut relativement difficile, du moins dans les débuts. Jack Aubrey, quoique connaissant West et Davidge et sachant leur compétence professionnelle, ne les avait jamais fréquentés en dehors du service et n'était pas très familier avec eux — ni avec tout autre étranger, d'ailleurs, depuis son procès. Pour leur part, ils le jugeaient intimidant ; eux aussi avaient été rudement ébranlés par la perte de leur brevet et avec lui de leur gagne-pain, de leur avenir et d'une bonne part de leur identité. D'autre part, ceux qui ne devaient pas participer au coup de main étaient fortement conscients que sous quelques heures les autres partiraient, plus fortement conscients encore que les hommes directement concernés, et ils estimaient la gaieté déplacée. Une certaine tension régnait aussi chez ceux qui allaient partir : dans le cas de Jack Aubrey c'était une tension qu'il n'avait jamais connue, bien qu'il ait vu plus d'actions que la plupart des marins de son âge. Il observa avec stupéfaction que le morceau de homard qu'il tenait au bout de sa fourchette en attendant que Davidge finisse une phrase tremblait. Il le mangea rapidement et continua d'écouter, la tête inclinée, avec un sourire aimable, le récit erratique qui s'acheminait lentement vers son désastreux manque de fin : Davidge avait voyagé en France pendant la paix ; il avait souhaité dîner dans un fameux restaurant entre Lyon et Avignon, mais l'endroit étant plein, on lui avait parlé d'un autre tout aussi bon près de la cathédrale. Là il était le seul convive et il avait lié conversation avec le maître de maison ; ils avaient parlé de cette cathédrale, d'autres cathédrales, et Davidge avait raconté qu'à Bourges il avait été frappé par la beauté extraordinaire de l'un des choristes. L'aubergiste, un pédéraste, l'avait mal compris et lui avait fait une proposition à peine voilée ; Davidge avait cependant réussi à décliner l'offre sans l'offenser et l'homme l'avait si bien pris qu'ils s'étaient séparés dans les meilleurs termes, tout paiement pour ce repas splendide étant absolument refusé. Mais Davidge, ayant enfin atteint le Rhône à travers d'innombrables parenthèses, sentit soudain que la sodomie, en tant que chose amusante en elle-même et justification d'une anecdote, quelle qu'en fût la longueur, ne pouvait convenir à son capitaine attentif et grave, et il tenta de donner à son récit quelque autre orientation qui ne semblerait pas trop stupide — tentative vaine dont il ne fut sauvé que par le plat suivant, composé d'une tête de cochon marinée (l'un des mets favoris de Jack) et d'une selle de mouton, que l'on déposa devant Martin pour qu'il la découpe. Martin, célibataire habitant des pensions jusqu'à son mariage récent, n'avait jamais découpé une selle de mouton. Il ne le fit pas non plus cette fois mais, d'un puissant coup de fourchette, la projeta tout droit dans le giron de Davidge. Cela sauva Davidge de son mauvais pas au prix de sa culotte — ce n'était pas cher payé, se dit-il — et la selle fut passée en silence à Stephen qui la découpa selon les règles chirurgicales.

C'était de bon mouton, parfaitement cuit et rôti, et accompagné d'un superbe bordeaux, un fombrauges qui plut tant à Jack Aubrey qu'après le premier verre il sortit l'un des rares restes de sa brève éducation terrienne.

— *Nunc est bibendum*, dit-il avec un coup d'œil triomphant à Stephen et Martin, et sur mon honneur, on ne peut demander de plus plaisant vino à biber.

Ensuite, le dîner se déroula plus aisément, bien que la tension ne pût être tout à fait écartée : deux meules avaient été montées sur le pont et leur cri perçant, cependant que l'armurier et son aide donnaient un tranchant aigu aux coutelas et haches d'abordage, ne permettait pas d'oublier l'avenir immédiat. Pourtant, la réception n'était pas totalement conviviale car séparée en deux groupes : Aubrey et Pullings bavardaient calmement d'anciens compagnons de bord et d'anciens voyages, tandis que Stephen et Davidge parlaient des difficultés de rester en vie en tant qu'étudiants à Trinity College, à Dublin : un cousin de Davidge y avait été percé trois fois, deux fois à l'épée, une fois par une balle de pistolet.

— Je ne suis pas un homme querelleur ni enclin à m'offenser, dit Stephen ; pourtant je crois bien m'être battu une vingtaine de fois dans ma première année. Cela va un peu mieux aujourd'hui, je crois, mais à l'époque c'était un endroit terrible.

— C'est ce que dit mon cousin. Et quand il est venu me voir en Angleterre, mon père et moi lui avons donné quelques leçons : ce fut riposte, contre-riposte, parade et tierce tout au long de l'été ; mais du moins il a survécu.

— Vous êtes, je vois, une très fine lame.

— Non point. Mais mon père l'était. Et il m'a rendu au moins compétent. Cela m'a été utile par la suite, quand j'étais en difficulté ayant quitté le service, car Angelo m'a employé quelque temps dans sa salle d'armes.

— Vraiment ? Je vous serais extrêmement obligé si vous vouliez bien échanger quelques passes avec moi après dîner. Je suis quelque peu rouillé et cela m'attristerait de me faire découper comme un imbécile ce soir.

Stephen n'était pas le seul à bord de la *Surprise* à avoir cette idée et quand les invités du dîner vinrent prendre l'air sur le gaillard d'arrière, ils entendirent la résonance obstinée due aux hommes qui, tout à l'avant, tiraient sur des bouteilles à brève portée avec leurs pistolets ; les caronades étaient à présent toutes en place, les canots en remorque, deux par deux, et les armes distribuées. La mer, la brise et le ciel restaient comme ils l'avaient été jusque-là, doux, gris et calmes : une journée hors du temps.

Jack étudia la table de loch en sifflotant doucement puis dit à l'officier de quart :

— Mr West, à huit coups nous virerons pour faire route au sud-est un demi est, sous voilure aisée.

Au bout d'un tour ou deux, il alla chercher dans la chambre son épée de combat, un lourd sabre de cavalerie, et après quelques manipulations, le porta à l'avant pour que l'armurier l'affûte.

— Eh bien, docteur, dit Davidge, voulez-vous une petite séance ?

— J'en serais fort heureux, dit Stephen, jetant à la mer son mégot de cigare qui s'y noya en sifflant.

— Voici les mouches brevetées d'Angelo, dit Davidge quand ils furent prêts, leurs habits bien pliés sur le cabestan et leur cravate desserrée. Elles se fixent sur la pointe, ce qui permet d'utiliser de vraies épées. C'est très, très supérieur à toutes les formes de boutons.

— Dieu merci, dit Stephen.

Ils se saluèrent et restèrent quelques instants immobiles, avec de minimes et presque imperceptibles mouvements menaçants de la pointe ou du poignet ; puis Stephen, tapant deux fois du pied comme un torero, se jeta sur Davidge avec une férocité inconcevable. Davidge para et ils tournèrent l'un autour de l'autre, leurs épées cliquetant tantôt haut, tantôt bas, leurs corps tantôt se touchant presque, tantôt à deux longueurs de bras.

— Arrêtez ! s'écria Stephen bondissant en arrière et levant la main. La ceinture de ma culotte est défaite. Martin, s'il vous plaît, pouvez-vous arranger cette boucle ?

La boucle rattachée, ils se saluèrent à nouveau et une fois de plus, après l'immobilité reptilienne, Stephen bondit, criant : « Ha ha ! » Mêmes parades, mêmes tourbillons et cliquetis d'épées, si rapides que seuls des escrimeurs pouvaient les suivre — mêmes coups de pied et respirations haletantes quand ils se fendaient, même agilité extraordinaire — mais il y eut un instant d'hésitation dans le rythme, une faille subtile, et l'épée de Davidge s'envola dans les filets de hamacs.

Il regarda un moment sa main vide, profondément choqué, mais très vite, dans les acclamations générales, il fit aussi bonne figure que possible et s'écria :

— Magnifique, magnifique ! Je suis un homme mort — un autre de vos cadavres, sans doute.

Puis, ayant récupéré son épée et constaté qu'elle n'avait pas souffert, il demanda :

— Puis-je voir la vôtre ?

Stephen la lui passa ; Davidge la retourna, la soupesa, regarda de près la garde et la poignée.

— Un quillon à ressort ? demanda-t-il.

— Exactement. J'accroche l'épée de mon adversaire ici ; ce n'est qu'une affaire de moment et de bras de levier.

— C'est une arme meurtrière.

— Après tout, les épées sont faites pour tuer. Mais je vous remercie de tout cœur, monsieur, pour cet exercice ; vous êtes la complaisance en personne.

On piqua huit coups. Aussitôt le cri s'éleva : « Tout le monde, paré à virer », et la *Surprise* entama le long virage régulier qui conduisit son étrave au sud-est un demi est, pour qu'elle progresse sagement vers le point où sa route couperait celle de l'escadre de Babbington s'écartant vers le large. Le soleil se coucherait pendant le deuxième petit quart, et chacun savait que c'était le dernier bord avant qu'ils n'embarquent dans les canots pour la longue tirée autour du cap Baleine. Si quelques jeunes gabiers, à peine plus que des gamins, folâtraient dans les hauts du gréement, jouant à se poursuivre d'une tête de mât à l'autre pour revenir par les barres traversières jusqu'à l'estrope du bâton de foc, l'atmosphère à bord était grave. Jack et Stephen prirent tous deux les dispositions habituelles avant un combat et remirent les documents à Pullings ; tous les officiers du navire l'avaient fait bien souvent — c'était chose normale avant une bataille —, pourtant, aujourd'hui, cela semblait être plus qu'une précaution en conscience, plus qu'une courbette formelle à l'égard du sort.

Les coups de cloche se suivirent ; le soleil descendit jusqu'au-dessous de la vergue d'artimon ; on siffla pour envoyer les hommes au souper.

« Du moins, nous n'avons pas besoin de tout descendre dans la cale », se dit Stephen en fixant une portée sur le lutrin-bureau de Diana. Il joua quelques accords profonds qui firent vibrer les fenêtres de poupe puis commença à se frayer un chemin dans un morceau nouveau pour lui, une sonate de Duport. Il en était encore à l'andante, le nez touchant presque la partition, quand Jack entra et dit :

— Mais voyons, Stephen, vous êtes assis dans le noir. Vous allez vous ruiner les yeux si vous restez ainsi. Killick, Killick, holà. Leste, donnez-nous de la lumière.

— Le soleil s'est couché, je suppose.

— Il le fait de temps à autre, me dit-on. La brise a fraîchi et nous sommes sous voiles d'étai seules.

— Est-ce une bonne chose ?

— Cela veut dire que si un agité déambulant sur le cap Baleine au milieu de la nuit nous aperçoit par hasard, faiblement, dans le noir, il nous prendra pour quelque petit bateau sans importance à gréement longitudinal. Je vais me changer.

— Je devrais peut-être en faire autant. Il faut sans aucun doute que je m'occupe du pistolet à revolver que Duhamel m'a donné, une arme tout à fait meurtrière aussi. Je regrette encore ce pauvre Duhamel, un homme si aimable. Pardieu, j'avais presque oublié ceci ! s'exclama-t-il, la main serrée sur la poche de sa culotte. (Il descendit en hâte dans la cabine de Pullings et lui dit :) Tom, joignez s'il vous plaît ceci au petit paquet que je vous ai confié, si, Dieu garde, vous avez à le remettre. Et prenez-en, s'il vous plaît, grand soin pour le moment ; ne le laissez jamais sortir de votre poche, c'est un joyau d'une taille tout à fait prodigieuse.

— Je le garderai ici, dans mon gousset, dit Pullings, mais je suis sûr de vous le rendre avant le matin.

— Je l'espère, mon cher, je l'espère vraiment ; dites-moi, à présent, comment serait-il approprié de s'habiller pour une telle occasion ?

— Bottes, pantalon vague, une solide jaquette de lainage, baudrier pour l'épée et une ligne autour de la taille pour les pistolets. Ah, grand Dieu, docteur, comme je voudrais aller avec vous.

De retour dans sa cabine, Stephen fouilla dans sa maigre garde-robe à la recherche de l'équivalent le plus proche qu'il pût trouver, avec un succès modéré d'ailleurs ; il retourna aussi, mais cette fois avec une meilleure réussite, la question de savoir si la conjoncture actuelle lui permettait de s'écarter de sa règle et de prendre une dose supplémentaire, non pas comme soporifique — bien loin de là — mais comme moyen de se débarrasser d'un malaise illogique et purement instinctif, permettant ainsi à son esprit de traiter plus librement toute circonstance pouvant survenir dans cette nouvelle situation. Si, au lieu de sa teinture, il avait eu ces merveilleuses feuilles de coca rencontrées en Amérique du Sud, le doute n'eût pas été possible : elles stimulaient incontestablement le système tout entier, bandant les tendons et tendant les nerfs ; alors qu'il fallait bien admettre que la teinture avait une tendance, une très légère tendance à provoquer un état d'esprit plus contemplatif. Mais il avait mangé ou plutôt mâché toutes ses feuilles de coca depuis longtemps, et le fait demeurait qu'en cas d'urgence la teinture avait toujours fonctionné — ses vertus dépassaient de très loin ses légers inconvénients — et de toute manière la stimulation externe que ce genre de rencontre devait nécessairement produire contrebalancerait, et de loin, le moindre soupçon de narcose. Étant donné la destination de la *Diane*, Stephen était certain qu'elle aurait à son bord un agent important ; il était du plus grand intérêt qu'il soit pris ; omettre la moindre mesure pouvant augmenter les chances d'y réussir serait effectivement très mal ; rien n'était plus malsain que de supposer une contradiction nécessaire entre le devoir et l'inclination.

Il termina son verre de laudanum avec plaisir, quoique sans une satisfaction totale, et s'assit pour effectuer le chargement précis et méthodique de son pistolet à revolver tandis que Killick et ses aides s'activaient dans la grand-chambre pour mettre en place les contre-hublots. Quand Stephen monta sur le pont, il faisait presque noir. Au sud-est on apercevait l'escadre en route vers le large, avec lanternes de poupe et sabords brillamment éclairés, en ligne de file, les amures à tribord ; et derrière les navires, très loin derrière eux, l'éclat régulier et répété du phare de Baleine.

Tous les officiers étaient sur le gaillard, observant en silence les navires : Jack près de la lisse au vent, seul, les mains derrière le dos, oscillant pour contrer le roulis et le tangage. Il n'y avait pas à bord le moindre reflet hors de celui de la lampe d'habitacle et pas beaucoup de lumière provenant du ciel, la vieille lune à son dernier jour, croissant infime, n'étant pas levée et la brume voilant toutes les étoiles sauf les plus brillantes, d'ailleurs très brouillées : une nuit particulièrement sombre. Bien que la côte fût encore lointaine, il semblait naturel aux rares personnes qui parlaient de le faire à mi-voix. Très loin, dans les entrailles du navire, on entendait la voix nasale et désagréable de Killick se querellant avec le cuisinier du capitaine : « Tu fais ton foutu pâté maintenant comme je t'ai dit, matelot, et je ferai mes toasts au fromage à la dernière minute, pendant que tu battras un œuf dans le marsala. Le docteur a dit qu'il fallait le protéger de ce qu'on appelle l'humidité qui tombe ; mais il ne descendra pas avant qu'on ait récupéré les canots. »

Killick avait raison. Rien, à part le jugement dernier, n'aurait pu détacher Jack Aubrey de la lisse avant qu'il ait pris en remorque les canots de l'escadre. De temps à autre il lançait « Veille bien, là-haut » à l'homme perché dans les barres traversières, et une fois la vigie héla le pont :

— Je crois voir une lumière qui descend au flanc du *Tartarus*.

Une demi-heure passa, la ligne des navires plus proche, encore plus proche, jusqu'à ce que Jack, remplissant ses poumons, lance : « Holà, du *Tartarus* ! »

« *Surprise* ? » vint la réponse. « Les canots vont larguer immédiatement et faire route au sud-ouest.

Montrez-nous une lumière ? » Jack ouvrit un instant sa lanterne sourde et entendit l'ordre : « Canots à déborder. » Et ensuite, comme ils se croisaient sur des bords opposés, une autre voix, celle de Babbington : « Dieu vous bénisse, monsieur. »

L'escadre poursuivit sa route et l'on vit apparaître dans chaque canot une lanterne, protégée pour être invisible de la côte encore lointaine. Exclamations sourdes, urgentes, quand les gardes des six canots de la *Surprise* amarrèrent les nouveaux venus, puis Jack lança par-dessus le couronnement : « Les commandants des canots, embarquez ! » Ses yeux étaient si bien accoutumés à l'obscurité qu'il les voyait parfaitement dans le reflet de la lumière du compas : un second maître musclé d'environ trente ans, du *Tartarus*, et les boscos des trois autres, matelots expérimentés de l'espèce qu'il aimait et estimait. Ils nommèrent leur navire et le nombre d'hommes embarqués ; leurs réponses à ses questions montraient qu'ils avaient bien compris ce qu'ils avaient à faire et leur aspect indiquait que, selon toute probabilité, ils le feraient.

— Tous les hommes ont-ils eu un bon souper avant de quitter le bord ? demanda-t-il. Sinon nous pouvons les nourrir ici. Dans une affaire de ce genre, un ventre plein fait la moitié du combat.

Oh oui, monsieur, dirent-ils, on leur avait servi du porc frais et, à bord du *Tartarus*, du pudding aux raisins.

— Maintenant, monsieur, s'il vous plaît, dit juste derrière lui la voix querelleuse et mécontente de Killick, votre pâté est prêt et les toasts au fromage vont tomber en ruine s'ils sont pas mangés chauds.

Jack jeta un coup d'œil à la côte lointaine, hocha la tête et descendit. Stephen était déjà là, assis à côté d'une unique chandelle.

— C'est un peu comme d'être sur la scène en attendant que le rideau se lève, observa-t-il. Je me demande si les acteurs ont le même sentiment d'un temps déformé, d'un présent qui avance, évidemment, mais seulement comme une ombre sur un cadran, de manière imperceptible : et qui peut même revenir en arrière.

— Peut-être bien, dit Jack. On me dit que les festins de théâtre sont entièrement faits de carton — saucisses en carton, gigots en carton, jambons en carton, gobelets en carton que l'on fait semblant de boire. Pardieu, Stephen, voici le plus fameux des pâtés de Strasbourg. En avez-vous eu ?

— Non point.

— Laissez-moi vous en donner un morceau.

Habituellement, l'opium coupait si bien l'appétit à Stephen qu'après une dose considérable il ne prenait que fort peu de plaisir au repas, mais cette fois il dit : « C'est particulièrement bon », et tendit son assiette pour en avoir plus. Vinrent ensuite les toasts au fromage qu'ils accompagnèrent d'une bouteille d'hermitage ; tous deux aimaient beaucoup le vin et tous deux savaient que ce pourrait être la dernière bouteille qu'ils dégusteraient. Si tel était le cas, du moins ce serait une noble fin, car il s'agissait d'un vin grand et généreux au meilleur de sa vie, un vin pouvant supporter d'être ballotté en mer : ils le burent lentement, sans beaucoup parler mais assis dans un silence amical à la lueur de la chandelle, tandis que le navire se rapprochait progressivement de terre.

On n'avait pas piqué la cloche depuis une heure ou plus, mais Jack entendit relever le barreur à la fin de son quart. Il termina son verre et, savourant encore le vin, sortit un compas d'azimut de son invention :

— Je vais aller prendre nos relèvements, dit-il à Stephen.

Très loin en arrière, on apercevait encore l'escadre, mais beaucoup plus discrète à présent, l'extinction des feux ayant sonné peu après leur rencontre, et droit devant le haut cap Baleine se dressait, noirceur plus noire à quelque trois milles. Toutes les deux minutes le cap s'évanouissait quand le rayon du phare apparaissait en plein, aveuglant l'observateur ; mais une fois passé, on avait le temps de retrouver sa vision nocturne et d'apercevoir les lumières mouchetant la côte, et aussi un peu de la forme du rivage au nord nord-est du cap Baleine. Bientôt la ligne blanche du ressac apparaîtrait, surtout au pied du cap, car la houle était forte et la marée commençait à monter. Il connaissait fort bien la forme de la côte, ayant une excellente mémoire visuelle et ayant longuement étudié sa carte, et il savait que d'ici une demi-heure il serait en mesure de faire route vers le mouillage qu'il avait en tête, un fond de bonne tenue assez proche de terre où la frégate serait abritée du feu des canons qui protégeaient l'isthme vulnérable.

— Mr Pullings, demanda-t-il dans le silence, l'ancre est-elle en peneau ?

— Oui, monsieur : avec un croupiat amarré à l'arrière.

— Faites-la donc descendre pouce par pouce jusqu'à l'écubier : ainsi nous pourrons mouiller sans éclaboussures. Je vais regarder les canots.

Il confia son compas au quartier-maître et se dirigea vers l'arrière. Il était chez lui à bord de la *Surprise* autant qu'à Ashgrove — peut-être même plus — et il enjamba le couronnement et descendit l'échelle de poupe sans réfléchir. Il se fraya un chemin tout au long de la file des canots jusqu'à la chaloupe du *Tartarus*.

— Tout est paré, *Tartarus* ? dit-il à voix basse.

— Tout est paré, monsieur, répondirent-ils aussi doucement.

Il tâta les tolets enveloppés et dit :

— Bien, très bien. Nous allons démarrer très bientôt. Aussi, n'oubliez pas : pas un mot, pas un mot et nagez doucement. Quand on vous larguera, restez sur les avirons, enfilez les brassards et soyez prêts à arracher comme des héros quand je vous appellerai, mais pas une minute avant.

— Bien monsieur, paré, chuchotèrent-ils.

Les Dolphins, les Camels et les Vultures reçurent le même salut, le même message ; eux aussi parurent profondément empreints de la nécessité du silence. Revenu à son bord, Jack commença à prendre ses relèvements : il voyait le ressac à présent et, en s'abritant les yeux sous le rebord de son chapeau, le faisceau du phare l'aidait beaucoup. Il se tint à la gouverne, donnant doucement ses ordres au barreur, et quand ses relèvements furent en ligne il réduisit la voilure, de sorte que la frégate glissa, poussée par la marée montante avec tout juste une voile d'étai sur le petit mât de hune et le grand mât, la brise toute douce en arrière de son travers tribord. Dans un silence de mort ils passèrent sous la haute falaise du phare, si près de terre qu'ils étaient au bord même des brisants, si près de terre que les hommes retinrent leur souffle ; et même quand ils eurent passé la masse de la pointe du cap, ils conservèrent le choc régulier de la houle à portée de pistolet sur bâbord. Ils étaient désormais dans l'ombre de la falaise et même la lumière diffuse du rayon du phare ne les atteignait plus ; mais elle éclairait la colline, la colline vitale qui devait les abriter de ce côté du fort. Il fit choquer les écoutes et murmura : « Paré à mouiller. » La *Surprise* dériva, poussée par le flot ; le faisceau en pivotant vint éclairer la colline ; Jack était exactement où il l'avait voulu et il dit : « A mouiller », assez fort. L'ancre plongea silencieusement dans dix-huit brasses d'eau ; ils filèrent une bonne bitture de câble, à demi-mot, avec des gestes, puis, l'ancre ayant croché, ils reprirent le croupiat pour faire pivoter la frégate jusqu'à ce que la volée portât droit sur l'isthme où l'on apercevait plusieurs lumières : la partie sud de la ville.

Jack regarda sa montre à la lumière de l'habitacle et dit : « Cotre bleu, embarque. » Les hommes étaient rassemblés depuis une demi-heure sur le passavant tribord et ils défilèrent près de lui avec le bosco ; ce fut ensuite le cotre rouge, du passavant bâbord, avec le canonnier ; derrière eux, d'un côté puis de l'autre, la pinasse avec Davidge, la gigue avec West, la yole avec Bentley le charpentier, et enfin les hommes de sa chaloupe ; quand Bonden passa, Jack lui prit le bras et lui dit à voix basse : « Restez tout près du docteur quand nous aborderons. » Puis il descendit dans la chambre où Stephen jouait aux échecs avec Martin à côté de la chandelle scintillante, son épée sur la table devant lui.

— Venez-vous avec moi ? dit Jack. Nous partons.

Stephen se leva en souriant et passa son baudrier sur son épaule ; Martin l'attacha par-derrière, une expression d'inquiétude profonde sur le visage. Jack remonta le premier vers le gaillard d'arrière, puis vers le couronnement où Pullings et Martin les suivirent pour dire « Dieu vous garde », et prit enfin l'échelle de poupe. Les canots avaient déjà formé la longue ligne que la chaloupe du capitaine devait mener ; quand Jack embarqua, dernier de la troupe du coup de main, Bonden repoussa la frégate et Jack dit : « Nagez. »

D'abord il leur fallut ramer contre la marée, la houle et la brise modérée, mais leur zèle en fit bon marché pendant les trois premiers quarts d'heure ; à ce moment ils étaient arrivés au large de la pointe du cap Baleine, bien dégagés des brisants, et nageaient puissamment, de manière régulière, sans le moindre grincement de tolet ou de dame, sans un son sauf une toux étouffée. De Baleine, Jack regarda au large : pas d'escadre. Babbington devait être en train de se rapprocher en silence.

Le long de la face du cap, et plus encore quand ils firent route vers l'est, la marée fut avec eux : Jack ralentit leur vitesse qui devenait impétueuse et fit passer tout au long de la ligne l'ordre de changer les rameurs.

Vingt minutes encore, et l'autre côté du port commença d'apparaître, surmonté d'un bel éclat lumineux. Il s'ouvrit assez vite : bientôt ce fut toute la rive nord, le fond de la baie bien éclairée et, infiniment plus important, le brise-lames, qui apparurent. Plus près, plus près, doucement les avirons ; à la pointe du brise-lames une petite lumière dansante qui se rapprochait vite. Ce n'était peut-être qu'un bateau de pêche sortant pour la nuit. Jack ouvrit sa lanterne sourde.

— *Ohé, du bateau,* lança-t-on.

— *Ohé*, répondit Stephen, la main de Jack sur son épaule. *La* Diane, *où c'est qu'elle se trouve à présent ?*

— *Au quai toujours, nom de Dieu. T'es Guillaume ?*

— *Non, Étienne.*

— *Bon, je m'en vas. Qu'est-ce que tu as là ?*

— *Des galériens.*

— *Ah, les bougres. Bon, au plaisir, hein !*

— *Au plaisir, et je te souhaite merde, hein !*

Ils ramaient toujours, d'un rythme un peu moins régulier ; à présent le brise-lames, où des lumières brillaient dans les embrasures du rempart vers sa racine, était pleinement visible. Manifestement il y avait une réception en cours à l'intérieur du rempart — des chants, des rires, une sorte de musique. Jack prit la barre des mains de Bonden : il sentit le courant — le jusant venait de commencer — et il laissa porter, s'écartant du brise-lames autant qu'il l'osait sans aller se jeter sur le banc de sable de l'autre côté. Pas d'appel pour la chaloupe. Pas d'appel pour le canot suivant. Pas d'appel pour le troisième : pas le moindre appel. Ils étaient passés, ils étaient dans le port : peut-être dans le piège. Parlant distinctement pour couvrir les rires venant du rempart, Jack dit à Bonden : « Paré avec la fusée bleue. » Lui-même, debout, distinguait dans la lumière diffuse une partie du quai et les

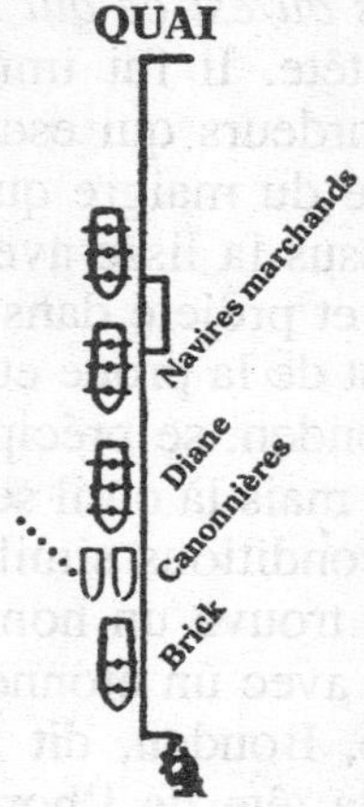

navires mouillés tout au long ; ils se rapprochèrent en silence, c'était presque évident — un brick, autre chose, la *Diane* et deux navires marchands. Plus près encore, à tout petits coups à présent, et l'objet devant la *Diane* se décomposa en deux canonnières, mouillées côte à côte.

— Très bien, dit Jack, *Tartarus*, *Dolphin*, *Camel*, *Vulture*, repos. Bonden, la fusée bleue.

Bonden appliqua son amadou rougeoyant sur la mèche : d'une course d'abord hésitante, puis avec un élan décidé, la fusée monta, monta et explosa avec une grande étoile bleue qui flotta sous le vent accompagnée de sa fumée blanche. À peine une seconde après, tout le ciel au sud s'éclairait en réponse, de la volée de la *Surprise*.

— Largue tout et arrache ! s'écria Jack, et comme les canots bondissaient, le tonnerre profond des caronades les atteignit, résonnant d'un côté du port à l'autre.

Quand la chaloupe heurta lourdement le flanc de la Diane sous les porte-haubans, une voix indignée lança « *Mais qu'est-ce qui se passe ?* » et un homme sortit la tête. Il fut immédiatement submergé par les abordeurs qui escaladaient la paroi tandis que le reste du maigre quart de mouillage, bavardant par-dessus la lisse avec des amis sur le quai, était balayé et projeté dans les panneaux par les groupes venant de la proue et de la poupe. Stephen, suivi de Bonden, se précipita, non pas dans la grand-chambre mais là où il se serait trouvé lui-même dans des conditions similaires : et là, écrivant à la table, il trouva un homme d'âge moyen qui leva les yeux avec un étonnement furibond.

— Saisissez-le, Bonden, dit Stephen, son pistolet braqué sur la tête de l'homme. Attachez-lui les mains et jetez-le dans un canot, il ne doit parler à personne et ne doit pas s'échapper.

Pendant ce temps, Padeen et Darkie Johnson, franchissant en courant les passerelles qui à l'arrière et à l'avant reliaient la frégate au quai, coupaient les câbles ; les gabiers dans la mâture déferlaient le petit hunier, en tranchant cargue-fonds et cargue-points ; trois chargements d'abordeurs avaient envahi le premier pont malgré le quart en bas, qu'ils tiraient des hamacs et poussaient avec les filles dans la cale avant de refermer les capots sur eux. Tout ce temps, la *Surprise* grondait et tonnait comme un vaisseau de ligne, tandis que dans Saint-Martin les cloches des églises carillonnaient follement, des tambours battaient un peu partout, des trompettes sonnaient et l'on pouvait voir des files de torches se précipiter vers l'isthme.

Les abordeurs répandus sur le pont et dans l'entrepont avaient rassemblé les derniers Dianes — il y eut quelques accrochages, un ou deux coups de pistolet — et les poussaient aussi dans la cale, en ouvrant, pour les faire passer, le panneau arrière.

— Mr Blockeley, dit Jack debout près des hommes désignés pour tenir la barre, et maître canonnier, prenez les cotres et dégagez l'étrave du quai.

Les équipages des cotres, aussitôt à leur place, se mirent en ligne, nageant à merveille ; mais leur zèle et une malheureuse rafale dans le hunier déferlé engagèrent l'étrave de la *Diane* entre les deux canonnières amarrées juste devant. Jack courut à l'avant, plongea le regard dans l'eau noire.

— Mr West, dit-il, sautez là-bas avec un groupe et conduisez la canonnière extérieure dans le courant.

— Monsieur ! s'écria West en revenant tout trempé, haletant, le visage noir, elle est amarrée sur chaînes devant et derrière.

— Très bien, dit Jack. (Il vit Davidge près de lui, des hommes le long des deux passavants.) Prenez tous les deux les équipages de vos canots et allez me déplacer ces deux navires marchands, je ne pense pas qu'ils vous donneront beaucoup de mal.

Ce fut d'ailleurs le cas. Mais au moment où les navires s'écartaient dans le courant, la scène changea tout à fait. D'une rue conduisant de la colline au milieu du quai, on vit arriver à toute allure sur les pavés un groupe de marins à cheval, les officiers de la *Diane*, suivis par les permissionnaires et une troupe de soldats.

Jack se pencha par-dessus la lisse tribord et lança fort et clair :

— Davidge, West, écartez-la par l'arrière, et la main dessus, la main dessus, vous m'entendez ?

Il n'eut pas le temps d'en dire plus. La *Diane* avait encore ses passerelles : si elle était libre de l'arrière, son avant bâbord encastré entre les deux canonnières s'appuyait contre le quai ; et le jusant l'appuyait plus encore.

Le premier officier fit sauter son cheval sur le gaillard d'arrière de la frégate, son pistolet braqué sur le barreur ; mais le cheval trébucha, tomba. Jack saisit l'homme et le jeta dans la mer à travers le pont. Mais d'autres le suivirent — cinq chevaux au moins — et les hommes à pied se pressaient par les passerelles à l'avant et à l'arrière ; certains, halant sur les cargue-fonds et cargue-points pour vider les voiles, les trouvèrent tranchés, tandis que d'autres couraient sur le passavant pour rejoindre la bataille confuse et violente du gaillard d'arrière : les chevaux tombés, battant follement des pieds, formaient une barrière, mais quand deux d'entre eux réussirent à se mettre debout, ils laissèrent place à une attaque particulièrement furieuse menée par le capitaine de la *Diane*. Jack, coincé contre le cabestan par la foule accourue, vit Stephen lui tirer froidement un coup de pistolet dans l'épaule et lui passer son épée à travers le corps. Ce fut ensuite une mêlée farouche, plus tassée encore qu'auparavant, où l'on sentait les coups sans les voir, les Surprises sortis d'en bas et des canots rugissant Joyeux Noël et se jetant dans la mêlée avec coutelas et haches d'abordage. A présent il y avait beaucoup plus de monde sur le quai. Les Surprises n'étaient pas les plus nombreux et la marée s'était mise contre eux ; ils se trouvaient poussés contre la roue, l'artimon et la lisse.

Jack se fraya de force un chemin jusqu'au premier rang, au centre ; il n'y avait pas place pour la finesse, pour jouer de l'épée ; c'était une furieuse bagarre de coups brefs, d'épées choquées comme chez un maréchal-ferrant, jusqu'à ce qu'un cheval fou se jette entre les adversaires. Dans la fente ainsi élargie, un soldat français, se relevant du pont où il était tombé, donna un coup de sabre vers le haut, touchant la jambe de Jack au-dessus du genou. Ses amis, en avançant à force, le piétinèrent ; l'un d'eux plongea, vite et dur : Jack para, mais un peu tard, et la pointe lui laboura l'avant-bras. La poussée avait amené l'homme à portée et Jack le saisit de la main gauche, l'assomma du pommeau de son épée et le rejeta contre ses partisans avec tant de force que trois d'entre eux tombèrent. Dans ce répit momentané, il se tourna à demi pour héler les canots de l'escadre et en pivotant il sentit un coup par-derrière, comme un coup de pied. « Cheval », pensa-t-il, et il emplit ses poumons pour appeler, mais déjà le cri d'attaque sauvage des Dianes et des soldats s'était transformé en un braillement d'avertissement : « Courez, courez pendant qu'on peut encore ! » Il était presque trop tard. Davidge et West avaient une bonne prise sur l'arrière de la frégate ; ils tirèrent et d'abord la passerelle arrière puis la passerelle avant quittèrent le quai et tombèrent le long du flanc. Quelques Dianes avaient sauté avant que l'intervalle soit trop large, d'autres sautèrent mais tombèrent à l'eau ; quelques-uns luttaient, adossés au couronnement, jusqu'à ce que, débordés par le nombre, ils jettent leurs armes.

On tirait encore au pistolet et au mousquet sur le quai ; Jack, lançant : « Venez Plaice, venez Killick », courut à l'avant jusqu'aux caronades du gaillard — des pièces avec des pierres à feu —, fit pivoter l'un des petits canons pour viser les soldats et tira sur le cordon, malgré son bras en sang. La caronade n'était chargée que d'un boulet et non pas de la mitraille beaucoup plus meurtrière, mais elle démolit les pavés et la façade d'une maison, dispersant les hommes.

— Et puisque nous sommes ici, dit Jack, par le diable, nous allons prendre aussi les canonnières.

Comme il disait cela, la batterie au fond du port s'éveilla enfin, mais la visée des canonniers était gênée par leurs propres navires et leurs boulets ne firent que démolir le bureau du port et une partie du quai. Jack, lui, voyait parfaitement ce qu'il voulait faire.

— Tiens bon comme ça, lança-t-il à ceux qui tiraient la frégate par l'arrière, au moment où la seconde caronade visait exactement le bollard de mouillage.

Il tira une fois de plus le cordon, le canon rugit, sa longue langue de flamme touchant presque l'objectif ; quand la fumée se dispersa, il ne restait plus de bollard, les canonnières s'étaient écartées avec la marée et la chaîne, la boucle de chaîne, était libérée.

— Mr Bentley, dit-il au charpentier, prenez la yole et vos hommes et occupez-vous des canonnières.

La *Diane* avait un peu d'erre à présent ; les hommes sur le gaillard d'arrière avaient dégagé la roue ; ils avaient envoyé les huniers, la voile d'étai de misaine, et avec le courant, le remorquage des cotres et la brise légère, elle s'écartait lentement du quai. Enfin, Jack put héler les Tartarus, Dolphins, Camels et Vultures en attente ; il avait cinq prises et il fallait les sortir du port avant que les Français n'aient fait descendre au grand galop des pièces de campagne jusqu'au quai.

Pas de pièces de campagne ; ils sortirent du port en procession solennelle, mais de plus en plus vite, avec l'aide croissante de la marée et de la brise ; feu roulant de mousqueterie dans la passe étroite, vite découragé par une volée de la *Diane*, et ils se retrouvèrent en pleine mer, portés par la houle familière, le faisceau impassible du phare balayant l'air là-haut, et la *Surprise* et les navires de l'escadre en attente à moins d'un mille, lanternes allumées en tête de mât.

Chapitre 7

Poussé par Bonden, Jack Aubrey réussit à grimper l'échelle de poupe, mais son visage d'une pâleur d'ivoire dans la lueur de la lanterne impressionna énormément Tom Pullings qui perdit son expression de bonheur farouche et de triomphe, s'exclama : « Allez-vous bien, monsieur ? » et se précipita pour lui prendre le bras.

— Un peu tailladé, c'est tout, dit Aubrey, et il traversa le gaillard d'arrière, le sang giclant de ses bottes à chaque pas. Qu'est-ce que ceci ? demanda-t-il devant une grande entaille dans la lisse et le flanc bâbord du navire, tout à l'arrière.

— Une bombe, monsieur. Ils ont hissé un mortier sur la colline juste au moment où nous dérapions ; mais ce n'est que les bouteilles — pas de dégâts en bas.

— Alors nous pourrons avoir... commença Jack en se détournant pour regarder les décombres.

Mais ce mouvement malheureux provoqua dans tout son corps une telle douleur qu'il dut se cramponner à un galhauban pour ne pas tomber, et quelques instants passèrent avant qu'il puisse terminer :

— ...enfin des bossoirs de hanche.

— Venez, monsieur, il faut descendre immédiatement, dit Pullings qui le tenait ferme. Le docteur est à bord depuis une demi-horloge et il travaille à l'infirmerie avec Mr Martin. Bonden, aidez-moi.

Jack n'était pas en mesure de résister : il put tout juste dire « Rejoignez *Tartarus* sous voilure de route » et les laissa le descendre à l'amphithéâtre brillamment éclairé où Stephen et Martin s'occupaient chacun d'un blessé. Il s'assit sur un hamac roulé, recroquevillé dans la seule position qui lui apportait un soulagement ; à un moment, il dut perdre le sens car quand il reprit conscience il était allongé, nu, sur les coffres recouverts de toile ensanglantée, et Stephen et Martin examinaient le bas de son dos.

— Ce n'est pas là que j'ai mal, dit-il d'une voix étonnamment forte, c'est cette maudite jambe.

— Balivernes, mon cher, dit Stephen, ce n'est que la douleur transmise par le grand sciatique. Nous sommes à l'endroit même. C'est une balle de pistolet logée entre deux vertèbres.

Il en tapota les environs.

— Là ? J'ai cru que c'était un coup de pied de cheval — pas grand-chose sur le moment.

— Tout le monde peut se tromper. Écoutez-moi bien, Jack, voulez-vous ? Nous devons l'extraire immédiatement, après quoi, si Dieu veut, tout ira bien, un peu de raideur pendant une semaine, rien de plus. Mais quand ma sonde va atteindre la balle et la déplacer, il y aura une très violente douleur, plus que votre corps ne peut en supporter sans bouger ; je suis donc obligé de vous attacher. Voici un morceau de cuir à mettre entre vos dents. Voilà, tout est bien lié. Allons, Jack, mordez fort et détendez votre dos autant qu'il est possible. La douleur violente ne sera pas longue. Martin, voulez-vous, s'il vous plaît, me passer la sonde à long bec ?

Longue ou courte, cela semblait sans rapport avec la souffrance intense qui suivit ces mots : elle fut totale, lui tordit le corps sous les chaînes couvertes de cuir, en dépit de tout son courage, et il entendit un grondement sourd, animal, sortir de sa gorge, encore et encore. Pourtant elle s'acheva enfin, et Martin détacha les chaînes pendant que Stephen lui ôtait son bâillon et essuyait doucement la sueur sur son visage. La douleur était encore là ; elle résonnait par écho en grandes vagues à travers son corps ; mais ce n'était plus qu'un souvenir de ce qu'elle avait été, et chaque vague était moins forte que la précédente, une marée descendante.

— Voilà, mon cher, dit Stephen, c'est terminé. La balle est sortie très gentiment : si elle ne l'avait pas fait, je n'aurais pas donné cher de votre jambe.

— Merci, Stephen, dit Jack, haletant encore comme un chien, pendant qu'ils lui enroulaient un bandage en ceinture autour du corps et le tournaient de côté pour panser ses autres blessures.

L'avant-bras droit, superficiel mais spectaculaire, et une profonde entaille dans la cuisse. Il n'y avait pas fait très attention sur le moment, mais elles lui avaient coûté beaucoup de sang. Une sorte d'insensibilité l'avait envahi ; il était conscient de la sonde, de l'aiguille, du fil, il voyait, entendait, sentait travailler Stephen, mais cela ne l'affectait pratiquement pas.

— Quelle est la note du boucher ? demanda-t-il.

— Relativement lourde pour un si bref combat, dit Stephen, nous n'avons pas de morts mais trois blessures abdominales que je n'aime pas du tout, et Mr Bentley a été sérieusement meurtri en tombant par le grand panneau après avoir buté dans un seau ; beaucoup d'hommes ont été mordus ou piétinés par les chevaux, en nombre déraisonnable pour un combat naval. Buvez un peu de ceci.

— Qu'est-ce que c'est ?

— Une potion.

— On dirait du brandy.

— Tant mieux. Padeen, emportez avec Bonden le capitaine sur ce drap. Il ne faut pas qu'il soit courbé, mais couché à plat dans sa bannette. Au suivant.

Stephen était de longue date familiarisé avec les accès de tristesse de son ami succédant à l'exaltation du combat et quand, passant avec une lanterne au cours du quart de minuit pour voir comment il allait, il le trouva éveillé, il lui dit :

— Jack, avec vos récentes angoisses, votre perte de sang et vos douleurs actuelles — car les sutures sont toujours inconfortables —, vous pouvez peut-être vous sentir abattu ; mais vous devez considérer que vous avez pris une frégate de la marine française, de force supérieure à la vôtre, ainsi que deux de leurs canonnières, avec leurs canons de grande valeur, et aussi deux navires marchands entièrement chargés appartenant à l'ennemi.

— Cher Stephen, dit Jack, dont les dents luirent dans la demi-obscurité, c'est exactement ce que je considère depuis que vous avez eu la bonté de me recoudre ; et c'est pour cela que je ne me suis pas endormi. Mais, Seigneur tout-puissant, Stephen, ajouta-t-il après une pause, j'ai vraiment cru que j'allais filer ma chaîne par le bout. Je ne m'en étais presque pas rendu compte sur le moment, et tout à coup j'étais en train de mourir ; ou c'est ce que j'ai cru.

— La douleur a dû être véritablement très forte, j'en suis sûr ; mais la balle partie, vous n'avez plus rien à craindre. Elle est sortie exactement comme elle était entrée — pas de rotation, pas de débris de tissu, pas la moindre lacération —, il y a eu un flot louable de sang pour tout nettoyer et la blessure est à présent tout à fait mineure. Quant aux autres, ce sont de vilaines entailles, bien sûr, mais vous en avez subi de pires sans effet durable ; si vous voulez bien boire ceci, calmer votre esprit et dormir, vous vous sentirez nettement mieux dès demain matin ; et vous serez bon pour le service, sans exagération, dès que nous aurons ôté les fils. Vos blessures cicatrisent presque toujours du premier coup.

Le docteur Maturin avait rarement fait meilleure prévision. Le matin du treize, Jack Aubrey se fit transporter sur son gaillard d'arrière dans un fauteuil, et resta là, assis dans un doux rayon de soleil, à contempler la file de ses prises et recevoir les félicitations.

— Pardieu, monsieur, dit Babbington, cela vaut le *Cacafuego*. Vous n'auriez pu réussir plus à fond. Mais j'espère que vous n'avez pas payé trop cher.

— Non, non, le docteur lui-même dit que ce n'est rien.

— Eh bien, s'il prétend que ceci n'est rien, dit Babbington avec un hochement de tête vers le bras en écharpe, la jambe lourdement bandée et le visage cireux, que Dieu nous vienne en aide s'il nous dit jamais que nous sommes gravement blessés.

— Amen, dit Jack. William, avez-vous regardé la *Diane* ?

— Oui, monsieur, et c'est un bien beau navire — de belles entrées fines et les lignes les plus élégantes, quoique si basse dans l'eau qu'elle n'est pas à son avantage.

— Eh, c'est qu'elle a douze ou même dix-huit mois de vivres à bord : elle partait à l'étranger, très loin. Ce dont je veux parler, c'est de toutes ces jeunes femmes qui se promènent sur son pont. Les avez-vous regardées ?

— Oh oui, monsieur, dit Babbington, créature lubrique, qui les avait même observées à la lunette à brève portée depuis qu'elles avaient commencé d'apparaître. Il y en a une en vert particulièrement jolie, juste en arrière du fronteau.

— Vous avez toujours été un infernal débauché, William, dit Jack, mais sans la moindre supériorité morale (il ne pouvait se permettre de supériorité morale, chacun sachant dans le service que dans sa jeunesse on l'avait renvoyé devant le mât pour avoir dissimulé une Noire dans la soute aux câbles du *Resolution,* au large du Cap ; et en tant que lieutenant, capitaine de frégate puis capitaine de vaisseau, il n'avait jamais brillé comme modèle de chasteté). Je me souviens de vous avoir vu naviguer avec tout un harem de gueuses grecques en mer Ionienne quand vous aviez *Dryad.* Mais mon intention était plutôt de suggérer que vous les renvoyiez chez elles sous pavillon de trêve, avec les blessés.

— Certainement, monsieur, dit Babbington, abandonnant non sans regret la vision de la fille en vert. Idée brillante. Le docteur me dira sans aucun doute quels sont les blessés que l'on peut déplacer ; mais, à présent que j'y pense, je ne l'ai pas vu de la matinée.

— Je ne pense pas que vous le verrez, pas avant midi. La pauvre âme : il s'est battu comme un héros pendant le coup de main, a tiré le capitaine français de la plus belle manière et passé ensuite la plus grande partie de la nuit à recoudre les Français qu'il avait percés, en même temps que nos gens. C'est un quartier-maître français qu'il a opéré juste après moi — le sang lui sortait des poumons en bouillonnant.

— Que vous a-t-il fait, monsieur ?

— Eh bien, j'ai honte de dire qu'il a extrait une balle de pistolet du bas de mon dos. Ce doit être au moment où je me suis retourné pour appeler des renforts — heureusement, mon Dieu, que je ne l'ai pas fait. Sur le moment j'ai cru que c'était une de ces sales bêtes qui caracolait derrière la roue.

— Monsieur, un cheval n'aurait certainement pas pu tirer un coup de pistolet ?

— Et pourtant, c'en était une : le docteur dit qu'elle était logée tout juste contre le nerf sciatique.

— Qu'est-ce que le nerf sciatique ?

— Je n'en ai pas la moindre idée. Mais quand le mien a eu récupéré d'avoir été, en somme, assommé, et quand j'ai fait malheureusement tourner la balle, la poussant encore plus près, toute cette affaire — je ne chercherai pas à décrire à quel point ce fut désagréable, jusqu'au moment où le docteur l'a extraite.

Babbington hocha la tête, l'air très grave ; au bout d'un moment il dit :

— Les Américains ont un étai qu'ils appellent « sciatique », et qui relie les têtes du grand mât et du mât de misaine.

— Je m'en souviens. Sa mise en place doit leur provoquer des douleurs intenses. Mais voici Mr Martin : il vous dira quels sont les blessés français que l'on peut déplacer.

Une demi-heure plus tard, toute l'escadre et les prises, groupe imposant de dix voiles couvrant une belle surface de mer à quelque deux milles au large du cap Baleine, faisaient route au sud-ouest dans la brise d'ouest nord-ouest, les amures à tribord, avançant juste assez pour pouvoir gouverner. Les canots circulaient en tous sens, déposant avec beaucoup de soin les blessés dans la chaloupe du *Tartarus* sous la surveillance de son chirurgien, tandis que les filles, accompagnées d'une vieille femme désagréable considérée comme la sous-maîtresse, étaient entassées avec beaucoup plus d'amusement dans la pinasse de la *Surprise*. Les canots mâtèrent, firent voile et foncèrent vers Saint-Martin sous pavillon de trêve.

L'escadre avait viré deux fois et passait à nouveau devant l'entrée du port — on apercevait près du brise-lames les canots sur le retour — quand le docteur Maturin apparut sur le pont, une tasse de café à la main. Ayant souhaité le bonjour à ses compagnons et demandé à Jack comment il se sentait — « Etonnamment bien, je vous remercie, tant que je reste assis tranquille ; et je vous suis infiniment obligé du soin que vous prenez de moi. Voulez-vous jeter un coup d'œil à cette superbe *Diane,* là derrière ? » —, Stephen pivota et dit :

— Capitaine Pullings, mon cher, puis-je avoir un canot pour aller voir mon prisonnier à bord de la *Diane* ? J'ai demandé à Bonden de le mettre dans la cale avec les autres, pour qu'il ne soit pas dans nos jambes pendant le remorquage.

— Bonden va vous y conduire, monsieur. Faites passer pour Bonden.

Une fois de plus, Stephen Maturin prit une chaise pour aller des Grapes à Shepherd Market ; une fois de plus, Sir Joseph ouvrit la porte pour l'accueillir ; mais cette fois ils durent se mettre à deux pour transporter jusqu'à la bibliothèque les dossiers et les liasses de papiers.

— Asseyez-vous, mon cher Maturin, et buvons un verre de madère pour reprendre souffle. Mais laissez-moi d'abord vous féliciter, Aubrey et vous, pour cette remarquable victoire. Je n'ai rien vu de plus que le bref rapport transmis à l'Amirauté mais en lisant entre les lignes, je sens que ce dut être l'un de ces brillants coups d'audace auxquels notre ami excelle ; et j'ai entendu évidemment les bruyants applaudissements du public. Pourtant, d'après votre air réservé et même — pardonnez-moi — mélancolique, je crains que si l'affaire a certainement répondu aux objectifs d'Aubrey, elle n'en ait pas fait de même pour vous. Peut-être la *Diane* n'était-elle pas tout ce que je vous en avais dit ?

— Pas du tout. Elle était effectivement destinée à la même mission vers les colonies espagnoles, en avance sur nous ; et ces papiers donnent les noms de tous ceux avec lesquels les agents français pourraient avoir profit à entrer en contact, ainsi que quantité d'autres informations telles que les sommes déjà versées aux différents officiers, et ainsi de suite. Il y a aussi pléthore d'autres dossiers que je n'ai pas décodés, sans doute des appréciations sur la situation locale par les correspondants résidents.

— Eh bien, mon angélique docteur, que pouvez-vous demander de plus ? s'exclama Sir Joseph, caressant les dossiers d'une main voluptueuse et parcourant très vite les titres. Voici que tout notre travail est fait — leurs agents sont tous trahis, leurs projets dévoilés. Comment pouvez-vous avoir l'air si triste ?

— Parce que j'aurais dû vous amener aussi l'Amiral Rouge, l'auteur de la moitié de ces notes. (L'Amiral Rouge était un officier de marine français nommé Ségura, qui s'était distingué dans les massacres suivant l'évacuation de Toulon par les Alliés et qui avait rejoint l'un des services de Renseignement. Il n'était pas en fait amiral, mais c'était un homme étonnamment cruel et sanguinaire, devenu l'un des membres les plus importants de son organisation.) Je l'avais, pieds et poings liés, au fond de la chaloupe, dans les premières minutes de l'attaque : ensuite, quand il fallut remorquer la *Diane,* je l'ai fait mettre dans la cale avec les autres prisonniers. Et c'est là qu'avec une légèreté criminelle, je l'ai laissé jusqu'au lendemain, et entre-temps ce chien maudit, vêtu d'une jupe et avec un linge ensanglanté autour de la tête, était descendu à terre avec les femmes et les blessés légers. Nous avons fouillé, fouillé et découvert sa culotte, marquée dans la ceinture *Ségura Paul*.

— Comme vous avez dû jurer, cher Maturin. Cela dut vous contrarier jusqu'au fond du cœur. Je pense que j'aurais été près de me couper la gorge, ou d'engager quelqu'un pour me pendre. Mais quand vous avez eu le temps de réfléchir, vous ne pouvez avoir manqué de percevoir qu'en dehors d'une satisfaction personnelle, sa présence n'était pas d'une réelle conséquence et que son absence ne diminue en rien votre triomphe. Même sous la plus forte pression il n'aurait pu nous en dire beaucoup plus que ce qui est inscrit dans ces papiers ; car, ou je me trompe fort, ou ils contiennent la totalité des réflexions de son département sur la question, à côté des instructions pour les agents.

— Nous aurions peut-être pu le conduire à nous dire où ils ont dissimulé les sommes destinées à convaincre les personnalités officielles d'Amérique du Sud, l'équivalent de ce montant monstrueux que j'ai récupéré au dernier voyage. L'ensemble doit certainement représenter un vaisseau de ligne de premier rang, selon l'estimation la plus faible ; et j'aimerais penser que j'ai contribué à ajouter un navire de cette qualité au service. Après tout, Jack Aubrey a coulé l'un des leurs quand il avait l'horrible vieux *Leopard*, ce qui est à peu près la même chose à l'envers.

— Vous pouvez sur ce point avoir l'esprit en repos. La *Diane* sera certainement rachetée par le service et les charpentiers la passeront au peigne le plus fin. Nous avons en fait deux hommes particulièrement capables à cet égard et il serait bien étrange que leurs esprits ne fonctionnent pas selon les mêmes voies que ceux des Français.

— Vous êtes le plus grand réconfort, Sir Joseph, mon cher, je suis stupide de ne pas y avoir pensé. (Il sourit, hochant la tête pour lui-même et sirotant son madère, puis ajouta :) Ce peigne, toutefois, ce peigne fin que les dignes charpentiers vont utiliser — nous en entendons souvent parler ; cela fait partie du langage quotidien. Et pourtant, qui a jamais eu l'idée de passer un peigne dans un navire, fin ou pas fin, pour cette raison ou toute autre ?

— Ne se pourrait-il pas que « finesse » désigne ici la qualité de la recherche plutôt que celle du peigne ? Que ce peigne fin représente en fait l'attention prêtée à tous les détails dans cette recherche ?

— Bien sûr, bien sûr, dit Stephen en se frappant le front de la main. Ceci n'est pas semble-t-il mon heure la plus brillante. Et je vous avoue que je suis tout aussi stupide quant à l'effet que la situation actuelle peut avoir pour Aubrey : puis-je vous supplier de m'éclairer ?

— S'il était encore sur la Liste il aurait été fait chevalier ou même baronnet — il l'aurait été pour le *Waakzaamheid* si son lamentable vieux père n'avait pas sans arrêt harcelé le ministre à la Chambre des Communes. Cependant cet exploit, venant après le coup de maître des Açores, a soulevé un très bel enthousiasme dans le service et, ce qui est plus important pour notre affaire, dans le public. Des ballades circulent déjà dans les rues. En voici une que j'ai achetée hier : le poète estime qu'Aubrey devrait être fait duc, ou les feuilles de fraisier descendent-elles plus bas que le ducat ?

— Il me semble qu'elles peuvent descendre jusqu'au simple comte, mais je n'en suis pas certain, dit Stephen en prenant le placard qui commençait par :

Robe d'hermine, couronne dorée,
Et feuilles de fraisier, ho
Qui les marins voient-ils passer ?
Bien sûr, le cap'taine Aubrey, ho

Qui les a frappés haut et bas ?
Vite les feuilles de fraisier, ho
Qui a mis les Français à bas ?
Bien sûr, le cap'taine Aubrey, ho

À Saint-Martin l'autre nuit
Vite les feuilles de fraisier, ho
Qui les terrorise à grand bruit ?
Qui d'autre que l'cap'taine Aubrey, ho ?

— Eh bien, dit-il, on ne peut qu'approuver le sentiment. Mais permettez-moi de passer à autre chose et de vous demander s'il y a la moindre nouvelle du général Aubrey ?

— Rien n'est certain mais votre Pratt, homme remarquablement vif, intelligent et opiniâtre, pense être enfin sur une vraie piste, dans les régions du Nord.

— Allons, tant mieux. À présent, pouvons-nous revenir à la situation actuelle ? Je vois parfaitement qu'en tant que simple civil, Jack Aubrey ne peut attendre un titre — qu'à mon avis, dirais-je en passant, il ne désire probablement pas — mais peut-il espérer être réintégré, ce que très certainement il désire de tout son cœur et de toute son âme ?

— Maturin, dit Sir Joseph après une pause de réflexion, je voudrais pouvoir dire : « Oui, et dans un avenir proche plutôt qu'au prochain couronnement. » Mais il y a quelque chose de tout à fait bizarre dans cette situation. (Il rapprocha sa chaise et poursuivit à voix basse :) Je vous ai dit il y a quelque temps que je n'étais pas satisfait de la manière dont Wray et Ledward avaient été poursuivis après que nous eûmes si bien raté leur prise. Ils n'auraient pas dû pouvoir quitter le pays. Pourtant, ils l'ont fait. Je soupçonne qu'ils ont quelque allié très haut placé : cet allié sera naturellement opposé à Aubrey et sa présence peut contribuer à expliquer l'hostilité obstinée contre notre ami — une hostilité qui dépasse l'aversion du ministère pour l'avoir si mal traité, la haine envers les associés radicaux de son père, et leur extrême répugnance à admettre avoir fait une erreur. Mais d'un autre côté, il y a des gens qui étaient mal disposés et qui à présent sont bien disposés, Melville et quelques-uns des plus jeunes Lords, par exemple, sans oublier un certain nombre de membres respectables, et naturellement il y a la force immense de l'opinion publique. Mon impression est qu'à l'heure actuelle la balance est à peu près équilibrée et que si nous...

La petite horloge murale en argent sonna l'heure et Sir Joseph se leva.

— Pardonnez-moi, Maturin, dit-il, mais je n'ai pas dîné et je défaille absolument de faim. Par ailleurs, j'ai demandé à Charles de nous réserver la table d'angle près de la fenêtre et si nous ne sommes pas prompts on la lui arrachera.

Ils se rendirent à leur club ; une fois de plus, Stephen observa les signes et les hochements de tête discrets, les sobres « Félicitations, monsieur » qu'on lui adressait comme à un homme en relations avec une splendide victoire. Leur table d'angle dans la salle à manger, près de la dernière fenêtre et parfaitement retirée, les attendait, et durant les quelques minutes qui passèrent avant l'apparition de la volaille pochée en sauce d'huître, son mets habituel de souper, Sir Joseph dévora des morceaux de pain.

— Comme vous le savez sans doute, dit-il, la dépêche ou plutôt le rapport officiel était extraordinairement laconique : il disait simplement que la *Surprise*, ayant eu l'honneur de recevoir instruction d'intercepter la *Diane*, s'était rendue à Saint-Martin et l'avait prise là, à son mouillage, dans la nuit du douze courant, ainsi que les navires et vaisseaux nommés dans la marge ; ils avaient été remorqués hors du port avec l'aide de canots des navires de Sa Majesté et ainsi de suite, et livrés à l'amiral du port à Plymouth. Bien sûr, il y a eu des récits non autorisés dans tous les journaux, tous plus sensationnels les uns que les autres, ainsi que le récit complet de la réception à Plymouth ; mais je serais très heureux d'entendre...

A cet instant la volaille fut posée sur la table et Blaine, ayant servi Stephen, était sur le point d'en engouffrer un pilon quand le duc de Clarence se précipita à travers la pièce, plus grand que nature, en habit bleu vif avec l'étoile de la Jarretière scintillant sur sa mâle poitrine. Ils sautèrent sur leurs pieds quand il les héla de sa voix puissante :

— Maturin, holà ! Comment allez-vous (en lui serrant la main) ? Sir Joseph, je vous souhaite le bonsoir. Comme je partais, Joe m'a dit que le docteur était ici, aussi j'ai pensé que j'allais me précipiter pour lui demander comment il va, bien que je n'aie pas deux minutes.

Blaine, avec un regard de désespoir à sa volaille, essuya une goutte de salive.

— Y étiez-vous, Maturin, étiez-vous avec Aubrey, à Saint-Martin ?

— J'y étais, monsieur.

— Vous y étiez vraiment, vous y étiez ? Holà, une chaise. Arthur, apportez-moi une chaise. Asseyez-vous, messieurs, et laissez-moi entendre ce récit entre deux bouchées. Grand Dieu, comme j'aurais aimé être avec vous, Maturin ; ce fut une superbe chose, d'après ce que j'ai compris. Quoique je ne pense pas que vous en ayez vu beaucoup, à l'infirmerie.

Un homme en noir s'approcha en hâte et murmura dans l'oreille royale. Le duc se leva.

— On m'attend, dit-il, et je dois aller à Windsor demain matin de bonne heure. Mais je vais vous dire, docteur : dites à Aubrey que quand il viendra en ville je serai très heureux de le voir. Mes compliments, et je serai très heureux d'entendre tout cela de sa bouche, la prochaine fois qu'il viendra en ville.

— Cinq minutes de plus et j'aurais été maussade, dit Sir Joseph un peu plus tard en s'essuyant les lèvres. J'aurais même risqué le lèse-majesté. À présent, Maturin, si vous êtes un peu moins affamé, vous m'obligeriez en me donnant un récit tout à fait complet, sans oublier que je ne suis pas un grand marin.

Il écouta attentivement, observant avec une vive intelligence les croûtes de pain explicatives ; à la fin il soupira, hocha la tête et observa :

— Comme disait le duc, ce fut une superbe chose.

— Cela aurait été, je crois, le coup de main parfait sans ces infernales canonnières et le jusant. S'il n'y avait pas eu ces quelques minutes qui ont permis aux Dianes à terre et aux soldats d'arriver, je pense que nous l'aurions emporté sans verser une goutte de sang.

— Cela dut effectivement être un combat tout à fait sévère jusqu'à la chute des passerelles. Vous n'avez pas mentionné le nombre de blessés, je crois, et j'ai oublié de vous le demander, emporté par le triomphe général.

— Nous n'avons pas eu d'hommes tués, mais un grand nombre de blessés dont certains gravement.

— Vous n'avez pas été blessé vous-même, j'espère.

— Pas une égratignure, je vous remercie ; mais Aubrey a reçu une balle de pistolet à moins d'un pouce de la moelle épinière et plus près encore du grand sciatique.

— Dieu du ciel, vous ne m'avez pas dit qu'il était blessé.

— Eh bien, ce n'est plus une blessure très grave à présent, mais cela a bien failli être la dernière. Nous avons extrait la balle très joliment et le petit trou — ce n'était pas autre chose — guérit comme je l'espérais. Mais il a aussi reçu deux belles entailles, à la cuisse et à l'avant-bras, qui lui ont coûté la moitié du sang de son corps, tant il avait d'activité à ce moment.

— Mais que me dites-vous là, Maturin ! Le pauvre homme ; sans doute a-t-il terriblement souffert.

— L'extraction de la balle et la période qui précédait tout juste ont certes été cruelles. Mais quant au reste, voyez-vous, les gens ressentent étonnamment peu de chose au plus fort d'un combat. J'ai vu d'horribles blessures dont le patient n'avait pas la moindre conscience.

— Bon, bon, dit Blaine méditatif, c'est là un certain réconfort, je suppose. Mais si j'ose dire, ayant perdu tant de sang, il est relativement pâle.

— Son visage pourrait être de parchemin.

— Tant mieux. Ne me jugez pas sans cœur, Maturin, mais un héros pâle est beaucoup plus intéressant qu'un héros rougeaud. Peut-il se déplacer ?

— Bien sûr qu'il peut se déplacer. Ne l'ai-je pas transporté à Ashgrove Cottage, où maintenant il se promène tranquillement parmi ses roses, qu'il traite au savon liquide contre les pucerons ?

— Pourrait-il être conduit jusqu'à Londres, pensez-vous, par étapes ? Je vous le demande, car il me semble que c'est tout à fait le moment de le produire aux yeux du public et plus encore aux yeux de certains des hommes qui contribuent à faire les décisions. Mais vous pensez que le voyage serait trop long, me semble-t-il ?

— Pas du tout. Avec des voitures bien suspendues, et conduites tranquillement sur les routes modernes, un homme est tout au long comme dans un fauteuil. Non : c'est que je l'ai mis presque entièrement au régime de la bouillie et que je lui ai supprimé le vin, l'alcool et les liqueurs de malt à l'exception d'une cuiller de porto avant de se coucher ; par ailleurs, il montre parfois des signes de cette irritabilité nerveuse si commune aux convalescents, et pourrait ne pas se faire justice dans une grande réception.

— Je pourrais la limiter à une petite douzaine.

— Et je pourrais lui donner une dose confortable qui garantirait une tranquillité bénigne, sinon un très haut degré de brio dans le discours. Mais dans quelle mesure un médecin est-il autorisé à manipuler son patient pour toutes choses autres que strictement médicales ? Peut-être me permettrez-vous d'y réfléchir un moment.

Ils prirent leur café dans la bibliothèque et c'est assis là que Stephen reprit :

— La mauvaise humeur du malade peut se manifester très tôt. Nous en avons eu un exemple frappant à Shelmerston. Les navires capturés étaient partis à Plymouth pour être présentés au tribunal des prises et la *Surprise* était seule quand un sloop de la Royal Navy est entré dans le port, chargé d'hommes. Son intention était simplement d'escorter ou même de conduire la *Surprise* à l'arsenal, où l'amiral du port souhaitait qu'elle soit réparée par le chantier royal aux frais du roi ; mais les matelots, dont beaucoup risqueraient d'être repris pour diverses accusations, en particulier la désertion, ne le savaient pas et ils étaient décidés à faire ressortir le sloop directement — il n'y avait pas d'officier à bord, car ils étaient tous partis avec les prises. Le capitaine Aubrey rédigeait son rapport mais aussitôt qu'il les a entendus élever la voix il est monté sur le pont dans une rage furieuse et les a réduits au silence — maudits manieurs de fauberts, bons à rien, pas capables d'armer le bugalet de Margate, plus jamais mettre les pieds à bord, cent coups de fouet à chacun, maudite racaille, sodomites, tous ; ils allaient laisser ce canot venir bord à bord immédiatement et embarquer le jeune monsieur avec les tire-veilles ; ne savaient-ils pas ce qui est dû à l'uniforme du roi ? Une vraie bande de voyous ; tous sur la plage avant une heure.

— Ont-ils été très impressionnés ?

— Point du tout. Ils savaient qu'ils devaient avoir l'air abasourdis, stupéfiés, consternés par leur renvoi et ils s'y sont efforcés de leur mieux. Pour finir, il leur a pardonné et a conseillé à ceux qui jugeaient préférable de ne pas se faire voir à Plymouth de débarquer immédiatement.

— Donc la frégate est en réparation à l'arsenal : eh bien, voilà qui est élégant de la part de Fanshawe. Y a-t-il eu beaucoup de dégâts ?

— Un obus de mortier a emporté le petit cabinet de toilette du côté bâbord, rien de plus ; cela n'a pas grande importance car il y en a un autre à tribord et son absence permettra la mise en place d'une sorte de grue fort souhaitable.

Sir Joseph acquiesça et au bout d'un moment reprit :

— Pourtant je ne peux m'empêcher de penser que si Aubrey devait partir pour l'Amérique du Sud maintenant — car si j'ai bien compris vous le déclarerez bon pour le service assez tôt ?

— Quand les réparations seront terminées et que les vastes quantités de vivres seront embarquées, il pourra appareiller l'esprit tranquille, surtout avec un second comme Tom Pullings.

— Fort bien. Mais s'il devait partir pour

l'Amérique du Sud maintenant, il sortirait très vite de l'esprit du public ; il s'enfoncerait dans l'oubli, et même s'il parvenait à vaincre tous les navires français et américains de ces régions au prix de son bras droit et d'un œil, il ne pourrait revenir à la maison en temps utile pour profiter de sa gloire — c'est-à-dire en termes d'enthousiasme public avec ses conséquences officielles. D'ici deux ou trois mois, la gloire serait froide. Il ne retrouverait plus jamais la même combinaison favorable de circonstances. Il aurait raté sa marée !

— Effectivement, dit Stephen, voici une considération très grave.

Toute sa vie navale il avait entendu ces mots, au sens littéral comme au sens figuré, et parfois exprimés avec tant d'angoisse qu'ils auraient pu désigner le péché majeur, impardonnable ; et ils avaient acquis une vaste et sombre signification, comme les paroles utilisées pour les charmes ou les malédictions.

— S'il devait rater sa marée, cela serait très grave.

La longue salle à manger de Sir Joseph, rarement utilisée, était irréprochable : elle était démodée — noyer plutôt que satiné ou acajou — mais la plus sévère mégère n'aurait pu y découvrir un grain de poussière ; les douze chaises luisantes à large siège étaient exactement alignées, la nappe blanche comme neige fraîchement tombée et aussi lisse, car Mrs Barlow ne supportait pas ces plis dont la rigueur gâche si souvent le flot pur du lin ; et bien entendu l'argenterie brillait à nouveau. Pourtant Sir Joseph s'agitait, tripotant une fourchette ici, un couteau là et demandant à Mrs Barlow si elle était sûre que les plats seraient chauds et s'il y aurait suffisamment de pudding — « Ce monsieur aime particulièrement le pudding, de même que Lord Panmure » — jusqu'à ce que ses réponses se fassent de plus en plus brèves. C'est alors qu'il dit :

— Mais peut-être devrions-nous disposer les choses tout autrement. Ce monsieur est blessé à la jambe et sans aucun doute il faudrait qu'il puisse l'allonger, sur le tabouret de la bibliothèque. Pour le faire confortablement, il faut qu'il soit en bout de table. Mais quelle est la jambe, et à quel bout ?

« Si cela continue encore cinq minutes, dit Mrs Barlow en elle-même, je jette tout le dîner dans la rue, soupe de tortue, homards, plats d'accompagnement, pudding et le reste. »

Mais avant que les cinq minutes soient passées, avant que Blaine ait déplacé plus qu'une paire de chaises pour faire un essai, les invités commencèrent d'arriver. C'était un groupe d'hommes intéressants : en dehors des deux collègues de Whitehall que Blaine avait invités, il y avait là quatre membres de la Royal Society, un évêque actif en politique, des gentilshommes de campagne aux terres considérables, soit propriétaires de leur bourg, soit représentants de leur comté ; et des deux messieurs de la City, l'un était un astronome éminent. Aucun n'appartenait à l'opposition mais, en revanche, aucun n'occupait de fonction officielle ou ne désirait de décoration ; aucun ne dépendait du ministère et tous ceux qui siégeaient aux Communes ou aux Lords étaient capables de s'abstenir ou même de voter contre le gouvernement sur une question où ils seraient en désaccord total avec la politique officielle. Et ceux qui ne siégeaient pas étaient cependant des hommes dont l'avis avait du poids auprès du gouvernement.

Pour des occasions de cette sorte, Sir Joseph louait des valets chez Gunter et le superbe maître d'hôtel avait annoncé neuf de ces messieurs avant de lancer : « Docteur Maturin et Mr Aubrey. » L'assemblée regarda avec intérêt vers la porte et là, au côté de la silhouette mince de Maturin, ils virent un homme particulièrement grand, large d'épaules, maigre dans son habit noir, pâle et sévère. Une partie de la pâleur et de la sévérité était due à une faim extrême — l'estomac de Jack était habitué au dîner naval, précédant de plusieurs heures celui du Londres à la mode — mais ses blessures avaient aussi leur effet sur sa coloration, tandis que la presque totalité de sa sévérité était comme une armure contre la plus légère nuance d'irrespect.

Blaine se hâta d'exprimer ses félicitations, ses remerciements pour cette visite et son espoir inquiet que les blessures de Mr Aubrey ne lui causent pas trop de gêne — aimerait-il un tabouret pour reposer sa jambe à table ? Il fut suivi, plus tôt que l'étiquette ne le permettait, par un petit homme rose et rond vêtu d'un habit cerise dont le visage irradiait la bonne volonté et l'amitié.

— Vous ne vous souviendrez pas de moi, monsieur, dit-il avec une courbette particulièrement charmante, mais j'ai eu l'honneur de vous rencontrer une fois au chevet de mon neveu William — le fils de ma sœur Babbington — quand il avait été blessé au cours de votre glorieux combat de l'an quatre — l'un de vos glorieux combats de l'an quatre. Mon nom était Gardner jusqu'à l'autre jour. À présent c'est Meyrick.

— Je m'en souviens parfaitement, milord, dit Jack. William et moi parlions de vous il n'y a pas quinze jours. Puis-je vous présenter toutes mes félicitations ?

— Pas du tout, pas du tout, s'exclama Lord Meyrick. C'est absolument le contraire. Passer d'une Chambre à l'autre n'a rien de comparable à la prise d'une frégate, me semble-t-il.

Il dit plusieurs autres choses fort obligeantes, et si ses paroles furent presque noyées sous les salutations des hommes que Jack connaissait déjà et sa présentation au reste par Sir Joseph, leur sincérité évidente ne pouvait que plaire. Aucun des autres invités ne fut à la hauteur de Lord Meyrick — il leur manquait sa totale simplicité — mais leurs félicitations cordiales et sincères auraient satisfait un homme ayant une idée de sa valeur bien plus haute qu'Aubrey. Réserve et sévérité — qui ne lui avaient jamais été naturelles jusqu'à ces derniers mois — disparurent tout à fait ; et la transformation fut encore accélérée par le sherry de Sir Joseph, qui répandit une aimable chaleur dans son estomac vide et abstinent.

L'oncle de Babbington insista absolument pour lui donner la préséance : Jack s'assit à la droite de Blaine dans un état d'esprit agréable et une aimable anticipation de la soupe de tortue que son nez exercé avait détectée depuis longtemps. L'évêque dit les grâces, la promesse devint réalité, calipash vert et calipee ambre nageant dans leur jus ; et après quelques instants, Jack dit à Blaine :

— Tous ces auteurs classiques peuvent gloser sur l'ambroisie jusqu'à s'en étouffer, ils ne savent pas de quoi ils parlent. Ils n'ont jamais mangé de soupe de tortue.

— N'y a-t-il pas de tortues en Méditerranée, monsieur ? Vous m'étonnez.

— Oh si, il y a des tortues, mais uniquement des carets et l'espèce dont on tire l'écaille. La véritable tortue, du point de vue de l'ambroisie, est la tortue verte. Et pour la trouver il faut aller dans les Indes occidentales ou à l'île Ascension.

— L'île Ascension ! s'exclama Lord Meyrick, quels paysages cela éveille dans l'esprit ! quels océans de vaste éternité ! Dans ma jeunesse, je voulais voyager, monsieur ; je voulais voir la grande muraille de Chine, l'arbre upas mortel, le flux et le reflux du Nil des légendes, le crocodile en larmes ; mais en traversant pour gagner Calais, j'ai constaté que cela ne pourrait aller. Mon corps ne pouvait supporter le mouvement. J'ai attendu dans cette ville infâme jusqu'à un jour de calme total, une vraie journée paradisiaque, et l'on m'a doucement ramené, à la rame, encore à moitié mort et plongé dans la mélancolie. Depuis lors je n'ai voyagé, combattu, souffert, survécu et conquis que dans la personne de William. Ces choses qu'il me raconte, monsieur ! Comment vous et lui avec la *Sophie* de quatorze canons prîtes le *Cacafuego* de trente-deux...

Et il poursuivit ainsi, avec un récit exact des combats d'Aubrey — et Aubrey avait été particulièrement favorisé en matière de combats — jusqu'à ce que les deux gentilshommes de campagne, de l'autre côté de la table, regardent Jack avec un respect renouvelé, et même de l'admiration. Car c'était effectivement un palmarès très peu courant, et exposé avec une sincérité totale.

— Mr Aubrey, murmura Blaine, interrompant le flot juste au moment où la *Surprise* coulait un Turc en mer Ionienne, je crois que l'évêque veut boire avec vous.

Jack regarda en bas de la table : effectivement l'évêque lui souriait en levant son verre.

— Un verre de vin avec vous, Mr Aubrey, dit-il.

— Avec le plus grand plaisir, monseigneur, répondit Jack en s'inclinant, je bois à votre très grand bonheur.

Ce fut suivi de plusieurs autres verres avec d'autres messieurs, et Stephen, à mi-chemin de la table de l'autre côté, observa que la couleur revenait au visage de Jack ; peut-être un peu plus de couleur qu'il ne l'aurait souhaité. Plus tard il observa aussi que son ami s'était lancé dans une anecdote. Les anecdotes de Jack Aubrey étaient rarement un succès — son talent n'était pas dans ce domaine — mais il connaissait son rôle d'invité et c'est avec un regard de plaisir sincère vers ses voisins immédiats qu'il commença :

— Il y avait un évêque dans notre région de campagne quand j'étais gamin, l'évêque qui a précédé le docteur Taylor ; quand il fut nommé pour la première fois, il fit le tour de son commandement — de son diocèse. Il alla partout et quand il arriva à Trotton, il eut du mal à croire qu'un endroit aussi clairsemé — tout juste quelques cabanes de pêcheurs le long de la rive, voyez-vous — puisse être une paroisse. Il dit au pasteur West, excellent pêcheur lui-même d'ailleurs (c'est lui qui m'a appris à pêcher l'anguille), il demanda au pasteur West...

Jack fronça un peu les sourcils et Stephen joignit les mains. C'était l'endroit où l'anecdote pouvait si facilement mal tourner, un mauvais écho du mot « pêche » apparaissant comme « prêche » dans la question de l'évêque. Il demanda au pasteur West :

— Avez-vous beaucoup de succès pour le sermon, ici ?

Stephen se détendit, et le pasteur West lui répondit :

— Non, monseigneur, il n'en remonte pas jusqu'ici. Nous avons juste quelques truites.

Jack Aubrey, ravi de l'accueil fait à son récit, ravi de l'avoir sorti tout d'une pièce, et ravi d'avoir pour un moment accompli son devoir social, se consacra à un excellent mouton et la conversation s'organisa autour de lui. Quelqu'un du côté de l'évêque parlait de l'étrange ignorance française des titres et des manières anglaises et l'un des hommes de Whitehall dit :

— Oui. Quand Andréossy était là comme envoyé de Bonaparte, il écrivit à mon chef en l'appelant « Sir Williamson, Esquire », comme s'il n'était pas titré ! Mais il fit pire encore ; il intrigua avec l'épouse de l'un de nos collègues, une Française. Et, ayant entendu dire que les Devonshire étaient en difficulté, il l'envoya voir la duchesse pour lui offrir, effrontément et sans vergogne, dix mille livres pour les secrets du Cabinet. La duchesse l'a raconté à Fox.

— C'est l'ignorance qui fera perdre cette guerre aux Français, dit son voisin. Ils ont commencé par couper la tête du pauvre Lavoisier en disant que la république n'avait pas besoin d'hommes de science.

— Comment pouvez-vous parler de l'ignorance des Français, comparez donc leur attitude à l'égard des ballons avec la nôtre ! s'exclama l'homme qui lui faisait face. Vous vous souvenez sûrement que dès l'origine ils ont eu un corps d'aérostiers et qu'ils ont gagné la bataille de Fleurus presque entièrement en raison des informations précises obtenues par ces balcons placés à une hauteur immense au-dessus de l'ennemi ? Ses effectifs, ses dispositions, ses mouvements étaient tous pleinement visibles. Mais que faisons-nous pour les ballons ? Rien.

— La Royal Society s'y est déclarée opposée, dit l'évêque. Je me souviens en particulier de la réponse qu'elle donna quand le roi offrit de payer pour quelques essais, car j'étais dans le bureau privé quand elle est arrivée : « Il n'y a pas le moindre bien à tirer de telles expériences », a dit la Society.

— Une partie de la Society, dit l'un de ses membres, aigrement. Une toute petite partie de la Society, un comité composé principalement de mathématiciens et d'antiquaires.

Les autres membres présents exprimèrent leur désaccord avec cette affirmation et l'un avec l'autre ; mais Aubrey et Maturin, quoique fort attachés à la Society, étaient souvent absents ; ils connaissaient mal sa politique interne, souvent passionnée, et s'y intéressaient moins encore ; ni l'un ni l'autre ne prit part à la discussion. Stephen consacrait toute son attention à son voisin de droite qui avait fait une ascension, et une ascension glorieuse, au moment du premier enthousiasme, avant la guerre. Il était trop jeune et trop sot, dit-il, pour avoir relevé l'un quelconque des détails techniques, mais il conservait encore ce premier sentiment si vif d'étonnement, de stupéfaction, d'émerveillement, de délice, quand après un passage lent, gris, anxieux à travers la brume, le ballon s'était élevé dans le soleil : tout autour d'eux et sous leurs pieds, ce n'étaient que pures montagnes blanches de nuages aux crêtes et pinacles ondoyants, et au-dessus, un vaste ciel d'un bleu plus sombre, beaucoup plus sombre et plus pur qu'il ne l'avait jamais vu sur terre. Un monde totalement différent, et sans le moindre bruit. Le ballon s'était élevé plus vite dans le soleil — ils apercevaient leur ombre sur la mer de nuages —, de plus en plus vite.

— Seigneur tout-puissant, je le vois encore ; combien je voudrais pouvoir le décrire. Cet énorme joyau au-dessus, ce monde extraordinaire en dessous, et notre trace légère courant là-dessus — le sentiment d'intrusion le plus étrange qui soit.

On retira la nappe : le moment des toasts était venu et Jack les craignait beaucoup. Ses blessures, son régime récent de lait et d'eau et le manque d'exercice avaient réduit sa résistance, et malgré les quantités modérées bues jusqu'ici, il n'avait pas la tête aussi solide qu'il l'aurait voulu. Mais ses craintes étaient vaines. Ayant bu au roi, Sir Joseph demeura un moment pensif, à jouer avec deux coquilles de noix ; à sa gauche, Lord Panmure dit :

— Voici encore peu de temps, ce toast serait resté dans un nombre de gorges tout à fait extraordinaire — tout à fait extraordinaire. Hier à peine, la princesse Augusta disait à mon épouse qu'elle n'avait jamais vraiment cru à son rang avant que la lignée des Stuart s'éteigne avec la mort du cardinal d'York.

— Pauvre femme, dit Blaine, ses scrupules lui font honneur, quoiqu'ils me semblent assez proches de la trahison ; mais elle peut avoir l'esprit tranquille à présent. Il ne vous serait jamais resté dans la gorge, j'ose dire, monsieur, ajouta-t-il en se tournant vers Jack.

Mais Jack suivait encore un compte rendu de la description par Babbington de la rencontre du *Leopard* avec un iceberg dans l'Antarctique et de ses réparations dans l'île de la Désolation ; il fallut l'en dégager et lui reposer la question.

— Oh non, dit-il, j'ai toujours suivi les conseils de Nelson en ceci comme en toute autre chose, dans toute la mesure de mes possibilités. Je bois au roi avec une conviction totale.

Blaine sourit, acquiesça et se retourna vers Lord Panmure :

— Que diriez-vous d'aller prendre le café au salon ? Ce sera beaucoup plus facile pour se déplacer et je sais que bon nombre de ces messieurs voudraient parler avec Aubrey.

Beaucoup d'entre eux parlèrent effectivement avec Aubrey, et à mesure que la soirée s'avançait, Stephen le vit devenir de plus en plus pâle.

— Sir Joseph, mon cher, dit-il enfin, je dois emmener mon patient et le mettre au lit. Pourrait-on, s'il vous plaît, dire à son valet de lui chercher une chaise.

Le valet en question, Preserved Killick, était ivre, ivre mort même selon la définition navale, incapable du moindre mouvement, mais Padeen était là, et sobre ; il finit par amener deux chaises avec des porteurs irlandais, les seuls dont il ait pu se faire comprendre. Pendant cette attente, l'un des hommes de Whitehall, Mr Soames, prit Jack à part et lui demanda où il demeurait, lui demanda aussi s'il pourrait avoir l'honneur de lui rendre visite : il y avait une ou deux questions qu'il voudrait lui poser.

— Je vous en prie : j'en serais fort heureux, dit Jack.

Mais il l'avait presque entièrement oublié le lendemain quand Mrs Broad des Grapes annonça :

— Mr Soames est là pour vous voir, monsieur.

Jack le reçut avec une urbanité décente, quoique la nourriture et le vin inhabituels de la veille fussent encore en lui, avec un relent de beuverie, cependant que la blessure de sa jambe le démangeait terriblement et qu'il gardait l'esprit énervé par un entretien avec Killick, obstinément maussade, qui, entre autres choses, avait perdu ou oublié d'emballer un livre promis à Heneage Dundas et que devait emporter un ami partant pour la station d'Amérique du Nord.

Ils échangèrent quelques remarques sur la soirée précédente, les excellents vins de Sir Joseph, la quasi-certitude de pluie plus tard dans la journée, après quoi :

— J'éprouve une certaine difficulté à aborder le sujet de ma visite, dit Mr Soames, regardant la grande silhouette qui lui faisait face. Je ne voudrais surtout pas paraître indiscret.

— Pas du tout, dit Jack d'un ton réservé.

— Le fait est que l'on m'a demandé d'échanger avec vous quelques paroles à titre officieux quant à la possibilité d'une issue favorable dans le cas d'une requête appropriée pour un pardon.

— Je ne vous comprends pas, monsieur. Un pardon pour quoi ?

— Eh bien, monsieur, pour cette... pour cette malheureuse affaire du Guildhall, liée à la Bourse.

— Mais, monsieur, vous devez certainement savoir que j'ai plaidé non coupable ? Que j'ai affirmé sur mon honneur que je n'étais pas coupable ?

— Oui, monsieur, je m'en souviens parfaitement.

— Donc, comment, au nom de Dieu, pourrais-je être pardonné pour ce que je n'ai pas fait ? Comment est-il possible que je demande un pardon alors que je suis innocent ?

Jack avait commencé l'entretien dans un état d'irritation forte, mais diffuse et mal définie ; à présent blanc de rage, il poursuivit :

— Ne voyez-vous pas que si je sollicite mon pardon je me trahis moi-même ? En proclamant qu'il y a quelque chose à pardonner ?

— Ce n'est rien qu'une formalité — on pourrait aussi parler d'une fiction légale — et cela peut avoir un effet sur la question de votre éventuelle réintégration.

— Non, monsieur, dit Jack en se levant, je ne puis voir cette affaire comme une simple formalité. Je comprends bien que ni vous ni les personnes qui vous ont demandé de m'en parler ne cherchez à me blesser, mais je dois vous prier de retourner vers elles avec mes compliments et de leur dire que je vois cette question sous un jour différent.

— Monsieur, ne voulez-vous pas y réfléchir un moment et prendre conseil ?

— Non, monsieur, ce sont là des choses qu'un homme doit décider pour lui-même.

— Je le regrette extrêmement. Dois-je donc dire que vous ne voulez pas envisager cette suggestion ?

— Je le crains, monsieur.

Chapitre 8

— Il a raté sa marée, dit Sir Joseph. J'ai rarement été plus contrarié.

— Soames a manœuvré comme un idiot, dit Stephen. Si seulement il l'avait pris légèrement, si seulement il avait commencé par parler des mensonges sociaux et quotidiens tels que « pas chez lui », « votre humble et obéissant serviteur », et ainsi de suite, passant ensuite aux diverses formules destinées à sauver la face dans les pactes et choses de ce genre, en les traitant comme les broutilles sans importance qu'elles sont en réalité, et avait alors demandé à Aubrey de mettre son nom en bas de la sollicitation toute prête, il aurait fort bien pu la signer d'un cœur reconnaissant, d'un cœur débordant de bonheur.

— C'est tout à fait incroyable, dit Sir Joseph, suivant le fil de sa réflexion personnelle. En dépit de toutes les susceptibilités dont il a fallu tenir compte — Quinborough et ses alliés, pour ne nommer qu'eux —, dans l'instant, la balance penchait tout juste en faveur d'Aubrey, tout juste assez loin pour une action décisive. Ne pourriez-vous le persuader de dire à Soames qu'après mûre réflexion, etc. ? Après tout, comme tous les marins, il a été entraîné à ne pas penser de mal de l'aimable corruption. De vastes quantités d'approvisionnements disparaissent, des morts et des valets inexistants continuent à toucher leurs gages ; à ma connaissance certaine, il est coupable d'au moins trois passe-volants, avec inscription des fils de ses amis sur les rôles du navire pour leur gagner du temps de mer alors qu'en fait ils sont à l'école sur la terre ferme. Eh quoi, il avait bien, comme un fantôme, son propre demi-frère à son bord la dernière fois que vous êtes allés dans le Pacifique.

— Aimable corruption, oui ; et si telle avait été l'approche, il aurait peut-être viré de bord, comme disent les marins. Mais à présent qu'il s'agit d'une question hautement morale, avec toute amabilité enfuie par la fenêtre, je ne saurais en aucun cas l'en faire démordre ; et je ne le tenterai pas.

— Eh bien, comme je vous l'ai dit, c'est tout à fait incroyable. Être si proche du succès, et puis...

Après une pause, Stephen dit d'un ton hésitant :

— Je suppose qu'il n'y a aucune possibilité d'acte de grâce, sans sollicitation formelle.

— Non. Pour l'instant, Aubrey a de nombreux alliés et par conséquent beaucoup d'influence, mais il n'en a pas assez pour cela. Il en faudrait considérablement plus.

— Ceci ne fait aucune différence ?

Stephen montrait du doigt les pages écrites avec soin dans lesquelles Pratt racontait sa découverte du général Aubrey, mort dans un fossé près de l'estaminet où il avait vécu sous le nom de capitaine Woolcombe.

Blaine secoua la tête.

— Non, pour autant que le ministère soit concerné, le général et ses amis radicaux ont totalement disparu quand ils ont manqué à comparaître — ils ont cessé d'exister politiquement, même les journaux d'opposition les plus méprisables ne pourraient rien tirer d'eux — et le général aurait pu aussi bien mourir ce jour-là qu'aujourd'hui. Et cela ne fait non plus aucune différence de notre point de vue, puisque Pratt et ses collègues ont fouillé et refouillé tous les papiers du général sans trouver la moindre trace d'un quelconque contact avec Wray et Ledward.

— Évidemment non. Il ne peut y avoir eu le moindre rapport.

— Par contre, observa Blaine, on pourrait dire que cette mort fait quelque bien à la cause d'Aubrey, en ceci que le lien involontaire avec les radicaux a disparu ; mais ce bien est de loin tout à fait insuffisant, hélas, hélas. Que proposez-vous de faire à présent, Maturin ?

— Je vais envoyer à Pratt des instructions pour faire le nécessaire pour le corps et je prendrai demain la poste pour rejoindre Aubrey. Ensuite, puisqu'il faut encore préparer et avitailler la *Surprise* de la vaste quantité de réserves nécessaires pour le voyage en Amérique du Sud, je pense que je vais aller en Suède et l'y attendre. Je prendrai le paquebot à Leith.

— Vous ne supposez pas que cette mort va changer les plans d'Aubrey ?

— Je serais surpris qu'il soit très affecté. Le général n'était pas homme à inspirer beaucoup d'affection ou d'estime.

— Non. Mais il y a des terres qui ne sont pas négligeables, me dit-on.

— J'en sais fort peu de chose, sauf qu'elles sont lourdement grevées de dettes ; mais même s'il s'agissait de la moitié du comté, je ne pense pas que cela empêcherait Jack Aubrey de prendre la mer. Il s'est engagé dans ce voyage ; et de toute manière on dit que les Américains ont envoyé une ou peut-être deux frégates de notre classe de l'autre côté du Horn.

Les Aubrey étaient enterrés à Woolhampton depuis de nombreuses générations, et l'église était pleine. Jack fut surpris et touché de constater que tant de personnes étaient venues assister aux funérailles car, depuis bien longtemps à présent, Woolcombe House n'avait reçu aucune des familles solides et bien établies qui y dînaient si régulièrement autrefois, quand la mère de Jack vivait. Il manquait quelques visages, bien entendu, mais beaucoup, beaucoup moins que Jack ne l'avait escompté ; par ailleurs, la congrégation était composée non seulement des vieux amis et parents des Aubrey mais aussi des locataires, villageois, hommes et femmes des cottages les plus lointains qui semblaient avoir oublié les mauvais traitements, les loyers abusifs et la clôture tyrannique du pré commun de Woolhampton. Autre chose l'émut particulièrement, ce fut la façon dont les femmes du village, dont beaucoup avaient été les servantes de sa mère et même de sa grand-mère, étaient venues en toute hâte à Woolcombe pour mettre la maison en état de recevoir tant d'hôtes. On l'avait laissée se dégrader tristement, même avant la longue période où le général s'était allé cacher dans les régions du Nord pour échapper à l'arrestation ; mais à présent l'allée était aussi nette qu'elle l'avait toujours été et les pièces de réception au moins étaient récurées, balayées, cirées, tandis que des tables avaient été dressées pour nourrir ceux qui venaient de loin. L'une des tables, toutes rallonges déployées, se trouvait dans la salle à manger et une autre, que devait présider Harry Charnock, de Tarrant Gussage, le plus proche cousin de Jack, sur tréteaux dans la bibliothèque.

La veuve du général ne joua pas le moindre rôle dans toute cette affaire. Dès l'annonce que le corbillard atteignait Shaftesbury, elle s'était mise au lit et n'en était plus sortie. Diverses raisons de ce comportement furent avancées mais nul ne mentionna jamais le chagrin extrême : quelle qu'en fût la cause, Jack en était tout à fait heureux. C'était l'une des filles de laiterie de Woolcombe, une belle plante à l'œil noir, souvent tard revenue des foires et des bals et assez bien connue des jeunes gens locaux, y compris Jack. S'il avait ressenti une certaine indignation morale quand son père l'avait épousée, cela s'était vite effacé ; il ne la jugeait pas mal — par exemple, il ne croyait pas la rumeur actuelle prétendant qu'elle restait dans son lit parce que l'argenterie de famille était cachée dessous — mais il n'avait pas non plus oublié leurs nuits dans le grenier à foin, ce qui créait un certain malaise lors de leurs rencontres ; et il lui fallait admettre que dans les rares occasions où il était venu il n'avait pu que se sentir blessé de la voir assise à la place de sa mère.

Donc, Mrs Aubrey restait au lit et Sophie, répugnant tout à fait à empiéter sur son chagrin ou à se manifester si vite comme maîtresse de cette maison, était restée dans le Hampshire ; mais le fils de la seconde Mrs Aubrey, Philip, était revenu de l'école. Trop jeune — un tout petit garçon — pour avoir beaucoup de piété, il n'avait d'abord pas su très bien s'il s'agissait ou non d'une célébration ; mais il saisit très vite le ton de Jack et à présent, dans son costume noir tout neuf, il circulait avec son immense demi-frère pour remercier les hôtes d'avoir eu la bonté de venir et faisait écho à son : « Je vous remercie, monsieur, de l'honneur que vous nous faites. »

Il parlait clairement, sans trop d'assurance ou de timidité, et Jack était content de lui. Ils ne s'étaient pas rencontrés plus d'une demi-douzaine de fois depuis que Philip portait une culotte, mais Jack éprouvait à son égard une certaine responsabilité et, pour le cas où il souhaiterait faire carrière dans la marine plutôt que dans l'armée, il avait fait inscrire son nom sur les rôles de différents navires depuis quelques années ; Heneage Dundas (qui devait rentrer bientôt d'Amérique du Nord) s'était même engagé à l'embarquer dès qu'il serait assez grand. Jack jugeait probable que le gamin lui ferait honneur.

Mais il n'eut pas beaucoup le temps de réfléchir à l'avenir de Philip car au moment où il s'efforçait d'inciter ses hôtes à s'asseoir, il vit un homme âgé, et même un vieillard, mince et très grand quoique voûté, entrer lentement dans la salle à manger et parcourir du regard la pièce encombrée. C'était l'un des visages manquants — de manière bien compréhensible — qu'il avait regrettés à l'église : Mr Norton, propriétaire terrien fort considérable de l'autre côté de la Stour. Si sa parenté avec les Aubrey était assez lointaine, du fait même qu'elle existait et du fait de l'amitié liant les deux familles, Jack avait été habitué à l'appeler cousin Edward. C'était cousin Edward qui avait nommé le père de Jack pour l'élection de son bourg de Milport, qui se trouvait sur l'une de ses terres et que le général avait représenté au Parlement, d'abord comme tory puis comme radical extrême, selon ce qu'il jugeait être son intérêt. Les échos de la furieuse querelle résultant de ce changement et d'ailleurs de la conduite générale du membre de la Chambre avaient atteint Jack de l'autre côté du monde, lui causant un grand désarroi ; revenu à la maison, il avait constaté que les échos étaient encore très loin de la vérité et n'avait jamais supposé qu'il reverrait Mr Norton à Woolcombe.

— Cousin Edward, s'exclama-t-il en se précipitant, quelle bonté d'être venu.

— Je suis désolé d'être si en retard, Jack, dit Mr Norton, lui serrant la main et regardant son visage avec gravité, mais mon imbécile de cocher m'a fait verser de l'autre côté de Barton et il a fallu très longtemps avant que je puisse repartir.

— J'ai peur que vous n'ayez été très secoué, monsieur, dit Jack avant de lancer : Mesdames, veuillez, je vous prie, vous asseoir sans cérémonie. Messieurs, je vous supplie de vous installer.

Il conduisit Mr Norton à une chaise, lui versa un verre de vin, et le repas put enfin commencer.

Un long repas, et ennuyeux, avec tout le malaise inséparable de ce genre d'occasion ; mais il finit par s'achever et, dans l'ensemble, se passa beaucoup mieux que Jack ne l'avait craint. Quand il eut raccompagné le dernier de ses hôtes à sa voiture, il revint dans le petit salon où il trouva cousin Edward somnolant dans son fauteuil à oreilles, l'un des rares vieux meubles échappés à la modernisation de Woolcombe House. Il sortit sur la pointe des pieds et rencontra dans le couloir Philip qui lui demanda :

— Ne dois-je pas dire au revoir à cousin Edward ?

— Non. Il va passer la nuit ici : sa voiture a versé de l'autre côté de Barton et cassé une roue. D'ailleurs il a été très secoué. Il est très âgé.

— Plus vieux que mon père — notre père — l'était, je pense, monsieur ?

— Oh, beaucoup plus vieux. Mon grand-père et lui étaient contemporains.

— Que veut dire contemporain ?

— Des gens du même âge ; mais cela désigne en général des gens qu'on connaissait lorsqu'on était jeunes ensemble — des amis de collège et ainsi de suite. Du moins c'est ce que je veux dire. Cousin Edward et mon grand-père étaient contemporains et ils étaient grands amis. Ils avaient une meute ensemble lorsqu'ils étaient jeunes. Ils chassaient le lièvre.

— Avez-vous beaucoup de contemporains, monsieur ?

— Non. Pas à terre. Il n'y avait pratiquement personne ici de mon âge que j'aie bien connu, en dehors de Harry Charnock. Je suis parti en mer si tôt, à peine plus vieux que vous.

— Mais vous vous sentez chez vous ici, monsieur, n'est-ce pas ? demanda le garçon avec une anxiété curieuse et presque désemparée. Vous sentez que c'est un endroit dont on ne peut pas vous chasser ?

— Oui, dit Jack (et pas seulement pour lui plaire). A présent je vais aller regarder la serre et le jardin clos. J'y jouais à la balle, main gauche contre main droite, quand j'étais gamin. Mais à la réflexion, et puisque nous sommes frères, vous devriez probablement m'appeler Jack, bien que je sois tellement plus vieux.

Philip dit « Oui » et rougit mais n'ouvrit plus la bouche jusqu'à ce qu'ils atteignent la serre, inutilisée aujourd'hui comme elle l'était du temps de Jack, où il lui montra une grenouille que l'on disait apprivoisée, dans le bac de pierre dont l'eau débordait sans cesse, avec toujours le même son musical. Le jardin clos de la cuisine avait encore moins changé, si possible ; mêmes rangées précises de légumes, haricots sur rames, buissons de groseilles à maquereau, cassis, les mêmes châssis à concombres et à melons, si vulnérables au choc d'une balle, et les mêmes haies de buis odorants, tandis que contre le mur de brique rouge, abricots et pêches commençaient à changer de couleur. En fait, tout l'arrière de la maison, la cour des écuries, la buanderie, la remise, toutes les dépendances non améliorées étaient infiniment familières, elles faisaient partie des premières choses que Jack avait connues, familières comme le chant du coq, de sorte que par moments il aurait pu être beaucoup plus jeune que le petit garçon courant partout dans son habit noir incongru.

Quand ils rentrèrent, les chauves-souris se mêlaient aux hirondelles qui voletaient au-dessus de la mare et Mr Norton était déjà couché. Jack ne le revit que dans la matinée du lendemain.

L'homme de loi de Dorchester venait de partir, emportant son sac de papiers juridiques, quand cousin Edward apparut.

— Je vous souhaite le bonjour, Jack, dit-il, vous avez subi une bien longue séance, j'en ai peur. J'ai vu Withers arriver pendant que je me rasais. J'espère que cela n'indique pas de discussions ou de querelles ?

— Non, monsieur, tout s'est bien terminé, dit Jack. Mais il y avait quantité de détails à régler. (Une bonne part du retard était due en fait à l'extrême répugnance de sa belle-mère à révéler qu'elle ne pouvait pas signer son nom, mais ce n'était pas un point que Jack eût envie de souligner.) Prendrons-nous un pot de café dans la petite salle ?

— Je ne retrouve plus mon chemin dans cette maison, dit Mr Norton quand ils y entrèrent. En dehors de ma chambre et de la bibliothèque, tout a changé depuis mon dernier passage, même l'escalier.

— Oui. Mais j'ai l'intention de rétablir comme ils étaient au moins le hall, dit Jack, et les appartements de ma mère. J'ai retrouvé presque toutes les vieilles boiseries entassées dans la grange, derrière la remise à foin.

— Avez-vous l'intention de vivre ici ?

— Je ne sais pas. Cela dépend de Sophie. Notre maison du Hampshire est fort peu pratique mais elle y vit depuis son mariage et elle y a beaucoup d'amis. De toute manière, je voudrais que Woolcombe ressemble plus ou moins à ce qu'il était quand j'étais gamin. Ma belle-mère n'a pas l'intention de rester ici ; c'est beaucoup trop grand et elle s'y sentirait seule. Elle pense s'installer à Bath où elle a de la famille.

— Eh bien, je me réjouis que vous gardiez au moins un pied dans le comté, dit cousin Edward avec un regard significatif. (Et quand le café arriva il poursuivit :) Jack, je suis heureux de vous voir tout seul ainsi.

Il y eut une pause et quand il reprit la parole, le ton était tout différent, comme s'il récitait des paroles préparées à l'avance avec un certain soin, en les changeant peut-être de temps à autre ; il était aussi manifestement nerveux.

— Je suppose que vous avez été surpris de me voir hier, dit-il, je sais que Caroline l'était, et Harry Charnock, ainsi que quelques autres ; en temps ordinaire je n'aurais pas dû venir. (Une autre pause.) Je n'ai pas l'intention de vilipender votre père, Jack, quoique vous sachiez très bien comment il m'a traité. (Jack inclina la tête en un geste qui pouvait signifier n'importe quoi.) Mais ce qui m'a conduit à venir c'est en partie le désir d'agir convenablement pour la famille — après tout, votre grand-père et moi étions les amis les plus intimes et j'ai beaucoup aimé votre mère — mais plus encore de marquer mon sentiment de ce qui vous est dû pour votre splendide exploit de Saint-Martin, et par-dessus tout pour l'épouvantable injustice que vous avez subie à Londres.

La porte s'ouvrit et Philip se précipita. Voyant cousin Edward, il s'arrêta puis s'avança d'un pas hésitant.

— Bonjour, monsieur, dit-il en rougissant. (Puis :) Mon frère Jack, la chaise est arrivée pour moi. J'ai dit au revoir à maman.

— Je viens vous voir partir, dit Jack. (Et dans le hall il lui dit :) Voici une guinée pour toi.

— Oh, merci beaucoup, monsieur. Mais est-ce que ce serait très malpoli si je disais que j'aimerais mieux avoir quelque chose de vous — un bout de crayon ou un vieux mouchoir ou un morceau de papier avec votre nom écrit dessus — pour montrer aux autres à l'école ?

Jack fouilla dans sa poche de gilet.

— Je vais vous dire, dit-il, vous pourrez leur montrer ceci. C'est la balle de pistolet que le docteur Maturin a retirée de mon dos à Saint-Martin. (Il souleva le gamin pour l'asseoir dans la chaise de poste et lui dit :) Aux prochaines vacances, si votre maman peut se passer de vous, il faut que vous veniez dans le Hampshire pour rencontrer votre neveu et vos nièces. Certains sont plus vieux que vous, ha, ha, ha !

Ils se firent des signes jusqu'à ce que la chaise ait tourné le coin puis Jack regagna la petite salle. L'embarras s'était dissipé et cousin Edward lui demanda, très à l'aise :

— Allez-vous rester quelque temps ? Je l'espère, ne serait-ce que pour vos blessures.

— Oh, quant à cela, elles m'ont gêné quelque temps mais je guéris aussi vite qu'un jeune chien et à présent que les fils ont été retirés, je n'y pense presque plus. Non : dès que j'aurai fait ma tournée de remerciements dans le village et les cottages je m'en irai. *Surprise* est en armement pour l'étranger et il y a mille choses à surveiller, sans compter les réparations. Mon chirurgien est tout à fait satisfait, à condition que je voyage en chaise et non à cheval.

— Ne pourriez-vous passer une après-midi à

Milport, pour rencontrer les électeurs ? Il n'y en a pas beaucoup, et ces quelques-uns sont tous mes locataires, ce n'est donc guère plus qu'une formalité ; mais il faut préserver une certaine décence. L'ordre d'élection sera bientôt publié. (Puis, voyant l'air stupéfait de Jack, il ajouta :) J'ai l'intention de vous offrir le siège.

— Vraiment, pardieu ! s'exclama Jack, et réalisant l'ampleur, l'importance, les conséquences de ce que son cousin venait de lui dire, il poursuivit : Je trouve cela remarquablement élégant de votre part, monsieur, je l'apprécie plus que je ne saurais dire.

Il serra la main maigre de Mr Norton et resta quelques instants l'œil fixe : des possibilités qu'il osait à peine nommer brillaient et scintillaient dans son esprit comme une flotte en plein combat.

— J'ai pensé, dit cousin Edward, que cela pourrait renforcer votre position dans vos relations avec le gouvernement. Il n'y a pas grand mérite à être membre du Parlement, à moins peut-être de représenter son comté ; mais du moins un membre ayant des mérites personnels est en position de les faire reconnaître. Il peut mordre autant qu'il aboie.

— Exactement. Il est armé. L'autre jour un homme en relation avec le ministère est venu me voir officieusement et m'a dit que si je rampais sur le ventre en suppliant pour obtenir un pardon, il pourrait peut-être m'être accordé. Et il a dit ou laissé entendre — je ne me souviens plus exactement — que s'il m'était accordé, je pourrais être remis sur la liste : réintégré. Mais je lui ai dit que demander pardon pour un crime voulait nécessairement dire que le crime avait été commis, et que quant à moi, aucun crime n'avait été commis. En fait, je lui ai dit que ce sont les chiens pourris qui mangent des os galeux — c'est-à-dire les chiens galeux qui mangent des os pourris ; mais dans ce cas, ou bien je n'étais pas assez galeux, ou l'os était trop pourri, et je l'ai prié de m'excuser. Nous en sommes restés là, et j'ai pensé avoir détruit mes chances à jamais. Mais si j'avais été membre du Parlement, je ne crois pas qu'il aurait jamais abordé la question de cette manière ; et s'il l'avait fait, il n'en serait pas resté là.

— J'en suis tout à fait certain, surtout si vous êtes un membre régulier, du juste milieu, partisan de l'Église et de l'État, sans véhémence grandiloquente, comme vous le serez, j'en suis sûr. Non pas que je pose la moindre condition, Jack : vous voterez comme vous voudrez, sous réserve de ne pas voter la disparition de la Couronne.

— Dieu m'en garde, monsieur ! Dieu m'en garde !

— Et pourtant, même dans la situation actuelle, ce n'était pas vraiment une façon de parler à un homme de votre réputation.

— Je ne crois pas qu'il ait pensé à mal. Mais c'est l'un de ces hommes de Whitehall et j'ai toujours remarqué qu'ils croient vraiment appartenir à un ordre supérieur, comme s'ils étaient nés sur la liste des officiers généraux.

Le maître d'hôtel entra et s'adressa à Mr Norton :

— Monsieur, Andrew m'a demandé de vous dire, avec ses devoirs, que la roue est réparée ; la voiture est dans la cour en ce moment même, souhaitez-vous qu'il l'amène ou doit-il mettre les chevaux à l'écurie ?

— Qu'il l'amène, dit Mr Norton. (Et dès que la porte fut fermée :) Jack, accordez-moi une journée de démarchage électoral, voulez-vous ? Le Cerf à Milport nous donnera un dîner tout à fait décent, après quoi nous pourrons boire un bol de punch avec les électeurs. Ce n'est rien qu'une formalité, bien entendu, mais cela leur fera plaisir. Sans doute vont-ils jaser de la situation politique beaucoup plus qu'il n'est agréable, mais leur accorder cette attention est de bonne règle, et vous pourrez encore être chez vous mercredi. Ou est-ce un trop grand sacrifice ? La politique de campagne est souvent bien ennuyeuse, je le sais.

— Un sacrifice, cousin Edward ! s'écria Jack en sautant sur ses pieds, vous pourriez me demander beaucoup, beaucoup plus que cela, sur ma parole et mon honneur. Je donnerais mon bras droit pour me retrouver sur la Liste navale, ou même à mi-chemin.

Dans la chambre déjà confortable, habitée et garnie de livres que le docteur Maturin avait aux Grapes, Padeen et lui contemplaient leur bagage avec satisfaction. L'un des éléments n'était qu'une petite chose serrée comme une saucisse, contenant ce dont Stephen avait besoin pour son voyage jusqu'à Edimbourg — pour Stephen seul, car Padeen irait vers le nord à bord de la *Surprise*. Mais leur véritable triomphe était le coffre de mer du docteur : Padeen avait beaucoup profité de son amitié avec Bonden, un artiste du cordage, et la malle trônait maintenant au milieu du plancher, enveloppée de toute une complication de cordages en diagonale, une sorte de filet qui aurait rempli un marin d'admiration : les cordons à chaque extrémité étaient terminés par un beau nœud de ride et l'ensemble couronné par un superbe cul de porc double.

— Vous n'avez pas oublié ma potion, Padeen, j'en suis sûr, dit Stephen.

Il ne voulait pas être plus précis, mais par *potion* il voulait parler de son réconfort nocturne, le laudanum, ce que Padeen savait très bien : c'était à ce moment devenu le sien aussi, à tel point qu'il aurait plus volontiers oublié sa chemise (quoique la dilution régulière au brandy que faisait Padeen, plus forte encore à présent en raison de cette séparation temporaire, en ait réduit l'absorption à un acte de foi et guère plus).

— Oublié je n'ai pas, monsieur, répondit-il, n'est-elle pas sous le couvercle même ? Et emballée comme une relique, en plus ?

Un pas lourd résonna dans l'escalier et Mrs Broad, poussant la porte avec le coude pour l'ouvrir, entra, deux piles de linge tout frais entre ses bras tendus et son menton.

— Voilà, voilà ! s'exclama-t-elle, toutes vos chemises à jabot sont venues à merveille, avec le meilleur fer à tuyauter que vous ayez jamais vu. Mrs Maturin aimait toujours qu'on les fasse faire à Cecil Court, ajouta-t-elle en aparté pour Stephen, puis haut et fort, à l'intention de Padeen, comme s'il était en tête de mât : Bien au milieu, Padeen, entre les draps de rechange et les caleçons en laine d'agneau.

Padeen se toucha plusieurs fois le front en signe de soumission et dès qu'elle fut sortie, Stephen et lui, ayant jeté un regard rapide autour de la pièce, poussèrent des sièges au pied d'une haute garde-robe. Même avec une chaise, toutefois, Stephen ne pouvait en atteindre le sommet et il fut obligé de rester là, passant à Padeen des pages du *Times*, puis des chemises, puis encore des pages, et des conseils sur la manière de les disposer ; et il était dans cette posture, prononçant les mots « Ne vous occupez pas du jabot, que le col ne se voie pas » quand Lucy, fine et le pied léger, entra en s'exclamant : « Un exprès pour le docteur. Oh, monsieur ! » Elle comprit en une seconde la situation ; elle les regarda avec horreur, puis avec une profonde désapprobation. Ils avaient l'air tout à fait confus, coupables, ahuris ; ils ne trouvaient rien à dire, jusqu'à ce que Stephen marmonne :

— Nous les mettions juste là pour le moment.

Lucy serra les lèvres puis dit en la posant sur la table :

— Voici votre lettre, monsieur.

— Inutile d'en parler à Mrs Broad, Lucy, dit Stephen.

— Je n'ai jamais été une rapporteuse, mais, oh, Padeen, et vos mains toutes couvertes de la poussière qu'il y a là-haut, quelle honte.

Stephen saisit la lettre et son air de culpabilité nerveuse s'évanouit en reconnaissant l'écriture de Jack Aubrey.

— Padeen, dit-il, lavez-vous les mains, voulez-vous, et descendez jusqu'à la salle demander qu'on me donne un pot d'eau d'orgeat citronnée. Il tira son fauteuil vers la fenêtre et rompit le sceau familier.

Ashgrove Cottage

Mon cher Stephen,

Félicitez-moi ! Dans sa très grande bonté, mon cousin Edward m'a offert le siège du bourg de Milport qu'il possède : nous sommes allés passer une bonne journée parmi les électeurs, aimable compagnie d'hommes qui ont eu la bonté de dire qu'à cause de Saint-Martin et de l'affaire des Açores ils auraient voté pour moi de toute manière, même si cousin Edward ne le leur avait pas conseillé. Pendant que nous y étions, un messager du ministère est arrivé en chaise de poste avec des propositions pour mon cousin ; mais, a dit celui-ci, il n'était pas possible de les envisager puisqu'il s'était déjà engagé envers moi : le messager a pris l'air ébahi et il est reparti. Je suis donc allé à la maison après une autre journée passée chez cousin Edward — il voulait absolument que je voie ses roses au plus beau et je ne pouvais absolument pas faire moins — et je racontais les nouvelles à Sophie, avec tout ce qui, j'espère, pourrait s'ensuivre, pour la vingtième fois peut-être, quand Heneage Dundas est arrivé. Je savais *Eurydice* revenue mais je n'avais pas eu le temps de descendre à Pompey pour lui souhaiter la bienvenue, et quand j'avais envoyé pour l'inviter à dîner on m'avait répondu qu'il était parti en ville ; nous n'avons donc pas été étonnés de le voir : nous supposions qu'il retournait à son navire et qu'il avait quitté la route à la taverne Jericho pour nous rendre visite. Mais nous avons été surpris quand, après avoir parlé fort élégamment de la *Diane* et m'avoir prié de décrire le coup de main dans le plus grand détail, il a pris un air un peu étrange, timide et réservé, pour dire au bout d'un moment qu'il venait non seulement comme ami mais aussi comme émissaire. Le ministère (dit-il) avait entendu dire que je serais membre de la Chambre pour Milport ; son frère se réjouissait de cette nouvelle, car cette influence complémentaire en ma faveur lui permettrait d'inciter ses collègues plus fortement encore à me réintégrer spontanément — c'est-à-dire sans avoir à demander le moindre pardon. Mais pour pouvoir en obtenir le plein effet il fallait que Melville soit en mesure de les assurer de mon attitude à la Chambre. On ne me demandait pas de m'engager à soutenir le ministère contre vents et marées, mais Melville espérait pouvoir dire qu'au moins je ne m'y opposerais pas de manière violente et systématique — que je ne serais pas un membre véhément ou excessif. J'ai regardé Sophie, qui savait parfaitement bien ce que je voulais dire ; elle a acquiescé et j'ai dit à Heneage qu'il était excessivement peu probable que je parle jamais à la Chambre pour autre chose qu'une question navale, car j'avais vu trop d'officiers de marine pris à contre à se mêler de politique ; que d'une manière générale je serais heureux de voter pour à peu près n'importe quelle mesure proposée par Lord Melville, que j'estimais hautement et envers le père duquel j'avais une telle dette de gratitude. Quant à l'excès ou à la véhémence, même mes pires ennemis ne pouvaient m'en accuser. Heneage en est convenu et dit que rien ne pouvait vraiment le rendre plus heureux que de rapporter un tel message ; que Melville lui avait assuré que dans le cas d'une réponse favorable les papiers seraient préparés immédiatement ; que s'il leur faudrait quelques mois pour suivre toutes les voies normales, cependant que l'annonce officielle ne serait faite que lorsqu'elle pourrait coïncider avec une victoire dans la péninsule, ou mieux encore en mer, il s'engageait à ce que mon nom et mon commandement actuel soient placés sur une liste spéciale et que je ne souffre pas de perte d'ancienneté. Grand Dieu, Stephen, nous sommes si heureux ! Sophie chante dans toute la maison. Elle dit qu'elle donnerait n'importe quoi pour que vous partagiez notre joie, aussi je griffonne ceci en toute hâte, dans l'espoir que cette lettre puisse vous rattraper avant que vous soyez parti pour Leith. Mais si elle ne le fait pas, j'aurai le bonheur de vous le dire quand nous nous retrouverons en Suède. Il n'y a qu'une seule modification de nos dispositions que je voudrais suggérer, c'est que, puisque nous serons déjà en Baltique, je puisse traverser jusqu'à Riga pour y chercher des cordages, des espars et surtout de la toile à voile pour notre voyage : la plus belle poldavy que j'aie vue de ma vie venait de Riga. Dieu vous bénisse, Stephen. Sophie me prie de vous envoyer toute son affection.

À vous toujours.
Jno Aubrey.

— Qu'est-ce que c'est ? s'écria Stephen, glissant très vite la lettre sous un livre.

— S'il vous plaît, monsieur, dit Mrs Broad dont le visage aimable était parfaitement ignorant de la garde-robe. Sir Joseph est en bas et demande si vous avez le loisir.

— Certainement que j'ai le loisir. Veuillez, s'il vous plaît, le prier de monter.

— Dieu, Maturin, comme je suis heureux de

vous trouver, dit Blaine, j'avais tellement peur que vous soyez déjà parti.

— Le coche ne part qu'à six heures et demie.

— Le coche ? J'imaginais que vous prendriez une chaise.

— À quatorze pence du mile ? dit Stephen avec un air sagace et méfiant. Non, monsieur.

— Eh bien, dit Sir Joseph avec un sourire, je peux vous faire économiser non seulement la dépense monstrueuse du coche mais aussi l'horreur des secousses et des chaos, entassé nuit et jour dans une boîte sans air avec une troupe d'étrangers, plus ou moins propres selon le cas, les repas hâtifs, l'incessant « n'oubliez pas le cocher, monsieur », et même l'ennui cruel de descendre d'Édimbourg à Leith, puis d'embarquer sur le paquebot moyennant un coût plus grand encore pour la bourse et pour l'esprit, tous deux fort exténués à ce moment.

— Comment vous proposez-vous de faire une chose aussi belle, mon précieux ami ?

— En vous mettant à bord du cotre *Netley* demain matin très tôt. Il transporte des messages et des messagers vers un certain nombre de navires mouillés au Nore ; et parmi eux, Maturin, parmi eux, comme je l'ai appris par télégraphe voici à peine une heure, se trouve le *Leopard*, en route pour Gefle.

— Pas l'horrible vieux *Leopard* qui nous a conduits en Nouvelle-Hollande, et nous a, en chemin, noyés, naufragés et affamés ?

— Lui-même ; mais il est à présent débarrassé de la plupart de ses canons et navigue sous les couleurs du Transport Board. En fait, son humble tâche actuelle est d'aller à Gefle chercher des avitaillements, prenant la place d'un autre transport saisi par une couple d'Américains dans le Skagerrack. Je ne l'ai appris que cet après-midi, quand le rapport du commissaire est arrivé, déclarant qu'avec diligence, le *Leopard* pourrait être prêt à appareiller demain. Je me trouvais là par hasard et dès que j'ai entendu qu'il partait pour Gefle, j'ai dit : je vais prévenir aussitôt Maturin ; ils peuvent le déposer à Stockholm sans perdre une minute et cela lui épargnera le pénible transport, la mauvaise compagnie et la nourriture pire encore, en même temps qu'une fortune. Je suis parti en hâte, je vous ai cherché au Black, je vous ai cherché au British Museum, je vous ai cherché à Somerset House et je vous trouve ici, où j'aurais dû venir pour commencer. Cela m'aurait épargné beaucoup d'énervement et de passion, à me frayer un chemin parmi ces hordes de rustres qui remplissent Londres à cette saison ; ils regardent autour d'eux comme des bœufs.

— C'est bien bon à vous de vous être tant échauffé, Sir Joseph, et je vous suis infiniment obligé de votre soin. Voulez-vous un verre d'eau d'orgeat citronnée, ou préférez-vous une chope de bière humide et légère ?

— La bière, s'il vous plaît ; et elle ne saurait être trop humide pour moi. J'ai dû perdre quinze livres dans cette course folle. Mais cela en valait la peine. Mon Dieu, Maturin, comme je suis heureux de vous avoir trouvé ! Cela m'aurait vraiment mis de mauvaise humeur pour un mois que mon message se perde. (Il but la moitié de sa bière, reprit souffle et poursuivit :) Par ailleurs, cela m'aurait empêché de vous inviter à écouter avec moi ce soir un très charmant *Figaro*. La jeune personne qui chante Chérubin possède en culotte une perfection androgyne ; et quelle voix ! (Il continua à parler du reste de la distribution, en particulier d'une glorieuse Comtesse ; mais Stephen, qui l'observait, se rendit compte qu'il caressait le secret de quelque autre nouvelle, qui finit par sortir.) Mais si écouter la musique et vous parler de cet embarquement à bord du *Leopard* était une grande chose, dit Blaine, vous faire partir l'esprit tranquille en était une bien plus grande.

Blaine était un célibataire sans famille proche ; s'il connaissait énormément de monde, il n'avait pratiquement pas d'amis intimes ; par ailleurs, sa profession était de celles où les vertus aimables ont peu de place. Mais c'était là une des rares occasions où l'amitié et l'intérêt du service se retrouvaient et il observa avec affection Stephen pendant un long moment avant de dire :

— Jack Aubrey va entrer aux Communes pour Milport, ha, ha, ha ! (Il se leva, tapa sur l'épaule de Stephen et circula dans la pièce.) Pour Milport ! N'êtes-vous pas stupéfait ? Je l'ai été, je peux vous le dire. La circonscription de son père ! Je n'ai jamais vu ni entendu parler d'un tel degré, d'un tel paroxysme de magnanimité chez le propriétaire d'un bourg — par-dessus tout, de ce bourg-là. Un parent lointain, je crois ? Connaissez-vous Mr Norton, Maturin ?

— Je l'ai juste vu au mariage de Jack Aubrey, un grand gentilhomme très mince.

— Cela fait toute la différence, dit Blaine, poursuivant son idée. Cela vient exactement au bon moment. J'avais évidemment pensé à l'achat d'un bourg, pour lui donner juste le poids nécessaire afin de faire pencher la balance de son côté.

Ces bourgs sont relativement coûteux mais dans les circonstances, je l'aurais suggéré, si seulement il y avait eu sur le marché un siège libre, ce qui n'était pas le cas — il ne m'est jamais venu à l'esprit un instant que la seule vacance serait pour ainsi dire déposée sur ses genoux.

— Ce n'est pas vraiment une expression correcte, Blaine.

— Non, c'est vrai. Mais comme cela convient bien à la situation. Melville lui a envoyé son frère Heneage et je suis sûr qu'il traitera cette affaire bien mieux que Soames. Ce sont de vieux amis, et en dehors de toute autre chose, il s'agira là d'une de ces initiatives discrètes, sans conditions explicites quelconques ; quoique j'ose dire qu'Heneage Dundas, parlant de marin à marin, saura le persuader de ne pas être trop dur pour Melville et ses collègues.

— Combien je me réjouis de ce que vous me dites, Blaine, dit Stephen. Je ne doute pas qu'Heneage Dundas soit le négociateur parfait. D'après ce que je sais de l'esprit de Jack Aubrey, il ne saurait manquer de réussir. Pourtant, vous pourriez juger utile de signaler à vos amis politiques que le seul moyen absolument sûr de garantir qu'un marin n'intervienne pas à la Chambre de manière interminable, soit à propos des abus navals, soit à propos de quelque sujet dont il ignore tout, est de l'envoyer faire un très long voyage. Il y a la situation en Amérique du Sud à explorer, bien sûr, mais il existe aussi des rivalités complexes entre les sultans de Malaisie, qui inquiètent beaucoup la Compagnie des Indes orientales ; il y a tout ce que le pauvre cher capitaine Cook et le moins intéressant Vancouver ont dû laisser inachevé ; et pensez à l'entomologie intacte des Célèbes ! Buvons une bouteille de champagne.

Le champagne et le charmant mouvement d'esprit qu'il entraîne avaient disparu depuis bien, bien longtemps quand le *Leopard* entreprit de longer le Swin pendant le quart de minuit, le vendredi : toutes les minutes il tirait du côté du vent un coup de canon dans la brume ; son tambour battait continûment sur le gaillard d'avant, bien que l'humidité lui enlevât la plus grande part de sa résonance ; et l'homme perché dans les porte-haubans jetait sa sonde sans s'arrêter, sa voix rauque psalmodiant « à la marque, sept ; à la marque, sept ; à vue, six ; et six et demi », montant parfois avec urgence jusqu'à « à la marque, cinq, et cinq et demi » quand le banc sous le vent se rapprochait. Le navire filait à peine deux nœuds dans la brouillasse mais les sondes changeaient vite ; et tout autour, dans des directions et à des distances difficiles à évaluer, on entendait des coups de canon en réponse, des cris et les tambours des navires marchands ou de guerre sortant de la Tamise ou y rentrant, tandis que des lumières vagues apparaissaient, puis disparaissaient dans une brume plus épaisse quand elles se rapprochaient.

Moment bien désagréable pour naviguer dans des eaux peu profondes et encombrées ; le capitaine, son pilote et les hommes les plus expérimentés étaient encore sur le pont comme ils l'avaient été, sauf à de rares moments, depuis que Stephen avait embarqué dans la dernière heure de temps clair. On avait hâté l'appareillage du *Leopard*, mal préparé et avec un équipage insuffisant ; ses ponts étaient tout en désordre et la réception de Stephen n'avait fait honneur à personne, mais effectivement il n'aurait pu choisir un plus mauvais moment que celui où le navire remontait sur son ancre. Mais le cœur lui avait manqué bien avant cela, bien avant l'irascible « Descendez, monsieur, descendez. Sortez ce maudit coffre du chemin ». À un demi-mille, ne reconnaissant pas le navire, il avait supposé que l'aspirant du cotre se moquait de lui ; mais ensuite, en rassemblant les courbes, les masses et les proportions, toutes logées quelque part dans la bibliothèque sans catalogue de son esprit, Stephen avait reconnu que le vieux transport était bien le *Leopard*. Il s'était arqué, ce qui lui donnait un aspect miteux, les oreilles tombantes ; et on l'avait doté des mâts d'une frégate de trente-deux canons pour alléger son fardage, ce qui avait déformé toute sa silhouette, lui donnant une allure misérable ; quant à sa peinture, c'était une honte.

Tout cela était assez triste, et embarquer le fut aussi, mais ce n'est qu'une fois descendu dans le carré ridiculement familier — familier même dans l'habitude de la porte qui accrochait sur le seuil, et l'écoutillon incliné des bouteilles, avec son verrou de laiton tout usé — qu'il se rendit compte à quel point il en avait gardé un souvenir gentil, chaleureux et même affectueux, combien il souffrait de la dégradation du vieux navire. Saleté, manque de soin, partout ; partout une évolution vers le pire. On ne pouvait bien sûr le juger d'après son état de navire de guerre, à l'époque où un capitaine rigoureux et un premier lieutenant zélé disposaient de trois cent quarante hommes pour le maintenir au meilleur niveau ; mais même d'après les notions beaucoup moins ambitieuses du commerce de cabotage, c'était un navire sale. Un navire sale et un navire malheureux.

Longtemps avant d'escalader la paroi, aidé par le joyeux aspirant du cotre, Stephen avait eu une prémonition de désastre ; et si le bonheur ou le malheur du navire n'avaient aucun rapport avec son sentiment de catastrophe personnelle, cette impression fut renforcée quand il vit pour la première fois le capitaine et le pilote du *Leopard* se disputer tandis que trois des officiers cognaient d'une corde obstinée sur les hommes poussant les barres du cabestan, tout en jurant le plus fort qu'ils pouvaient.

Le souper ne fut pas non plus une cérémonie très joyeuse. La brume et la bruine, la brise faible et changeante, les courants, les bancs dangereux et le risque de collision en auraient fait un repas inquiet même sur le vieux *Leopard* ; là, il était barbare, en plus. Le carré était divisé en deux groupes hostiles, les amis du maître et ceux du commis ; et pour autant que Stephen pût s'en rendre compte, ils étaient les uns et les autres déterminés à montrer leur manque de respect pour le capitaine, un homme grand et maigre, assez âgé, faible et déplaisant, avec un air de petit employé, qui venait de temps à autre jeter un coup d'œil. Il y avait aussi quelques autres passagers pour la Suède, des marchands d'avitaillement de marine ; et chacun de ces trois groupes entretenait une conversation chuchotée. Les passagers — et Stephen en faisait partie plus que de toute autre chose, le chirurgien du *Leopard* étant ivre mort dans sa cabine — ne présentaient pas le moindre intérêt pour les marins. C'étaient des terriens, souvent gênants, souvent malades, toujours dans les pieds, là aujourd'hui et partis demain ; mais ils servaient de moyen de communication entre les camps hostiles. Les paroles ostensiblement adressées à un acheteur de chanvre d'Austin Friars rebondissaient sur lui pour atteindre le bout de la table ; Stephen apprit ainsi qu'encore un autre charbonnier les avait prévenus au passage que l'on avait aperçu des Américains au large des Overfalls, cap au sud ; donc le Vieux allait passer à l'intérieur des bancs Ower et Haddock.

Peu après on appela tout le monde sur le pont pour écarter une barcasse hollandaise qui avait abordé le *Leopard* sur la hanche en dépit des cris et des coups de canon. Stephen suivit les marchands sur le pont mouillé, sombre et glissant, constata qu'il ne pouvait rien voir et rien faire et se retira, les cris de « Boîte à beurre, va te faire foutre » s'affaiblissant à mesure qu'il descendait vers sa cabine et en fermait la porte.

Depuis lors, il était étendu sur le dos, les mains derrière la tête, dans ce qui avait été la bannette de Babbington pendant le voyage du *Leopard* jusqu'aux îles des Epices par l'Antarctique — et il se balançait au doux mouvement du navire. Au fil de ce qui constituait à présent un nombre respectable d'années, il était imperceptiblement devenu si marin que cette posture et ce balancement lui paraissaient l'attitude et le mouvement les plus confortables que pût trouver un homme, les meilleurs pour le sommeil ou la réflexion, en dépit du bruit des manœuvres, des cris et des pas là-haut, et aujourd'hui des coups réguliers du canon de signaux.

Pendant la première partie de la nuit, cependant qu'il attendait que sa potion fasse effet, il prépara délibérément son esprit pour faciliter la venue du sommeil. Il y avait tout un vaste domaine où ses pensées pouvaient vagabonder avec plaisir : les affaires de Jack Aubrey n'auraient guère pu être plus prospères, et sauf malchance tout à fait horrible (Stephen décroisa les mains pour se signer), il n'était guère possible qu'il ne soit pas totalement et publiquement réintégré dans les prochains mois. On lui donnerait très probablement un commandement après le voyage en Amérique du Sud ; et peut-être serait-ce une autre mission indépendante — c'est là que son génie se manifestait le mieux. Il était concevable qu'ils s'en aillent explorer ensemble les hautes latitudes nord : extrêmement intéressantes, sans aucun doute ; mais on ne pouvait guère espérer y retrouver la richesse fantastique du sud. L'esprit de Stephen revint à l'île de la Désolation où ce même navire l'avait conduit — entre ces mêmes pièces de bois, toutes meurtries et peu soignées qu'elles fussent à présent. Désolation, avec ses éléphants de mer et ses innombrables manchots, ses pétrels de toutes sortes et les glorieux albatros qui se laissaient prendre, tièdes et, sinon amicaux, du moins nullement hostiles. Les prions, les cormorans à l'œil bleu ! Les phoques crabiers, les léopards de mer, les otaries !

Son esprit, peut-être un peu trop consciencieux dans sa poursuite du bonheur, revint à sa soirée avec Blaine. Il s'attarda un moment sur leur excellent repas, leur bouteille de latour si moelleux, rond et long, et revint sur les paroles confidentielles de Sir Joseph tandis qu'ils finissaient leur vin : « La retraite à la campagne, le jardinage et l'étymologie ne faisaient pas l'affaire — tenté une fois : plus jamais — les réflexions nocturnes d'un esprit inoccupé à son âge, avec son expérience et ses antécédents professionnels, étaient trop désagréables — sentiment envahissant de culpabilité, quoique l'on puisse trouver une réponse satisfaisante à chaque cas séparément — l'activité présente et la persécution active de l'ennemi étaient la seule réponse. » Et de là il passa à l'Opéra, où ils avaient entendu une représentation vraiment brillante des *Noces de Figaro*, brillante des premières notes de l'ouverture à ce que Stephen considérait toujours comme la vraie fin, avant le tohu-bohu jovial des paysans — la partie où, après un silence de mort, le comte stupéfait chante *Contessa perdono, perdono, perdono* avec une subtilité infinie d'intonations. Il le répéta en lui-même plusieurs fois, avec la réponse exquise de la comtesse et le refrain de la foule annonçant qu'ils vont à présent tous vivre heureux — *Ah tutti contenti saremo cosi* — mais jamais à sa pleine satisfaction.

Il dut à un certain moment somnoler, car en s'éveillant il fut conscient que le quart avait changé et que la vitesse du navire avait augmenté, d'un nœud peut-être. Le tambour avait cessé de battre sur le gaillard d'avant mais le canon jetait toujours son aboiement rauque toutes les minutes. Et sa voix intérieure chantait encore — *Ah tutti contenti saremo cosi* : les cadences étaient plus proches de la vérité mais, oh, comme ces mots portaient moins de conviction à présent. Ils étaient devenus purement mécaniques, une répétition machinale, car pendant son sommeil cette prémonition de malheur extrême s'était amplifiée et l'occupait désormais tout entier.

Il lui apparut ainsi évident que sa visite en Suède serait considérée comme odieusement importune. Il est vrai qu'il rapportait à Diana son diamant bleu, qu'elle aimait énormément. Mais il aurait pu être envoyé par un messager ; il aurait pu être envoyé par la légation ; et cette manière de l'apporter en personne pouvait être considérée comme une exigence de gratitude singulièrement peu généreuse, allant nécessairement à l'encontre du but cherché quant à l'essence. Blaine avait probablement raison de dire que Diana n'était pas ou plus attachée à Jagiello : Stephen l'espérait, car il aimait le beau jeune homme et ne se faisait aucune joie de la rencontre sanglante tout à fait classique. Mais cela ne voulait pas dire qu'elle ne fût pas attachée à quelque autre homme, peut-être beaucoup plus pauvre, plus discret, moins visible. Diana était une créature passionnée et quand elle s'attachait, c'était en général passionnément. Stephen savait fort bien que dans leurs relations le sentiment le plus fort était tout entier de son côté à lui : elle avait pour lui un certain attachement, de l'amitié, de l'affection mais certainement pas la moindre passion. Un ressentiment passionné de son infidélité supposée, peut-être, mais rien d'autre.

Il y avait dans l'esprit de Diana des zones vastes et importantes, aussi étrangères pour lui que son esprit à lui pouvait l'être pour elle, mais d'une chose il était tout à fait certain : son amour de la grande vie coûteuse était beaucoup plus théorique

que réel. Sans doute elle avait horreur d'être restreinte et confinée ; mais elle avait plus horreur encore d'être commandée. Elle aimait peut-être l'extravagance débridée, mais ne ferait rien ou presque pour y parvenir : certainement rien qui fût contraire à ses inclinations. Elle n'appréciait rien tant que l'indépendance. Rien n'avait plus de valeur pour elle que son indépendance.

Qu'avait-il à lui offrir en échange d'une part même très petite de celle-ci, de l'apparence d'une part même très petite ? L'argent, bien sûr ; mais bien sûr dans ce contexte l'argent n'intervenait pas du tout. Baiser acheté n'est pas un baiser. Qu'avait-il d'autre à lui offrir ? Peut-être avait-il dix mille livres par an et un parc aux cerfs, du moins un parc aux cerfs potentiel, mais aucun effort d'imagination ne pouvait conduire à le considérer comme un mari aimable. Pas même un mari tolérable. Il avait peu de conversation, aucun charme. Il l'avait offensée de manière très publique et très profonde ; du moins c'est ce que ses amis et elle croyaient, ce qui revenait au même.

Plus il réfléchissait, couché là dans le doux mouvement de la mer à bord du *Leopard* qui l'emportait vers la Suède, plus il lui semblait que ses prémonitions étaient fondées, que son voyage ne pourrait être autre chose qu'un échec extrêmement douloureux. En même temps, il trouvait dans la partie non raisonnable de son esprit un tel désir de succès qu'il en était physiquement bouleversé, saisi d'une sorte de frisson qui lui coupa le souffle. Il s'assit, les mains serrées, se balança d'avant en arrière ; et plus tard, contre toute raison, toute résolution et tout courage, il ouvrit son coffre, saisit la bouteille et renouvela la prise de son somnifère.

Il s'éveilla, non pas tant d'un sommeil opiacé, car à présent sa teinture aurait eu peu d'effet sur un enfant de corpulence moyenne, que d'un degré inhabituel d'épuisement mental ; en dépit de tout cela il était si abruti qu'il aurait pu être bourré de pavot, de mandragore et de népenthe, et il lui fallut un moment pour comprendre le cri du valet : « Venez, monsieur, on a coulé. »

L'homme répéta ces mots tout en secouant la bannette et Stephen reconnut le choc régulier et le grincement sous la quille : le navire était échoué, il cognait, non sur la roche mais sur le sable.

— Coulé ? dit-il en se redressant.

— Enfin, non, monsieur, dit le valet, c'était juste une petite plaisanterie pour vous réveiller, en somme ; mais ce méchant vieux petit bougre nous a posés sur la queue du Grab et Mr Roke débarque pour aller chercher de l'aide. Le capitaine pense que les passagers devraient débarquer avec lui au cas où le navire tomberait en morceaux.

— Merci, jeune homme, dit Stephen en se levant, renouant sa cravate (c'est tout ce qu'il avait ôté) et verrouillant son coffre. Donnez, s'il vous plaît, ceci à un marin (il lui tendait une pièce d'une couronne) pour mettre mes bagages dans le canot, et si vous pouviez m'apporter une tasse de café sur le pont, vous m'obligeriez.

Sur le pont, il trouva un jour faible et gris — bruine, mais pas de vent, et le navire cognant moins à mesure qu'il faisait sa souille avec le jusant. Le bosco avait coincé le pilote contre la lisse et entre ses insultes, le capitaine le frappait d'un bout de cordage. Les autres membres de l'équipage mettaient méthodiquement un canot à bord, sans porter grande attention aux cris du pilote. Il n'y avait pas de terre en vue, rien que la bruine gris jaunâtre sur une mer gris jaunâtre mais les hommes semblaient savoir où ils étaient et il ne régnait pas un sentiment d'urgence particulière.

Mais une fois à l'eau et armé, le canot se mit à prendre l'eau : il ne s'était pas écarté depuis cinq minutes qu'elle leur clapotait autour des pieds.

— Pompez la chasse ! s'écria Mr Roke à l'adresse de Stephen puis, plus fort : Pompez la chasse, je vous dis.

Un jeune second maître sympathique, qu'il n'avait pas vu jusque-là, se pencha devant Stephen et agita vivement la poignée de la pompe de haut en bas. Ils seraient à Manton avant la renverse, dit-il, et si Stephen voulait s'installer dans une auberge confortable il pouvait recommander les Plumes, que tenait sa tantine. Ce ne serait probablement pas un long séjour. Ils avaient juste arraché le gouvernail et perdu une partie de la fausse quille, mais Joe Harris, de Manton, les ramènerait en remorque et les réparerait dès que la coque flotterait. On ne mettait les passagers à terre qu'à cause de l'assurance. Stephen n'avait rien à craindre.

— Pompez la chasse ! s'exclama Mr Roke.

— C'est Manton là-bas, droit devant, observa le jeune homme quand Stephen eut plus ou moins vidé le canot.

C'était un paysage prometteur d'East Anglia, plat, plat, avec le mélange de tous les éléments, avec des digues en ruine, des marais salants, des roselières dans la demi-lumière, et l'odeur mêlée du gaz de marais et des algues.

— Connaissez-vous le révérend Mr Heath, de Manton ? demanda Stephen.

— Le pasteur Heath ? Eh quoi, tout le monde connaît le pasteur Heath. Nous lui apportons toujours quelque chose de rare, comme un bébé phoque ou un roi des harengs.

Mr Roke se leva, faisant bouger le canot.

— Monsieur, dit-il très fort, si vous ne voulez pas pomper cette maudite chasse, changez de place avec moi et je la pomperai moi-même.

Dans la salle du devant, au premier étage de la Tête de William, à Shelmerston, Sophie lisait tout haut :

— Pain en sacs, 21 226 livres. Le même en tonneaux, 13 440 livres. Farine à pain en baril, 9 000 livres. Bière en barriques, 1 200 gallons. Alcool, 1 600 gallons. Bœuf, 4 000 pièces. Farine au lieu de bœuf en demi-barriques, 1 400 livres. Graisse de rognons, 800 livres. Raisins secs, 2 500 livres. Pois en tonneaux, 187 boisseaux. Farine d'avoine, 10 boisseaux. Blé, 120 boisseaux. Huile, 120 gallons. Sucre, 1 500 livres. Vinaigre, 500 gallons. Choucroute, 7 860 livres. Malt en barriques, 40 boisseaux. Sel, 20 boisseaux. Porc, 6 000 pièces. Graines de moutarde, 160 livres. Jus de limette épaissi, 10 tonnelets. Sirop de citron, 15 tonnelets. Les prix sont sur la liste à côté de l'encrier : j'ai calculé tous les montants, sauf les deux derniers que le docteur Maturin a déjà payés ; peut-être pourrions-nous comparer nos calculs.

Tandis que Mr Standish, le commis nouveau et inexpérimenté de la *Surprise,* multipliait et divisait, Sophie observa par la fenêtre la baie ensoleillée. La *Surprise* était amarrée le long du quai de Boulter, pour embarquer les vastes quantités de vivre qu'énuméraient les papiers étalés sur la table : la frégate n'apparaissait pas sous son plus beau jour, avec ses panneaux ouverts et les mâts de charge plongeant dans ses profondeurs, et par ailleurs il eût été folie de passer la dernière couche de peinture avant que le chargement soit achevé ; mais l'œil d'un marin eût observé le gréement tout neuf en manille, qu'auraient pu envier tous les navires du roi, sans même parler de l'éclat de la feuille d'or sur sa figure de proue et les volutes qui l'entouraient. Au cours de sa longue carrière, elle avait été nommée *Unité, Retaliation* et *Rétribution* et la sculpture à l'air assez mécontent de son étrave répondait plus ou moins à tous ces noms ; mais cette fois un génie du pinceau lui avait arqué les sourcils et pincé les lèvres, de sorte qu'elle personnifiait vraiment la surprise satisfaite, avec une abondance de boucles dorées et une poitrine indéniable.

Sophie vit ses enfants arriver en courant : elle les vit, et surtout les entendit. À aucun moment on n'aurait pu considérer qu'ils avaient de bonnes manières, car ils avaient été élevés principalement par des matelots à la voix forte, au langage simple et qui les aimaient trop ; mais à présent, lâchés depuis quelque temps en liberté au milieu de toute une communauté de corsaires en adoration, bourrés de sucreries, de petits verres de gin sucré, comblés de couteaux, de perroquets et de têtes réduites rapportés des pays lointains, ils étaient en bonne voie de pourrissement. Bonden et Killick en étaient responsables en principe, mais pour l'instant tous deux étaient encombrés par la tenue de soirée de Jack Aubrey — les Aubrey devaient dîner avec l'amiral Russell — et ils avaient pris un retard considérable. En réponse à leurs cris de plus en plus menaçants, les deux petites filles s'arrêtèrent au bord du mur bas surplombant la grève ; leur petit frère choisit admirablement son moment pour les pousser l'une et l'autre, de sorte qu'elles tombèrent quatre pieds plus bas sur le rivage. Il s'enfuit vers le navire aussi vite que ses petites jambes pouvaient le porter tandis que trois femmes de la ville les ramassaient sur les galets découverts par la marée basse, les brossaient, les réconfortaient et les raccommodaient avec la plus grande gentillesse — le tablier de Charlotte était déchiré. On leur dit aussi, avec beaucoup de fermeté, qu'elles ne devaient pas crier sur leur frère avec des mots tels que voyou, salaud et fils de pute, parce que cela ne plairait pas à leur maman.

Cela ne plaisait pas à leur maman, et cela lui aurait plu moins encore si elle n'avait pas su ses enfants capables de passer d'un langage à un autre sans la moindre difficulté ; pourtant elle se retourna vers Mrs Martin, qui réparait les bas de son mari, et lui dit :

— Ma chère Mrs Martin, j'aurai le cœur brisé quand le navire partira, mais si ces enfants restent ici plus longtemps, je crains qu'ils ne se transforment en parfaits petits sauvages.

— Deux jours de plus ne leur feront pas de mal, dit Mrs Martin, réconfortante. Et il n'y en a plus que pour deux jours, je crois.

— J'en ai peur, dit Sophie. La choucroute est promise pour demain, Mr Standish ?

— Oui, madame ; et je suis sûr qu'elle viendra, dit le commis qui n'avait pas fini ses additions.

Elle soupira. Bien sûr, elle était désolée, très profondément désolée de perdre son mari et cette perspective, quoique inévitable, envisagée, et objet à un certain moment des prières de son cœur et de son âme, provoquait en elle un abattement extrême ; mais une toute petite part de cet abattement était aussi liée au fait qu'elle allait quitter Shelmerston. Elle menait habituellement une vie très calme, retirée, et bien qu'elle ait été deux fois à Bath, deux fois à Londres et plusieurs fois à Brighton, Shelmerston ne ressemblait à rien qu'elle ait jamais vu ou imaginé ; en fait, une jeune femme convenable de la campagne anglaise ne risquait guère de voir dans sa vie un lieu ressemblant plus à une base de pirates des Caraïbes, surtout du fait que le soleil brillait avec éclat depuis le jour de son arrivée. Mais c'était une base habitée par les pirates les plus civils, où elle pouvait se promener partout, au milieu des saluts et des sourires, errant et explorant les petites rues étroites et sablées sans la moindre appréhension, puisqu'elle était l'épouse de l'homme le plus profondément admiré, le plus profondément respecté du port, le capitaine de cette fabuleuse mine d'or qu'était la *Surprise*.

Les putains et les demi-putains l'avaient étonnée au départ, car si elle avait parfois remarqué quelques prostituées à Portsmouth, elle n'en avait jamais vu autant qu'ici — une part considérable de la population, acceptée calmement. Il y avait parmi elles quelques vieilles sorcières, mais dans l'ensemble elles étaient jeunes, jolies, vêtues de couleurs vives et joyeuses. Elles chantaient, riaient et s'amusaient beaucoup, surtout le soir, quand elles dansaient.

Elles fascinaient Sophie. Et comme celle-ci les avait plusieurs fois remerciées ouvertement et sincèrement de leur gentillesse envers ses enfants, elles ne lui en voulaient pas de sa vertu. C'est d'ailleurs toute la ville qui la fascinait ; il s'y passait sans cesse quelque chose et si elle ne s'était pas engagée à aider le jeune Mr Standish dans ses comptes, elle aurait rarement abandonné le grand bow-window qui commandait la totalité du rivage, les quais, les bateaux et la baie elle-même, loge royale dans un théâtre sans fin.

L'événement principal de l'après-midi fut l'apparition du carrosse de la Tête de William, véhicule destiné initialement au capitaine général espagnol du Guatemala et très lourdement décoré pour impressionner les indigènes de ces régions ; mais il avait été pris par un corsaire de Shelmerston pendant la guerre de Sept Ans et abandonné au William, en règlement d'une dette, voici quelque cinquante ans. Les constructeurs avaient prévu un attelage de six ou huit mules mais désormais, dans les rares occasions où cette machine sortait, elle était tirée par quatre chevaux de ferme étonnés, venus de Old Shelmerston. Pour l'instant, ayant franchi l'arche de la cour des écuries, ils trottaient sobrement vers le quai de Boulter, accompagnés par les enfants de la ville qui couraient des deux côtés en criant ; et Sophie se hâta de monter pour endosser sa mousseline à fleurs.

Depuis quelque temps la nouvelle que Jack

Aubrey serait réintégré dans la liste des capitaines de vaisseau n'était plus un secret dans la marine ; il ne déclinait plus les invitations — il recevait même des groupes importants de ses vieux amis, mettant à rude épreuve les ressources de la Tête de William — et il attendait avec impatience le dîner de l'amiral Russell.

— La seule chose que je regrette, dit-il cependant que le carrosse fonçait sur la route derrière Allacombe, c'est que Stephen ne soit pas là. L'amiral a invité le nouveau médecin de la flotte et ils se seraient entendus à merveille.

— Pauvre cher Stephen, dit Sophie avec un mouvement de tête, je suppose qu'il doit être en Suède à présent.

— Je suppose qu'il y est, s'il a fait une bonne traversée, dit Jack.

Ils se regardèrent gravement et ne dirent plus un mot jusqu'à ce que le carrosse franchisse les grilles de l'amiral.

Stephen n'avait pas fait une bonne traversée. En fait, à ce moment, il n'avait pas progressé de beaucoup plus de trente milles vers Stockholm, et même quand la *Surprise* appareilla, deux jours plus tard, le *Leopard*, avec enfin fausse quille et gouvernail tout neufs, venait à peine de perdre de vue l'église de Manton. Après les premiers jours d'attente, Stephen n'avait plus eu aucun intérêt à gagner le nord par la terre, car il aurait manqué le paquebot ; il resta donc où il était, installé aux Plumes et passant la plus grande partie de la journée avec son ami le pasteur Heath. Comme Stephen l'admettait en lui-même, il n'était pas mécontent de voir son voyage retardé par naufrage, force majeure ou tout événement échappant totalement à son contrôle ; et puis, sur un tout autre plan, il était heureux de se familiariser avec les chevaliers combattants, mâles et femelles. Il les avait souvent vus passer en migration dans les lagunes méditerranéennes — des oiseaux assez ternes — mais ici, le conduisant jour après jour dans la hutte d'un chasseur, Heath lui montra des dizaines et même des centaines de combattants dans toute la gloire de leur plumage nuptial, qui dansaient, frissonnaient et se bagarraient les uns avec les autres, étalant l'extraordinaire diversité de leurs collerettes en parades rituelles, tous apparemment plongés dans un état d'excitation sexuelle irrépressible.

— Un instinct fort puissant, Maturin, semble-t-il, lui dit Mr Heath.

— Certes, monsieur, fort puissant.

L'instinct des femelles, quoique nettement moins spectaculaire, était peut-être encore plus fort. En dépit de la négligence totale de leurs mâles, de l'ardeur des prédateurs dont l'existence dépendait de leur efficacité, et d'un temps exceptionnellement aigre, Stephen et Heath virent trois de ces braves oiselles mener à bien toute leur couvée, tandis que les œufs d'une quatrième commençaient à éclore juste au moment où l'un des enfants de chœur vint en messager dire que le *Leopard* sortait du chantier.

Les Leopards, quant à eux, s'améliorèrent légèrement à être mieux connus. Ce fut en partie parce qu'aussitôt remorqué hors du port de Manton, une belle brise à perroquets remplit les voiles et poussa le navire à six et même sept nœuds, allure superbe pour lui dans son état actuel et qui mit de bonne humeur même le sombre Mr Roke ; ce fut aussi parce qu'un matelot invalide, autrefois gabier sur la *Boadicea* et à présent employé au chantier de Manton, reconnut le docteur Maturin, en même temps que le grand morceau de toile à voile cloué sur son coffre de mer, portant à titre temporaire les mots *S. Maturin, Passager pour Stockholm*, fut arraché au moment où le coffre remontait à bord, révélant les noms des navires à bord desquels il avait servi, peints sur le panneau de façade selon la coutume du service et barrés d'une fine ligne rouge à la fin de chaque armement.

Stephen avait remarqué que les hommes de mer, dans l'ensemble assez crédules et ignorants du monde, étaient parfois sagaces, soupçonneux et méfiants au mauvais moment ; mais ce double témoignage indépendant était irrésistible et au dîner, le premier jour du voyage, Mr Roke, après un silence général, dit :

— Il semble donc que vous avez été un Leopard, monsieur.

— Exactement, dit Stephen.

— Pourquoi ne nous l'avez-vous pas dit quand vous avez embarqué ?

— Vous ne me l'avez pas demandé.

— Il ne voulait pas se vanter, dit le commis.

Ils réfléchirent à cela, puis le chirurgien dit :

— Vous devez être le docteur Maturin des *Diseases of Seamen*.

Stephen s'inclina. Le commis soupira, secoua la tête et observa que c'était bien là les manières du Board : il vous donnait tout juste un billet disant « Recevez Untel à bord, à transporter en pension simple jusqu'à Stockholm » sans un mot de ses qualités : il pourrait s'agir d'Agamemnon ou de Nabuchodonosor et on n'en saurait rien.

— On croyait que vous étiez tout juste un commerçant ordinaire, allant en Baltique pour affaires, comme ces messieurs (avec un mouvement de la main vers les marchands qui baissèrent la tête vers la nappe tachée).

— C'était un navire de guerre quand vous avez navigué dessus, je pense, dit Roke.

— Ce fut son dernier voyage comme navire de cinquante canons, le voyage au cours duquel il coula le *Waakzaamheid*, un soixante-quatorze hollandais, dans les hautes latitudes sud. Ce n'est pas un combat très connu parce que dans ces eaux il ne pouvait y avoir le moindre reste, aucun prisonnier ; et je crois bien que la Gazette n'en a jamais parlé.

— Oh, racontez-nous ça, docteur, s'il vous plaît, s'exclama Roke, le visage brillant du reflet soudain de la gloire, et les autres marins rapprochèrent leur chaise — un cinquante canons qui coule un soixante-quatorze !

— Vous devez bien comprendre que j'étais en bas, et que si j'ai entendu le canon, je n'en ai rien vu : tout ce que je peux vous dire c'est ce que m'ont raconté ceux qui y ont pris part. Cela ne les ennuyait pas du tout ; ils écoutèrent avidement, insistant pour avoir des détails précis, lui demandant de répéter différents épisodes pour les comprendre tout à fait ; car le *Leopard*, aujourd'hui quelque peu éloigné de son état de grâce, restait leur navire. C'était là l'essentiel. Ils se montrèrent polis à propos des récents exploits de Jack Aubrey — indignés aussi de ce qu'on lui avait fait — mais tout cela se situait sur un plan différent et un peu lointain : c'était le *Leopard*, le *Leopard* tangible qui comptait vraiment.

Au cours des jours suivants, il raconta l'affaire, ou des moments particuliers de celle-ci, à plusieurs reprises ; parfois dans la chambre du capitaine où il fut invité à dîner et où il montra l'endroit exact où les pièces de fuite avaient été fixées et où l'on en voyait encore des traces, parfois sur le gaillard d'arrière, où ses auditeurs le reprenaient s'il changeait le moins du monde l'ordre ou les épithètes ; et tout ce temps la brise resta fidèle, les poussant vers le nord nord-est aussi vite qu'ils pouvaient le souhaiter. Plus vite même que Stephen ne le souhaitait. Il vit ses premiers oiseaux nordiques — des eiders dans le Skagerrak — avec le cœur dans les talons. Une aimable saute à l'ouest leur fit franchir le Cattegat et le Grand Belt. Pas une pause jusqu'à ce qu'un mât de hune rompu y mette un coup d'arrêt, au nord de Öland ; à partir de là, leur avance fut lente et ils perdirent tout espoir d'une excellente traversée, ce qui déclencha beaucoup de jurons et d'irritation ; mais cette avance ne pouvait être trop lente pour lui et ces heures de traînasserie soulagèrent en partie sa tension sans cesse croissante.

Malgré tout, le jeudi matin, quand la *Surprise* apparut, Stephen passa immédiatement à son bord.

Il était monté sur le pont particulièrement tôt, ayant passé une mauvaise nuit et ne pouvant supporter un autre éternuement comique dans le carré. Son collègue, le chirurgien actuel du *Leopard,* n'était pas un jeune homme déplaisant, mais il avait peu à peu acquis la certitude de la drôlerie d'un éternuement exagéré ; cela lui était devenu tout à fait habituel et chaque fois qu'il faisait ce bruit, ce qui était assez fréquent, il regardait autour de la table pour partager sa gaieté.

Stephen monta donc de bonne heure sur le pont et il trouva le capitaine et la plupart de ses officiers observant avec inquiétude un navire au vent, coque visible par la hanche tribord.

— Il ne porte pas de flamme, dit le capitaine, ce n'est pas un navire de guerre.

— Non, c'est sûrement un corsaire, un corsaire américain, dit le maître.

— Si seulement vous aviez guindé le mât de hune hier soir, on aurait pu gagner Vestervik. À présent il n'y a plus d'espoir, regardez sa moustache.

C'était une fort belle moustache : sous perroquets et bonnettes hautes au vent, il filait plus de dix nœuds, et son étrave rejetait l'eau blanche des deux côtés.

Pendant leurs reproches mutuels — car le maître, naturellement, renvoyait le blâme au capitaine — l'aimable jeune second maître nommé Francis emprunta la lunette de Roke. Il regarda longtemps avec sérieux, puis, le visage inquiet, passa l'objet à Stephen.

— Soyez réconforté, Mr Francis, dit Stephen après s'en être triplement assuré. Ceci est la *Surprise* commandée par Mr Aubrey. Il devait me retrouver à Stockholm. Capitaine Worlidge, puis-je vous demander de mettre en panne et d'envoyer un pavillon pour montrer que nous aimerions communiquer avec lui ; il me conduira à Stockholm, et cela fera gagner beaucoup de temps.

Il avait acquis une grande autorité comme le plus ancien de tous les Leopards ; il parlait avec une assurance prodigieuse ; et l'alternative était si peu intéressante que Worlidge se dit toujours heureux d'obliger un officier du roi, et que le *Leopard* masqua son grand hunier.

Nul n'aurait pu regarder le visage du nouveau membre de la Chambre pour Milport sans avoir le cœur en fête : non pas que ce visage fût exultant ou rempli d'un plaisir évident — il fut même un peu sombre quelque temps après qu'ils se furent approchés du *Leopard* — mais il possédait une vie intérieure radieuse, une harmonie propre, et l'étrange affliction presque paralytique qui l'envahissait au repos depuis quelques mois avait tout à fait disparu. Jack possédait une attitude naturellement joyeuse jusqu'à ce que toute joie lui fût arrachée, un bon visage coloré dont les lignes et les rides étaient dues au rire et au sourire ; à présent, il avait à peu près retrouvé son aspect, plus coloré même, et éclairé par des yeux qui semblaient d'un bleu encore plus vif.

Stephen sentit sa tristesse et son quasi-désespoir reculer, s'évanouir presque pendant qu'ils bavardaient longuement de la conduite particulièrement élégante du cousin Edward Norton, et de la Chambre des Communes, où ils convinrent que le plus sage pour Jack serait de garder le silence sauf en cas d'une conviction écrasante sur une question navale, et de soutenir d'une manière générale, mais non inconditionnelle, le ministère, ou du moins Lord Melville. Puis, ayant entendu un compte rendu assez détaillé de l'échouement du *Leopard*, Jack, avec Pullings et Martin, montra à Stephen le nouveau gréement en manille et la quête un peu plus accentuée qu'ils avaient donnée au mât de misaine.

— Je crois qu'elle y gagne une bonne brasse de vitesse, dit Jack.

— C'est vrai, elle file aussi vite qu'un cheval au trot enlevé, dit Stephen en regardant par-dessus bord la course rapide de la mer bien lisse, creusée pour montrer le cuivre des fonds vers le milieu ; et tout en parlant il se rendit compte que chaque heure le rapprochait d'une dizaine de milles de Stockholm et que demain il serait probablement à terre.

— Je ne me fierais tout de même pas à ce vent, dit Pullings. Il n'a pas cessé de refuser pendant tout ce quart et je doute que les bonnettes tiennent jusqu'à huit coups.

Cette vision du présent, courant pour devenir l'avenir, grandit dans l'esprit de Stephen pendant qu'ils mangeaient leur dîner, et quand ils eurent dit tout ce qui pouvait se dire à propos du Parlement, d'Ashgrove, de Woolcombe, des enfants, de Philip Aubrey et des nouveaux réservoirs d'eau en fer de la *Surprise*, son esprit eut tendance à s'égarer. En dépit de la profonde satisfaction de voir de l'autre côté de la table le Jack Aubrey d'autrefois, son anxiété remontait.

Jack savait évidemment pourquoi Stephen était en Baltique et vers la fin du repas, il vit que son ami semblait à la fois très malade et plus vieux de dix ans ; mais c'était un terrain sur lequel il ne pouvait absolument se hasarder sans y être invité et après un long silence malaisé — fort inhabituel entre eux — il se dit qu'il ne pouvait revenir à ses propres affaires, qu'il avait déjà été beaucoup trop égocentrique et dépourvu de tact.

Il demanda donc un autre pot de café et parla de Standish et de musique.

— Depuis notre rencontre, dit-il, je suis heureux de dire que le navire a acquis un commis. Il n'a pas la moindre expérience, n'a jamais été en mer, et Sophie l'aide pour ses additions, mais c'est un homme aimable, un ami des Martin, et il joue magnifiquement du violon.

Standish était de famille navale, mais non éminente — son père était mort lieutenant — et il avait toujours voulu prendre la mer ; mais ses amis y étaient très opposés et, se rendant à leur souhait, il avait étudié pour l'Église, où un cousin pouvait assurer son avenir. Ses études s'étaient toutefois orientées plus nettement vers le domaine maritime et classique que vers la théologie et il ne lui était jamais venu à l'esprit de lire les Trente-Neuf Articles avec attention avant qu'on lui demande d'y souscrire. Il constata alors avec beaucoup d'inquiétude qu'il ne pouvait le faire en conscience ; et que s'il ne le faisait pas, il ne pouvait devenir pasteur. Dans ces circonstances, il se trouva libre de prendre la mer, la seule chose dont il avait vraiment envie ; mais il était évidemment beaucoup trop vieux à ce moment pour faire sa première apparition sur le gaillard d'arrière d'un navire de guerre. La seule manière d'entrer dans la Navy était de devenir commis et en dépit de son inexpérience — la plupart des commis commençaient très tôt comme secrétaire d'un capitaine — un vieux compagnon de bord de son père était prêt à user de son influence auprès du Navy Board pour le faire nommer ; mais le commis d'un navire, même de sixième rang, devait déposer une caution certifiable de quatre cents livres et Standish, ayant mécontenté sa famille, ne possédait pas quatre cents pence.

— J'ai pensé que nous pouvions négliger la caution en raison du violon, dit Jack. Je vous assure qu'il a l'oreille merveilleusement juste et le toucher le plus délicat, ni mou, ni sec, si vous me comprenez ; et comme Martin peut gratter assez bien sa viole, il m'est venu à l'esprit que nous pourrions essayer un quatuor. Que diriez-vous de boire un bol de punch et de lui demander de le partager ? Nous inviterons aussi Tom et Martin.

— Je serais très heureux de rencontrer ce monsieur, dit Stephen, mais cela fait longtemps, bien longtemps que je n'ai pas touché mon violoncelle et je dois d'abord lui dire quelques mots.

Il passa dans sa cabine et après les grincements et les grognements de l'accord, il joua très bas quelques mesures et demanda à Jack :

— Reconnaissez-vous ceci ?

— Bien sûr, dit Jack, c'est à la fin de *Figaro*, une chose adorable.

— Je n'arrivais pas à le chanter exactement juste, dit Stephen, cela vient mieux sous l'archet.

Puis il ferma la porte, et quelques instants plus tard la partie arrière du navire, généralement silencieuse par vent portant et mer modérée, se remplit d'un grand *Dies Irae* profond et rugissant qui dura et dura, stupéfiant le gaillard d'arrière.

Plus tard, beaucoup plus tard, après le punch, les présentations et beaucoup de bavardages, la chambre chanta à nouveau, mais cette fois sans rien de cette terrible conviction, beaucoup plus gentiment, plus tranquillement, tandis que tous quatre se frayaient un chemin à travers le Mozart en *ré* majeur.

Stephen se coucha très tard ce soir-là, les yeux rouges et pleurant de l'effort d'avoir suivi une partition peu connue à la lueur d'une lampe, mais il avait l'esprit merveilleusement rafraîchi, à tel point qu'ayant atteint le moment béni du sommeil, il y plongea très profondément, atteignant un monde de rêves extraordinairement vifs, sans jamais en sortir jusqu'à ce que Jack lui dise :

— Pardonnez-moi de vous réveiller, Stephen, mais le vent a refusé de neuf quarts et je ne peux entrer à Stockholm. Il y a une galère de pilote bord à bord qui peut vous y emmener, à moins que vous ne vouliez venir jusqu'à Riga avec moi et débarquer au retour. Que préférez-vous ?

— La galère, s'il vous plaît.

— Parfait, dit Jack. Je vais dire à Padeen d'apporter l'eau chaude.

Pendant qu'il l'attendait, Stephen affûta son rasoir ; mais quand tout fut prêt il jugea que sa main tremblait trop pour tenter de se raser. « Je suis vraiment en bien triste état », se dit-il, et pour se remettre il tendit la main vers sa bouteille. Il la laissa tomber avant d'avoir versé une seule goutte dans le verre. La cabine se remplit de l'odeur du brandy plus que du laudanum et pendant un moment il regarda les morceaux brisés, conscient de la contradiction mais n'ayant ni le temps ni l'énergie mentale d'en chercher la solution. Il pouvait descendre, sortir une grande bonbonne et une petite bouteille pour remplacer ce qu'il venait de perdre. « Au diable, se dit-il, j'en rachèterai à Stockholm ; et je me ferai raser chez un barbier aussi. »

— Vous voilà, Stephen, dit Jack, le regardant avec inquiétude. Cela va être une longue tirée, j'en ai peur. N'emmenez-vous pas Padeen ? (Stephen agita la tête.) Je voulais simplement vous dire avant que vous arriviez... je voulais simplement vous demander d'assurer cousine Diana de toute notre affection.

— Merci, Jack, dit Stephen, je ne l'oublierai pas.

Ils montèrent l'échelle.

— Ce vent ne dure jamais, dit Jack en l'aidant à passer par-dessus bord, cependant que Bonden et Plaice l'aidaient à descendre dans le canot. Nous reviendrons de Riga à la vitesse de l'éclair.

Chapitre 9

La *Surprise* s'était approchée le plus possible parmi les innombrables îles. Pourtant, la galère pilote eut bien du chemin à faire avant de pouvoir déposer Stephen sur le large quai, au cœur de la ville.

Une fois le soleil levé, la journée fut claire et brillante, la brise, bien que contraire, pleine de vie ; quand Stephen atteignit la terre ferme, il s'était presque entièrement détaché de cet autre monde, le monde de ses rêves, avec sa beauté extraordinaire et son danger potentiel, sa menace mal comprise d'un danger extrême et prochain.

Le pilote, homme grave et respectable parlant fort bien l'anglais, le conduisit dans un hôtel grave et respectable où on le parlait tout aussi bien. Stephen demanda du café, des petits pains puis, rafraîchi, s'en alla voir le correspondant de son banquier qui, l'ayant reçu avec la déférence qu'il commençait à considérer comme son dû (ou du moins qu'il ne trouvait plus particulièrement amusante), lui fournit de l'argent suédois et l'adresse du meilleur apothicaire de la capitale, « un homme érudit, un homme aux connaissances encyclopédiques, un élève du grand Linné lui-même », dont la boutique n'était pas à cent yards. Le docteur Maturin n'avait qu'à tourner deux fois à droite et il y serait.

Le docteur Maturin tourna deux fois à droite et il y fut, effectivement : on ne pouvait se tromper à la vitrine remplie non seulement des habituels bocaux de liquide vert, rouge et bleu, transparents comme des joyaux, et de bottes d'herbes séchées, mais aussi de toute une variété de monstres et d'animaux inhabituels conservés dans l'alcool ainsi que de squelettes, dont celui d'un aardvaark. Stephen entra. Il n'y avait apparemment personne dans la boutique et il regardait attentivement le fœtus d'un kangourou — il avait même tendu la main pour faire tourner le bocal — quand un tout petit homme sortit de derrière le comptoir et lui demanda ce qu'il voulait d'une voix aigre de troll.

Stephen, certain que les connaissances encyclopédiques ne couvraient ni l'anglais ni le français, dit en latin « J'aimerais un peu de laudanum, s'il vous plaît : une bouteille de taille modérée, transportable », à quoi l'apothicaire répondit « Certainement » d'un ton plus bienveillant. Pendant que la teinture se préparait, Stephen reprit :

— S'il vous plaît, l'aardvaark dans la vitrine est-il à vendre ?

— Non, monsieur, dit l'apothicaire, il appartient à ma collection personnelle. (Et après une pause :) Vous avez reconnu l'animal, je vois.

— J'ai été un certain moment en relations étroites avec un aardvaark, dit Stephen. Une créature très affectueuse, quoique timide. C'était au Cap. Et j'ai vu à Paris un squelette appartenant à Mr Cuvier.

— Ah, monsieur, vous êtes un grand voyageur, il me semble, dit l'apothicaire, saisissant la bouteille à deux mains et l'élevant à hauteur de sa tête.

— Je suis chirurgien de marine et ma profession m'a conduit dans bien des parties du monde.

— J'ai toujours rêvé de voyager, dit l'apothicaire, mais je suis enchaîné à ma boutique. Cependant j'encourage les marins à m'apporter ce qu'ils rencontrent, et je charge les aides chirurgiens les plus intelligents de me trouver des spécimens botaniques et des drogues étrangères, des thés étranges, des infusions, et ainsi de suite ; comme cela je voyage par procuration.

— Il se pourrait que vos voyages soient meilleurs que les miens. Avant d'en avoir l'expérience, on ne peut concevoir les frustrations dont souffre le naturaliste sur un navire. Il n'a pas plutôt commencé à mettre un peu d'ordre parmi, disons, les termites, qu'on lui dit que le vent a changé ou que la marée commande, et qu'il doit remonter à bord ou il sera infailliblement laissé sur place. J'ai été une fois en Nouvelle-Hollande et j'ai vu ces créatures (montrant du doigt le kangourou) qui batifolaient sur une plaine herbeuse : mais m'autorisa-t-on un cheval pour les approcher ou même le prêt d'une lunette ? Non, monsieur, point du tout : on me dit que si je n'étais pas sur la plage dans dix minutes on m'enverrait une file de soldats pour me chercher. Alors que vous, monsieur, avez une centaine d'yeux et pour seul inconvénient de rester physiquement au même endroit pendant que votre esprit circule à l'étranger. Vous avez quelques collections remarquables, dit-il en regardant les murs.

— Ceci est le véritable baume de Gilead, dit l'apothicaire, et voici de la laine de salamandre ; ici, la mandragore noire du Kamtchatka.

Il montra bien d'autres raretés, essentiellement de nature médicale, et au bout d'un moment, Stephen lui demanda :

— Certains de vos jeunes gens vous ont-ils jamais rapporté la feuille de coca, ou cuca, du Pérou ?

— Oh oui, dit l'apothicaire. Il y en a un petit sac derrière la camomille. On dit qu'elle dissout les humeurs grossières et efface l'appétit.

— Soyez assez bon pour m'en mettre une livre, dit Stephen. Et enfin, pouvez-vous me dire où se trouve le district de Christenberg ? J'aimerais m'y rendre à pied si ce n'est pas trop loin.

— Cela ne vous prendra pas plus d'une heure. Je vais vous dessiner un plan. Ceci est un pré rempli d'iris pseudocorus et sur la rive juste au-delà, près du pont, vous pourrez voir peut-être un nid de cygne tuberculé.

— Le nom de la maison que je veux trouver est Koningsby.

— Elle est ici, où je fais une croix.

Ce que voulait Stephen, c'était voir à quel endroit Diana vivait et s'imprégner un peu de l'ambiance de la campagne environnante : il avait l'intention de revenir ensuite à son hôtel, d'appeler un barbier, de changer de chemise (il en avait emporté trois, une cravate de rechange et un gilet), de dîner et d'envoyer un message pour demander s'il pouvait faire une visite. Il ne voulait en aucun cas apparaître à sa porte sans un mot d'avertissement.

Il franchit les ponts nécessaires et dépassa l'hôpital Serafimer, qu'il regarda attentivement au passage ; les maisons se firent bientôt plus rares et il se retrouva marchant le long d'une large route entre des champs, dans une campagne doucement ondulée, faite de prés pour l'essentiel avec des bois des deux côtés — une agréable impression de verdure prédominante. Des fermes de taille modérée, quelques cottages, çà et là une grande maison parmi ses arbres. Il nota avec satisfaction que les corneilles étaient toutes de l'espèce irlandaise à dos gris.

Il n'y avait pas beaucoup de circulation sur la route, quoique large et bien tenue : deux calèches, quelques cabriolets et carrioles de ferme, et peut-être une demi-douzaine de cavaliers ; peu de gens à pied. Ils lançaient tous un salut au passage et Stephen, influencé par la verdure et les corneilles, répondait en irlandais : « Dieu et Marie et Patrick avec vous. »

Peu de circulation sur la grand-route et moins encore quand Stephen, après un nouveau regard au plan de l'apothicaire, tourna tout à droite dans ce qui n'était rien de plus qu'un étroit chemin de campagne menant à travers les prés, tous enclos de poteaux et de barres en piteux état comme s'ils appartenaient à une propriété vaste mais un peu négligée, impression renforcée par un coup d'œil occasionnel sur un long mur de parc, au sud.

Il avait trouvé le pré marécageux aux iris et vu le cygne sur son nid quand il entendit devant lui un bruit de sabots de chevaux ; un bosquet d'aulnes les cachait mais ils étaient certainement proches et tiraient certainement un véhicule à belle allure. Il rechercha un endroit où il pourrait sortir du chemin, plus étroit encore ici à cause des fossés de chaque côté, larges fossés avec un talus sur l'autre bord et la clôture au sommet de celui-ci. Il choisit la partie la moins large du fossé de droite, saisit la ficelle de son paquet entre les dents, sauta, attrapa la barrière et se tint là debout sur le talus. Quand la voiture apparut, il vit que c'était un phaéton avec une paire d'alezans ; et un instant plus tard son cœur s'arrêta — Diana le conduisait.

— Oh, Maturin, par le ciel ! s'exclama-t-elle, tirant dur sur les rênes. Oh, comme je suis heureuse de vous voir, mon cher. (Le groom se précipita à la tête des chevaux et elle sauta sur la bordure verte.) Sautez franchement, lança-t-elle en tendant la main, et vous allez franchir ce fossé sans mal. (Elle le rattrapa à l'atterrissage, prit son paquet et l'embrassa sur les deux joues.) Comme je suis heureuse de vous voir, dit-elle encore. Montez, je vais vous conduire à la maison.

— Vous n'avez pas changé du tout, reprit-elle en relançant ses chevaux.

— Mais vous si, ma chère, dit-il d'une voix assez stable, votre teint est infiniment amélioré : vous êtes une *jeune fille en fleur*.

C'était vrai ; le climat nordique, plus frais et plus humide, et le régime suédois avaient fait des merveilles pour sa peau. Sa beauté particulière, à cheveux noirs et yeux bleu foncé, exigeait un teint parfait pour la mettre en relief, et elle était aujourd'hui plus jolie qu'il ne l'avait jamais vue.

Ils atteignirent une porte menant dans un champ où elle fit tourner le phaéton avec son habileté habituelle puis reprit le chemin à une vitesse grisante, d'autant plus qu'à certains endroits les roues n'étaient pas à six pouces du bord et que le cheval de ce côté avait tendance à secouer la tête et gambader, ce qui exigeait une main très ferme et beaucoup d'attention — beaucoup trop pour une conversation soutenue. Ils repassèrent le bosquet d'aulnes, atteignirent une route plus large — « C'est la route de Stadhagen » — et parvinrent à une double grille de fer ouverte où les chevaux s'engagèrent d'eux-mêmes.

L'allée envahie d'herbes folles tourna deux fois parmi les arbres puis bifurqua, l'une des branches conduisant à travers le parc vers une grande maison assez belle, mais aveugle et sans vie, car presque entièrement fermée.

— C'est là que vit la comtesse Tessin, dit Diana, la grand-mère de Jagiello. Moi j'habite là-bas.

Elle pointa son fouet, et tout au bout du parc Stephen aperçut un bâtiment plus petit, beaucoup plus vieux, avec une tour : sans doute une maison de veuve, se dit-il, mais il ne fit aucune observation.

Le phaéton s'arrêta ; le groom sauta pour l'emmener ailleurs.

— Cet homme serait-il finnois, par hasard ? demanda Stephen.

— Oh non, dit Diana amusée, c'est un Lapon, l'un des Lapons de Jagiello ; il en possède une douzaine à peu près.

— Esclaves, sans doute ?

— Non, pas vraiment, je crois, plutôt du genre serfs. Stephen, entrez, s'il vous plaît.

La porte s'était ouverte et une grande femme

de chambre assez âgée et voûtée se tenait là, souriant et faisant la révérence. Diana cria quelque chose en suédois tout près de son oreille et conduisit Stephen dans le hall. Elle ouvrit une porte, la referma en disant « trop sordide », en ouvrit une autre, qui débouchait dans une agréable petite pièce carrée avec un piano, des bibliothèques, un grand poêle en faïence, deux ou trois fauteuils et un sofa ; la fenêtre donnait sur un tilleul. Diana prit l'un des sièges.

— Asseyez-vous de manière que je puisse vous voir, Stephen, asseyez-vous sur le sofa. (Elle le regarda affectueusement et reprit :) Grand Dieu, cela fait si longtemps que je ne vous ai vu, et nous avons tant de choses à nous dire que je ne sais par où commencer. (Une pause.) Oh, je vais juste vous dire deux mots à propos de Jagiello. Ce n'est pas que je vous doive la moindre explication, Maturin, voyez-vous (assez gentiment), mais il ne va pas tarder à arriver et je ne veux pas que vous vous croyiez obligé de lui couper la gorge. Pauvre agneau, ce serait trop dur ! Quand je lui ai dit que je serais heureuse de me placer sous sa protection pour aller en Suède, c'est exactement cela que je voulais dire — protection contre l'insulte ou la persécution ou les mauvais traitements — et rien de plus, comme je le lui ai dit très clairement. Et j'ai dit que bien entendu je paierais tous mes frais. Protection au sens le plus strict, voilà ce que je voulais, et pas un compagnon de lit. Il ne l'a pas cru — et même, tout en protestant tout le respect possible, sentiments fraternels et le reste, il avait ce sourire en coin qu'ont tous les hommes, je crois. Pendant longtemps il n'a pas voulu se persuader que je pensais ce que j'avais dit. Mais finalement il y a été obligé ; je lui ai dit que cela ne servait à rien — j'avais juré de ne plus jamais donner à un homme le pouvoir de me blesser. N'ayez pas l'air si catastrophé, Stephen : c'est tout à fait terminé à présent — mon cœur est guéri — et j'espère, pour Dieu, que nous ne sommes pas assez stupides pour laisser cela nous empêcher d'être très, très attachés l'un à l'autre. Mais comme je le disais, il a été obligé de le croire et à présent nous sommes amis à nouveau, quoiqu'il continue à s'efforcer de m'empêcher de monter en ballon. Il va se marier avec une jolie charmante jeune femme qui est folle de lui — pas très maligne, mais de bonne famille, et une superbe dot. J'ai contribué à arranger cela, et sa grand-mère est si contente de moi — c'est-à-dire quand elle se souvient, ce qui n'est pas toujours le cas.

— Je suis heureux d'entendre ce que vous me dites, Villiers, chère... commença Stephen.

Mais il fut interrompu par l'entrée de la femme de chambre à l'adresse de laquelle Diana rugit aussi fort qu'elle le put, puis, pour lui, d'une voix un peu rauque :

— Ulrika me dit qu'il n'y a dans la maison que des œufs et de la truite fumée — j'allais faire des achats quand nous nous sommes rencontrés — et elle me demande si le monsieur voudrait goûter le renne séché du Lapon.

Ulrika observa le visage de Stephen et, voyant son air d'acquiescement ravi, s'en alla en gloussant.

— Bon. Nous en avons fini avec Gedymin Jagiello, dit Diana, quoique à propos, quand ils viendront, nous serons obligés de parler français : elle parle anglais encore plus mal. Maintenant, commençons au commencement : d'où arrivez-vous ?

— D'Angleterre, à bord de la *Surprise,* avec Jack Aubrey.

— Est-il à Stockholm ?

— Il est allé à Riga mais il reviendra d'ici un jour ou deux. Il envoie son affection, leur affection. Il m'a dit tout particulièrement : dites à cousine Diana toute notre affection.

— Cher Jack. Grand Dieu, nous étions dans une telle rage avec ce procès monstrueux, Jagiello et moi. Il passe son temps à la légation et reçoit tous les journaux anglais. Jack en a-t-il beaucoup souffert ?

— Terriblement, en fait. Pendant notre avant-dernier voyage, en descendant aux Açores, vous auriez à peine pensé qu'il s'agissait du même homme : froid, sans un sourire, aucun contact humain avec les officiers ou les hommes nouveaux, et bien peu avec les anciens. Il leur inspirait une terreur mortelle. J'ai déjà remarqué qu'à bord d'un navire on ne peut jouer un rôle avec succès pendant longtemps ; les hommes détectent très vite la moindre fausse note, mais ils reconnaissent les sentiments vrais, et dans ce cas ils étaient totalement terrifiés par lui.

— Pourtant c'est aux Açores qu'il a fait toutes ces prises. Cela l'a certainement mis de meilleure humeur.

— Oh, il était soulagé pour Sophie et les enfants — les choses allaient assez mal à Ashgrove, je crois — mais l'argent des prises, même s'il est arrivé à flots, ne touchait pas le cœur de l'affaire. C'est l'opération de Saint-Martin qui a réussi cela.

— Ah oui, oui ! Comme nous nous sommes réjouis ! Il y avait à la légation le capitaine Fanshawe qui a dit que c'était la plus superbe chose de cette espèce qu'il ait vue de toute cette guerre. Il va sûrement être réintégré, à présent ?

— Il se pourrait, je crois : d'autant plus que son cousin Norton lui a donné le siège de Milport, un bourg qu'il possède dans le pays d'Ouest.

— Cela en fait une certitude, les écarts à la Chambre sont si faibles. Je suis tellement heureuse pour tous deux ; j'aime beaucoup Sophie. Stephen, pardonnez-moi un moment : il faut que je m'occupe de ce renne. Le Lapon risque de faire des difficultés à Ulrika. Il n'appartient pas à cette maison, voyez-vous — Jagiello me le prête simplement, ainsi que le phaéton et les chevaux pour conduire sa grand-mère à l'église et quelquefois en ville —, mais avec moi il est très bien.

Resté seul, Stephen réfléchit. Il lui était venu à l'idée un moment que Diana faisait peut-être ses ascensions en ballon pour s'amuser ; à présent il lui semblait beaucoup plus probable que sa première idée — et celle de Blaine — fût juste. Sa vie actuelle n'était peut-être pas d'une pauvreté tragique, mais elle était certainement très loin de la richesse. Son esprit s'activait, s'efforçant de calmer sa hâte extrême et son agitation pour pouvoir trouver une manière persuasive et cohérente de s'exprimer. Il tira de sa poche la bouteille de l'apothicaire et il brisait le sceau de cire de l'emballage quand elle revint, portant son paquet.

— Stephen, dit-elle, vous avez laissé ceci dans la voiture. Pishan l'a apporté à la cuisine.

— Oh, merci ! s'écria-t-il, remettant la bouteille dans sa poche. Ce sont les feuilles de coca que j'ai achetées à Stockholm.

— À quoi servent-elles ?

— Elles soulagent la fatigue et, correctement administrées, vous donnent l'impression d'être intelligent et même spirituel. Je vous en ai envoyé d'Amérique du Sud.

— Hélas, elles ne sont jamais arrivées. J'aurais aimé me sentir intelligente et même spirituelle.

— Je suis tout à fait désolé. Les choses tournent parfois mal. Dites-moi, avez-vous jamais reçu une lettre que je vous ai envoyée de Gibraltar juste avant d'appareiller pour le voyage en Amérique du Sud ? Je l'ai donnée à Andrew Wray qui rentrait par les terres.

— Pour l'amour du ciel, Maturin, vous n'avez pas fait confiance à cet infernal moins que rien de Wray ? Je l'ai vu une ou deux fois après son retour — il m'a dit qu'il vous avait vu à Malte et que vous aviez écouté de la musique ensemble ; vous sembliez vous amuser prodigieusement avec une cloche de plongée et les autres délices de La Valette. Il n'a jamais parlé de lettre ou de message. J'espère que ce n'était rien de confidentiel.

— Il n'y avait rien dedans qu'un étranger aurait pu comprendre, dit Stephen en se levant car à ce moment une vieille dame ouvrait la porte.

C'était la comtesse Tessin. Diana fit les présentations, parlant français et ajoutant que Stephen était un ami de Gedymin ; elle le présenta comme Mr Maturin y Domanova, ce qui était parfaitement correct quoique peu sincère. Elle n'avait pas à se donner tant de mal : la vieille dame avait les idées un peu confuses et en apprenant que Jagiello ne devait venir qu'après dîner elle repartit, bien qu'on la pressât de rester.

— Puis-je vous donner mon bras, madame ? demanda Stephen.

— Vous êtes très gentil, monsieur, fort aimable ; mais j'ai Axel qui m'attend et il est habitué à mon pas.

— Si jamais je deviens vieille, dit Diana au dîner, j'espère vraiment que je réussirai à suivre le changement des idées sur l'argent.

— Bien peu de gens y parviennent.

— Non. La comtesse Tessin n'y a pas réussi ; et la transformation l'a effrayée au point de la pousser à... eh bien, je n'aime pas parler d'avarice parce qu'en fait elle est très gentille. Mais elle dit qu'elle doit compter le moindre sou et elle a renvoyé presque tous ses serviteurs. Elle me demande un loyer terriblement énorme et elle a loué pratiquement tout le parc en pâturage, de sorte qu'il ne me reste qu'un pauvre petit paddock. J'avais tellement espéré élever des arabes, mais il n'y a pas la place. Stephen, vous ne mangez rien. J'en ai un couple — l'une est une petite jument adorable que je vous montrerai après dîner — mais si seulement j'avais quelque chose qui ressemblât à cette belle étendue d'herbe courte chez Jack Aubrey, en haut de la colline, j'en aurais une vingtaine.

« J'ai peur que mon agitation ne l'affecte, pensa Stephen, ce n'est pas du tout sa manière habituelle. » Il s'appliqua à manger avec toutes les apparences d'appétit qu'il put rassembler et écouta ses remarques à propos de leçons d'anglais — peu de chances pour son entreprise, car tant de Suédois parlaient déjà l'anglais — et à propos de cet homme de spectacle qui lui donnait des sommes assez importantes pour monter en ballon.

— Il veut que je porte des paillettes, la prochaine fois.

Stephen avait rarement été moins maître de ses émotions, moins capable de conversation mondaine ; il le ressentait de plus en plus et il bénit positivement le faux mouvement de Diana qui envoya la carafe s'écraser au sol.

— C'était la fin du vin, dit-elle avec un sourire, mais au moins je peux vous faire une tasse de café convenable. C'est l'une des rares choses dont je sois capable en matière domestique.

Le café était tout à fait excellent. Ils le burent assis sur une terrasse au sud de la maison, et la jument arabe vint les voir, marchant à petits pas timides et polis jusqu'à ce qu'elle soit sûre d'être bien accueillie. Elle passa la tête par-dessus l'épaule de Diana, regardant son visage avec de grands yeux brillants, et Diana dit :

— Elle me suit partout comme un chien, quand elle peut entrer, monte et descend l'escalier. C'est le seul cheval que j'aie jamais connu que je puisse oser emmener avec moi dans la nacelle d'un ballon.

— Je ne crois pas avoir jamais vu une créature aussi belle et sympathique, dit Stephen.

La beauté de la jument soulignait celle de Diana et leur couple le remplissait d'une joie troublée.

Quand ils eurent vu les écuries, l'autre arabe — « ce n'est qu'un hongre », observa Diana — et quand ils eurent condamné en détail le paddock, ils revinrent vers la maison. La tension était tombée et ils bavardaient aisément : les cousins de Diana, les enfants de Sophie, la reconstruction des Grapes, la prospérité de Mrs Broad. Dans le hall, Stephen dit :

— Ma chère, puis-je me retirer ? Et puis-je aussi avoir un verre ? Je dois prendre une dose.

Une fois assis là, il mesura le laudanum, son pouce bien entraîné sur l'embouchure du flacon : une dose correspondant à l'occasion. La première gorgée le surprit extrêmement. « Jésus, Marie, Joseph, le troll doit utiliser de l'aquavit. » Mais il s'habitua très vite à la différence de goût — différence qu'il attribuait entièrement à la différence de l'alcool utilisé pour préparer la teinture. Quand il eut fini son verre, il ôta sa culotte et, non sans douleur, libéra le diamant bleu, fixé sur son corps avec un pansement collant. Il essuya la pierre tiède, la regarda avec une admiration renouvelée et la mit dans la poche de son gilet.

En descendant l'escalier, il sentit que la dose commençait à agir et il entra dans le petit salon carré avec un esprit raisonnablement calme, déterminé à jouer son bonheur sur un coup de dés.

Diana se retourna avec un sourire.

— Il faut que je fasse accorder ce piano, dit-elle, jouant une petite volée de notes de la main droite, debout devant l'instrument. Vous souvenez-vous de ce morceau de Hummel que Sophie travaillait tant, il y a longtemps, bien longtemps ? Il m'est venu en tête, mais il y a une fausse note ici (elle tapait sur la touche) qui met tout en l'air.

— Une note traîtresse, dit Stephen.

Ses mains errant sur les touches reprirent les thèmes du Hummel, en firent des variations, improvisèrent, puis il joua l'air d'Almaviva,

Contessa perdono. Il ne pouvait se risquer à le chanter en même temps ; sa voix serait ridicule, ou fausse, ou les deux ; mais, refermant le piano, il dit :

— Diana, je suis venu pour être pardonné.

— Mais, mon cher, vous êtes pardonné. Vous l'êtes depuis bien longtemps. Je vous aime beaucoup. Il n'y a pas trace de rancœur ou de ressentiment ou de rancune dans mon cœur, je le jure.

— Ce n'est pas exactement ce que je voulais dire, mon chou.

— Oh quant au reste, Stephen, notre mariage fut absurde dès l'origine. Je n'aurais jamais pu faire une épouse pour vous. Je vous aime profondément mais nous ne pouvions que nous blesser l'un l'autre — totalement mal assortis, chacun indépendant comme un chat.

— Je ne vous demanderais rien d'autre que votre compagnie. J'ai acquis beaucoup de parts de prise ; j'ai hérité de plus encore. Je vous dis ceci uniquement parce que cela signifie que vous pourriez avoir toute la place pour vos arabes — vous pourriez avoir la moitié du Curragh de Kildare, vous pourriez avoir un grand morceau de prairies anglaises.

— Stephen, vous savez ce que j'ai dit à Jagiello : je ne me mettrai plus au pouvoir d'un homme, quel qu'il soit. Mais si jamais je devais vivre avec un homme comme son épouse, ce serait avec vous : il n'y a personne d'autre. Je vous supplie de considérer ceci comme ma réponse.

— Je ne veux pas être importun, ma chère, dit Stephen. (Il s'approcha de la fenêtre, regardant le vert parfait du tilleul. Au bout d'un moment il se retourna avec un sourire un peu artificiel et dit :)

Vous raconterai-je un rêve extraordinairement vivace que j'ai eu ce matin, Villiers ? C'était une affaire de ballon.

— Un ballon à feu ou un ballon à gaz ?

— Je pense que ce devait être un ballon à gaz : je me serais souvenu du feu. Quoi qu'il en soit, j'étais là dans sa nacelle et j'étais au-dessus des nuages, une vaste couche de nuages blancs, tout vallonnés et immensément bombés par eux-mêmes mais formant un plan uniforme sous mes pieds. Et au-dessus de moi, c'était le ciel, incroyablement pur et d'un bleu très sombre.

— Oh oui, oui ! s'écria Diana.

— Je savais tout ceci d'un homme qui est déjà monté, car pour moi je n'ai jamais quitté le sol du tout. Mais ce que son récit ne m'avait pas indiqué c'est l'extraordinaire intensification de la vie, la profondeur palpable du silence universel, et la très forte conscience de la lumière et de la couleur de ce monde étrange — une étrangeté d'autant plus forte que par une fente occasionnelle dans les nuages on pouvait voir notre monde ordinaire, avec des rivières d'argent, très, très loin, là-bas, et distinguer les routes. Mais avec le temps cela se transforma en roches et en glaces, plus bas encore ; à mon plaisir intense se mêlait un sentiment indéfini de crainte, aussi vaste que le ciel lui-même ; ce n'était pas simplement la peur d'être détruit, mais pire ; peut-être celle d'être totalement, entièrement perdu, corps et âme.

— Comment cela s'est-il terminé ?

— Cela ne s'est pas terminé du tout. Jack est venu, rugissant que le canot était le long du bord.

— Jagiello me raconte sans cesse des histoires affreuses de personnes emportées de plus en plus haut et de plus en plus loin — totalement disparues ; mortes de froid, de faim ; disparues à jamais. Mais je ne monte qu'avec un ballon à gaz, avec une soupape, de sorte qu'on peut laisser sortir le gaz et descendre ; et nous avons une ancre au bout d'un long cordage. J'ai toujours Gustav avec moi ; il est très expérimenté et très fort, et nous n'allons jamais loin.

— Chère Villiers, je ne cherche pas à vous effrayer ou à vous dégoûter, Dieu m'en garde. Ceci n'était que mon rêve, pas un sermon ou une parabole. Je l'ai trouvé fort impressionnant, en particulier le sens renforcé des couleurs — le ballon lui-même était d'un noble rouge — et je vous l'ai raconté en partie pour cette raison, quoique, Dieu sait, mon récit soit pitoyablement terne, n'atteignant jamais l'essence, et destiné en partie à mettre un espace entre ce dont nous parlions avant et ce que je vais vous dire ensuite. Un espace pour bien symboliser l'indépendance totale de ces deux conversations. Vous souvenez-vous de Danglars, à Paris, l'ami de La Mothe ?

— Oui, dit-elle, son expression un peu lointaine et défiante devenant interrogative.

— Il avait promis que vous retrouveriez votre gros diamant, le Blue Peter, qu'il nous le renverrait un jour. Il a tenu sa promesse, un messager me l'a apporté juste après le procès de Jack. Le voici.

Il ne l'avait jamais vue perdre contenance à ce point. Quand il lui passa la pierre nue dans l'éclat du soleil, son visage montra le doute, la stupéfaction, la joie et même une sorte de crainte avant de se dissoudre entièrement quand elle fondit en larmes.

Stephen retourna à la fenêtre et y resta jusqu'à ce qu'il l'entende se moucher et renifler. Elle était assise là, le diamant au creux de ses mains ; il observa que ses pupilles étaient dilatées au point que ses yeux bleus avaient l'air noirs.

— Je n'aurais jamais pensé le revoir, dit-elle d'une voix tremblante. Et je l'aimais tant ; oh, je l'aimais scandaleusement. Je l'aime toujours scandaleusement, dit-elle, le faisant tourner de droite à gauche dans le rayon de soleil. Je ne saurais vous dire à quel point je suis reconnaissante. Et j'ai été si odieusement méchante avec vous, Stephen. Pardonnez-moi. (Une voix dehors lança : « Diana ! ») Ah, Dieu, ce sont les Jagiello, dit-elle avec un regard rapide autour d'elle.

Mais toute échappatoire était impossible : un instant plus tard la porte s'ouvrit. Et c'est la petite jument arabe qui entra, suivie un instant après par les Jagiello.

Stephen se tenait le dos à la lumière mais Jagiello le reconnut immédiatement ; pendant quelques minutes son premier coup d'œil de joie étonnée se transforma en une réserve extrême, puis son adversaire potentiel s'avança, le prit affectueusement par la main, le remercia de sa gentillesse envers Diana et le félicita de son prochain mariage et de sa promotion ; car le ravissant habit mauve de Jagiello portait à présent les insignes de colonel, et il avait des éperons dorés.

Diana avait un sentiment très fort du devoir social et, ayant entraîné le cheval à l'extérieur et fait ce qu'elle pouvait à un visage très altéré par les larmes — boursouflé serait un mot à peine trop fort, car ce n'était pas une femme qui pleurât facilement ou sans traces —, elle fit de son mieux pour recevoir ses hôtes. Mais Lovisa, la fiancée de Jagiello, était excessivement jeune ; elle avait toujours été impressionnée par Diana, que Jagiello considérait comme un parangon ; et là, sa jeunesse, son respect et sa profonde stupidité native, combinés avec son ignorance du français et son soupçon d'un malaise dans l'atmosphère, faisaient d'elle un très lourd fardeau. Jagiello était un peu mieux mais il voyait bien que son joyeux bavardage habituel serait déplacé dans le contexte actuel et, totalement pris à contre par la situation, il ne parvenait pas à trouver une autre solution. Stephen, dont le sens social n'avait jamais été digne d'éloges, dit quelques mots civils à Lovisa, qui était vraiment d'une joliesse ridicule, puis, entendant que Diana racontait à Jagiello les dernières nouvelles de Jack Aubrey, tomba lui aussi dans le silence. Il se sentait très bizarre depuis quelque temps et il l'attribuait à l'intensité des émotions : quelle était exactement la nature de ces émotions, en dehors de la désolation évidente de l'échec, il ne pouvait encore le dire — cela ressemblait un peu aux blessures au combat : on sait que l'on a été frappé et à peu près où, mais on ne saurait dire si c'est par une lame, une pointe, une balle ou un éclat de bois, ni avec quelle gravité, avant d'avoir eu le temps d'examiner les blessures et de les nommer. Il était pourtant impatient que ces gens s'en aillent pour pouvoir prendre une seconde dose, une dose qui calmerait son cœur et lui permettrait de regagner Stockholm à pied avec au moins une apparence d'équanimité.

Enfin Diana eut l'inspiration de dire à Jagiello que sa grand-mère était passée avant le dîner et de suggérer qu'il devrait se hâter d'aller à la grande maison pour lui éviter de sortir à nouveau. La comtesse Tessin l'avait sûrement vu passer, et ce double trajet serait trop dur pour elle.

Jagiello en convint avec reconnaissance ; il se sentait de trop depuis les premières minutes sans parvenir à inventer une raison plausible de prendre congé. Mais après les premiers adieux, et dans la porte ouverte du hall, Lovisa entreprit de parler à Diana de sa robe de mariée. Elle babilla, babilla, babilla, en suédois pour l'essentiel, et Stephen recula, recula jusqu'à pouvoir, avec une dernière inclinaison, disparaître dans l'escalier.

Une fois de plus il fut étonné de la force de sa potion et cette fois, il lui vint à l'esprit que la différence pouvait être due à l'opium plutôt qu'à l'alcool d'extraction. « Et pourtant, se disait-il en redescendant, je n'ai jamais entendu parler d'une variation marquée entre les pharmacopées des différents pays à cet égard. À quelques grains par once près, la teinture est la même chez l'apothicaire respectable de Paris ou Dublin, de Boston ou Barcelone.

— Grand Dieu, Maturin, dit Diana, j'ai bien cru qu'ils ne partiraient jamais. Cette jolie petite oie parlait encore de la broderie sur sa jupe quand la comtesse Tessin est apparue. Mais alors j'ai enfin poussé Jagiello et il l'a emmenée.

— Ce garçon est vraiment très bien.

— Et cette fois il n'a pas dit un mot contre les ballons, tout en sachant fort bien que je dois monter samedi.

— Le samedi qui vient ?

— Oui. Ils ont déjà commencé à le remplir.

— Pourrai-je venir aussi ?

— Bien sûr. C'est le ballon rouge, cette fois, il y aura donc toute la place voulue dans la nacelle. Aimeriez-vous le voir ?

Stephen ne répondit pas avant qu'elle ait répété : « Aimeriez-vous le voir ? » Il leva les yeux, un peu hébété, et répondit :

— Ce serait merveilleux. L'avez-vous donc ici ?

— Oh non, non. C'est une grande énorme chose ; mais ils sont en train de le remplir à la fonderie — ils utilisent de la limaille de fer et du vitriol pour obtenir l'air inflammable, voyez-vous — et on peut le voir de la tour. Stephen, vous sentez-vous bien ?

— Un peu bizarre, ma chère, je dois l'avouer ; mais je me suis levé avant l'aube. Je suis parfaitement capable de monter à la tour.

— Nous irons doucement. Il y a une lunette sur le placard derrière vous.

Elle lui montra le chemin vers un corridor voûté au fond du hall et parla jusqu'à la tour, sombre et beaucoup plus vieille que la maison.

— Faites très attention, Stephen, lui lança-t-elle tout en montant l'escalier en spirale, restez du côté du mur, il n'y a pas de rampe au milieu à partir de mi-hauteur.

Tournant interminablement dans l'ombre vague, ils atteignirent une petite porte naine tout en haut et sortirent dans une lumière éclatante. Ils étaient étonnamment haut, et toute l'île s'étalait sous leurs pieds.

— Par ici, dit Diana en le conduisant au parapet côté est.

On apercevait la vieille ville de Stockholm, à une heure de marche à peu près, et sur le côté les hautes cheminées des usines. Diana avait le Blue Peter dans la main ; elle l'enveloppa de son mouchoir, le mit dans sa poche et orienta la lunette vers les cheminées.

— Là, dit-elle, prenez celle qui fume tant, déplacez-vous vers la gauche et dans la cour vous voyez la partie supérieure d'une grosse chose ronde et rouge. C'est mon ballon !

— Dieu le bénisse, dit Stephen en lui rendant la lunette.

— Je crois que nous devrions descendre prendre une tasse de thé, dit Diana en étudiant son visage. Vous êtes comme du papier blanc grisâtre. Allez-y le premier, je vous suis. Je sais exactement où trouver les verrous.

Stephen ouvrit la porte, marmonna quelque chose d'indistinct à propos de samedi et plongea tête première dans le vide.

Il semblait qu'en dépit de délais et de dérangements obscurs, l'ascension ait été retardée plutôt qu'annulée ; du moins, s'il s'agissait d'une manifestation publique, elle avait dû se dérouler sur une échelle très modeste car il ne se souvenait pas de la foule, du bruit. Il avait le souvenir confus d'une chute, de blessures indéfinies et d'un remue-ménage, qui étouffaient le passé immédiat, et à présent ils s'étaient élevés au-dessus des nuages — parallèle tout à fait approprié avec son obscurcissement passager de l'esprit —, à présent ils étaient dans l'air supérieur pur, avec ce bleu foncé étrangement familier au-dessus et des deux côtés, à moins qu'il ne se penchât par-dessus le bord de la nacelle pour regarder les circonvolutions fantastiques et la géographie en lente évolution du monde nuageux, là en bas : tout cela beaucoup plus pur et beaucoup plus intense même que dans son rêve dont il se souvenait parfaitement. Et si son rêve avait renforcé les couleurs, il ne l'avait pas fait dans cette mesure miraculeuse ; la vannerie de la nacelle avait une infinité de teintes très belles, du brun foncé à quelque chose de plus clair que la paille, tandis que les cordes partant de la vannerie pour envelopper le ballon lui-même possédaient une subtilité propre. C'était comme s'il n'avait jamais vu une corde auparavant ou comme s'il avait retrouvé la vue après de nombreuses années de cécité, et quand il regardait Diana, la perfection de sa joue lui coupait à peu près le souffle. Elle était assise là, vêtue d'une tenue d'amazone verte, les mains croisées dans son giron ; elle regardait son diamant et ses yeux étaient presque fermés, dissimulés par ses longs cils.

Tous deux étaient silencieux (c'était un monde de silence), pourtant il était conscient d'une parfaite harmonie qu'aucun bavardage n'aurait pu renforcer. Il réfléchit à l'altitude, à l'effet de l'altitude : dans quelle mesure était-ce l'altitude seule qui donnait ce sens beaucoup plus aigu de vie ? Il revécut sa très longue ascension au flanc de la Maladetta, jusqu'au point le plus élevé qu'il ait jamais atteint sur la terre ferme. Une mule dans l'obscurité matinale à partir de Benasque, montée obstinée toute la matinée jusqu'au plus haut pré à vaches, avec des ruisseaux gros comme une barrique sortant tout droit de la roche nue le long du sentier, une pause à la hutte, puis à pied, montée toujours à travers les vastes étendues de rhododendrons bas jusqu'à ce qu'ils cèdent la place aux gentianes, gentianes innombrables dans l'herbe courte, jusqu'à la lisière rocheuse du glacier où une série de grandes primulas se tenaient dans leur perfection, exactement disposées, comme si tous les jardiniers du roi s'étaient mis à l'œuvre ; toutes ces choses, ainsi que la troupe de chamois fuyant là en bas et le couple d'aigles tournant là en haut, très clairement perçues dans cet air vif et mince. Mais sans rien qui approchât cette clarté ; et il y avait aussi une différence de nature. Au cours de cette longue journée, il avait été fortement conscient du temps, ne serait-ce que parce qu'il devait éviter d'être pris par la nuit au flanc de la montagne : à présent il n'y avait pas de temps. C'est-à-dire qu'il y avait une succession, en ceci qu'un geste ou une pensée suivait ce qui avait précédé, mais il n'y avait pas de sentiment de durée. Diana et lui auraient pu flotter là pendant des heures ou même des jours. Et par ailleurs, même si la Maladetta était dangereuse physiquement, elle n'avait rien de la menace indéfinissable présente dans cette immensité.

Diana s'était certainement assoupie, et il ne dit rien ; il ne parla pas non plus du brouillard très haut qui voilait le ciel, donnant au soleil un double halo et produisant deux beaux faux soleils prismatiques. En fait, il était étonnamment somnolent lui-même et il ferma les yeux.

Tout au début de son rêve il pouvait dire « je rêve », mais cette perception disparut presque aussitôt et il fut rempli d'autant d'anxiété que s'il n'avait jamais soupçonné le moins du monde que ce fussent simplement les troubles d'un esprit endormi. Il lui semblait très clair à présent qu'ils étaient partis, le vent étant favorable, pour le Spitzberg où ils retrouveraient certainement les baleiniers qui s'y rassemblaient à cette époque de l'année, et pourraient admirer les merveilles de l'Arctique si bien décrites par Mulgrave, et le mur de glace septentrional qui lui avait barré le chemin du pôle. Mais il y avait eu un certain désaccord ; bien qu'à un moment un paysage rocailleux ait été visible en bas, ils n'avaient fait aucune tentative pour descendre, et à présent il n'y avait plus rien en vue que l'océan gris s'étendant du ciel au ciel.

Rêve dans un rêve ; et qui se dissipa dans une pièce inconnue. Diana était là, non plus vêtue de son amazone mais d'une simple robe grise, et Jagiello, avec deux hommes en habit noir et demi-perruque qui étaient manifestement des médecins, l'un stupide et l'autre exceptionnellement intelligent. Ils parlaient à Diana en suédois, que Jagiello traduisait généralement, car elle connaissait tout juste assez la langue pour la tenue d'une maison ; et ils discutaient du cas entre eux en latin. Ils furent très vite rejoints par un troisième qu'ils traitaient avec une déférence marquée — il portait l'étoile d'un ordre — et qui recommanda les ventouses : la jambe, dit-il, ne présentait aucun problème particulier ; il avait vu nombre de fractures de cette espèce et elles avaient toujours cédé à la méthode de Basra prônée par Andersen, à condition que le patient fût dans un état de santé raisonnable. Ici sans doute il y avait une habitude vicieuse du corps, une certaine malnutrition et ce qu'il n'hésiterait pas à qualifier de mélancolie naissante ; toutefois, ils devaient observer que la carcasse, quoique frêle, était bien construite, et que l'on pouvait encore distinguer quelques dernières traces de jeunesse.

Stephen les observa un moment pendant qu'ils accomplissaient les gestes graves de la consultation, une partie de la gravité étant dirigée vers le public et l'autre vers leurs collègues ; mais il était trop familier de ce genre de réunion pour qu'elle présente grand intérêt et très vite son attention s'égara vers ce qui l'environnait, vers Diana et Jagiello. L'intuition particulière au rêve lui dit qu'il était dans la chambre de Diana, qu'il était dans son lit même et qu'elle passait son temps sur la chaise longue à ses côtés, veillant sur lui avec la plus grande tendresse. Il savait également que Jagiello avait fait venir le médecin du roi, la personne avec une étoile, qui disait à présent que lorsqu'il en viendrait à manger des aliments solides, le patient ne devait se voir accorder ni bœuf ni mouton, et moins encore de chair de porc, mais une gélinotte des bois, bouillie avec un tout petit peu d'avoine.

« Gélinotte des bois, pensa-t-il, je n'ai jamais vu une gélinotte des bois ; pourtant, si l'on suit l'avis de cet homme de bien, mon corps en incorporera bientôt une. Je serai en partie une gélinotte des bois, avec toutes les vertus qu'une gélinotte des bois peut posséder. » Il réfléchit à Finn MacCoul, absorbant la sagesse de son saumon grillé, et pendant qu'il y réfléchissait dans le crépuscule, on alluma les lampes ; il réfléchissait encore quand elles furent éteintes, toutes sauf une dernière que l'on baissa ; à présent, la principale lumière de la pièce venait d'un feu du côté droit, un beau reflet vivant sur le plafond. Il y avait eu sans doute de discrets au revoir et certainement quelqu'un avait prescrit ; mais Diana restait seule, assise dans la chaise longue à côté du lit. Elle posa sa main sur la sienne et dit tout bas : « Oh Stephen, Stephen, comme je voudrais que vous puissiez m'entendre, mon chéri. »

Mais voilà qu'il était revenu dans cet affreux ballon, et il vivait à nouveau le temps avec un sentiment de durée car il savait avec une certitude terrible qu'il s'était élevé pendant des heures d'affilée, que maintenant il s'élevait plus vite encore. Et cependant qu'ils montaient vers cette pureté absolue de ciel, sa menace imminente, à demi perçue tout d'abord, le remplit d'une horreur plus forte que tout ce qu'il avait connu. Diana portait à nouveau son amazone verte et un moment elle dut en remonter le col car son dessous rouge faisait un contraste choquant avec l'extrême pâleur de son visage, le blanc pur de son nez pincé et le bleu givré de ses lèvres. Sa figure ne montrait aucune expression — elle était en somme totalement seule — et comme elle l'avait fait un peu plus tôt, elle baissa la tête, courbée sur son giron où ses mains, serrées mais moins étroitement, tenaient le diamant, ressemblant tout à fait à un fragment de ce ciel étincelant.

Elle respirait encore, mais tout juste, cependant qu'ils s'écartaient, flottant toujours plus haut dans un air toujours plus raréfié ; elle respirait, mais tout juste — un très faible mouvement. Puis même cela s'arrêta ; ses sens s'en allaient, s'en allaient ; sa tête tomba en avant, le diamant chut ; et il se dressa en criant « Non, non, non ! » dans le désespoir d'un refus passionné.

— Du calme, Stephen, dit-elle, le prenant dans ses bras pour le recoucher. Allons, tout doux, ajouta-t-elle comme si elle parlait à un cheval ; puis, comme si elle parlait à un homme : Il faut prendre soin de votre pauvre jambe, mon chéri.

Il s'appuya sur sa chaleur, glissant à travers plusieurs réalités jusqu'à celle-ci, mais sans trop de certitude sur son existence. Pourtant cette certitude prit force cependant qu'il restait couché là toute la nuit, observant l'éclat du feu et entendant une pendule sonner les heures ; parfois elle se déplaçait, pour remettre du bois, ou s'occupait de ses besoins sordides avec une efficacité, une tendresse qui le touchaient au plus profond ; au cours de ces brefs échanges, il parlait de manière intelligible et pertinente.

Ils se connaissaient depuis bien des années mais leurs relations n'avaient jamais fait appel à la tendresse chez Diana et il aurait pu dire qu'elle ne faisait pas partie de son caractère : le courage, l'énergie, la détermination, oui. Mais rien de plus proche de la tendresse que la générosité et la bonne nature. Il était faible, ayant été très contusionné dans sa chute physique et métaphysique et n'ayant rien mangé depuis, faible et un peu larmoyant, et, réfléchissant à cette nouvelle dimension, il pleura en silence dans l'obscurité.

Au matin il l'entendit bouger et dit :

— Diana, chère, êtes-vous réveillée ?

Elle vint, regarda son visage, l'embrassa et dit :

— Vous avez retrouvé tous vos esprits, mon cœur, Dieu soit loué. J'avais tellement peur que vous ne retombiez dans vos cauchemars à propos du ballon.

— Ai-je beaucoup divagué ?

— Oh oui, mon pauvre agneau, impossible de

vous réconforter ; c'était, oh, si désespérant. Et, oh, si long.

— Des heures, n'est-ce pas ?

— Des jours, Stephen.

Il réfléchit à cela, et aux violents élancements douloureux de sa jambe.

— Écoutez-moi, dit-il, y aurait-il du café dans la maison ? Et un morceau de biscuit, peut-être ? Je suis affamé. Et par hasard, la bouteille dans ma poche a-t-elle survécu ?

— Non, elle s'est brisée. Elle a failli vous tuer — une entaille effrayante dans votre flanc.

Quand elle fut partie, il regarda sa jambe, encastrée dans le plâtre selon la méthode de Basra, puis sous le bandage qui entourait son ventre. Le verre brisé avait dû pénétrer tout près du péritoine. « Si j'étais plus faible encore, je considérerais cela comme un présage, un avertissement sinistre », se dit-il.

Ils avaient terminé leur petit déjeuner et bavardaient amicalement quand le docteur Mersennius, le plus intelligent des deux hommes de médecine, vint demander comment allait le patient et panser sa blessure. Stephen mentionna la douleur de sa jambe.

— Je compte que vous ne me demanderez pas de prescrire du laudanum, collègue, dit Mersennius, le regardant dans les yeux. J'ai connu des cas où quelques gouttes prises après une dose très massive, accidentelle ou autre, ont provoqué des détresses mentales extrêmes et durables, comparables à ce dont vous venez de souffrir, mais plus persistantes, débouchant parfois sur la folie et la mort.

— Avez-vous des raisons de supposer que j'avais pris du laudanum ?

— Vos pupilles, bien entendu ; et l'étiquette de l'apothicaire était encore sur le verre brisé. Un médecin sage n'ajouterait pas plus une goutte de laudanum à un corps déjà surchargé qu'un canonnier n'emporterait une lumière nue dans une soute aux poudres.

— Beaucoup de médecins utilisent la teinture contre la douleur et les troubles émotionnels.

— Certainement. Mais dans ce cas, je suis persuadé que nous serions bien avisé de supporter la douleur et de traiter l'agitation en prescrivant une dose modérée d'hellébore.

Stephen eut envie de féliciter Mersennius de sa fortitude mais il ne le fit pas et ils se séparèrent en bons termes. Dans les limites de son information, Mersennius avait raison ; il pensait manifestement son patient dépendant du laudanum et il n'avait aucun moyen de savoir, comme le savait Stephen, que cet usage fréquent et d'ailleurs habituel n'était pas une vraie dépendance, mais restait juste du bon côté. La frontière était difficile à définir et il ne blâmait pas Mersennius de son erreur, d'autant moins que son corps éprouvait à ce moment bien plus qu'un soupçon du besoin intense, marque de l'homme ayant été trop loin. Il lui fallait pourtant prendre en main son instabilité émotive actuelle. Il pouvait supporter la douleur, mais il ne se pardonnerait jamais de pleurer devant Diana ou de se conduire avec faiblesse.

Diana revint.

— Il est si content de vous et de votre blessure, dit-elle, mais il dit que je ne dois pas vous donner de laudanum.

— Je sais. Il pense que cela pourrait me nuire dans ce cas ; il a peut-être raison.

— Et Jagiello demande si vous voulez que son valet vienne vous raser, et ensuite si vous vous sentez assez fort pour le recevoir.

— J'en serais très heureux ; quelle gentillesse de sa part. Diana, ma chère, puis-je avoir, s'il vous plaît, le petit paquet que j'ai apporté avec moi ?

— Les feuilles qui vous donnent l'impression d'être intelligent et spirituel ? Stephen, êtes-vous tout à fait sûr qu'elles ne vous feront pas de mal ?

— Pas le moins du monde, ma chère âme. Les Péruviens et leurs voisins mâchent de la coca jour et nuit ; c'est aussi habituel là-bas que le tabac.

Le temps que le valet de Jagiello l'ait rasé, la bouche de Stephen ressentait déjà l'agréable picotement de sa chique de coca ; le temps que Jagiello lui ait rendu une visite brève mais très cordiale, les feuilles avaient entièrement supprimé chez lui le sens du goût — faible prix à payer pour le calme et la force de son esprit. La perte du goût n'aurait guère pu se produire à un meilleur moment car Stephen étudiait depuis quelque temps l'action indubitable de la coca sur sa jambe quand Diana apporta une bouteille de potion envoyée par Mersennius — une émulsion particulièrement désagréable.

De même pour le renforcement de son esprit, à présent bien ferme sur ses bases, car trois jours plus tard, trois jours d'une tendresse incessante qui l'avait attaché à elle plus que jamais, Diana arriva sur le coup de dix heures avec cuiller et bouteille et, lui ayant donné sa potion, farfouilla étrangement dans la pièce avant de s'asseoir enfin sur la chaise longue.

— Maturin, dit-elle d'une voix embarrassée, qu'avais-je fait de ma tête le jour où nous nous sommes rencontrés, je ne saurais le dire. Je n'ai jamais été très habile à me souvenir des années ou de l'histoire, ou de l'ordre dans lequel les choses se produisent, mais vraiment cela va au-delà de tout... C'est seulement en descendant à l'instant qu'un éclair de bon sens m'a éblouie et que je me suis dit : « Mais enfin, Diana, espèce d'idiote, ce devait être sa réponse. »

Stephen ne voulut pas avoir l'air de comprendre immédiatement ; il fit passer la boulette de feuilles de coca dans sa joue, réfléchit un instant, puis dit :

— La lettre que j'avais donnée à Wray était la réponse à l'une des vôtres dans laquelle vous n'étiez pas très contente — dans laquelle vous me demandiez d'expliquer les rumeurs selon lesquelles j'arpentais la Méditerranée avec une maîtresse italienne rousse.

— Donc c'était bien votre réponse. Vous m'avez bien répondu. Stephen, je ne voudrais à aucun prix vous ennuyer avec une histoire ancienne à un moment comme celui-ci, mais vous avez l'air si bien, vous mangez si bien et le docteur Mersennius est si content de son hellébore, que je me suis dit que j'allais simplement le mentionner pour vous montrer que je ne suis ni insensible ni tout à fait idiote.

— Je n'ai jamais cru que vous soyez l'un ou l'autre, mon âme, dit Stephen, et je savais votre sens de la chronologie à peine meilleur que le mien ; je suis incapable de me souvenir de mon âge sans faire une soustraction avec une plume et de l'encre. Cette lettre était bien ma réponse, et c'était une réponse bien difficile à écrire. D'une part, j'ai dû l'écrire très vite parce que nous avions ordre d'appareiller, parce que je voulais que vous l'ayez le plus vite possible et parce que j'avais un messager partant par les terres qui m'attendait. Par ailleurs, j'avais effectivement promené une rousse du haut en bas de la Méditerranée — ou du moins dans un sens, de La Valette à Gibraltar en passant par les côtes d'Afrique — et elle avait certainement l'air d'être ma maîtresse. Toutefois, elle ne l'était pas. Le fait est — mais ceci ne doit pas aller au-delà de nous deux, Diana —, le fait est qu'elle avait affaire au Renseignement naval ; les Français à cette époque avaient à Malte des agents secrets très dangereux et il y avait un nid de traîtres dans la ville même ; à l'occasion d'une certaine crise il parut nécessaire de la faire partir aussitôt. Ce départ a certainement préservé sa vie, mais il a fait tort à sa réputation parmi ceux qui n'étaient pas liés au Renseignement. Même Jack en a été trompé, ce qui m'a étonné ; j'aurais cru qu'il me connaissait mieux.

— Wray aussi. Et bien d'autres personnes. Je l'ai entendu dire de tous côtés. Ah, être traitée avec tact était tellement exaspérant. Et jamais un mot de vous. *Theseus, Andromache* et *Naiad* sont arrivés, tous avec des lettres ou des messages pour Sophie, et pas un mot pour moi. J'étais furieuse.

— Je me doute que vous l'étiez. Pourtant la lettre fut écrite ; et comme je vous l'ai dit, elle fut difficile à écrire car il y aurait eu imprudence criminelle à parler de toute question ayant trait au Renseignement dans une lettre qui pouvait tomber entre de mauvaises mains ; et sans le faire, j'avais bien du mal à me disculper car à ma stupéfaction, j'avais constaté que la seule affirmation n'avait aucun poids. Les gens souriaient et prenaient un air entendu ; peut-être parce qu'elle avait les cheveux rouges — il traîne toutes sortes d'idées lubriques à propos des rousses. Mais je peux ajouter que son mari, un officier aussi éloigné du mari complaisant que vous pouvez l'imaginer, ne s'y trompa pas : il savait que les cheveux rouges et la chasteté sont parfaitement compatibles.

— Stephen, vous avez bien dit qu'elle n'était pas votre maîtresse ?

— Je l'ai dit. Et je le redirai sur la Sainte Croix si vous voulez.

— Oh, ne faites pas cela. Mais alors, pourquoi avez-vous dit que vous étiez venu pour être pardonné ?

— Parce que j'avais si mal conduit cette affaire que vous pensiez que j'avais besoin d'être pardonné ; parce que je vous avais causé une souffrance ; parce que j'étais trop bête pour envoyer une copie de ma lettre par *Theseus* ; parce que j'étais assez stupide pour ne pas soupçonner ce traître de Wray.

— Oh, Stephen, je vous ai traité de manière barbare, vraiment barbare, dit-elle. (Et après une pause :) Je vous en consolerai, si jamais je le peux. Je vous en consolerai de toutes les façons que vous voudrez. (Ils levèrent tous deux la tête en entendant le bruit d'une voiture.) Ce doit être Mersennius, dit-elle, il faut que je le fasse entrer. Ulrika n'entend rien et le Lapon coupe du bois.

C'était Mersennius. Il était particulièrement bien disposé à l'égard de Stephen, patient reconnaissant, réceptif et un parfait exemple de ce que peut l'hellébore. Il en souligna une fois de plus les vertus et Stephen dit :

— Certainement : je le prescrirai moi-même. Dites-moi, cher collègue, verriez-vous une objection à ce que je quitte vos soins d'ici un jour ou deux ? Il y a un navire qui vient me chercher — peut-être même est-il déjà à Stockholm — et je ne voudrais pas le faire attendre.

— Objection ? Non, non, dit-il en tapotant la jambe de Stephen. Aucune, avec mon pansement de Basra, à condition que vous voyagiez en voiture et soyez transporté directement dans votre bannette. Je vous fournirai de l'hellébore pour le voyage. Le navire vient-il d'Angleterre ?

— Non, de Riga.

— Dans ce cas, vous pouvez avoir l'esprit en repos. Le vent est favorable aujourd'hui, mais pendant très longtemps il a été contraire et aucun navire n'aurait pu sortir du golfe de Riga sauf en s'aventurant dans le détroit de Suur. J'ai un petit bateau de plaisance et je surveille très attentivement le temps.

— Du moins, j'aurai le temps de faire mes bagages, dit Diana. (Puis, sur un ton beaucoup plus heureux :) Stephen, que ferai-je pendant que vous serez en Amérique du Sud ?

— Habitez chez Sophie pendant que vous chercherez un endroit avec de bonnes pâtures pour vos arabes et une maison à Londres. Je crois avoir entendu dire que celle de Half-Moon Street est à vendre.

— En avez-vous pour longtemps, à votre avis ?

— J'espère que non. Mais je vais vous dire, ma

chère, jusqu'à ce que cette guerre soit vraiment terminée et Buonaparte abattu, je dois rester en mer, du moins la plupart du temps.

— Bien entendu, dit Diana qui était de famille militaire. Je pense que le mieux serait que j'habite chez Sophie jusqu'à ce moment, si elle veut bien de moi ; et je pourrai peut-être utiliser les écuries de Jack, puisqu'elles sont vides. Stephen, voulez-vous dire que nous pourrions acheter une maison en ville ? Elles coûtent terriblement cher.

— C'est ce qu'on m'a dit. Mais mon parrain, que Dieu ait sa chère âme en garde, m'a laissé une terrible quantité d'argent. J'ai oublié ce que cela représente en livres anglaises, mais la partie qui est déjà investie rapporte nettement plus que la solde d'un amiral de la flotte. Quand la paix viendra, nous pourrons aussi avoir une maison à Paris.

— Oh, quelle joie ! Stephen, est-ce possible ? J'adorerais cela. Quelle horrible créature mercenaire je suis — je sens mon cœur qui bat de bonheur. J'étais tout à fait heureuse d'avoir retrouvé mon mari, mais le voir couvert d'or de la tête aux pieds en plus me jette dans les transports. Quelle vulgarité. (Elle sauta sur ses pieds, arpenta la pièce d'un pas élastique, regarda par la fenêtre :) Voici Jagiello et sa voiture et, grand Dieu, s'exclama-t-elle, il a Jack Aubrey à côté de lui sur le siège !

Jack entra dans la pièce sur la pointe des pieds, le visage anxieux, plein d'appréhension, suivi de Martin et Jagiello. Il embrassa Diana d'un air absent, comme un cousin, et prit la main de Stephen dans une étreinte chaude, sèche, douce.

— Mon pauvre vieil ami, dit-il, comment allez-vous ?

— Très bien, je vous remercie, Jack. Comment va la frégate et a-t-elle sa toile à voile ?

— Elle est en belle forme — elle nous a sortis du détroit de Suur sous perroquets, filant comme un cheval de course, tribord amures, avec bonnettes hautes et basses, en zigzag dans ce foutu chenal si étroit de Wormsi — on aurait pu jeter un biscuit sur la rive sous le vent — et elle a une douzaine de pièces de la poldavy que l'on utilise au paradis.

Stephen émit son rire grinçant de satisfaction :

— Diana, dit-il, permettez-moi de vous présenter mon cher ami le révérend Martin dont vous avez tant entendu parler. Mr Martin : mon épouse.

Diana lui donna sa main avec un sourire accueillant :

— Je pense, monsieur, que vous êtes le seul de tous nos amis qui ait été mordu par un singe nocturne.

Ils parlèrent longuement du singe nocturne, du capibara, du ouistiti barbu ; Ulrika et le Lapon apportèrent du café ; au cours d'une pause, Stephen dit :

— Jack, êtes-vous amarré le long de ce quai élégant, dans la vieille ville ?

— Oui, amarré tête et queue sur des bollards ; et *Surprise* est déjà retournée pour partir.

— Vous conviendrait-il que nous embarquions ce soir ?

— Cela me plairait plus que tout, dit Jack. Je ne suis pas certain que cette brise tienne plus de vingt-quatre heures.

— Pouvez-vous vraiment voyager avec une jambe brisée ? demanda Jagiello.

— Mersennius dit que je le peux, sans aucun doute, si je rejoins le navire en voiture. Jagiello, auriez-vous la bonté ?

— Bien sûr, bien sûr. Nous allons vous descendre sur une porte sortie de ses gonds et vous installer à l'intérieur avec Mr Martin pour vous retenir. Je conduirai à un trot très doux et vous aurez l'escorte d'un colonel, fournie par mon régiment.

— Diana, ma chère, cela vous convient-il ? Ou préférez-vous avoir un jour ou deux de plus pour faire vos bagages ?

— Donnez-moi deux heures, dit Diana les yeux brillants, et je suis votre homme. Messieurs, ne bougez pas, je vous en prie, mais finissez votre café. Je vais vous envoyer Pishan avec des sandwiches.

Ces messieurs bougèrent toutefois ; du moins Aubrey et Jagiello sortirent pour voir si une porte dont Jagiello se souvenait, dans la grange de sa grand-mère, conviendrait et si l'une de ses femmes de chambre ne pourrait pas prêter la main pour les bagages.

— Je suis à peu près sûr d'entendre Bonden en bas, dit Stephen quand il fut seul avec Martin. Padeen est-il ici ?

— À vous dire le vrai, dit Martin, il ne l'est pas. Nous avons eu malheureusement un désaccord ce matin et le capitaine Pullings l'a mis aux fers. J'ai horreur de rapporter, poursuivit-il, mais sans la moindre intention de le surveiller, je suis tombé sur lui qui siphonnait le laudanum de l'une des bonbonnes et remplaçait la teinture par du brandy...

— Bien sûr, bien sûr, bien sûr, murmura Stephen, quel grand nigaud je suis de ne jamais l'avoir compris. (Et quand Martin eut terminé son triste récit de la violence de Padeen quand on lui avait pris sa bouteille :) Je suis fort à blâmer d'avoir laissé ces choses à sa portée, dit-il. Nous allons être obligés de prendre l'affaire sérieusement en main — nous ne pouvons le laisser courir le monde en simple mangeur d'opium.

Ils songèrent un moment, puis Martin fit à Stephen un récit, un récit très long et détaillé, de leurs faits et gestes à Riga et des manières des Lettons et de leurs maîtres russes. Il en était à parler des probables grèbes esclavons aperçus très loin sur la large Dvina quand Diana entra. Elle donna à Stephen un choc extraordinairement violent, un choc où il dut mettre en œuvre toute sa force retrouvée et les feuilles qu'il mâchait pour le supporter, car elle portait l'amazone verte de ses rêves.

— Stephen, dit-elle, les yeux plus brillants encore, j'ai emballé tout ce dont j'ai besoin pour l'instant — une couple de malles —, le reste peut suivre par le paquebot. La voiture sera là dans cinq minutes, avec la porte de la comtesse Tessin. Mais je n'y monterai pas avec vous. Il faut un homme pour vous tenir, et entre lui et la porte il ne reste plus de place pour moi, j'irai donc à cheval (elle rit de joie pure), j'irai chercher vos affaires à l'hôtel et mettre des fleurs dans notre cabine.

— Ma chérie, dit Stephen, connaissez-vous une

boutique d'apothicaire près de l'hôtel, avec des monstres dans la vitrine et un tatou empaillé ?

— Et un apothicaire tout petit ?

— C'est bien l'endroit. Entrez-y, s'il vous plaît — aurez-vous quelqu'un pour tenir votre cheval ?

— Le Lapon viendra avec moi.

— Et achetez toutes les feuilles de coca qui lui restent. Ce n'est que le fond d'un sac.

— Stephen, il faudra que vous me donniez un peu d'argent. (Et quand il fit un geste de main vers son habit :) Vous voyez, Mr Martin, quelles sangsues nous sommes, nous autres épouses.

La *Surprise* se trouvait, comme Jack l'avait dit, amarrée tête et queue contre le quai. Son pont avait un air un peu désérté car Tom Pullings et le commis étaient en bas, s'efforçant de débrouiller les comptes des marchands de Riga, et bon nombre des hommes avaient permission jusqu'à six heures.

West était le seul officier sur le gaillard et il se trouva que le groupe d'hommes confectionnant des bourrelets et des paillets sur le gaillard d'avant étaient tous de Shelmerston. West regardait d'un air un peu absent par-dessus le couronnement quand il vit une femme extraordinairement belle arriver à cheval le long du quai, suivie d'un valet. Elle mit pied à terre à la hauteur du navire, donna les rênes au valet et, sans s'arrêter, traversa la passerelle et descendit.

— Eh, là-bas ! s'écria-t-il en se hâtant derrière elle, ceci est la cabine du docteur Maturin. Qui êtes-vous, madame ?

— Je suis son épouse, monsieur, dit-elle, et je

vous prie de bien vouloir demander au charpentier d'accrocher une bannette pour moi ici. (Elle montra l'endroit puis, se penchant pour sortir la tête par le hublot, s'exclama :) Les voici ! Envoyez s'il vous plaît du monde pour l'aider à embarquer : il sera couché sur une porte.

Elle poussa West hors de la cabine et sur le pont ; là, l'officier et les gabiers stupéfaits virent un carrosse bleu et doré à quatre chevaux, escorté par une troupe de cavaliers en habit mauve à galons d'argent, arriver lentement le long du quai, avec sur le siège leur capitaine et un officier suédois, leur chirurgien et son assistant penchés par les fenêtres, et tous, accompagnés à présent par la dame montée sur le pont, chantaient *Ah tutti contenti saremo cosi, ah tutti contenti saremo, saremo cosi,* à pleine voix, avec un grand bonheur étonnamment mélodieux.

" Vengeance "

Le rendez-vous maltais

Patrick O'Brian

Grâce à ses succès, le capitaine Jack Aubrey a retrouvé les faveurs de l'Amirauté, qui lui assigne une mission en Amérique du Sud, où son ami Stephen Maturin est chargé d'encourager l'agitation des colonies espagnoles. Mais les traîtres sont légion, et Jack reçoit bientôt une tout autre consigne : il doit se rendre en hâte aux Indes orientales pour contrer certaines velléités françaises.

(Pocket n° 11961)

" Les périls de la terre "

Le revers de la médaille

Patrick O'Brian

Après avoir mené à bien sa dernière mission, le capitaine Jack Aubrey investit une partie de son maigre avoir dans une opération financière dont les organisateurs cherchent à le dépouiller. Mais avec l'aide de son comparse Stephen Maturin, rompu aux pratiques les plus marginales, Jack s'enfonce dans les bas-fonds londoniens pour tenter de se faire justice.

(Pocket n° 11511)

Achevé d'imprimer sur les presses de

BUSSIÈRE

GROUPE CPI

à Saint-Amand-Montrond (Cher)
en février 2003

POCKET - 12, avenue d'Italie - 75627 Paris Cedex 13
Tél. : 01-44-16-05-00

— N° d'imp. : 30910. —
Dépôt légal : mars 2003.

Imprimé en France